소설의 타자 표상과 무의식

소설의 타자 표상과 무의식

초판 인쇄 2021년 2월 24일
초판 발행 2021년 3월 3일

지은이 박수현
펴낸이 박찬익
편집장 한병순
책임편집 유동근
펴낸곳 ㈜박이정 **주소** 경기도 하남시 조정대로45 미사센텀비즈 7층 F749호
전화 031)792-1193, 1195 **팩스** 02)928-4683 **홈페이지** www.pjbook.com
이메일 pijbook@naver.com **등록** 2014년 8월 22일 제2020-000029호

ISBN 979-11-5848-612-9 93810

소설의 타자 표상과 무의식

박수현 지음

(주)박이정

책머리에

1970년대 소설에 관한 논문들 중에서 특히 작가의 무의식을 탐사한 글들만을 골라서 책으로 엮는다. 이들은 정신분석학, 여성학, 탈식민주의 이론을 소설 분석에 접목한 연구들이다. I부에는 소설에 드러난 작가의 무의식을 정신분석학적 시각에서 탐색한 글들을 모았다. II부에는 여성과 흑인 등 타자 표상에 잠재된 작가의 무의식을 간취한 글들을 수록했다.

여성학과 탈식민주의 이론을 공부하면서 인간에 대한 예의와 윤리를 다시 생각하게 되었다. 여성학과 탈식민주의 이론을 처음 접한 이들은 그 공격성에 당황하기도 한다. 그러나 그것들은 약자에 대한 예의를 지키려는 소박한 윤리 의식에서 비롯되었다. 진정한 윤리는 죽은 도덕을 맹종하고 수호하는 것이 아니다. 명백히 도덕적으로 보이는 호의의 이면에 잠재된 폭력성까지도 끊임없이 탐문하고 반성하는 것이 진정한 윤리다. 예의의 본질은 타인에게 상처주지 않으려는 마음이다. 상처주는 능력이 강함과 유능함이라고 착각하는 사람들이 현실 세계에 차고 넘친다. 그러나 인문학의 소명은 그와 반대되는 자리에, 모두의 상처를 최소화하려고 부단히 성찰하고 고군분투하는 자리에 놓여 있다.

정신분석학을 공부하면서 작가의 무의식을 탐사하는 일은 흥미로웠다. 작가의 내면에 웅크린 어린아이를 발견하는 일은 짜릿했고, 그가 자신을 지배하는 불가항력적인 상처와 싸우는 여정은 감동적이었다.

극복할 수 없는 트라우마는 창작의 강력한 원동력이기에, 많은 작가들이 정신분석학적으로 분석될 여지를 안고 있다. 사실 거의 모든 작가들은 제각기 고유한 트라우마에서 비롯한 장구한 대하드라마의 주인공들이다. 더 많은 연구를 수행하지 못하여 아쉽지만, 현재 정신분석학의 힘을 빌어 청소년의 마음 돌봄을 위한 문학교육을 연구하고 있음에 자위하려고 한다.

정신분석학, 여성학, 탈식민주의는 모두 저자의 의식의 은닉된 이면을 탐사한다는 면에서 동궤에 놓인다. 눈에 보이는 것의 행간에서 보이지 않는 것들을 추출하는 작업은 매혹적이었으나, 곤고한 복잡함과 항시 동행하는 습관을 선사했다. 명백해 보이는 것의 진실성을 의심하고 그 이면의 동력을 간취하려는 의식의 습관은 일상에서 번거로움을 야기한다. 그러나 복잡함의 자초와 부단한 의심이 인문학의 소명임에는 틀림없다. 은닉된 이면을 들춰보고 꼬나보는 인문학의 작업이 있었기에 지금까지 인류의 역사는 맹목과 맹종의 운명에서 그나마 비껴갈 수 있었다. 진정한 개혁과 혁명은 이데올로기에 심취한 파시스트가 아니라, 모든 것을 뒤집어보는 인문학자들로부터 시작된다.

얼마나 쓸모 있는 글인지 모르겠지만, 이런 글을 쓰기까지 많은 분들께 빚을 졌다. 풍문의 이면에 숨은 진실을 늘 밝게 보시며 진정한 인문학자의 본을 보여주신 이남호 선생님과 윤석달 선생님, 역시 인문학자일 수밖에 없는 6인회와 고려대의 선후배님들, 공주대의 선량하고 다감한 여교수님들께 각별한 감사를 드린다.

2021년 얼음 풀리는 물가에서
박수현

일러두기
본문의 표기는 한글 맞춤법을 따르되, 인용문의 경우 원전의 표기를 그대로 옮겨 썼다.

목차

I부

무의식의 지형도

전상국 소설에서 죄책감의 발현 양상

1. 머리말

소설가 전상국은 1963년 「동행」으로 등단했으나 이후 긴 공백기를 거쳐서 1974년 「전야」로 작품 활동을 재개한다. 그는 1970년대 누구보다도 활발하게 창작에 몰두했고,[1] 이후 현대문학상, 한국문학작가상, 대한민국문학상, 동인문학상 등 유수한 문학상을 수상하면서 한국 문단의 중견으로 활약한다. 전상국이 허위와 혼란, 증오와 복수로 점철된 세계와 사도 마조히즘으로까지 치닫는 폭력을 묘파한다는 점은 초창기 논의에서부터 간파되었다. 상기 논의를 펼친 김병익은 그러한 작가의 세계 인식의 근원을 부조리한 역사와 사회에서 찾는다.[2] 이 논의는 그르지 않지만, 관점의 확대를 위해서 이 논문은 전상국 소설에 특

---

[1] 전상국은 1976년에 5편, 1977년에 4편, 1978년에 7편, 1979년에 무려 11편의 중·단편소설을 발표한다.(양선미, 「전상국 소설 연구」, 고려대 박사논문, 2012, 130-131면 참조.)

[2] 김병익, 「混亂과 虛僞-狂氣의 한 樣相, 全商國의 소설들」, 『문학과지성』 32, 1978. 여름, 557-567면 참조.

유한 세계 인식의 한 원동력으로서 죄책감에 주목하고자 한다. 전상국에 관한 본격 학술논의에서[3] 죄책감 문제는 지엽적으로 논의된 바 있다. 가령 오태호는 전상국의 등단작 「동행」을 통해 인물이 "양심의 목소리"를 실천함으로써 죄책감에서 벗어나는 양상을 논하고[4], 정재림은 「아베의 가족」과 「지빠귀 둥지 속의 뻐꾸기」에서 죄책감에 사로잡힌 인물이 선행을 통해 속죄하고 구원을 모색하는 기제에 주목한다.[5]

이들의 논의는 옳으나, 전상국 소설의 일부만을 대상으로 하며 다른 중심적 주제를 논구하는 가운데 부분적으로 수행된 지엽적인 논의라는 한계를 지닌다. 무엇보다 전상국 소설에서 죄책감의 문제는 보다 복합적인 고찰을 요하는 사안이다. 즉 상기 논자들은 죄책감의 발현 양상으로 공히 도덕적인 행위를 통한 속죄에만 주목하는데, 이는 죄책감의 운동 방식 중 극히 일부분에 불과하다. 전상국 소설에서 죄책감은 자기 처벌, 죄의 투사, 가학, 희생양 적발, 피해자에 대한 이중 가해, 아버지 부정 등으로 이루어진 복합적인 메커니즘으로 발현될 뿐만

---

3 전상국 관련 학술논문으로 다음이 있다. 조동숙, 「구원으로서의 귀향과 父權 회복의 의미-全商國의 作品論」, 『한국문학논총』 21, 한국문학회, 1997; 선주원, 「타자적 존재로서의 아버지 인식과 소설교육」, 『독서연구』 11, 한국독서학회, 2004; 오태호, 「전상국의 「동행」에 나타난 알레고리적 상상력 연구」, 『국제어문』 52, 국제어문학회, 2011; 양선미, 「전상국 소설에 나타난 '통혼'과 '귀향'의 의미」, 『인문과학연구』 15, 대구가톨릭대 인문과학연구소, 2011; 양선미, 「전상국 소설 창작방법 연구」, 『한국문예창작』 24, 한국문예창작학회, 2012; 양선미, 「전상국 소설에서의 '산'의 의미」, 『인문과학연구』 17, 대구가톨릭대 인문과학연구소, 2012; 정재림, 「전상국 소설에 나타난 추방자 형상 연구-「아베의 가족」, 「지빠귀 둥지 속의 뻐꾸기」를 중심으로」, 『한국문학이론과 비평』 55, 한국문학이론과 비평학회, 2012. 이외에 앞서 언급한 양선미, 「전상국 소설 연구」는 전상국 소설을 전체적으로 고찰한 유일한 박사논문이다.

4 오태호, 앞의 글, 270-282면 참조.

5 정재림, 앞의 글, 228-232면 참조.

아니라, 사회적 폭력의 기원으로까지 성찰된다. 이에 이 논문은 전상국 소설에서 죄책감이 발현하는 복합적이고 구조적인 기제에 주목하고자 한다.[6] 흥미롭게도 전상국 소설에서 죄책감은 사회적 폭력의 한 기원으로 성찰되는데, 1970년대 사회가 특히 억압적이고 권위적인 폭력과 친연 관계에 놓였음을 감안하면, 이 논문의 작업은 1970년대 특유의 사회적 분위기의 원천을 해명하는 데 일정한 시사점을 제공할 수 있을 것으로 기대된다. 한편 선행연구는 아버지에 대한 전상국의 의식이 죄책감과 맺는 모종의 연관관계까지 살피지 못하거니와, 이 논문은 그 작업까지 수행하고자 한다.[7]

---

6 전상국 소설의 죄책감 문제는 보다 구체적으로 석사논문에서 논의된 바 있다. 박상수는 죄책감이 미소망상증, 도덕주의, 광기로 나타난다고 논한다.(박상수, 「전상국 초기 소설에 나타난 위선과 죄책감 연구」, 명지대 문예창작학과 석사논문, 2002, 51-84면 참조.) 이 중 미소망상증은 표면적으로 간취되는 사안이고, 도덕주의는 오태호와 정재림의 논의에서도 나타나듯 눈에 잘 띄는 지점이다. 죄책감이 광기로 발현된다는 통찰은 흥미로운데 박상수는 그것을 「뾰족한 턱」 한 편만을 대상으로 분석한다. 그의 논의는 유의미하나 보다 더 본격적이고 포괄적으로 고찰할 여지를 남긴다. 죄책감이 광기로 나타나는 기제는 보다 복합적인 분석을 요구하며, 이러한 기제는 전상국의 여러 작품에 나타난다. 따라서 이 논문은 전상국의 여러 작품을 대상으로 죄책감이 발현되는 다기한 양상을 고찰하고, 광기로 지칭될 수 있는 국면마저도 보다 정치하고 복합적으로 분석하고자 한다.

7 연구대상 텍스트는 전상국의 1970년대 발표 소설들이 수록된 소설집의 초판본이다. 서지사항은 다음과 같다. 전상국, 『바람난 마을』, 창작문화사, 1977; 전상국, 『하늘 아래 그 자리』, 문학과지성사, 1979; 전상국, 『아베의 家族』, 은애, 1980; 전상국, 『外燈』, 고려원, 1980. 앞으로 이 책들에서 인용 시 소설 제목 옆 괄호 안에 수록 단행본 제목을 기입하고, 인용문 옆 괄호 안에 면수만을 적기로 한다.

2. 자기 처벌과 인간에 대한 모멸

전상국 소설의 많은 인물은 죄책감에 시달리는데, 죄책감은 우선 자학 또는 마조히즘으로 표출된다. 프로이트에 따르면, 죄책감은 엄격한 초자아와 그 지배를 받는 자아 사이의 긴장이며, 이것은 기본적으로 자기 처벌의 욕구로 나타난다. 개인의 공격 본능이 안으로 돌려져 내면화되면서, 양심이라는 형태로 자아에게 가혹한 공격성을 발휘한다.[8] 자기 처벌 욕구는 가학적 초자아의 영향으로 피학적이 된 자아의 본능적 발현인 바, 그것은 자아 속에 존재하는 내면적 파괴 본능의 일부이다.[9] 죄책감에 시달리는 인간은 자기 "처벌에 대한 욕구"[10]를 심각하게 느낀 나머지, 형벌을 자초하기 위해서 일부러 적절하지 못한 일을 하고, 자신의 이익에 반해서 행동하며, 현실에서 자신에게 열려 있는 좋은 전망을 망쳐 놓고, 심지어 자기 자신의 현실적 존재 자체를 파괴하기도 한다. 이는 마조히스트의 대표적인 행동 양식이다.[11] 이렇게 마조히즘은 죄책감의 일차적인 발현 양상이라 할 수 있다. 흥미롭게도 상기한 죄책감에서 비롯된 자기 처벌 양상은 전상국 소설의 인물들의 특징적인 행동 양식과 정확하게 부합한다. 죄책감을 느끼는 마조히스트

---

8 지그문트 프로이트, 「문명 속의 불만」, 김석희 역, 『문명 속의 불만』, 열린책들, 2005, 303 면 참조. 필자는 선행연구에서 다른 작가의 소설에 나타난 죄책감을 논구한 바 있다.(박수현, 「자학과 죄책감-조선작의 소설 연구」, 『한국민족문화』 49, 부산대 한국민족문화연구소, 2013.) 상기 논문과 본고는 프로이트의 이론을 주축으로 삼은 점에서는 유사하나, 연구대상과 분석의 구체적인 방법과 문제의식 면에서 상호 차별된다.

9 프로이트, 앞의 글, 318면 참조.

10 지그문트 프로이트, 「마조히즘의 경제적 문제」, 윤희기 · 박찬부 역, 『정신분석학의 근본 개념』, 열린책들, 2005, 427면.

11 위의 글, 431면 참조.

들은 전상국 소설에 대거 출현한다. 이때 자기 처벌은 행복에의 기피, 성적 무능, 도덕적 강박 등으로 나타나며, 인간 전반에 대한 모멸의 시선으로까지 발전한다. 다음에서 죄책감에서 비롯된 자기 처벌 양상을 항목별로 살펴보고자 한다.

전상국 소설에서 자기 처벌은 우선 행복에 대한 거부 혹은 행복으로부터의 도피로 나타난다. 인물은 행복을 일부러 기피하거나 불행을 강박적으로 찾아다닌다. 그는 죄책감에 시달린 나머지 자신의 가치를 폄하하고, 자신이 행복을 누릴 자격이 없다고 생각하는 것이다. 이는 자기 처벌 혹은 자학의 일종이다. 「암코양이의 食性」(『하늘 아래 그 자리』)의 준수는 그 대표적인 사례이다. 그는 "내가 완전하다고 보는 걸 그는 경멸했고 내가 불결하게 생각하는 걸 쫓아가 잡았다."(147) 가령 "집안이 좋고 교양이 있고 그림이 괜찮은 여자"(147)는 뭇사람들이 꿈꾸는 행복이고, "나"와 같은 범인(凡人)은 그것을 가지려고 노력하거니와, 준수는 그것으로부터 도망간다. 그 여자가 수려하고 훤칠한 준수를 선택했어도 준수는 끝내 도망쳐 버린다. 준수는 상식적으로 탐냄직한 여자들은 애써 거절하고 작부나 창녀만 찾는다. 작부나 창녀 등 이른바 '좋지 않은' 여자들이 자신에게 어울린다고 생각하기 때문인데, 여기에는 자신에 대한 뿌리 깊은 모멸 혹은 자기 처벌 심리가 작동했다.

심지어 우연히 하룻밤을 보낸 작부가 처녀로서의 혈흔을 남기자 "준수는 벌벌 떨고 있었다. 눈알이 불안스레 움직였다. 그걸 숨기기 위해 그가 안경을 썼지만 나는 그의 발작을 눈치챘다."(151) 그가 작부의 처녀성 앞에서 이토록 발작한 이유는 다음에서 미루어 짐작할 수 있다. "그가 허둥거리며 작부나 창녀를 찾은 것은 그런 고귀하다고 남들이 느끼는 그 핏자국, 달리 말하면 보다 완전하고 커다란 것, 깨끗하고

성스럽다는 것으로부터 도망치고 싶은 두려움 때문이었던 것이다. 그
런 완전한 것을 갖지 못한 계집 품에서 그는 위안받을 수 있었다."(157)
이른바 "처녀"와의 성관계는 이 소설에서 귀중한 것으로 상정되는데,
그 앞에서 준수가 불안과 공포에 떨었다는 사실은 행복을 기피하고 두
려워하는 심리가 상당히 뿌리 깊은 것임을 보여준다. 그는 "완전하고
커다란 것, 깨끗하고 성스럽다는 것"에서 기를 쓰고 도망가며, 그렇지
못한 것만 추구한다. 자신을 지나치게 비하한 나머지 행복을 보장하는
모든 것에서 스스로를 격려하는 것이다. 이는 행복을 기피함으로써 자
기를 처벌하는 대표적인 사례라고 할 수 있다.

다음으로 자기 처벌은 성적인 무능으로 나타난다. 전상국 소설에서
성적 무능은 상당히 자주 등장하는 모티프이다. 「수렁 속의 꽃불」(『하
늘 아래 그 자리』)에서 스무 살의 "나"는 여자를 추한 존재로 여기고 결혼
을 거부하며 "발기할 줄 모르는 내 남자"(189) 때문에 괴로워한다. 이
는 어머니에게 느꼈던 성욕에 대한 죄책감 때문이었다. 「아베의 家族」
(『아베의 家族』)에서 아버지와 어머니는 "남들이 말하는 부부의 쾌락을"
"전혀 느끼지 못하고 있었고"(61) "생식 본능에 의해 갖는 그런 요식
행위 이상의 결합을 가질 수 없었다."(61-62) 이 역시 전쟁 중 무고한
사람들을 수없이 죽인 아버지의 뿌리 깊은 죄책감 때문이었다. 성적
무능뿐만 아니라 불임 또한 죄책감의 발현 양상 중 하나이다. 「그 먼
길 어디쯤」(『아베의 家族』)의 "한형"은 세 번이나 결혼에 실패했는데, 그
와중에 아이를 두지 못했다. 부부가 과학적으로 문제가 없었을 때에도
한형이 원하지 않았다는 이유로 아이를 갖지 못했던 것이다. 한형은
고백한다. "내가 아이를 원하지 않았던 거지요."(225) 이렇게 한형은 아
이를 원하지 않음으로써, 스스로 불임을 자초함으로써 자기 자신을 처

벌한다. 한형은 전쟁 중 이웃 아이들을 유기하고 그들의 엄마와 이모의 강간과 죽음을 방조한 일로 인해 심각한 죄책감을 느끼고 있었다. 이상 살펴보았듯 성적인 무능과 불임의 정황 역시 인물의 죄책감과 연관된다. 성적 무능과 불임은 죄책감을 느끼는 인물이 자신을 처벌하는 한 방편인 것이다. 죄책감에 시달리는 인물은 자신을 깊게 모멸한 나머지 어떠한 행복도 누릴 자격이 없다고 생각한다. 성적인 쾌락과 잉태는 보편적으로 행복으로 상정되어 온 것이다. 따라서 죄책감에 빠진 인물들은 성적인 쾌락과 잉태라는 행복으로부터 스스로 격리함으로써 자기 자신을 처벌한다. 이 역시 마조히즘의 일종이다.

한편 머리말에서 언급했듯 전상국 소설의 인물이 도덕적인 행위를 통해 죄책감으로부터 구원받으려 한다는 사실은 논자들에 의해 간파되어 왔다.[12] 이는 전상국 소설의 죄책감과 관련하여 가장 널리 알려진 사안이다. 이 논문은 이러한 강박적인 도덕 행위도 자기 처벌의 일종으로 파악한다. 프로이트에 따르면, 도덕적인 인간일수록 더욱 엄격한 초자아를 지니고 있어서, 세상에서 가장 나쁜 죄인이라고 자신을 나무라는 사람이 바로 공덕을 누구보다도 많이 쌓은 사람인 경우는 비일비재하다.[13] 이렇게 자신을 나무람, 즉 자기 처벌과 도덕에의 강박은 자주 동궤에 놓인다. "가혹하게 억제하고 잔인하게 금지하는 특성"[14] 자체가 도덕의 속성인 바, 도덕은 다분히 피학적이다. 전상국 소설에서 죄책감에 시달리는 인물은 자주 상식을 뛰어넘는 도덕적 행위를 수행

---

12 오태호, 앞의 글; 정재림, 앞의 글; 박상수, 앞의 글 참조.
13 프로이트, 「문명 속의 불만」, 306면 참조.
14 지그문트 프로이트, 「자아와 이드」, 윤희기·박찬부 역, 『정신분석학의 근본 개념』, 열린책들, 2005, 400면 참조.

하는데, 이 역시 자기 처벌의 일종으로 보인다. 가령 「招魂」(『하늘 아래 그 자리』)에서 아버지는 치매에 걸린 어머니를 유기하여 죄책감으로 괴로워하다가, 기이한 도덕적인 행위에 빠져든다. 새벽 일찍 일어나 언덕 아래 공동수도를 왕복하며 물지게를 나른다. "아버지는 꼭 신들린 사람처럼 정신 없이 우리 골목 사람들의 물통을 져 올리는 것이다. 동네 여자들이 공동수도에 줄을 지어 늘어놓은 물통이 채워지기가 무섭게 아버지는 그 물통을 지고 언덕을 뛰어올라 정확하게 그 집 문턱에 내려놓는 것이다."(46)

「아베의 家族」(『아베의 家族』)에서 아버지는 전쟁 당시 무고한 사람들을 죽인 일에 대한 죄책감을 경감하고자 자신이 낳지 않은 자식 백치 아베에게 무한한 사랑을 베푼다. 석필의 형은 동생과 그의 친구들이 강간한 유성애에 대한 죄책감으로 괴로워한 나머지 그녀와 결혼한다. 「겨울의 出口」(『아베의 家族』)에서 아버지 역시 죄책감으로 인해 남다른 선행을 베풀며 살아간다. 그는 생선을 파는 틈틈이 "남을 위해서 사는 시간"(131)을 가지는데, "남들이 손이 모자라 어떻게 할 수 없는 궂은 일을 도맡아 하는 게 아버지의 생활이었다. (중략) 그렇다고 앞에 나서서 난 체 떠벌이며 법석을 떠는 게 아니라 뒷전에서 남들이 잊고 있는 일을 차근차근 서두르지 않고 해내었던 것이다. 그래서 그 당장은 아무도 아버지가 그런 어려운 일을 도와 주었다는 것을 알지 못하고 지냈다가 어느 날 문득 그러한 궂은일을 도맡아 해 준 것이 바로 아버지였다는 걸 깨닫게 마련이었다."(132) 전상국 소설에서 도덕 행위의 근간은 이타성이다. 자학은 자기 이익에 대한 포기로 발전하고, 이는 극단적인 이타성을 초래한다. 따라서 이타적 도덕 행위 역시 자기 처벌의 한 방식이다. 인물들은 죄책감을 경감하기 위해서 이타적인 행위로 스스로를 처벌한다.

죄책감으로 인한 자학은 인간 전반에 대한 모멸로 발전한다. 자학에 시달리는 인간은 그 자신을 바라보는 모멸의 시선으로 세계를 바라보기에 세계에서 모멸스러운 면모를 쉽사리 발견한다.[15] 이 장의 서두에서 논했듯, 죄책감은 근본적으로 공격적인 에너지를 중핵으로 하거니와, 죄책감-자학에 빠진 인간이 자신에 대한 공격성을 외부에 투사할 때, 외부는 공격받아 마땅한 한심한 모습으로 보인다. 자학은 자기 바깥의 세계에 대해서도 폄하와 비난에 익숙한 심성을 형성하는 것이다. 이렇게 자학과 인간 전반에 대한 모멸은 동궤에서 작동한다. 「進化設」(『하늘 아래 그 자리』)에서 아랫집 남자는 "나"에게 아내를 교환하자는 인간답지 못한 일을 제안했는데, 그 제안은 기이한 마력을 지녔다. 도덕적으로 보였던 "나" 역시 그 마력에 무력하게 굴복하였음이 암시된다. 소설 전반에 걸쳐서 아랫집 남자는 '개보다 못한' 인간으로 표상되는데, 작가는 결국 일견 점잖은 "나"나 아내 역시 별다르지 않음을 보인다.

우리집 마당은 온통 수백 마리의 개로 꽉 차 있었던 것이다. 놀라운 것은 그 수백 마리의 개들이 모두 사람처럼 두 발로 선 채 설렁설렁 걸어다니고 있는 일이었다. 꼬리를 흔들지도 않았다. 암팡지게 짖어댈 줄도 몰랐다. 나는 그 점잖은 개들을 보자 엉겁결에 허리를 굽혀 네 발로 기기 시작했다. 말할 수 없는 희열과 아늑한 자유가 전신을 누비며 꽁무니뼈로 집결됐다. 수백 마리의 점잖은 개들이 내 주위를 어정거리고 있었다. 더

---

15 박수현, 「자학과 죄책감」, 171면 참조.

점잖은 개들을 본 것은 지하실 그 방에서였다. 그 방까지 나를 끌고 간 것은 벙어리 여자였다. 그네 눈에 파란 불꽃이 팔팔 불붙어 있었다. 그네가 가리키는 그 붉은 빛 조명 속의 방안에 두 개의 벌거벗은 몸뚱이가 한데 엉켜 뒹굴었다. 더 분명하게 눈에 띈 것은 그들 옆에 정말 의젓한 자세로 궁둥이를 맞댄 두 마리의 개였다. 그 두 마리의 개가 방 한가운데 네 발로 기고 있는 벌거벗은 몸뚱이들을 점잖게 내려다보고 있었다. 신경 쓸 거 없어요. 뒹구는 몸뚱이 중에서 암컷 목소리가 말했다.(142-143)

이상은 소설의 결말이다. 수백 마리의 점잖은 개들은 두 발로 서서 걷고 인간은 네 발로 긴다. 인간은 개로, 개는 인간으로 표상된다. "내" 아내와 이웃집 남자가 정사를 벌이는데, 이 장면은 교합중인 개들보다 열등한 모습으로 그려진다. "내"가 이전에 이웃집 남자의 아내를 탐한 일이나 이웃집 남자와 "내" 아내가 정사를 벌이는 일이나 모두 인간 존재 자체에 대한 작가의 모멸의 시선을 보여준다. 결말에 뚜렷하게 그려진 개와 사람의 전도된 위치는 '인간은 개보다 못하다'라는 관념을 피력하며, 인간 전반에 대한 모멸 의식을 여실하게 보여준다. 이러한 인간 존재에 대한 비관과 폄하 아래에는 뿌리 깊은 자학이 놓여 있다고 보인다. 자학하는 인간이 자신을 공격했던 그 에너지를 인간 전반에게 투사할 때, 인간 전반은 학대받아 마땅한 모멸스러운 존재로 보이기 쉽기 때문이다.

3. 죄의 투사와 폭력적인 사회의 기원

앞서 논했듯 자학과 죄책감의 근본적 동력은 공격적 에너지이다. 이는 프로이트도 성찰한 바, 그는 죄책감의 근원 자체가 억압되어 초자아로 넘겨진 공격 본능이라고 말한다.[16] 죄책감을 형성하는 초자아는 공격성을 거의 본질로 삼거니와,[17] 이것이 자신에게 향하면 마조히즘이 되고 타인에게 향하면 사디즘이 된다. 프로이트는 마조히즘이 주체 자신에게 되돌아온 사디즘이라고 규정한다. 대상에서 자아로 향하는 본능과 자아에서 대상으로 향하는 본능은 근원적으로 볼 때 차이가 없다는 것이다.[18] 즉 마조히즘과 사디즘은 이형동질(異形同質)이다. 죄책감은 마조히즘과 사디즘의 중대한 근원을 형성하고, 마조히즘은 종종 사디즘으로 전화한다. 따라서 죄책감에 시달리는 인물은 자학뿐만 아니라 가학으로도 죄책감을 표출한다. 이 장에서는 전상국 소설에서 죄책감이 가학으로 표출되는 양상을 논구한다.

자아는 스스로를 공격함으로써 죄책감의 해소를 꿈꾸지만 원래의 소망은 외부의 다른 개체에게 공격성을 발산하는 것이었다.[19] 그것이

---

16 프로이트, 「문명 속의 불만」, 321면 참조.
17 프로이트에 따르면 초자아는 다음과 같은 기제로 공격성을 띠게 된다. 개인이 공격 본능의 충족을 단념하면 좌절된 공격 본능을 초자아가 떠맡아서 그것을 자아에 대한 공격성으로 전화시킨다.(위의 글, 309면 참조.) 또한 아버지와의 동일시가 초자아를 생성하는데, 승화가 일어날 때 성적 요소는 함께 결합되었던 파괴적 요소를 묶을 힘을 잃어서, 그것을 공격과 파괴 경향이라는 형태로 방출한다. 이러한 분열이 초자아의 가혹함과 잔인함을 초래한다.(프로이트, 「자아와 이드」, 401면 참조.)
18 프로이트, 「쾌락 원칙을 넘어서」, 윤희기·박찬부 역, 『정신분석학의 근본 개념』, 열린책들, 2005, 331면 참조.
19 프로이트, 「문명 속의 불만」, 303면 참조.

무산되었기에 자기 자신을 처벌하는 것이다. 즉 죄책감에 시달리는 인물이 자기 처벌보다 더욱 은밀하게 바라는 것은 자신의 죄를 짊어질 타인을 적발하고 처벌하는 일이다. 이는 죄책감의 원천인 초자아 자체가 숙명적으로 내장한 공격적인 에너지와 연관 깊다. 전상국 소설에서 죄책감에 시달리던 인물은 종종 타인에게 그 죄를 전가하고, 자신의 죄를 대신 짊어질 타인을 애타게 찾기까지 한다. 「뾰족한 턱」(『하늘 아래 그 자리』)에서 형은 강간당한 어머니가 화재로 죽은 일과 시국 관련 사건으로 잡혔을 때 동료들을 배신한 일에 대해서 죄책감을 가지고 있다. 그러나 그는 그 일에 관해 자기 자신에게 정직하게 죄를 묻지 않고 타인의 죄로 돌린다.

그는 불타 죽은 어머니의 시체를 마주한 날 이렇게 일갈한다. "그 새끼가 죽인 거야."(74) "그 새끼"는 그의 죄책감을 떠맡은 가상의 인물이다. 그가 가상의 인물이라는 점은 이후의 그의 행각에서도 밝혀진다. 그는 성년이 되어서 시도 때도 없이 "그 새끼"를 찾아낸다. "형에게 덮씌워진 〈그 새끼〉의 귀신은 어디에서고 예고 없이 그 꼬락서닐 달리해 나타났다."(74) 형은 건널목에 서 있던 탐욕스럽게 생긴 중년 여인, 초만원 버스 속 야비한 사내들, 점잖게 차려입은 중년 신사, 심지어 자신을 치료했던 정신과 병원의 의사까지도 "그 새끼"로 지목하며, 그들에게 주먹을 날리거나 침을 뱉는 등 가해한다. "그 새끼"는 특정한 인물이 아니라 그의 죄를 대신 짊어질 대리인의 일반 명사이다. 그가 끊임없이 그리고 끈질기게 "그 새끼"를 적발하는 모습은 자신의 죄를 대신 짊어질 타인을 찾고자 하는 열망이 얼마나 강한지 보여준다. 그는 자신의 죄책감을 감당하기 버거워서 타인에게 죄를 전가하고 싶은 것이다.

위에서 보듯 "그 새끼"는 가학의 대상이 된다. 이 장의 서두에서 논했듯 원래 죄책감은 마조히즘의 원천이지만, 마조히즘이 주체 자체에게 돌려진 사디즘이라는 사실을 고려할 때 죄책감이 사디즘으로 발현되는 것은 쉽사리 이해 가능하다. 이 소설에서 "그 새끼"로 지목된 이들 중 가장 많은 지면을 차지한 "백치"는 형에게 갖은 학대를 당한다. 형과 "나"는 백치에게 음식은 물론 물 한 방울 주지 않고 끊임없이 구타할 뿐만 아니라 물고문에 전기고문까지 가한다. 백치를 고문하면서 들이미는 질문은 이렇다. "너 간첩이지?"(80) "너, 느 집에 불 질렀지?"(80) "너, 사람 죽였지?"(80) 간첩이거나 방화범 혹은 살인범이라는 죄목은 형이 의식적으로는 인정하지 않지만 무의식적으로 스스로에게 부과한 죄목이다. 형은 자신에게 부착한 죄목을 백치에게 투사하면서 자신의 방면을 꿈꾼다. 백치에게 자기의 죄뿐만 아니라 죄책감까지도 투사하는 것이다. 죄책감의 원천인 공격적 에너지는 이렇게 쉽사리 타인에게 투사되며, 소멸하지 않고 끊임없이 순환한다. 이후 형이 불타 죽은 다음 아우인 "나"조차 아무에게나 "그 새끼"로 칭하면서 주먹을 날리는데, 이는 공격적 에너지 자체가 결코 소멸하지 않고 투사를 거듭하며 계속 순환하고 있음을 보여준다.

타인에게 죄를 전가하고 그를 괴롭힘으로써 죄책감에서 벗어나고자 하는 인물은 전상국의 다른 소설에서도 무수하게 출현한다. 「惡童時節」(『바람난 마을』)의 "우리들"은 단체로 일호 색시에게 성적 폭력을 행사한 이후, 그 일과 무관한 용수를 합세하여 괴롭힌다. 그들은 용수에게 욕을 퍼붓고 집단적인 무력을 사용하여 방공호에 그를 밀어 넣는다. 방공호는 "우리들" 사이에서 영창으로 쓰이는 곳으로서, 그 안에 들어간 이는 무시무시한 공포를 체험해야 했다. "우리들"은 일호 색시에게 가한 성적 폭력에 따르는 죄책감을 용수에게 전가함으로써 사면을 기도했던 것이다. "적이, 또 하나의 우리들 적이 방안에 도사리고 있었던 것이다. 이놈이야말로 우리들의 그 찜찜하고 멋쩍음을 단번에 씻어줄 수도 있는 그런 계기를 만들어 주었다고나 할까."(142) "찜찜하고 멋쩍음"은 죄책감을 의미하며, 그들은 용수에 대한 가학을 죄책감을 "단번에 씻어줄 수도 있는 그런 계기"로 상정한다. 이렇게 죄책감은 사디즘으로 발현되고, 그들은 자신의 죄를 대신 짊어지고 대신 처벌받을 희생양을 필요로 한다.

「바람난 마을」(『바람난 마을』)에서 마을 청년들은 외팔이를 단체로 응징하기 위해서 쫓아다닌다. 외팔이가 택수의 아내와 불륜을 저질렀기 때문이었다. 청년들은 외팔이를 응징하려는 이유가 택수에 대한 의리 때문이라고 합리화하지만, 실상은 다르다. 사실 그들 모두 택수의 아내에게 음심을 품고 있었다. "언제고 한 번쯤은 안겨들 것 같은 그 얌냠한 몸매, 눈을 살큼 내리깔고 도톰한 아랫입술을 얄깃얄깃 빨아대며 물동일 이고 눈앞을 지나던 그네의 그 팡팡한 엉덩이 때문에 우리들은 얼마나 마음 뒤숭숭한 시간을 가졌던가? 정 환장할 마음이 일 때는 성불구자인 택수의 전사 통지서가 날아드는 그런 끔찍한 생각까지도 했던 것이다."(113-114) 여기에서 드러나듯 그들은 모두 택수 아내를 탐했으며, 탐심은 거대해져서 택수의 죽음을 소망할 정도까지 부풀려졌다. 택수의 전사 통지서를 기다리는 마음을 "그런 끔찍한 생각"으로 지칭한 사실에서 드러나듯, 그들은 이러한 은밀한 욕망에 죄책감을 품었다고 할 수 있다. 하여 그들은 택수 아내에게 품은 음심과 택수의 죽음 소망에 대한 죄책감을 외팔이에게 투사하고, 외팔이를 처벌함으로써 자신들의 죄책감으로부터 자유로워지기를 기도한 것이다. 여기에서 외팔이는 다수의 죄를 대신 짊어지고 처벌받는 희생양으로 기능한다. 외팔이의 자살 이후 마을에 성적인 에너지가 풍만해졌다는 설정은 외팔이의 희생양적 기능을 더욱 여실하게 보여준다. 여기에서 죄를 대신 떠맡아 응징당하는 이들은 일종의 희생양인데, 전상국 소설에서 희생양 모티프는 대단히 자주 등장한다.[20] 집단은 희생양에게 폭력을 집중하고 그를 처벌함으로써 집단의 평화를 도모하는 바[21], 전상국 소설의 희생양은 단지 폭력의 대상이 아니라 죄책감에서 유발된 폭력의 대상이 된다는 점에서 특별하다. 죄책감과 폭력의 순환 고리에서 필히 발생하는 것이 희생양의 존재인 것이다.[22]

---

20 김현은 전상국의 「외딴 길」한 편을 분석하면서 '일인에 대한 만인의 증오'를 논한 바 있다. 떠돌이 혹은 겉도는 사람이 일인의 역할을 맡기 쉽고, 그에 대한 만인의 증오는 기존 이익을 최대한 유지하고 싶다는 바람에서 비롯된다고 논한다. 그는 이러한 현상을 죄책감과 연관 짓지는 않는다.(김현, 「증오와 폭력-만인 대 일인의 싸움에 대하여」, 『분석과 해석』, 문학과지성사, 1991, 198-204면 참조.)

21 지라르에 따르면 사회는 자신의 구성원을 해칠지도 모르는 폭력의 방향을 돌려서, 비교적 그 사회와 무관한 '희생할 만한' 희생물에게 향하게 한다. '희생 대체'의 목적은 폭력을 속이는 것인데, 이는 폭력의 배출구를 막지 않으면서 간간이 먹이를 던져줄 때에 가능하다. 폭력은 희생물에 집중하는 동안 애초의 폭력의 대상을 간과한다. 이렇듯 희생 대체에는 어떤 '인지 불능'이 내포되어 있다. 희생제의는 폭력의 방향을 무고한 희생물에게 집중시킴으로써 집단을 폭력으로부터 보호한다.(르네 지라르, 김진식·박무호 역, 『폭력과 성스러움』, 민음사, 2000, 14-19면 참조.)

22 이 밖에도 죄책감을 타인에게 투사하는 기제는 무수히 많이 출현한다. 「아베의 家族」(『아베의 家族』)에서 "나"는 세 명의 친구들과 함께 한 처녀를 윤간하는데 "그때 형표들과 산에서 계집애를 벗긴 것도 아베에 대한 분노였다고 나는 구실을 찾아가지고 있었다."(13) 그는 윤간에 따르는 죄책감을 아베에게 투사한 것이다. "나"의 어머니는 외국 군인들에게 윤간을 당하는데 그 죄책감을 갓난 자식 아베에게 투사한다. "나는 가끔 그 아이가 무서운 생각이 들 때가 있었다. 이것은 사람이 아니다. 그럴 때마다 나는 아이를 방바닥에 밀어놓고 치를 떨었다. 온몸이 부들부들 떨렸다."(52) 「우리들의 날개」(『外燈』)에서 할머니는 "끝내 집에 돌아오지 않은 채 객지에서 거적주검이 된 할아버지 소식을 처음 듣던 날 할머니는 젖을 더듬는 내 손을 무섭게 뿌리쳤다. 그때 나를 쏘아보던 할머니의 그 눈을 나는

앞서 보았든 죄책감에 시달리는 인물은 빈번하게 그 죄를 타인에게 투사하고 폭력을 휘두르면서 구원을 꿈꾼다. 여기에서 대신 죄를 짊어지고 처벌받는 타인이 바로 피해자일 때 문제는 심각해진다. 드물지 않게 인물은 자신이 가해한 바로 그 대상에게 죄를 뒤집어씌우고 그를 단죄한다. 피해자에게 이중으로 가해하는 것이다. 프로이트에 따르면 자아는 살인적인 이드의 부추김과 벌주는 양심의 가책 사이에서 시달리다가 두 가지 결과를 낳는다. 첫 번째 결과는 끊임없는 자기 학대이고 두 번째 결과는 대상에 대한 조직적인 박해이다.[23] 죄책감을 유발한 바로 그 대상을 박해하는 것도 죄책감의 한 발현 양상이다. 전상국은 이 복합적인 기제를 통찰하여 여러 곳에서 형상화한다. 다음은 「外燈」(『外燈』)의 한 대목이다.

막상 표선생 부친이 죽고 나니까 하암리 사람들은 마음속에 꺼림칙한 그림자를 나누어 갖기 시작했다. 그것은 자신들이 말 한 마디만 거들어주었어도 죽임까지야 당했겠느냐 하는 표선생 부친에 대한 일종의 죄책감이었다. 그러나 정작 그 죄책감이 문제였다. 그네들은 가슴속에 죄책감이 살아오를수록 고개를 홰홰 내저었다.
-그 망할 놈이 글쎄 봐주는 척해 가지고 제 욕심은 다 채웠다니까.

잊을 수가 없다."(94) 할아버지는 늦바람이 나서 집을 나갔는데, 할머니는 "나"와 할아버지가 서로 살이 껴서 한 집에 살 수 없는 팔자라는 점쟁이의 말을 믿고 그 운명을 고스란히 감내했다. 할아버지는 함께 도망갔던 과부가 아편장이였기에 돈을 다 잃고 거지가 되어 떠돌아다니다가 거적주검이 되어서 돌아왔다. 할아버지가 지나치게 비참한 모습으로 죽어 돌아온 사실에서 할머니는 죄책감을 느꼈을 것이고, 그 죄책감을 "내"게 투사한 것으로 볼 수 있다.

23 프로이트, 「자아와 이드」, 399-400면 참조.

이처럼 표선생 부친에 대한 적개심을 불러일으키려 했다. 심지어는 표선생 부친이 생전에 했던 몇 가지 비행을 과장해서 떠들어대는 일이 많아졌던 것이다. 오히려 표선생 부친은 살아서보다 죽은 다음에 더 많은 죄를 짓는 꼴이 돼버렸다. 죽어 마땅한 사람이 되었던 것이다. 난리를 직접 겪지 않은 마을 아이들에게 상암리의 표태흠이라는 이름은 그대로 빨갱이의 대명사가 됐다.(36-37)

표태흠은 이른바 "빨갱이"였으나 전쟁 때 하암리 사람들 편에서 그들을 구명하기 위해 애썼다. 그러나 하암리 사람들은 그를 죽음으로 몰았다. 빨갱이는 무조건 싫다는 이유에서였다. 그가 죽자 하암리 사람들은 그에 대한 죄책감으로 괴로워했으나, 이 죄책감으로 인해서 그에게 더욱 적개심을 불태우고 수많은 죄목을 만들어서 뒤집어씌웠다. 표태흠은 "죽은 다음에 더 많은 죄를" 지은 사람이 되어 버렸다. 여기에서 하암리 사람들은 자신들이 가해한 바로 그 대상에게 죄를 뒤집어씌운다. 이는 피해자가 당할 만한 이유가 있기에 자신들이 가해했다고 생각해야 죄책감을 삭감할 수 있기 때문이기도 하다. 그들은 죄책감에서 벗어나고자 피해자에게 이중으로 가해한다.

이러한 '이중 가해' 기제는 전상국 소설에서 빈번하게 등장한다. 같은 소설의 박경사의 아버지도 '이중 가해'의 피해자이다. 박경사의 아버지는 항일운동 중 행방불명되자 배신자로 낙인찍힌다. 실상 배신자는 아버지를 배신자로 낙인찍은 동지들이었으나, 동지들은 아버지의 생사가 확인되지 않은 처지를 이용해서 그에게 배신이라는 죄를 뒤집어씌운 것이다. 그들은 배신에 따르는 죄책감에서 벗어나고자 죄책감의 대상에게 죄를 전가한다. 실상 피해자인 그를 죄인으로 지목함으로써 죄책감에서의 방면을 꿈꾸는 것이다. 「우리들의 날개」(『外燈』)에서 엄마가 막내 두호에 대한 죄책감으로 괴로울 때마다 두호를 매질하는 것도 같은 심리적 기제에서 비롯된 일이다. 「안개의 눈」(『아베의 家族』)에서도 정임이네 세 아이들에 대한 죄책감 때문에 괴로운 "나는 벙어리 계집애의 맨발을 꽉 밟아 주었을 뿐이다. 그 계집애의 눈에서 눈물이 뚝뚝 떨어졌다."(219) 아이들의 아버지가 죽었고, 나쁜 사내들이 엄마와 이모를 강간하러 간다는 사실을 알고 있는 "나"는 아이들을 연민하지만 무언가 해 줄 능력을 가지지 못했다. 이는 아이들에 대한 죄책감을 유발했으나, 그는 죄책감을 아이들에 대한 박해로 표현했던 것이다. 이 역시 죄책감을 유발하는 대상에 대한 가학 심리를 보여준다.

이중 가해 기제에서, 피해자 혹은 죄책감을 유발하는 대상은 두려운 존재로 현현한다. 피해자에 대한 이중 가해 심리는 복수에 대한 두려움에서도 비롯된 것으로 보인다. 그것이 아니더라도 피해자에 대한 공포는 전상국 소설에서 자주 등장하며, 가공할 폭력을 초래한다. 「아베의 家族」(『아베의 家族』)에서 아버지는 전쟁 중에 아군과 민간인 일가족에게 총을 쏘아댄 일로 오랫동안 죄책감에 시달린다. 아군 중 절름거리는 병사와 일가족 중 "벌거벗은 아랫도리를 그냥 내놓은 채 걸터앉아 나를 향해 히쭉 웃고 있는 그 반편이 사내아이"(65)만은 죽이지 못했다. 그 이후 아버지는 "나는 내가 죽인 사람들 때문에 괴로워한 게 아니라 내가 죽이지 못한 사람, 그 절름거리는 병사와 문턱에 걸터앉아 나를 향해 웃던 반편이 사내아이"(66) 때문에 괴로워했다고 고백한다. 아버지의 괴로움은 가해한 바로 그 대상을 두려워하는 심리를 보여준다. "아마 나는 그곳이 휴전선 이쪽이었다면 당장 달려가 그 아이를 찾아내었을 게 틀림없오. 그리고 그 반편이 아이를 죽였을는지도 모르오.”(66) 이렇게 가해한 대상에 대한 공포에는 복수에의 두려움이 작동한 것으로 보인다. 복수할 가능성이 있는 피해자를 재차 공격함으로써, 즉 이중으로 가해함으로써 피해자에게서 힘을 빼앗아 버리는 것이다. 이러한 이중 가해는 다분히 폭력적이다.

이런 심리는 뱀 에피소드에서도 잘 드러난다. 아버지는 어렸을 때 살모사 한 마리를 죽였는데, “나무 막대기를 정신없이 내리쳐 살이 흐치흐치 문들어질 정도로 만든 다음” 집에 돌아왔으나, 다시 잠자리에서 일어나서 죽은 뱀을 찾아내어 “더 살아날 수 없을 정도까지 돌로 짓이겨 놓은 다음 뽕나무 가지에 걸어 놓고 돌아왔”(66)다. 아버지는 복수를 두려워한 나머지 이미 죽은 뱀을 몇 번이고 다시 죽인다. 죽은 뱀에게 거듭되는 가학은 섬뜩할 정도이다. 이는 죄책감의 대상에 대한 박해가 때로 가장 잔인한 폭력으로 발전할 수 있음을 보여준다. 그만큼 죄책감의 대상에 대한 공포는 위력적이다. 이렇게 전상국은 인간의 죄책감이 쉽사리 그 대상에 대한 공포로 전화하며 상식을 뛰어넘는 폭력까지 초래함을 통찰한다. 무자비한 폭력의 원천에는 죄책감이 놓여 있다고 볼 수 있는데, 이때 죄책감은 인간의 폭력성의 한 기원으로까지 지목될 수 있다.[24]

---

24 이외에도 「여름 손님」(『바람난 마을』)의 “나”는 어린 시절 석두의 여동생을 동네 아이들 앞에서 발가벗겼고 이후 그 여자아이는 돌림병으로 죽었다. 그 이후 “나는 그때부터 석두를 두려워했던 것이고, 그 두려움만큼 그를 싫어했다.”(89) 그는 석두의 여동생에 대한 죄책감으로 인해 석두를 두려워해 왔고 피해 왔던 것이다. 이 역시 죄책감을 유발하는 대상에 대한 두려움과 가해 심리를 보여준다. 성장한 “나”는 출세지상주의자로서 아버지와 고향 친구들을 무시하며 살아 왔다는 죄책감을 느낀다. 그러나 이러한 죄책감을 의식 차원에서는 부정하고 무의식으로만 감지하는 상태였는데, 갑자기 출현한 석두로 인해 죄책감을 더 이상 부정하기 어려워진다. 그래서 그와 대면을 피하기 위해 전전긍긍하고 “자기 신체의 치부를 거울 앞에 마주하고 서기 싫듯 나는 석두를 피하기 위해 무진 신경을 곤두세

이상 죄책감에 시달리는 인물들은 종종 자신의 죄를 타인에게 전가한다. 단순히 타인에게 죄를 투사할 뿐만 아니라 폭력을 가하며, 폭력은 때로 가공할 정도로까지 발전한다. 폭력에는 죄책감을 유발하는 대상, 즉 피해자에 대한 공포도 작동한다. 이렇게 보면 죄책감이 죄를 낳고 그것이 다시 폭력을 낳는 악순환이 발생한다. 타인에 대한 사디즘적 폭력의 한 기원이 죄책감인 것이다. 여기에서 죄책감에서 비롯된 폭력이 집단적으로 발생하는 경우를 상정해 보자. 죄책감으로 괴로워하는 이가 다수이고, 그로 인한 사디즘도 복수로 발생하면 사회는 폭력으로 물들 것이다. 이는 사회의 폭력성의 한 기원을 해명하는 일종의 사회심리학이 될 수 있다. 폭력적인 사회의 기원에는 개인의 죄책감'들'이 존재한다는 해석이 가능하다.

머리말에 언급한 김병익의 논의도 지적했듯이, 실제로 전상국은 집단적 폭력과 가학적인 사회를 즐겨 그린다. 「脈」, 「招魂」, 「私刑」 등을 비롯하여 무수히 많은 소설에서 집단 린치와 집단 따돌림이 중요한 모티프로 출현하며, 「아베의 家族」, 「惡童時節」, 「私刑」 등에서는 집단적 성폭력이 나타나고, 「돼지새끼들의 울음」과 「껍데기 벗기」에는 학교에서조차 일상화된 폭력이 등장한다. 집단적인 폭력 모티프는 죄책감 모티프만큼이나 반복적으로 전상국 소설에 출현한다. 이는 우연이 아니다. 사회의 폭력성과 개인의 죄책감'들'은 밀접한 연관관계를 맺

였다."(86-87) 이 역시 죄책감을 유발하는 대상에 대한 공포를 보여준다. 석두로 인해 그는 "뭔가 더 절실하고 근본적인 게 허물어져내리는 듯한 느낌"(95)에 빠져드는데, 이 느낌은 바로 죄책감을 의미한다. 근본적인 무너짐으로 표상될 만큼 죄책감의 괴로움은 위력적이고 그만큼 피하고 싶은 것이었다. 따라서 그것을 유발하는 대상 혹은 피해자는 두려운 존재일 수밖에 없다.

고 있다고 보인다. 전상국 소설들이 다수 발표되었던 1970년대에 특히 이러한 진단은 적실했을 것이니, 유신 치하 사회는 권위적이고 폭력적이었으며, 전쟁의 상흔을 깊이 각인한 그 시절 죄책감에서 자유로운 사람들은 거의 없었을 것이기 때문이다.

사회의 폭력성과 집단적인 죄책감의 연관관계에 대한 한 근거는 '모두가 죄인'이라는 의식이 전상국 소설에 중요하게 나타난다는 사실이다. '모두가 죄인'이라는 인식은 특히 「잊고 사는 歲月」, 「산울림」, 「안개의 눈」, 「그 먼 길 어디쯤」(『아베의 家族』) 연작에 잘 드러난다. 「그 먼 길 어디쯤」에서 "한형"은 "누가 그 아이를 길에 버렸지? 누가 버려지는 그 아이를 보고만 있었지?"(245)라는 질문을 반복적으로 뇌까린다. 유년 시절 피난지에서 귀향하면서 고아 아이 셋을 길에 버렸는데, 그는 이에 대한 죄책감에서 벗어나지 못하고 있다. 문제는 아이들 유기라는 죄를 지은 사람들이 "모두"라는 점이다. 트럭 일꾼인 "인상 안 좋은 사내들"은 아이들의 엄마와 이모를 강간한 후 죽였고, 한형의 아버지와 어머니는 아이를 버리자고 제안하거나 이에 암묵적으로 동의했다. 연작인 「안개의 눈」을 참조하면, 심지어 한형마저 죄에서 자유롭지 못했다. 그는 "벼락 같은 고함이 터질 것 같은 그런 힘"(217)을 발휘해서 트럭을 고장냈는데, 트럭 고장을 빌미로 두 사내는 아이들의 엄마와 이모를 강간하러 갔다. 소년이었던 한형 역시 의도하지 않았지만 아이들의 불행에 일조했던 것이다. 이처럼 아이들의 유기에 책임 있는 사람들은 "모두"였다.

전쟁 체험은 거의 모든 인간들에게 죄를 짓게 했고, 그들 모두에게 죄책감을 심어주기에 충분했다. 비단 아이 유기 문제가 아니더라도, 피난길에 아버지는 갓난아이를 밟아 죽이고도 모르는 척 했으며, 죽은 할머니의 손가락을 절단하고 반지를 빼냈고, 사람들은 남들이 파묻고 간 세간들을 도둑질했으며, 심지어 중공군 시체더미를 뒤져내 돈, 시계, 반지 등을 닥치는 대로 주웠고, 썩어가는 시체의 입에서 금이빨을 빼내기조차 했다. 모든 사람이 죄를 지었던 것이다. 죄에서 자유로운 사람은 거의 없었고, 따라서 죄책감에서 자유로운 사람도 없었다. 이에 집단적인 죄책감의 존재를 상정할 수 있다. 앞서 논했듯 죄책감은 종종 타인에 대한 가학으로 귀결되기에, 상호 가학으로 점철된 사회의 폭력성의 기원에는 집단적 죄책감이 존재한다고 추론할 수 있다. 과거의 죄가 현재의 폭력을 낳는 악순환이 발생하는 것이다. 집단적인 죄책감의 발생에 전쟁 체험은 중대하게 작동했거니와, 전쟁으로부터 20여 년이 흐른 1970년대 사회가 폭력성을 띠었다면 이는 전쟁으로 인한 집단적 죄책감과 밀접히 연관된 것으로 보인다. 여기에서 전상국 특유의 사회심리학이 탄생한다.

4. 신뢰할 수 없는 처벌자와 스스로 아버지 되기

죄책감은 자아가 감시받는 처지에 대한 지각이며, 자아의 지향과 초자아의 요구 사이에서 발생하는 긴장에 대한 평가다.[25] 죄책감은 또한 외부 권위자에 대한 두려움을 내장하며, 자아와 권위자 사이에 존재하는

---

25 양심은 초자아에 따르는 기능인데, 이 기능은 자아의 행위와 의도를 감시하고 심판하고 검열한다. 초자아의 준엄함을 보여주는 죄책감은 양심의 엄격함과 동일하다.(프로이트, 「문명 속의 불만」, 318면 참조.)

긴장을 의식한다. 권위자의 사랑을 얻고 싶은 욕구와 본능을 만족시키고 싶은 욕구 사이의 갈등이 직접적으로 죄책감을 유발한다.[26] 이처럼 죄책감의 문제에서 초자아 혹은 감시자·처벌자는 핵심적 위상을 차지하며, 그것에는 외부 권위자의 영향력이 개입한다. 그런데 여기에서 초자아가 신뢰할 수 없는 처벌자라면, 죄책감의 문제는 새로운 국면을 맞이한다. 죄책감 자체가 초자아에서 비롯되었으니 초자아의 권위가 무너진다면 죄책감도 약화될 수 있는 것이다.

눈에 띄게 드러나지는 않지만 전상국의 인물은 죄책감에서 벗어나고자 은밀하게 초자아의 전복을 기도한다. 풍문 속의 초자아를 격파하고 새로운 초자아를 정립하려고 한다. 이것이 전상국 소설에서 간과할 수 없는 모티프인 '스스로 아버지 되기'의 의미이다. 물론 이는 죄책감을 마주한 인물들 모두가 선택하는 최종 답안은 아니나, 아직까지 논의되지 않은 사안이기에 일고에 값할 것이다.[27] 이 문제를 논구하면서 전상국 소설의 또 다른 중대한 모티프인 집단 린치, 억울한 누명과 죄책감과의 연관관계도 더불어 해명하게 될 것이다.

초자아는 개인 내부에 존재하지만, 초자아의 형성에 외적 요인이 관여함을 간과할 수 없다. 현실적인 아버지를 비롯하여 개인의 초자아 형성에 영향을 미치는 외부 권위자들은 무수히 많다. 그러므로 초자아

---

26 위의 글, 318-319면 참조.

27 전상국 소설의 아버지 문제를 논급한 선행연구는 주로 인물이 뿌리 찾기의 일환으로 부권 회복을 시도하는 양상에 주목한다.(조동숙, 앞의 글; 선주원, 앞의 글 참조.) 무력해진 아버지에게 권위를 되돌려 줌으로써 본질적인 생명력을 회복한다는 것이다. 이들이 아버지의 권위를 복원하는 기제에 주목한다면 본고는 스스로 아버지 되기 모티프에 주목한다는 점에서 방향을 달리 한다.

는 단지 개인의 순수한 내적 윤리 기준이 아니라, 그것과 외부 권위자들의 명령의 합성체에 가깝다. 하여 초자아에 개입한 외부 권위자의 문제는 중대한 것으로 부상한다. 흥미롭게도 전상국 소설에서 인물의 행동을 감시하고 검열하는 초자아는 구체적인 인물로 형상화된다. 대체로 그것은 아버지나 아버지에 상응하는 인물로 나타난다. 「암코양이의 食性」(『하늘 아래 그 자리』)에서 어느 날 "덩치 큰 사내"는 준수를 죽이라고 사람들한테 명령하고, 사람들은 준수의 등에 송곳을 무수히 꽂는다. 이후 덩치 큰 사내의 환상은 준수에게 지속적으로 나타난다. 앞서 준수가 자학에 시달리는 인물임을 논한 바 있거니와, 준수가 행복을 추구하려고 할 때마다 덩치 큰 사내의 환상이 나타나서 그것을 방해한다. 가령 자신의 아이를 밴 여자 앞에서 준수는 무릎 꿇고 울고 싶으나 덩치 큰 사내의 환상이 두려워서 돈을 던지며 아기를 떼라고 말한다. 준수에게 여자를 수용하는 것은 행복이고 아기를 떼라고 강요하는 것은 자학이다. 준수는 초자아의 시선을 두려워한 나머지 스스로를 자학의 구렁텅이로 몰아넣는 것이다. "죽여 버려. 그렇게 말하던 제복 입은 그 사내의 얼굴을 그는 똑똑히 기억하고 있었다. 그 사내가 지금 자기 뒤 그 짙은 어둠 속에서 이쪽을 지켜보고 있다고 그는 믿었다."(162) 여기에서 사내는 준수를 감시하고 처벌하는 초자아의 역할을 수행한다. 준수는 감시하고 처벌하는 그의 시선 아래 놓였기 때문에 자신의 행복을 추구하지 못하는 것이다.

「실반지」(『아베의 家族』)에서 "나"는 죽은 친아버지를 양심의 최종심급으로 상정한다. 친아버지는 아내를 죽인 "범인은 너야"(120)라면서 단죄하는 초자아로 출현한다. "나"는 친아버지의 시선을 의식하면서 아내를 죽였다고 자백한다. 실제로 죽이지는 않았지만 도의상 책임을 느낀 것이다. 이 소설에서 친아버지는 인물의 행동을 감시하고 검열하는 초자아로서의 위상을 차지한다. 「外燈」(『外燈』)에서 박경사는 어려움에 처할 때마다 아버지를 떠올린다. "아버지 그분만은 이 암울한 늪에 빠져 허덕이는 자신을 건져 올릴 수 있을 것 같"(74)았기 때문이다. 박경사는 아버지를 의식하면서 고민 끝에 의로운 길을 택하려고 결심한다. 여기에서 아버지는 양심의 의미를 띤다. 이렇게 전상국 소설은 감시자, 처벌자, 양심의 심급에 놓인 인물을 적지 않게 형상화하는데, 이는 초자아에 대한 알레고리로 볼 수 있다. 한편 이들이 죄책감에 괴로워하는 인물 외부의 타인이라는 점은 초자아가 외부 권위자의 영향력 안에 놓였음을, 그리고 때로 외부 권위자 그 자체임을 보여준다. 이처럼 초자아는 개인의 내적 윤리 기준일 뿐만 아니라 외부 권위자의 시선이기도 하다.

　문제는 전상국 소설에서 초자아에 대한 태도가 다분히 분열적이라는 점이다. 「실반지」나 「外燈」의 경우 초자아는 인물을 바른 길로 이끄는 바람직한 양심을 의미했으나, 「암코양이의 食性」의 초자아는 인물을 과도한 자학으로 몰아가는 무자비한 처벌자에 가깝다. 문제는 후자의 경우이다. 지금까지 살폈듯 죄책감에서 비롯된 자학과 가학은 초자아 특유의 공격적 에너지로 인해서 다분히 폭력성을 띤다. 이때 초자아는 바람직한 양심이라기보다 무자비한 처벌자로서 자아에게 과잉 죄책감을 제공하며 고통의 원천이 된다. 이러한 무자비한 처벌자는 전상국 소설에서 핵심적 위상을 차지한다. 가령 집단 린치와 집단 따돌림은 매우 자주 등장하는 모티프인데, 이때 처벌하는 권위는 '여러 사람들'이 떠맡는다. 작가는 집단적 처벌에 처한 이의 고통스러운 심경을 반복적으로 그린다.[28] 이는 전상국 소설에서 죄책감이 핵심적인 모티프로 등장하게 만든 원초적 장면으로 보인다. 집단적인 처벌과 무자비하고 위력적인 처벌자의 기억은 죄책감에 친숙한 심성을 형성했을 것으로 보인다. 처벌이 합당하건 아니건 간에 누군가를 단죄하는 이가 다수일 때, 단죄받는 이는 처벌의 정당성을 고민하기도 전에 자동적으로 죄책감을 느끼기 쉽다. 그러나 한편 그가 단죄하는 권위에 대해 억울함을 느끼는 것도 부정할 수 없는 사실이다. 단적으로 집단적 처벌에 처한 이는 죄책감과 억울함이라는 양가감정에 빠지는 것이다.

그는 처벌하는 권위를 두려워하면서도 그에 의혹을 품는다. 가령 「私刑」(『바람난 마을』)에서 유년 시절 현세는 주머니칼을 훔칠 의도가 없었으나 "놈들"은 현세를 도둑으로 몰면서 몰매를 내렸고 놀이에 끼어주지 않았다. "이쪽에서 접근하면 모두 외면을 했고 돌아서면 손가락질이었다."(73) 여기에서 현세는 처벌을 억울해 하며, 자신을 감시하고 단죄하고 징벌하는 권위에 대한 반감을 보인다. 적발하고 처벌하는 권위에 대한 반감은 「껍데기 벗기」(『바람난 마을』)에서도 나타난다. "나"는 국민학생 때 악의 없이 짝의 김밥을 먹었으나 선생은 학생들 앞에서 그를 과도하게 망신 주었다. 이 사건은 어린 "나"에게 트라우마로 남았다. 그래서 교사가 된 "나"는 반에서 도난 사건이 발생했어도 도둑

---

28 「私刑」의 현세 아버지와 현세, 「惡童時節」의 용수, 「招魂」(『하늘 아래 그 자리』)의 주인공의 가족 등은 모두 집단 따돌림과 집단적 처벌의 피해자이다. 집단적 처벌은 당사자들에게 심각한 외상으로 자리 잡는다. 인물은 가령 다음과 같이 상처받은 심경을 토로한다. "시골에서 한 마을 사람들한테 따돌림을 받는다는 것처럼 서럽고 원통한 일은 세상에 더 없지."(53) 필자는 전상국에 관한 다른 연구에서 집단 린치와 집단 따돌림을 본고와 다른 문제의식, 즉 집단주의라는 틀로 고찰한 바 있다.(박수현, 「1970년대 전상국 소설에 나타난 집단주의」, 『국제어문』 61, 국제어문학회, 2014.) 전상국 소설의 집단 린치와 집단 따돌림의 상세한 양상에 관해서는 위의 글 참조.

을 적발하려고 하지 않았다. "나는 범인을 찾아낸다는 식의 그런 지배하는 자의 횡포를 범하고 싶은 생각은 추호도 없었다."(232) 작가는 도둑 적발을 "횡포"라고 표현할 정도로 적발하는 권력에 대한 반감을 표출하며, 초자아-아버지에 대한 편치 않은 심경을 드러낸다. 전상국은 초자아-아버지를 양심의 근원으로 긍정적으로 인식하면서도 보다 은밀하게는 그에 대한 의혹과 반감을 품고 있는 것이다.

초자아-아버지의 권위는 다음에 이르면 심각하게 의심된다. 「私刑」(『바람난 마을』)에서 현세는 박상사를 밀고했다는 혐의를 뒤집어쓰고 마을 사람들한테 집단 따돌림을 당한다. 박상사가 출소하는 날, 현세의 아내와 모친은 박상사가 현세를 무자비하게 응징하리라고 두려워하면서 되풀이 현세에게 도피를 종용한다. 소설 전반에 걸쳐 박상사는 처벌하는 권위자로서의 위상을 차지한다. 그러나 결말에서 박상사는 더 이상 처벌자가 아님이 밝혀진다. 박상사는 밀고자가 현세가 아니라는 사실을 알고 있었다고 현세에게 밝힌다. 박상사는 줄곧 처벌하는 권위를 의미했으나 실상 그의 권위는 허상이었던 것이다. 이 권위를 두려워한 나머지 현세의 모친은 자살까지 감행했으나 처벌자의 권위는 오해에 기반한 것이었다. 여기에서 처벌하는 권위의 허구성을 의심하는 작가의 시선이 감지된다. 「우리들의 날개」(『外燈』)에서 두호는 가족들에게 부당하게 미움을 받는다. 그런데 이 미움은 미신에서 비롯되었다. 두호와 가족들 사이에 살이 꼈다는 점쟁이의 말을 신뢰한 할머니와 어머니가 두호에게 부당한 폭력을 행사했던 것이다. 두호를 처벌했던 권위는 점쟁이의 말이었고 이는 신뢰할 수 없는 미신에 불과했다. 작가는 이렇게 처벌하는 권위의 신빙성 없음을 드러낸다.

처벌하는 권위의 허구성을 감지한 작가는 이제 스스로 법이 되고,

처벌하는 권위가 되고자 하는 소망을 피력한다. 전상국 소설의 아버지 되기 모티프는 이런 맥락에서 해석할 수 있다. 스스로 아버지가 됨으로써, 풍문으로 떠도는 가짜 처벌자의 권위에 의탁해서 스스로를 징벌하는 미망에서 벗어나고 주체적인 도덕 기준을 정립하기를 도모하는 것이다. 이것이 노리는 것은 과잉 죄책감에서의 해방이다. 「수렁 속의 꽃불」(『하늘 아래 그 자리』)에서 "나"는 내내 어머니에게 성욕을 느꼈던 일로 죄책감에 시달리고 있었다. 그런데 그는 결말에서 한 여인과의 정사를 통해 구원을 받는다.

그 순간 나는 실로 묘한 환각 상태에 이르고 있었다. 내가 아버지였던 것이다. 기억에 없는 아버지의 생생한 실체가 지금 당당한 동작으로 여자의 가쁜 신음 소리를 다스리고 있었던 것이다. 내 자신이 아버지라고 생각한 순간부터 나의 뿌리는 더욱 장대한 힘으로 뻗쳐 샘의 그 깊은 데를 향해 굳건한 줄기를 세우고 있었던 것이다.

아아-하고 그네가 내 등을 그러쥐기 시작했을 때 나는 드디어 사정없이 내 몸을 그 불길 속에 던져 넣었다.

어머니가 웃고 있었다. 아버지가 포만한 상태의 그런 얼굴로 땀밴 어머니의 머리카락을 쓸어넘겼다. 어머니의 얼굴은 더할 수 없이 안락한 가운데, 자비로움까지 띠고 있었던 것이다.(208)

위는 여인과의 정사 장면을 서술한 대목이다. 정사는 인물에게 아버지 되기로 인식된다. 정사 후 나타난 웃는 어머니, 안락하고 자비로운 표정의 어머니의 이미지는 "내"가 어머니와 화해했음을, 다시 말해 어머니에 대한 죄책감에서 벗어났음을 보여준다. 아버지 되기는 어머니에 대한 애증과 죄책감을 면하는 데 결정적인 역할을 수행했다. 이는 단지 여성과 정사를 나눔으로써 아버지가 되었다는 표면적인 의미 이상의 의미를 띤다. 여기에서 아버지는 초자아로 해석될 수 있다. 스스로 아버지가 되었다는 것은 주체적인 초자아와 양심의 기준을 정립했다는 뜻이다. 인물은 풍문에 오염된 초자아를 버리고 주체적인 초자아를 세움으로써 죄책감에서 벗어나고자 한다. 여인과의 정사로 죄책감에서 벗어나려는 시도는 전상국의 다른 소설에서도 나타난다. 「아베의 家族」(『아베의 家族』)에서 "나는 어른이 되고 싶"(87)어서 술집 여자와 하룻밤을 보내는데, 여기에서 '어른 되기'란 역시 고유하고 주체적인 윤리 기준을 확립한다는 의미를 띤다. 소설 전반에서 "나"는 죄책감으로 괴로워했는데, 여인과의 정사를 구원의 한 방책으로 여긴다. 여기에서 죄책감과 아버지 되기 의식이 다시 한 번 연동된다.

전술했듯 초자아의 형성에는 외적 권위자가 개입한다. 드물지 않게 스스로를 처벌하는 원칙에는 타인으로부터의 영향력이 작동한다. 전상국 소설에서만 보더라도 현실적인 아버지뿐만 아니라 징벌하는 마을 사람들과 교사, 점쟁이 등 초자아의 형성에 영향을 미치는 외부 권위자는 다종다양하다. 이렇게 외부 권위자의 시선이 필연적으로 틈입하기에 초자아는 다소 오염된 것이다. 이 와중에 과잉 죄책감이 형성될 가능성도 엄존하며, 과잉 죄책감은 피학과 가학 등 폭력으로 연결될 위험을 지닌다. 이때 개입된 권위자의 성격에 따라 초자아의 성격도 바뀌거니와, 개인이 권위자의 영향력을 조절할 수 있다면 초자아로부터 받는 고통, 즉 죄책감도 경감할 수 있다. 외부 권위자의 가짜 영향력을 폐기하고 초자아의 성격을 변경하면 죄책감의 폭력성을 완화할 수 있는 것이다. 이에 주체적인 초자아 정립은 과잉 죄책감으로부터 구원을 모색하는 한 방책이 되며, 스스로 아버지 되기 모티프는 이런 면에서 중대한 의미망을 지닌다.

5. 맺음말

전상국 소설에는 죄책감을 느끼는 인물이 다수 등장한다. 이 논문은 전상국 소설에서 죄책감의 발현 양상을 구조적으로 고찰하고자 했다. 죄책감은 우선 자기 처벌로 나타난다. 죄책감을 느끼는 인물은 행복으로부터 애써 도피하며 성적 무능이나 불임을 자초하고 강박적으로 도덕 행위에 빠져든다. 이는 죄책감의 원천인 초자아의 공격적 에너지가 자아의 내부로 향하는 경우이다. 자학은 인간 전반에 대한 모멸의 시선으로 전화하기도 한다.

초자아의 공격적 에너지가 자아 외부로 향할 때, 죄책감은 사디즘으로 발현된다. 전상국 소설은 죄책감에서 벗어나고자 타인에게 죄를 전가하며 폭력을 휘두르는 기제를 성찰한다. 이때 죄책감에 시달리는 인물은 자신의 죄를 대신 짊어지고 처벌받을 희생양을 찾아낸다. 특히 희생양이 피해자 그 자신인 경우는 문제적이다. 가해자는 피해자 즉 죄책감을 유발하는 대상에게 죄를 덮어씌우고 이중으로 가해하는데, 이때의 이중 가해는 심각한 폭력으로까지 발전한다. 이렇듯 죄책감은 상호 가해로 점철된 폭력의 기원으로 지목되는데, 이는 1970년대 사회를 해명하는 전상국 특유의 사회심리학으로 보인다. 전상국 소설에서 사회의 폭력성과 '모두가 죄인'이라는 의식은 중대한 모티프인데, 이 둘 사이에는 인과관계가 형성된다. 즉 폭력적인 사회의 기원에는 전쟁으로 유발된 집단적인 죄책감이 놓였다고 볼 수 있다.

전상국 소설은 초자아의 위상을 지닌 인물을 구체적으로 형상화하는데, 초자아에 대한 작가의 태도는 분열적이다. 즉 양심의 근원인 바람직한 초자아와 과잉 죄책감을 유발하는 무자비한 처벌자 등 분열적인 초자아가 출현한다. 후자의 경우가 문제적인데, 이것의 형성에는 반복적으로 등장하는 모티프인 집단 린치의 경험이 작동했을 것으로 보인다. 초자아는 외부 권위자의 영향력에서 자유로울 수 없거니와, 전상국은 신뢰할 수 없는 초자아를 그리면서 처벌하는 권위의 허구성을 부각한다. 그리고 주체적인 초자아를 정립함으로써 과잉 죄책감으로부터 구원을 모색하는데, 이것이 아버지 되기 모티프의 의미이다.

거부와 공포

-김주영의 단편소설 연구-

1. 머리말

소설가 김주영은 대하소설 『객주』의 작가로 알려져 있다. 재론의 여지를 허하지 않는 그의 소설사적 위상에 비해, 그에 대한 학계의 관심은 아직 미약한 편이다. 특히 그의 단편소설들에 대한 본격 학술논의는 소략하며[1], 대부분의 논의는 아직 서평과 작품집 해설 수준에 머무르

---

[1] 김주영의 단편소설을 다룬 본격 학술논의로 최현주, 「김주영 성장소설의 함의와 해석」 (『한국언어문학』 47, 한국언어문학회, 2001)이 있다. 김주영의 단편소설은 석사논문으로 논의된 바 있다. 박성원, 「반(反)성장소설 연구-김주영과 최인호 소설을 중심으로」, 동국대 석사논문, 1999; 김옥선, 「김주영 소설의 문학적 실천 변모 양상 연구」, 경성대 석사논문, 2004; 한영주, 「김주영 성장소설 연구-부권 부재 상황을 중심으로」, 중앙대 석사논문, 2009; 유석천, 「김주영 단편소설의 인물 연구」, 중앙대 석사논문, 2009. 김주영을 부분적으로 다룬 박사논문으로 박수현, 「1970년대 한국 소설과 망탈리테」(고려대 박사논문, 2011)가 있다. 이 박사논문은 필자의 글인데 김주영을 극히 부분적으로 다뤘을 뿐만 아니라, 민중 표상에 관한 것으로서 본 논문의 방향과 관계가 없다. 석사논문을 제외하고 김주영의 단편소설에 관한 본격 학술논의는 작가의 위상에 비해 빈약하다고 할 수 있다.

고 있다.[2] 이 논문은 김주영의 1970년대 단편소설들을 대상으로 그의 작품 세계를 관통하는 몇 가지 원리를 추출하고자 한다. 단편소설은 작가의식의 원형을 보여주며, 전체 작품 세계를 해명하는 중대한 단서를 제공한다. 또한 김주영의 단편소설은 대부분 1970년대에 발표되었다. 김주영의 단편소설에 관한 기존 논의에서, 작가가 출세를 꿈꾸는 촌놈들의 실패담을 통해 물질주의 일변도의 세태, 나아가 도시화·산업화를 비판한다는 지적은 광범위한 동의를 얻어 왔다. 또한 풍자 수법과 거친 비속어의 사용, 소외된 자들에 대한 애정, 도시와 고향의 이분법, 성장소설적 면모 등이 김주영 소설의 특징적 자질로 자주 언급

2 김주영 단편소설에 관한 당대의 평문과 서평은 다음과 같다. 김주연, 「社會變動과 諷刺」, 『문학과지성』 17, 1974. 가을; 이보영, 「失鄕文學의 樣相」, 『문학과지성』 23, 1976. 봄; 장문평, 「悲劇의 認識의 對照的 反映」, 『창작과비평』 40, 1976. 여름; 김병익, 「現實과 시니시즘」, 『창작과비평』 42, 1976. 겨울; 천이두, 「斜視와 正視」, 『문학과지성』 30, 1977. 겨울. 작품집과 선집 해설은 다음과 같다. 김주연, 「農村과 都市 사이에서」, 김주영, 『여름사냥』 해설, 영풍문화사, 1976; 정규웅, 「疎外된 삶에의 愛情—金周榮의 作品世界」, 김주영, 『신한국문제작가선집 9: 김주영 선집』 해설, 어문각, 1978; 정규웅, 「소외된 삶에의 人間愛」, 김주영, 『바보 硏究』 해설, 삼중당, 1979; 김주연, 「諷刺的 暗示의 小說手法」, 김주영, 『도둑견습』 해설, 범우사, 1979; 김사인, 「金周榮의 풍자적 단편들」, 『제3세대 한국문학』 18, 삼성출판사, 1983; 김화영, 「겨울하늘을 나는 새의 문학」, 김주영, 『새를 찾아서』 해설, 나남출판, 1991; 김사인, 「풍자와 그 극복—金周榮의 초기 단편」, 김주영 외, 『한국문학전집』 36, 삼성출판사, 1993; 윤병로, 「金周榮의 작품세계—자기존재 확인 통한 휴머니즘」, 김주영, 『여름사냥』 해설, 일신서적출판사, 1994; 양진오, 「국외인의 현실주의」, 김주영, 『한국소설문학대계 70: 김주영』 해설, 동아출판사, 1995; 김주연, 「어릿광대의 사랑과 슬픔」, 김주영, 『김주영 중단편전집 1: 도둑견습』 해설, 문이당, 2001; 하응백, 「의리(義理)의 소설, 소설의 의리」, 김주영, 『김주영 중단편전집 2: 여자를 찾습니다』 해설, 문이당, 2001; 이경호, 「내성(耐性)과 부정(否定)의 생명력」, 김주영, 『김주영 중단편전집 3: 외촌장 기행』 해설, 문이당, 2001; 정주아, 「도시 속 악동의 불순한 생명력」, 김주영, 『여자를 찾습니다』 해설, 책세상, 2007. 이외에 주목할 만한 후대의 평문으로 다음이 있다. 김경수, 「김주영 소설을 보는 시각」, 『작가세계』 11, 1991. 겨울; 김만수, 「〈집〉과 〈여행〉의 단편미학」, 『작가세계』 11, 1991. 겨울; 장경렬, 「반(反)성장소설로서의 성장소설」, 『작가세계』 11, 1991. 겨울.

된다.

김주영의 초기 소설에, "세상에 대한 빈정거림과 조소와 질시, 경멸이 가득"하며 "세상에 대한 증오와 자학은 작가 자신도 제어하기 어려울 만큼 강렬한 것"[3]이라는 김사인의 지적은 옳다. 그는 "잔혹 심리의 묘사", "엽기적인 열기", "도착적 쾌감", "괴기한 분위기" 등을 지적하며 온건하나마 이들을 비판적으로 성찰한다.[4] 그는 김주영 소설의 공격적 혹은 파괴적 요소에 우려를 표명하는데, 초창기 논의에서부터 이런 면은 종종 비판적 성찰의 대상의 되어 왔다.[5] 김주영 소설에서 악과 파괴, 공격적 에너지는 간과할 수 없는 위상을 지니거니와, 이 논문은 우선 이들의 긍정적 힘에 주목하고 그 의미를 정치하게 파악하고자 한다.[6] 또한 앞의 김사인의 지적에서도 암시된 바, 김주영 소설의 악과 파괴욕은 성적 에너지와도 깊은 관련을 맺고 있다.[7] 이 논문은 악과 성

---

3 김사인, 「풍자와 그 극복」, 392면.

4 위의 글, 394-397면 참조.

5 가령 장문평은 "기상천외의 저돌적인 우행, 비행, 범행 등"이 "비속한 어휘들에 못지 않게"(장문평, 앞의 글, 718면) 불쾌감을 준다고 논한다. 천이두도 김주영의 공격적이고 부정적인 시선을 지적한 후 "분노란 그 視野를 좁게도, 흐리게도 할 수 있"기에 "시대 현실의 어느 한 측면을 그 전체의 흐름 속에서 포착하는 데 실패할 우려가 있"으며, "분노란 자칫하면 애당초의 애정을 저버리고, 그 자체의 탄력에 의하여 비생산적인 파괴적 에너지에로 일탈할 수 있다"며 우려를 표명한다.(천이두, 앞의 글, 1103면 참조.)

6 근래 들어 김주영 소설의 악동의 긍정적 면모가 밝혀지기는 했다. 양진오는 공격적인 악동들이 일상 세계의 세속적인 국면들을 폭로하고 도시 빈민의 생태를 역설적으로 환기한다고 논한다.(양진오, 앞의 글, 539-543면 참조.) 정주아는 악동들이 자신들의 자족적인 세계 안에 머무르면서 자신들의 힘을 즐기고 과시하며, 기성의 도덕과 금기를 파괴한다고 논한다.(정주아, 앞의 글, 306-307면 참조.) 이들의 지적은 옳으나 본 논문은 위의 연구에서 간과된, 악동들의 공격적 에너지 그리고 도덕·금기의 파괴의 의미까지 천착하고, 이것을 넘치는 성적 에너지와 연관 지어서 고찰하려고 한다.

7 김화영은 김주영 소설의 강렬한 성적 에너지를 지적하면서, "강한 생명력", "야성의 생명

적 에너지의 특별한 연관성 역시 고찰하고자 한다. 한편 전술했듯 출세를 꿈꾸는 촌놈들의 실패담은 가장 많이 주목받아 온 김주영의 모티프이다.[8] 이 이야기는 개인의 욕망을 방해하고 억압하는 시스템에 대한 인식을 내장하며, 가공할 정도로 위력적인 시스템에 대한 공포는 김주영 소설에서 핵심적 위상을 차지하는데, 이 역시 기존 연구사에서 간과된 지점이다. 이에 이 논문은 시스템의 의미를 다각도로 천착하고자 한다. 이 과정에서 촌놈들의 실패담의 의미를 도시화·산업화 비판에서 찾는 기존 관점을 넘어서서 새롭게 조명하고자 한다.

김주영에 관한 연구사를 정리한 한 연구자는 결론 격으로 "일관되게 유지되는 그의 소설관의 해명"[9]이 긴요하다고 판단했거니와, 이 논문은 김주영 소설에 일관되게 흐르는 하나의 원칙을 탐색하려는 시도이기도 하다. 김주영에 관한 연구에서 악동, 성적 에너지, 사회구조의 모순, 오이디푸스 콤플렉스[10] 등은 언급된 바 있으나, 각기 개별적으로 거론되었다. 이에 상기 모티프들을 유기적으로 묶는 일관된 논리의 탐색이 시급하거니와, 이 논문은 바로 그 작업을 수행하고자 한다. 또한

력", "성(性)의 이미지"를 김주영 소설의 특질로 거론한다.(김화영, 앞의 글, 451-453면 참조.) 그러나 그는 그 의미를 정치하게 천착하지는 않았다.

8 초창기 평론에서 김병익은 김주영이 약은 척하다가 더 약은 사람에게 참패하는 '촌놈性'을 풍자한다고 논한다.(김병익, 앞의 글, 539-541면 참조.) 김주연에 따르면, 김주영은 이러한 풍자를 통해 도시화·물량화로 치닫는 현실을 비판한다.(김주연, 「社會變動과 諷刺」, 706-710면 참조.) 이들의 통찰은 김주영 소설에 대한 가장 일반적인, 교과서적 해석이라 할 수 있다.

9 김경수, 앞의 글, 113면.

10 기존 연구사에서 오이디푸스 콤플렉스가 거론된 바는 있다. 김화영과 최현주는 '아버지 부재(不在)'라는 상황과 오이디푸스 콤플렉스를 연관시킨다.(김화영, 앞의 글; 최현주, 앞의 글.) 그러나 이 논문은 이들과 달리 쾌락을 박탈하고 본능 충족을 억압하는 아버지, 공포스러운 아버지의 심상에 주목하려고 한다.

상기 모티프들에 대한 기존 논의는 대부분 서평과 해설 수준에서의 언급이라 단편적이라는 아쉬움을 남긴다. 이에 이 논문은 상기 모티프들에 대한 단편적 언급 이상으로 확장된 의미를 천착하고 그들을 아우르는 유기적인 체계를 새롭게 구축하려고 한다. 이 과정에서 인간의 원초적인 본능 충족 소망과 환상의 기능, 억압하는 아버지의 법, 쾌락원칙과 현실원칙 등 프로이트의 개념을 중요한 논의의 축으로 활용할 것이다.[11]

2. 악과 파괴욕: 아버지에 대한 거부

김주영 소설에서 두드러지는 것은 우선 악(惡)이다. 「여름사냥」에서 작가는 악동들이 뱀을 죽이고 강아지를 고문하는 장면을 더없이 섬뜩하게 묘파한다. 「도둑 견습」의 악동은 욕설을 입에 달고 다니면서, 도둑질과 폭력적인 공갈·협박을 아무렇지도 않게 자행한다. 「惡靈」과 「模範飼育」의 소년도 욕설과 공갈·협박을 체화한 악동이다. 어린아이들뿐만 아니라, 성인들도 「도깨비들의 잔칫날」이나 「外出」에서 보듯, 사기 행각과 도둑질을 일삼는다. 「붉은 산」의 성인은 살의에 탐닉하며, 「滯留日記」의 성인은 거짓말에 쾌감을 느끼고 비록 상상 속에서나마

---

11 텍스트는 김주영이 1970년대에 발표한 소설집의 초판본들이다. 김주영, 『女子를 찾습니다』, 한진출판사, 1975; 김주영, 『여름사냥』, 영풍문화사, 1976; 김주영, 『즐거운 우리집』, 수상사 출판부, 1978; 김주영, 『칼과 뿌리』, 열화당, 1977. 그러나 이 소설집에서 누락된 소설의 경우, 선집에 의존했다. 김주영 외, 『정통한국문학대계』 43, 어문각, 1989. 앞으로 이 책들에서 인용 시 소설 제목 옆 괄호 안에 수록 책 제목과 면수만을 기입하기로 한다.

강간을 꿈꾼다. 이 장에서는 우선 김주영 소설의 특징적인 모티프인 악의 의미를 성찰하고, 그것이 성적 에너지와 맺는 모종의 연관성을 고찰하며, 이들에 내장된 은밀한 욕망을 탐색하고자 한다.

전술했듯 사기와 도둑질, 거짓말과 협박 등 악행은 김주영 소설의 주요 모티프이다. 악행은 주로 어린아이들이나 못 배우고 가난한 사회의 약자들이 개인적인 차원에서 저지른다. 이렇게 힘없는 인물들에 의해 저질러진 악행은 그 보다 더 거대한 차원에서 행해지는 악을 고발하고 폭로하며 조롱한다. 「外出」(『女子를 찾습니다』)의 "나"는 도둑질을 하다가 강간으로 전업한 인물로서, 자신의 비행에 대해 이렇게 변명한다. "내가 윤리도덕쯤을 어떻게 알고 있는지를 아마 댁은 잘 모르실 겁니다. 내가 그걸 알기를 말이요, 화투로 친다면 오동깍지 쯤으로 떡으로 친다면 밀기울 떡쯤으로 안다구요. 윤리도덕 작살나게 찾는 놈 치고 도둑놈 아닌 작자 없습디다."(129) 부도덕함에 분명한 도둑-강간범은 윤리·도덕을 설파하고 추종하는 "놈"이 더 큰 도둑이라고 선언한다. 이러한 도둑의 선언은 김주영 소설 전반에서 악행을 변명하는 핵심 논리로 통용된다. 여기에서 윤리·도덕을 설파하고 추종하는 "놈"들이란 사회구조의 핵을 구성하며 더 많이 배우고 가진, 힘 있는 사람들을 지칭한다고 짐작하기는 어렵지 않다. 즉 힘없는 개인의 악에 비해 사회 체제가 구조적으로 저지르는 악이 더 심각하게 부도덕하다는 것이다.

이른바 더 힘센 자들에 의한 사회구조적 악에 대한 인식은 김주영 소설에서 빈번하게 발견된다. 가령 「도깨비들의 잔칫날」(『女子를 찾습니다』)의 한명수는 미술 전문가로 거짓 행세하며 전람회장에서 점심이나 해결하는, 이른바 케익부대이다. 그에게 속아 넘어간 김일진은 근면·성실을 모토로 아는 모범적인 기업가인데, 실은 더 심각한 사기를 저지르고 있다. 그는 직원들에게 다른 경쟁 기업보다 높은 임금을 지불하지만, 임금 중 십프로를 〈후생급부공제조합〉에서 공제하고 공제액을 회사에 재투자한다. 이는 직원들에게 일하는 만큼 자신의 투자액이 늘어난다는 의식을 심어주기에, 회사 측에서는 비용을 절감하면서도 직원들의 충성을 유도할 수 있다. 그러나 막상 직원들이 퇴직할 때 회사는 투자액 반환을 차일피일 미룬다. 김일진은 일견 건실한 기업인이자 직원들의 복리를 염려하는 도덕적인 경영주이지만, 속내를 알고 보면 지능적인 사기꾼이다. 그는 도덕과 근면이라는 미덕을 구현하지만 실상 직원들의 임금을 착복하는 도둑과 다름없다. 앞의 「外出」에서의 "윤리도덕 작살나게 찾는 놈 치고 도둑놈 아닌 작자 없"다는 도둑의 말에 정확하게 부합하는 인물인 셈이다. 그의 지능적인 사기에 비한다면, 한명수의 사기는 단지 유아적 수준에 불과하다. 작가는 일견 사기꾼에 의해 저질러지는 미약한 악과 일견 건실한 사회인에 의해 행해지는 지능적인 악을 대비하면서 후자의 간교함과 강고함을 폭로한다. 즉 힘없는 개인의 독자적인 비행보다 더 높은 차원의 교묘한 악이 존재한다는 사실을 보여준다. 여기에서 김일진의 악은 견고한 사회 체제가 구조적으로 저지르는 악을 대변한다. 김주영 소설의 악은 이 지점에서 강고한 사회구조적 악을 폭로하고 고발하는 기능을 수행한다. 사회 체제는 윤리와 도덕으로 무장하고 있지만 구조적인 악을 수행하는 거대한 시스템이다.

폭로와 고발 이후에는 당연한 수순으로 거부와 반발이 따르거니와, 이러한 시스템에 대한 거부와 반발은 김주영 소설의 주요한 주제이다. 이 역시 악을 통로로 수행된다. 즉 악은 시스템의 악을 고발할 뿐만 아니라 시스템의 악에 반발하고 저항하는 역할을 수행하는 것이다. 김주영 소설의 인물은 악을 통해 시스템의 균열을 노린다. 「惡靈」(『女子를 찾습니다』)에서 이촌동은 조용하고 질서정연하고 말끔한 동네로, 주민들은 도덕적으로 모범적이고 아이들은 부모를 전혀 괴롭히지 않는다. "골치 아프고 구역질나고 치사해야 할 일들은 일년 삼백육십오일을 통산하여 눈 닦고 보아도 없을 정도로 이촌동엔 영일(寧日)의 나날이 흘러갈 뿐이었다."(179) 그 동네에 "황가"라는 리어커 장사치가 소년 "맹호"를 데리고 나타나자 동네에는 균열이 발생한다. 악동 맹호는 욕설을 섞은 거친 언사로 아이들을 협박하여 불량식품을 사먹게 한다. 모범적이었던 동네 아이들은 점차 맹호와 어울리면서 야만적인 놀이들을 즐기게 된다. 야만적인 놀이는 살의와 파괴욕으로 점철된 끔찍한 것이었다.

아이들의 귀가 시간이 불규칙해지고 말끔했던 옷차림들이 더러워지고 아이들은 다리나 팔에 긁힌 자국을 남겨서 귀가한다. 아이들에게 생긴 변화는 동네에 균열을 일으켜서, 어른들은 아이들 문제로 부부싸움을 시작했고, 남편들은 귀가 시간을 어기고 술주정을 일삼았다. "마을은 도대체 헤어날 길 없는 깊은 수렁 속으로 빠져드는 느낌이었다. 그들은 지금까지 힘들여 쌓아온 모든 것들이 너무나 손쉽고 무자비하게 와해되고 있는 것에 놀랐고, 또한 그것을 막을 길 없는 것에 대해서 눈물을 질끔거리며 한탄하기 시작했다."(197) 모든 면에서 바람직한 이촌동은 욕망의 절제와 순화, 근면과 성실로 대변되는 사회인의 법을 따르는 세계이다. 이 세계는 도덕의 명령을 따르는 견고한 시스템이자, 야만을 추방하고 본능적 충동을 순치한 문명을 의미한다. 악동 맹호의 욕설과 살의, 그리고 비행은 견고한 문명적 시스템에 구멍을 뚫는다. 맹호의 악행과 그에 대한 소년들의 집단적인 동조는 시스템에 대한 저항과 반발 의지를 보여준다. 작가는 도덕적이고 바람직한 문명적 시스템 앞에서 악으로써 저항과 반발을 시도한다.

그런데 이 소설에서 악이 문명에 균열을 일으키고 시스템에 저항한다는 현상적 설명 이외에 다른 해석이 가능하다. 악은 근본적으로 파괴적 에너지를 내장하며, 파괴욕이 물질화한 현상이다. 즉 김주영 소설에서 두드러지게 나타나는 각종 악은 범상치 않은 파괴욕의 존재를 암시한다. 악은 단지 악이 아니라, 악에의 욕망 즉 파괴욕인 것이다. 위의 소설에서 맹호는 인간의 파괴욕을 구현한다고 볼 수 있다. 그의 파괴욕은 문명적 시스템을 이반하고 거역하고 싶은 욕망을 암시한다. 여기에서 문명적 시스템을 성욕과 파괴욕 등 인간의 본능을 억압하는 아버지[12]의 법, 또는 쾌락원칙을 추방한 현실원칙의 세계[13]로 볼 여지가 있다. 인간의 본능은 아버지의 법을 만나서 억압되고 순치된다. 문명적 시스템은 아버지의 질서의 대표적인 구현태로서, 성욕과 파괴욕

---

12 프로이트에 따르면, 아버지는 아들의 자유 의사에 반하는 그 모든 사회적 강제를 구현하는 존재이다. 아버지는 아들이 의지에 따라 행동하려는 통로를 막아 버리고 성적 쾌락에 빠져드는 것을 금지하고 억압한다. 지그문트 프로이트, 임홍빈·홍혜경 역, 『정신분석 강의』상, 열린책들, 1998, 293면 참조.

13 원초적인 정신 과정은 쾌락을 추구한다. 그런데 기대했던 만족을 얻어내지 못하고 실망을 경험하게 되면서 정신은 현실원칙을 수락한다. 쾌락 자아가 '소망'만 할 뿐이며, 쾌락 생산에 매진하고 불쾌를 회피하려고 노력한다면 현실 자아는 '유용'한 것만을 추구하고 스스로의 경계를 늦추지 않는다.(지그문트 프로이트, 「정신적 기능의 두 가지 원칙」, 윤희기·박찬부 역, 『정신분석학의 근본 개념』, 열린책들, 2005, 12-19면 참조.) 쾌락원칙에서 현실원칙으로의 교체는 개인의 발전에서 커다란 외상(外傷)이다. 그것은 부모나 교사에 의해서 강요된 현실원칙에 복종하는 유년기 초기에 나타난다. 현실원칙은 제도의 체계로 구체화된다. 그러한 체계 속에서 자라나는 개인은 법이나 질서 따위의 현실원칙의 필요조건을 배운다.(H. 마르쿠제, 김인환 역, 『에로스와 문명』, 나남출판, 2004, 34-35면 참조.)

등 인간의 본능을 억압한다. 그 억압의 무게에 질린 인간은 은밀하게 본능 충족의 실현을 꿈꾼다. 그 소망은 때로 환상이나 백일몽으로 방향을 선회해서 발현된다.

인간은 현실원칙을 따르도록 교육받지만 쾌락을 쉽사리 포기하기 어렵기에, 포기했던 쾌락의 원천과 쾌락 획득의 수단을 계속 보존할 정신의 영역을 마련한다. 이 영역이 환상phantasie으로서, 현실성 검사에서 면제된 공간이자 현실원칙에서 벗어난 보호구역이다. 여기에서 모든 충동은 곧 욕망이 성취된 표상으로 나타난다. 인간은 환상에 의해서 욕망 충족을 지속함으로써 일종의 만족감을 느낄 수 있다. 상상이 만들어 내는 것 중 가장 유명한 것이 백일몽이다. 인간은 백일몽을 통해 극심한 욕망, 터무니없이 과도한 성적 욕망들까지도 상상적으로 충족시킬 수 있다.[14] 많은 문학예술 작품들이 이 환상과 백일몽에 기반을 두는데, 김주영 소설에서 두드러진 악은 파괴욕이라는 원초적 본능의 충족을 위한 환상 혹은 아버지의 법-현실원칙을 이반하고픈 충동의 백일몽적 발현이라고 해석할 수 있다. 환상은 현실에서 억압당하기 마련인 원초적 욕망을 대리 실현하기 위한 통로인 것이다.

악동이 아닌 성인이 주인공인 다른 소설에서 이 사정은 보다 명백히 밝혀진다. 「滯留日記」(『여름사냥』)의 "나"는 처자식을 거느린 가장이자 회사원이다. 그는 "세상이 두려움으로 움츠릴 그런 일을 저질러 버리고 싶다."(232) 그는 낯선 사람에게 거짓말을 일삼고, 심지어 동료들

---

14 환상 안에서 인간은 이미 오래 전에 포기했던 억압으로부터 자유를 구가할 수 있다. 백일몽은 현실에 의해서 욕망을 절제해야 할수록 더욱더 무성해진다. 환상을 통해 느끼는 행복감의 본질은 현실의 동의 없이도 쾌락에 도달할 수 있다는 자주성의 표현이다.(지그문트 프로이트, 임홍빈·홍혜경 역, 『정신분석 강의』 하, 열린책들, 1998, 528-529면 참조.)

에게 살인사건이 났다고까지 거짓말하면서 짜릿한 쾌감을 느낀다. 고무풍선 매대 앞에서 공연히 "예리한 면도날로 그 매달린 줄들을 한번에 끊어 날리고 싶"(243)은 충동을 느끼며, 화재 혹은 비행기 추락 사고나 일어나기를 꿈꾸다가 급기야 이렇게 말한다. "우리 강간하러 갈까?"(244) 이상에서 "나"는 파괴욕에 전율하고 있다. "나"는 김주영 소설의 악동이 성장한 모습이다. 악동들의 행태가 동화적 공간에서 전개되었다면, 이 소설의 성인 남자의 심리는 현실적 공간에서 묘파된다. 즉 악동은 상상을 초월하는 비현실적인 파괴적 행동을 실제로 자행했기에 동화적이었지만, 이 소설의 "나"는 악행을 다만 공상 차원에서 꿈꾸기에 오히려 현실적이다. 악동이 환상 차원의 모티프라면, 이 소설에 직설적으로 드러난 "나"의 심리는 악동의 악을 해명해 주는 현실적인 단서이다. 이 소설은 악을 꿈꾸는 인물의 심리, 즉 파괴욕을 노골적으로 묘파한다. "나"는 명시적으로 파괴를 '욕망'한다. 악이 인물의 욕망의 형태로 현현하는 것이다. 이는 김주영의 악동들이 본능적 파괴욕의 환상적 구현태라는 논제에 근거를 제공한다.

소설은 "내"가 파괴욕에 전율하는 이유를 밝힌다. 그는 스스로 "균열(龜裂)이 되고 있"다고 느끼고 "어디로 가고 있는 것일까"(231) 질문하며 막막해 한다. 또한 교도소 "밖에 있어도 갇혀 있다고 생각"(232)한다. "도대체 하늘이 저렇게 맑은데도 갈 곳이 없"(243)다. "어디 가서 무엇이라도 토해 놓지 않는다면, 우린 영원히 희미한 무중력 상태에서 살아야 될 것 같은 착종감(錯綜感)에 빠져 있었기 때문이다."(244) 그는 어디로 가야 할지 모르고 갈 곳도 없는 막막함, 갇힌 느낌, 무중력 상태 등으로 표현되는 일상의 답답함 때문에 파괴를 꿈꾼다. 즉 일상에 대한 탈출구로 파괴를 상상하고 욕망한다. 파괴는 차폐적인 일상에 구멍을 내 줄 수 있는 구원의 도피처로 상정된다. 일상은 문명과 마찬가지로 쾌락의 억제, 즉 현실원칙을 강요하는 아버지의 세계이다. "나"는 노골적으로 이러한 일상, 현실원칙과 아버지의 세계를 이탈하고픈 소망을 드러낸다. 이 소망이 앞서 본 파괴욕과 인과관계로 연결되는 것은 물론이다. 이러한 사정 역시 김주영 소설의 악이 현실원칙을 거역하고 쾌락원칙을 따르고 싶은 소망을 실어 나르는 일종의 환상이라는 점을 보여준다. 파괴행위에 탐닉한 「惡靈」뿐만 아니라 「도둑 견습」, 「여름사냥」의 악동들도 본능 충족 소망을 각인한 일종의 백일몽의 산물로 볼 수 있다.

악과 파괴 행위가 본능 충족적 백일몽의 구현이라는 가설에 근거를 제공하는 다른 요인은 김주영 소설에 두드러진 성적 이미지이다. 일찍이 김화영은 작품 전편에 깔린 성(性)의 이미지가 고압(高壓)의 에너지를 전달한다는 점을 김주영 소설의 주된 특성으로 거론한 바 있다.[15] 가령 「馬君寓話」(『女子를 찾습니다』)에서 작가는 어리석은 형의 성욕을 "말할 수 없이 신선한-가을날 새벽, 우유빛 안개에 잠긴 녹색의 배추밭처럼 시리도록 신선한 한 인간의 진실"(28)로 묘파한다. 이렇게 작가는 인간의 원초적 본능으로서의 성에 가볍지 않은 호의를 보일 뿐만 아니라, 성에 대한 그의 묘사는 평범한 수준을 넘어서 대단히 강렬하다. 초기소설의 다음 한 장면만을 보자.

더우기 그가 나를 당황하게 만든 것은, 햇볕이 호되게 내려쪼이는 오후

---

15 김화영, 앞의 글, 453면 참조. 그러나 김화영은 김주영 소설의 넘치는 성적 에너지를 본능 충족적 환상과 결부하지 않았고, 파괴욕과 성욕의 연관관계를 정치하게 고찰하지 않았다.

두시나 세시쯤엔 어떤 충동에선지 몰라도 암톨의 발작은 그 절정에 달해갔고, 발작에 대한 부담감은 쇠 같은 중량감으로 내게 밀어닥쳤다. 그때, 사내는 내가 보고 있는 것에도 아랑곳없이 바지를 몽땅 아래로 내리고 수음을 시작하는 것이었다. 그 동작은 암톨의 발작과 비례되어 절절하게 가속(加速)되었고 그리고 이마 위에 식은땀을 흥건히 고여내곤 깊은 낮잠속으로 빠져드는 것이었다. 절대로 두리번거리고나 눈치봄이 없이 자기가 하고 싶은 그짓을 아주 직선적이고 단도직입적으로, 그리고 일사불란하게 처리하는 것이 무자비하긴 하였지만 어딘가 호감조차 가는 것이었다.(「熱氣」, 『정통한국문학대계』 43, 395-396)

작가는 위의 장면에서 암퇘지의 발정과 젊은 남자의 수음 행위를 병치한다. 이 장면은 부글부글 끓어오르는 강렬한 성적 에너지를 내장한다. 주지하다시피 성욕과 파괴욕은 동일 계열에 놓인 인간의 원초적 본능이다. 파괴욕은 성욕의 전신이라고도 할 수 있다.[16] 김주영 소설에서 관능적 요소의 부각은 파괴적 모티프의 빈번한 출현과 동궤의 사실이다. 관능의 과잉은 넘쳐나는 리비도의 존재를 암시하고, 이것이 파괴욕의 과잉으로 전화되었다 해서 이상할 것은 없다. 문제는 리비도의

---

16 프로이트는 성적 본능의 사디즘적 요소를 언급하며, '파괴 본능'이 습관적으로 에로스에 봉사한다고 말한다. 사랑과 증오가 쉽사리 교환 가능한 사실이 이에 대한 사례이다. 마음 속 치환 가능한 에너지는 쾌락원칙에 봉사하도록 고용된 것인데, 이것이 성적 충동 혹은 파괴적 충동에 부착되어 그것의 전체 리비도 집중의 양을 증가시킨다. 파괴적 충동의 만족은 성적 충동의 만족을 대신할 수 있다.(프로이트, 「자아와 이드」, 『정신분석학의 근본 개념』, 383-389면 참조.) 대상을 해치는 것을 목적으로 삼는 사디즘적 본능은 성적 본능의 일부이다. 사디즘적 요소는 성적 기능에 봉사한다. 특히 유아의 구순기에서 대상에 대해 성적 지배를 달성하는 행위는 대상의 파괴 행위와 일치한다.(프로이트, 「쾌락 원칙을 넘어서」, 『정신분석학의 근본 개념』, 330면 참조.)

과잉이며, 현실에 부착되지 못한 잉여 리비도가 백일몽의 창조에 기여한 것이다. 즉 관능에의 탐닉은 과잉 리비도의 존재를 시사하면서, 김주영의 관능과 악이 본능 충족적 백일몽의 발현이라는 논제에 근거를 제공한다. 관능과 악에 경사한 작가의식을 추동한 동력은 본능 충족 소망인 것이다.

파괴와 관능에 대한 탐닉은 야성에 대한 매혹으로 이어진다. 김주영 소설은 야성과 자연에 대한 애착과 동경을 자주 표출한다. 「滯留日記」(『여름사냥』)에서 "나"는 몽상한다. "지축(地軸)을 노도시키며 초원을 가로질러 질주하던 코끼리떼, 피가 척척 배는 살코기를 허연 치아로 물어뜯던 알라스카의 에스키모를 생각한다. 너무나 깊숙이 그것들은 나에게서 잊혀가고 있다. 거기엔 슬그머니란 게 없다. 그러나 나는 지금 무엇이든지 슬그머니 하지 않으면 안된다."(240) 코끼리떼와 에스키모는 문명에 순치되지 않은 야성을 의미한다. 야성은 문명과 현실원칙의 반대편에 놓인 자질이다. "슬그머니"는 눈치 보기에 급급한 "나"의 일상을 대변하는 말로서, 일상의 원칙 나아가 현실원칙을 뜻한다. "나"의 야성에 대한 꿈은 현실원칙을 이탈하여 본능을 충족하고픈 소망을 보여준다.

「어디가 아프십니까」(『칼과 뿌리』)의 "아내"는 성공한 남편 덕에 부유한 도회의 삶을 누리게 되었음에도 불구하고 아이를 집에서 출산하기를 원한다. "땀을 흘리고 고통을 받고 이를 악물고 안절부절하는 내 꼬라지를 내 눈으로 한번 보고 싶"(156)기 때문이다. 부유한 도회의 삶에의 염증은 이렇게 묘사된다. "모든 것이 완전무결했는데도 그녀에겐 더할 수 없는 불편으로 느껴지기 시작했다. 내복 하나를 빨아도 통 실감이 나지 않았다. 옷을 넣고 스위치만 넣으면 맑게 세탁된 옷이 반이나 말려져서 기계에서 기어나왔다. 도대체가 살아가는 재미가 없었고 맥락이 없었다."(157) 아내는 문명의 정갈함과 편리함에 도리어 불편을 느껴서 자연적 삶을 꿈꾼다. 이는 문명적 시스템의 원칙을 훌륭하게 체화한 남편이 이유 없이 죽어버린 사정과 일맥상통한다. 여기에서도 도회와 사회적 성공은 현실원칙과 아버지의 법을 의미하며, 자연은 악-파괴-관능과 동일한 의미 계열에 놓인다. 자연에 대한 동경은 문명의 거부를 의미하며, 문명의 거부는 본능을 순치하는 아버지의 법에 대한 거부와 동궤의 사실이다.

살펴본 바, 김주영 소설은 뚜렷한 이분법을 내장한다. 한편에는 윤리·도덕-사회 체제-문명-일상이 존재하고, 다른 한편에는 악-파괴-관능-야성이 존재한다. 이분법의 각 항은 소설마다 다른 변주 양상을 보이지만, 각 항들은 거시적으로 동일 계열로 수렴된다. 즉 이분법은 현실원칙과 쾌락원칙, 억압과 본능, 아버지의 질서와 본능 충족 소망으로 대변될 수 있다. 이렇게 동일한 계열의 이분법이 자주 출몰하는 현상은 주목을 요한다. 이는 본능 충족 소망과 그 억압이라는 도식이 작가의식에 뿌리 깊게 각인되었다는 사실을 누설한다. 쾌락원칙의 세계에서 아이는 성욕과 파괴욕의 무한한 만족을 소원하지만 아버지의 법을 만나서 좌절하고 사회인으로 순치된다. 아이는 그러면서도 충동의 만족에 대한 소원을 포기할 수 없는 바, 그것을 환상의 형태로 간직한다. 김주영 소설의 악, 파괴, 관능, 야성은 유아적 본능 충족 소망의 백일몽적 발현으로 보인다. 다른 말로 이들은 '신의 취기divine ivresse'의 누출이자 잃어버린 유년의 왕국 혹은 '도덕을 넘어서는 도덕'에 대한 추구이다.[17] 이 모든 모티프들은 근저에는 현실원칙에 대한 거부, 즉 아버지에 대한 거부가 존재한다.

파괴욕과 문명의 관계는 복합적이다. 문명은 파괴욕을 억압하지만, 억눌린 인간은 문명에 거역하고자 파괴를 꿈꾼다. 이에 더해 흥미로운 것은 문명이 그 존속을 위해 파괴욕을 필요로 한다는 사실이다. 이러한 파괴욕의 위상, 즉 문명의 필수적 요건으로서 파괴욕의 위상에 대한 성찰은 흥미롭다. 「붉은 산」(『여름사냥』)의 정박사는 실력과 도덕성으로 많은 사람으로부터 존경을 받는 내과 전문의이다. 그는 자신 소유의 산에서 소년 펄을 키우고, 저녁마다 규칙적으로 산에 다녀온다. 펄의 임무는 송충이를 잡아 죽이는 일이다. 작가는 송충이를 불태워 죽이는 장면을 공들여 묘사한다.

삭정이가 탁탁 튕겨지며 타오르자, 정 노인이 먼저 비닐봉지를 불더미에 던져 넣었다. 금방 역기를 자극시키는 냄새가 우리들의 코 언저리로 묻어올랐다. 구덩이엔 삭정이가 탄 알불을 안은 송충이가 뒤섞여 몸부림쳤다. 그것들은 그 격돌적(激突的)인 충격에서부터 벗어나기 위해 몸 전체를 머리로 밀어올려 쳐들고 참혹한 시련을 치르고 있었다. 나는 불현듯 그것들에 소금을 뿌려 주고 싶은 알 수 없는 충동이 일어났다. 펄은 다시 뛰어가서 길다란 막대기 하나를 가져와선 정 박사에게 건네주었다. 그것

---

17 바타이유에 따르면, 악은 타산적이고 합리적인 세계가 견뎌낼 수 없는 '신의 취기'가 일으키는 움직임이다. 신의 취기는 유년의 '과감한 움직임mouvement primesautier'과 닮았다. 어른들은 '성숙'에 이르러야 하는 아이들에게 신이 내려준 유년의 왕국을 금지한다. 사회는 천진한 유년의 자유로운 놀이와 타산에 근거한 이성을 대립시킨다. 사회는 유년기의 충동적인 운동들을 구속하면서 지속 가능하게 정돈된다. 금지된 영역은 그러나 신성의 영역이다. 금지는 금지의 대상을 신성하게 만든다. 무엇의 금지는 동시에 그에 대한 권유이기도 하다. 인간에게는 유년의 왕국을 되찾는 일, 즉 금기에 대한 일시적인 위반이 필요하다. 위반은 도덕에 대한 도전에서 기인하는, '도덕을 넘어서는 도덕'이다.(조르주 바타이유, 최윤정 역, 『문학과 악』, 민음사, 1995, 18-28면 참조.)

을 받아 든 그는 어쩌다 용하게 기어나온 몇 마리의 송충이들을 차근차
근 안으로 튕겨넣었다. 송충이가 어느만치쯤은 기어가는 것을 허용해 두
었다가 안도감을 가져도 좋을 만한 거리에 미치면 비로소 막대기끝으로
서서히 밀어넣곤 했다. 그때에 그는 입가로 섬뜩한 웃음마저 띠우는 것
이었다. 나는 오한을 느꼈다. 갑자기, 그는 이 작업을 위해 산을 찾아오
는 것일지도 모른다는 생각이 뇌리를 스쳤다. 나는 그의 허약성을 엿보
는 것 같아 된장그릇을 떨어뜨린 계집아이처럼 자꾸만 당혹해지는 것이
었다.(138-139)

위의 장면은 살의와 파괴욕을 적나라하고도 인상 깊게 보여준다. 정
박사는 송충이들을 불태워 죽이는 일에 쾌락을 느끼며, 살의 혹은 파
괴욕에 열렬히 도취되어 있다. 이것이 정박사가 매일 산을 방문하는
이유였다. 정박사는 이 소설에서 문명, 즉 현실원칙을 구현하는 인물
이다. 그는 그러나 그런 문명적 삶을 유지하기 위해서 파괴 행위를 필
요로 한다. 문제는 이 파괴 행위가 문명적 일상을 영위하는 데 필수불
가결한 요인으로 기능한다는 사실이다. 장마로 인해 송충이 구제 작업
이 중단되자, 정박사는 간호원들과 아내에게 신경질을 부려대고, 그의
질서정연한 일상은 무너진다. "그는 몰락하고 있는 것이었다. 사냥군
의 불을 맞고 딩구는 짐승처럼 분열의 상태를 거두어 쥐려고 안간힘을
쓰고 있었다."(146) 정박사는 파괴욕을 충족시킴으로써 도덕적이고 질
서정연한 삶을 유지할 수 있었다. 파괴 행위는 그에게 바람직한 일상
을 영위하고 고매한 인격을 유지케 하는 기반으로 작동했다. 파괴 행
위가 없을 때 그의 일상과 인격은 교란된다. 여기에서 파괴욕은 모범
적인 일상과 도덕적인 인격을 구성하는 필수불가결한 요인이 된다.

정박사는 앞의 이촌동, 김일진 등의 뒤를 이어 문명적 시스템을 상
징하나, 그에 그치지 않고 악동들과 마찬가지로 파괴욕에 전율한다.
김주영의 다른 소설에서 파괴-악과 문명이 이분법적 구도를 형성하였
다면, 이 소설에서 양자를 구현하는 인물은 동일하다. 이는 문명 자체
와 파괴 본능이 뗄 수 없는 암수동형이라는 통찰을 내포한다. 문명 자
체가 파괴 본능을 필수적으로 거느리거나, 아니면 파괴 본능은 문명의
필연적인 찌꺼기이다. 찌꺼기는 물론 본체와 한몸이었다.[18]

3. 파쇄 불가능한 시스템: 아버지에 대한 공포

앞에서 김주영 소설의 악이 시스템을 교란하고자 욕망하며, 본능 충족
소망의 환상적 발현으로 해석될 수 있다고 논했다. 그 욕망 혹은 환상
의 귀결을 다음에서 살펴보고자 한다. 이는 머리말에서 언급했듯, 시
스템의 면모를 탐색하고 '출세를 꿈꾸었던 촌놈들의 실패담'의 의미를
고구하는 작업이기도 하다. 앞장에서와 마찬가지로 시스템에서부터
이야기를 시작해서 본능 충족 소망을 억압하는 기제로까지 논의를 확
장하려고 한다.

18 프로이트에 따르면, 문명은 에로스에 봉사하는 과정이며 에로스의 목적은 개인과 가족과
민족과 국가를 결합시켜 결국 하나의 커다란 단위, 즉 인류로 만드는 것이다. 그러나 인간
이 타고난 공격 본능은 문명의 이 계획을 반대한다. 공격 본능은 에로스와 짝인 죽음 본능
에서 유래했다. 문명은 인류를 무대로 한, 에로스와 죽음, 삶의 본능과 파괴 본능 사이의
투쟁이다. 이 투쟁은 모든 생명의 본질적인 요소이다.(지그문트 프로이트, 「문명 속의 불
만」, 김석희 역, 『문명 속의 불만』, 열린책들, 2005, 301-302면 참조.)

「模範飼育」(『女子를 찾습니다』)의 "나"는 "불결하기 짝이 없는 것은 고사하고" "불량성이 농후"한(88) 악동이다. 그는 앞장에서 보았던, 파괴욕을 구현하는 악동들의 맥을 잇는 인물이다. 그러나 이 소설에서 악동은 앞에서처럼 시스템을 교란하는 도도한 역할을 더 이상 수행하지 못한다. 그는 더 무서운 시스템에 의해 사육되고 이용당하고 동원당하며 결과적으로 무력해진다. 그는 거칠고 패악스럽다는 이유로 부잣집에 입양되는데, 그 집에는 또래의 아이들이 있었다. 아이들의 어머니는 숫기 없는 자식들의 용맹성을 길러주고자 "나"를 입양한 것이었다. "나"와 놀면서 아이들은 어머니가 바라는 대로 "동네에서 손꼽히는 악돌이가 되어 있었"(103)다. 그러자 주인 여자는 더 이상 "나"를 필요로 하지 않고 보육원으로 보내려고 한다. "나"는 급기야 이 집에 머무를 수 있는 것은 "이 집에서 내 존재의 필요성을 느낄 때뿐이라는 냉혹한 현실"(101)을 깨닫는다.

여기에서 부잣집 주인 여자는 시스템을 의미하며, 악동은 시스템에 균열을 일으키려는 파괴욕을 구현한다. 앞에서 시스템을 교란하려는 은밀한 욕망은 어느 정도 성공했으나, 이 소설에서 파괴욕의 술수는 통하지 않는다. 시스템은 파괴욕보다 높은 자리에서 그것을 이용하며, 이용 가치가 사라질 때 그것을 가차 없이 버리기 때문이다. 파괴욕은 여기에서 더 간교하고 치밀한 시스템에 의해 한낱 동원 대상으로 전락한다. 뿐만 아니라 주인 여자는 악동의 파괴욕을 장려했다. 시스템은 그에 대항하는 파괴욕을 필요에 의해 사육하기도 한다. 파괴욕은 시스템에 의해 동원될 뿐만 아니라 사육당하기까지 하는 것이다. 시스템은 일개 파괴욕의 계측 범위 바깥에 있었다. 여기에서 시스템은 가공할 위력을 가진 무엇으로 현현한다.

시스템에 거역하려는 욕망을 동원이나 이용의 방법으로 묵살하는 것은 그렇다 쳐도, 그것에 아첨하려는 시도마저 무력화할 때 시스템은 더욱 공포스러운 것이 된다. 이 소설에서 시스템에 대한 악동의 태도는 단순히 저항에 그치지 않는다. 악동은 자신의 행동 방식을 변경하여 이제 시스템에 아첨하려고 한다. 시스템이 제공하는 안락과 평안의 맛을 보았기 때문이다. 이는 일종의 사회화 시도라 할 수 있겠다. "나"는 내쳐지지 않고자 계집애같이 행동한다. 아이들을 다시 숫기 없는 이전 상태로 돌려놓아야 자신이 집에 머무를 수 있을 것이라 계산했기 때문이다. 그러나 아이들은 이전의 숫기 없는 모습으로 돌아오지 않았고, 결국 주인 여자는 "나"를 보육원 원장에게 인도하고 만다. 주인 여자의 변은 이렇다. "걜 오래 두었다간 우리집 얘들을 다 버리겠어요. 하루 왼종일을 계집애 짓거리만 하고 돌아간다니까요."(104) 위악을 버리고 일부러 계집애같이 행동함으로써 시스템에 아첨하려는 "나"의 노력이 무색하게, 시스템은 필요 없다는 이유로 가차 없이 그를 버린다.

시스템은 일개 파괴욕으로 파쇄되지 않을 뿐만 아니라 그에 아첨하는 어떤 노력도 시한부로만 가납한다. 즉 이용 가치를 지닐 때에만 순응의 시도를 가납하는 것이다. 여기에서 시스템의 위력은 이중으로 확인된다. 그것을 균열하려는 욕망에도 끄떡없이 훼손되지 않고, 파괴욕을 역으로 이용하고 동원할 뿐만 아니라 스스로 사육하며, 결국 그 욕망을 우스꽝스럽게 만드는 시스템은 난공불락의 거대한 실체이다. 나아가 그것에 순응하려는 노력마저 묵살하고 비웃는 시스템은 한층 더 위력적이며 가공할 만하다. 이 소설에서 시스템을 교란코자 했던 악은 순치되고, 무력화되며 곧 파멸해 버린다.

앞장에서 「도깨비들의 잔칫날」(『女子를 찾습니다』)이 기업가 김일진의 교묘하고 담대한 사기술을 보여주면서, 개인의 미약한 사기 행각보다 더 거대한 악을 고발한다고 하였거니와, 소설의 전언은 거기에서 끝나지 않는다. 사기 행각으로 시스템에 균열을 내고자 했던 한명수는 결국 김일진에게 자신이 사기꾼이라고 고백한다. 그러나 김일진은 믿지 않는다.

『이 도깨비야, 난 안취했어. 난 사기꾼이란말야. 이건 확실히 해둬야겠어, 그것을……, 알아줄 때까지 난 이 집구석에서 한발자욱도 내 디딜 수 읍서.』

한명수는 이제 집이 떠나가라고 고래고래 소리 지르고 있었다. (중략) 한잠이 들었던 운전수가 눈을 부비고 나와, 좌충우돌하는 한명수를 덥석 끌어안아 밖으로 끌어내어 차속에다 냅다 꼰질러박았다. 그리고 불문곡직하고 바깥쪽에서 문을 잠궈버리고 시동을 걸었다. 김일진 사장이 그때 쏜살같이 차로 다가와 차창을 주먹으로 치면서 소리치고 있었다.

『한선생, 당신은 절대로 사기꾼이 아니란 말이요, 도깨비도 아니란 말야. 알겠어?』(58)

위에서처럼 한명수는 자신이 사기꾼임을 믿게 하기 위해서 거의 사투를 벌이지만, 김일진은 고집스럽게 믿지 않는다. 김일진이 한명수의 고백을 무시하는 태도는 거의 단호하기까지 하다. 김일진이 끝내 믿지 않았다는 사실은 한명수의 사기 행각으로 상처받지 않았음을 뜻한다. 한명수의 사기는 통하지 않았고 어떤 것도 위험에 처하게 하지 않았으며 무엇도 교란하지 못했다. 시스템에 흠집을 내고자 했던 시도는 먹

혀들지 않았다. 시스템의 위력은 강대해서, 일개 파괴욕으로써 무너지지 않았던 것이다. 시스템은 끄떡없이 저 나름으로 저 자신의 운동을 지속해 나갈 뿐이다. 아니면 시스템은 그에 거역하는 욕망이나 아첨하려는 욕망이나 모두 "외면하면서도 그러나 말없이 즐기고 있"(「방문객」, 『즐거운 우리집』, 169)을 뿐이다. 여기에서도 시스템은 가공할만한 위력을 지닌 거대한 실체로 현현한다.

시스템은 그것에 대한 파괴욕뿐만 아니라 개인의 모든 욕망을 조롱한다. 그러한 시스템의 위용은 「붉은 산」(『여름 사냥』)에서 더욱 두드러진다. 펄은 송충이를 잡는 대가로 정박사에게서 동전 다섯 개를 받고, 동전을 모아서 장난감 강아지를 사려고 한다. 강아지를 사는 것은 펄의 욕망이고, 그 욕망을 실현하기 위해서 펄은 받은 돈을 감춘다. 그러나 감춘 동전은 늘상 정노인에게 도둑질 당한다. 동전을 감추는 행위는 펄 개인으로서는 욕망 실현을 위해 최선의 깜냥을 발휘한 결과이다. "그가 고아원에서 배운 것은 오직 모든 것을 의심하고 모든 것을 감추는 것이리라. 감춘다는 일은 적어도 펄에게 있어선 최선의 수단이었던 것이다."(143) 그러나 그 노력은 상상하지 못했던 더 큰 힘의 개입으로 무력화된다. 여기에서 펄을 시스템에 대항하여 무언가를 욕망하는 개인으로, 정노인을 시스템으로 해석할 수 있다. 시스템은 개인의 헤아림이 미치지 못하는 곳에서 개인의 욕망뿐만 아니라 최선을 다한 계산과 의도를 비웃는다. 개인은 그 사실을 모르고 자신만의 깜냥 안에서 무력하게 좌충우돌할 뿐이다. 시스템은 거대하다.

더 무서운 것은 펄의 욕망 자체가 오류에 기반하고 있다는 점이다. 펄의 지극한 욕망은 장난감 강아지를 사는 것이다. 그러나 장난감 강아지는 잃어버린 것이 아니라 정박사가 감춘 것이었다. 애초에 정박사가 강아지를 감추지 않았더라면 펄의 욕망은 생성되지 않았을 것이다. 펄의 욕망은 정박사에 의해 주입된 것이었다. 정박사는 개인의 욕망을 가짜로 생성하고 조종하는 시스템을 의미한다. 지극히 개인적인 욕망조차 큰 시스템에 의해 조작된다. 정박사는 펄에게 소유욕뿐만 아니라 파괴욕까지 주입했다. 펄에게 송충이를 잡아 죽이는 일을 명하고, 그 파괴의 기쁨을 알게 한 것도 정박사였다. 그는 펄의 모든 욕망을 주입하고 관장하며, 한 마디로 높은 위치에서 펄을 조종한다. 또한 앞의 「模範飼育」에서처럼 시스템에 대한 파괴욕마저 실은 시스템 자신에 의해 주입되고 사육된 것이다. 이때 시스템의 위력은 더욱 가공스럽게 현현하며, 개인은 시스템의 술수에 놀아나는 한낱 꼭두각시로 전락한다. 무서운 사실은 그러한 시스템의 조작과 방해 공작이 개인에게는 알려지지 않는다는 점이다. 이는 펄이 정노인의 도둑질과 정박사의 사기 행각을 죽을 때까지 알지 못하는 정황과 유사하다.

　지금까지 논한 사안 이외에도, 잘 알려져 있듯 김주영 소설에서 출세하려는 촌놈들은 한결같이 "뛰는 놈 위에 나는 놈"[19] 때문에 좌절한다. 가령 「馬君寓話」의 마규석은 출세하기 위해서 갖은 지략을 동원했으나 그보다 더 간교한 오과장에 의해 좌절하고, 「貳章童話」의 황만돌과 한심이도 출세하기 위해서 각종 계산과 술수를 일삼았으나, 미처 헤아리지 못했던 미지의 힘에 의해서 좌절한다. 「비행기타기」의 최억돌이나 「방문객」의 용수의 경우도 마찬가지이다. 이 소설들이 "약은 척 하다가 더 약은 사람에게 참패하는 우스꽝스런 세태풍자"[20]라는 지

19　김병익, 앞의 글, 540면.
20　위의 글, 540면.

적, 그리고 도시화에 대한 비판[21]이라는 지적이 지금까지 정설로 인정되고 있다. 하지만 다른 해석의 여지가 존재한다. 여기에서 출세욕이라는 개인적 욕망은 알지 못하는 시스템의 힘에 의해서 좌절당한다. 앞의 '뛰는 놈 위의 나는 놈'은 시스템 일반을 의미하며, 여기에서도 시스템은 개인의 깜냥을 비웃는 막강한 실체로 현현한다.

이 지점에서 출세욕과 시스템의 의미망을 개인적 욕망과 사회 체제 이상으로 확장할 수 있다. 출세욕을 인간의 본능 충족 소망의 제유로, 시스템을 욕망을 금지하는 아버지의 법의 제유로 해석해 보자. 촌놈들의 출세욕이 짐작치 못했던 거대한 시스템에 의해 좌절당하듯, 인간의 본능 충족 소망은 결국 현실원칙으로 대변되는 아버지의 법을 파쇄할 수 없다. 앞장에서 보았듯 인간은 아버지의 법을 거부하고 본능 충족 소망을 끈질기게 간직하지만, 결국 그것은 막강한 아버지의 벽을 뛰어 넘을 수 없다. 본능 충족 소망은 결국 백일몽의 장에서만 위력적일 뿐 아버지의 법 앞에서 좌절할 뿐이다. 욕망 실현을 방해하는 아버지의 법은 너무나 막강해서 일개 개인의 파괴욕으로 무너지지 않을 뿐 아니라, 모든 본능의 완전한 충족은 결국 실현 불가능한 것에 불과하다.[22]

촌놈들의 실패담뿐만 아니라 앞서 논한 모든 소설에서 시스템은 개인의 각종 욕망을 묵살하며 비웃는 거대한 실체로 현현하는데, 여기에서도 시스템은 아버지의 법에 대한 제유로 파악할 수 있다. 흥미롭게도 김주영 소설에서 아버지는 실제적으로 아들의 욕망을 금지하는

---

21 김주연, 「社會變動과 諷刺」, 706~710면 참조.
22 라캉에 의하면, 충족 불가능한 것이 욕망의 대상이 되며 욕망의 구조상 욕망의 대상에는 항상 불가능성이 내포되어 있다.(자크 라캉, 권택영 편, 민승기 외 역, 『욕망 이론』, 문예출판사, 1998, 166면 참조.)

모습으로 나타난다. 가령, 「女子를 찾습니다」(『女子를 찾습니다』)에서 "소생"의 욕망은 도시의 세련된 여대생과 결혼하는 것이다. 하지만 아버지는 건강한 시골 여인을 아들의 짝으로 강요한다. 여기에서 아버지는 아들의 욕망 실현을 방해한다. 아버지의 고집을 마주한 아들은 "커다란 황소 한 마리가 내앞에 가로막고 서서 꼬리로 파리 떼를 쫓고 있는 환상"(303)에 빠진다. 아버지가 아들을 '가로막고 선' 황소로 은유된 사실은 아버지가 억압과 금지의 기제로 작동하는 사정을 보여준다. 결혼을 반대하는 아버지는 추상적으로, 욕망 실현을 반대하는 아버지의 법 일반을 의미한다고 추론할 수 있다. 한편 앞서 본 소설들에서 펄의 소유욕과 파괴욕, 한명수와 악동의 파괴욕 등 각종 개인적 욕망 역시 본능 충족 소망의 제유로 파악할 수 있는 바, 이들이 한결같이 시스템 앞에서 좌절한 사실은 본능 충족 소망의 실현 불가능성을 시사한다. 이상 살펴본 본능 충족 소망과 억압하는 아버지에 관한 구도는 김주영의 소설적 실천의 원형으로 보인다.

　김주영 소설에서 욕망 실현을 방해하는 막강한 실체에 대한 인식은 지나치게 반복적으로 나타난다. 파괴욕마저 사육하고 이용하는 세력, 욕망 자체를 주입하고 조종하는 세력, 출세욕을 가로막는 세력 등 이 막강한 실체에 대한 발견은 김주영 소설에서 핵심적 위상을 차지한다. 전술한 바 이 실체는 파괴욕뿐만 아니라 모든 개인의 욕망을 억압하고 금지하는 아버지의 법이다. 이것은 지나치게 위력적으로 그려지고, 그 위력은 또한 지나치게 반복적으로 강조된다. 또한 김주영 소설에서 아버지를 성공적으로 거역하는 아들은 거의 발견할 수 없다. 아버지에 대한 거부의 시도는 거의 모두 무력하게 좌절할 뿐이다. 이러한 반복에서 아버지를 지나치게 거대한 모습으로 각인한 작가의식을 엿볼 수 있다. 작가가 묘파하는 아버지의 형상은 과장스러울 정도로 막강하다. 그 위력의 가공함이나 반복되는 정도로 볼 때, 막강한 시스템에 대한 인식은 거의 그것에 대한 공포마저 동반한다고 보인다.

막강한 시스템의 위력에 대한 인식이 공포를 수반한다는 사실은 기법 면에서도 입증된다. 김주영이 "반전(反轉)의 명수"[23]라는 세간의 평은 잘 알려져 있다. 반전이란 말할 나위 없이 놀라움의 제공을 위한 기법이다. 김주영의 소설에서 시스템의 위력은 항상 반전이라는 형태로 현현하거니와, 이는 경악을 수반한다. 이로써 시스템의 위력에 당하는 작중인물의 공포가 부각될 뿐만 아니라 그 공포는 독자에게까지 전이된다. 이렇게 공포의 제공에 천착하는 창작 습관은 막강한 아버지에 대한 공포가 작가의식에 뿌리 깊게 각인되었음을 암시한다. 이러한 공포는 어머니를 강탈함으로써 최초의 욕망을 금지했던 아버지에 대한 아이의 공포와 동형(同形)이다. 2장에서 본 파괴욕 혹은 본능 충족 소망이 아버지에 대한 거부를 표출한다면, 이 장에서 논한 시스템의 막강한 위력은 아버지에 대한 공포를 수반한다. 김주영 소설은 아버지에 대한 거부와 공포 사이에서 진자 운동을 한다고 볼 수 있거니와, 이 사정을 다음 장에서 더욱 상세히 살펴보고자 한다.

---

23 김주연, 「어릿광대의 사랑과 슬픔」, 329면.

4. 거부와 공포의 한 원형

앞에서 김주영 소설에 나타난 본능 충족에의 소망과 아버지의 법의 완강함에 대한 인식을 살펴보았다. 이는 아버지에 대한 거부와 공포로 환언할 수 있었다. 이는 악동에 대한 애착, 파괴·야성·관능에의 탐닉, 일개 균열 소망에도 끄떡없이 강고하며 각종 욕망을 무력화하는 시스템의 반복적 출현 등 김주영의 거의 모든 소설적 실천의 근저에 놓인 일종의 원형적 구도로 보인다. 한편 이는 잘 알려진 또 하나의 원형을 상기시킨다. 바로 오이디푸스 콤플렉스이다. 알려진 바, 어린아이는 어머니를 소유하고 싶은 욕망을 지니지만, 아버지에 의해서 그 욕망의 억제를 강요당한다. 아이는 아버지의 존재를 인정하면서 아버지의 법을 내면화하여 현실원칙을 수락한다. 그러나 아버지의 법을 위반하고 본능 충족을 꿈꾸는 아이의 소망, 즉 낙원을 회복하려는 소망은 사라지지 않는다. 흥미롭게도 김주영 소설은 이런 오이디푸스 콤플렉스의 전형적 사례로 해석되는 원초적 장면들을 가볍지 않게 그려낸다.[24]

---

24 김화영과 최현주는 오이디푸스 콤플렉스를 아버지의 부재(不在)와 연관시킨다.(김화영, 앞의 글; 최현주, 앞의 글 참조.) 이들의 논의가 그릇된 것은 아니지만, 이들과 달리 본 논문은 욕망을 금지하는 무서운 아버지의 심상에 더욱 주목한다. 참고로 한 대담에서, 황종연이 김주영 소설에 반복적으로 나타나는 아버지의 부재를 지적하자, 김주영은 아버지가 실제로 부재하지 않았고, 오히려 아버지의 존재가 엄숙하고 삼엄했다고 고백한다. 대신 어머니의 존재는 자신의 소설에서 분수 이상으로 확대되고 과장되었는데, 어머니에 대한 연구가 자신의 성장소설의 핵심이라고 말한다.(김주영·황종연, 「원초적 유목민의 발견」, 황종연 편, 『김주영 깊이 읽기』, 문학과지성사, 1999, 26-28면 참조.) 전기적 사실은 참고만 할 수 있을 뿐이지만, 위의 작가의 고백은 '부재하는 아버지'보다 '공포스러운 아버지'에 주목할 필요성을 환기한다. 한편 위에서도 보듯 어머니는 김주영 소설에서 화두나 다름없다. 정현기는 김주영이 "자기 존재실현의 한 행보로 멀리 있는 어머니를 끊임없이 자기 앞으로 당겨들이는 힘겨루기를 그친 적이 없는 작가"라고 평가하면서, 김주영 소설에서 어머

「붉은 노을」(『즐거운 우리집』)에서 서른 살의 나이로 혼자 사는 어머니는 "팽팽한 젖가슴", "집오리의 앞가슴털처럼 희디흰 겨드랑이의 살결"(68) 등의 표지로 성애화된다. 동생은 "어머니의 젖가슴을 마음대로 휘저어 만질 수 있"고 "어머니의 사타구니 사이에 한쪽 다리를 넣고 자기도"(69) 한다. 동생의 행태는 곧 "나"의 소망과 동궤에 놓인다. 소년인 "나" 자신이 어머니와의 성적 접촉 아래 안온한 낙원에 거하고 싶은 것이다. "나"의 소망은 아버지의 법을 발견하기 전 유년기의 본능 충족 소망을 보여준다. 「익는 산머루」(『즐거운 우리집』)에서도 소년 "나"와 순덕이는 "우리들이 만들어내는 그런 비밀"(99)을 즐긴다. "나"와 순덕이는 둘만의 비밀을 공유하며 영혼의 합일과 안온을 구가한다. "나"는 마치 어머니의 자궁 속 태아와도 같이, 본능적 욕망을 충족하고 결여를 모르는 일종의 낙원에 거한다고 할 수 있다.

그러나 낙원은 훼손된다. 「붉은 노을」에서는 어머니를 차지해 버린 동생이 "나"의 본능 충족을 일차적으로 방해한다. 「익는 산머루」에서 순덕이는 "나"의 목전에서 낯선 남자와 동침한다. "오늘 총을 멘 그 낯모를 사내와 그녀는 최초로 내가 보지 않는 자리에서 저희들끼리 무언가 수작을 꾸미고 있었다는 것이 나를 몹시도 흔들어 놓았다."(112-113) 여기에서 보듯 '저희들끼리의 수작'은 "나"를 순덕에게서 소외시

니의 핵심적 위상을 간파한다.(정현기, 「자아붙들기와 자아떠나기의 세월」, 『작가세계』 11, 1991. 겨울, 40면.) 김주영의 어머니는 어릴 때 곱게 자랐으나 두 번 결혼하는 등, 당시로선 신산한 세월을 살아왔다고 한다. 젊은 시절 김주영은 어머니를 창피스럽게 생각하기를 넘어 저주하기까지 했다고 한다.(위의 글, 44면 참조.) 이러한 어머니에 대한 애증은 그에 대한 집착에 가까운 과도한 관심의 존재를 시사한다. 이러한 사정 역시 김주영 소설과 오이디푸스 콤플렉스의 친연성을 보여준다.

키고, 그녀와 구가했던 온전한 영혼의 합일 상태를 박탈한다. 이는 아버지가 어린아이의 본능 충족을 방해하는 것과 동형의 구조이다. 사내로 인해, 소년은 낙원을 상실해 버린다. 순덕을 유혹해서 동침한 "사내"는 낙원 상실을 강제하는 아버지, 어머니와의 동침 소망을 금지하고 방해하는 아버지, 쾌락의 추구를 억압하는 현실원칙과 동급의 위치에 놓인다.

"나"는 "이제 그녀가 내게 돌아온다손 치더라도 우리들이란 어휘가 주는 그런 연대감만은 회복될 수 없을 것이란 걸 느"(118)낀다. 결여를 모르고 완전한 본능 충족이 가능했던 낙원은 영원히 상실되어 회복될 수 없는 것이 되어 버렸다. 이렇게 유년기의 실낙원을 경험한 이는 전 생애에 걸쳐 본능 충족 소망을 지속적으로 지니나 그것을 현실에서는 실현하기 힘들다. 2장에서 본 파괴욕 혹은 성욕에 관한 끈질긴 백일몽적 환상은 이런 낙원을 회복하기 위한 고육지책으로 보인다.[25] 물론 백일몽적 환상은 아버지의 법에 대한 거부에서 비롯된 것이다. 「붉은 노을」에서도 "나"는 일단 동생에 의해서 낙원을 잃었다. 그러나 "나"는 어머니를 차지하기 위해서 동생의 죽음을 방조한다. 이러한 소년의 행태는 앞에서 살펴본, 본능 충족을 위해서 파괴를 일삼고, 각종 욕망의 실현을 위해 고군분투했던 인물들의 그것과 동궤에 놓인다. "내"가 동생만 죽으면 어머니를 차지할 수 있으리라 믿었듯, 파괴욕에 전율하는 인물들은 악으로 시스템을 교란할 수 있으리라 상상하고, 각종 욕망으

---

25 무의식은 개인의 발전 단계에서 완전한 만족이 획득되었던 과거의 기억을 보존하고 있다. 그 과거는 계속해서 미래를 요구한다. 무의식은 낙원이 다시 창조되어야 한다는 소망을 간직한다.(마르쿠제, 앞의 책, 38면 참조.)

로 달구어진 이들은 그들의 헤아림으로 욕망을 실현할 수 있으리라 기대한다.

그런데 동생의 죽음 이후 어머니를 차지할 줄 알았던 "내"가 발견한 것은 어머니와 "소방 대장"의 동침 장면이다. "소방 대장"은 친아버지는 아니지만, 어머니와 동침한 사실로 오이디푸스 콤플렉스에서의 아버지와 동일한 위치를 점한다. "나"의 낙원 회복 소망은 아버지 격인 "소방 대장"으로 인해 무참히 좌절[26]된다. 이러한 소년의 좌절은 앞서 본 시스템의 위력 앞에서 무수한 욕망들이 좌절한 장면들과 동형의 구조를 내장한다. 낙원을 제공하리라 믿었던 어머니는 "내"가 미처 상상하지 못했던, "나"보다 훨씬 힘이 센 무엇에게 강탈당한 셈이다. 소방대장-아버지는 "나"의 계측 범위를 벗어난, "나"의 뒤통수를 치는, "나"보다 힘이 센, "나"로서는 어찌할 수 없는 힘을 가진 강력한 자이다. 이러한 소방대장-아버지의 속성은 3장에서 본, 개인의 계측 범위를 벗어나서 개인의 뒤통수를 치며 무시무시한 위력을 과시하는 시스템의 면모와 동형이다.

이 소설에서 소방대장-아버지는 충격적으로 출현하여 "나"에게 공포를 주었다. 이는 시스템에 대한 공포의 원초적 장면이라고 보인다. 이러한 공포스러운 아버지에 대한 원초적인 심상은 무수히 변주되어, 공포스럽도록 막강한 시스템의 다양한 국면으로 몸을 바꾸면서 김주영 소설에 등장한 것으로 보인다. 그토록 다각도로 탐색된 시스템의

---

26 프로이트에 따르면, 리비도를 만족시킬 수 있는 가능성을 박탈당하는 경우가 '좌절'이다. 신경증적 증상, 환상, 백일몽 등은 좌절된 만족감을 대체하는 것이다.(프로이트, 『정신분석 강의』 하, 490면 참조.)

위력과 그 공포스러운 심상은 김주영 소설의 중핵인 바, 그 모티프의 원형을 유년기 아버지에 대한 공포에서 찾을 수 있는 것이다.[27]

5. 맺음말

김주영 소설에서 악은 시스템의 구조적 악을 고발하고 폭로할 뿐만 아니라 그것에 저항하고 반발한다. 악은 만만치 않은 파괴욕의 존재를 시사하며, 시스템은 본능 충족을 금지하는 아버지의 법 일반을 의미한다고 해석할 수 있다. 김주영 소설은 뚜렷한 이분법을 내장하는데, 한편에는 윤리 · 도덕-사회 체제-문명-일상이 존재하고, 다른 한편에는 악-파괴-관능-야성이 존재한다. 현실원칙과 쾌락원칙, 본능과 아버지의 법으로 대변될 수 있는 이 이분법에서 김주영은 전자에 대한 거부와 후자에 대한 소망을 지속적으로 내비친다. 악과 파괴욕은, 관능과 야성과 더불어 본능 충족 소망을 담지한 일종의 환상 혹은 백일몽이다. 이를 아버지에 대한 거부로 볼 수 있다.

---

27 물론 선행연구에서 거론한 부재하는 아버지의 심상도 중요하다. 이 논문은 지금까지 밝혀지지 않았던 공포스러운 아버지의 심상을 조명함으로써 김주영 소설 연구의 조망 범위를 확장하기를 소망했으나, 부재하는 아버지의 심상 역시 간과할 수 없다. 필자는 이를 선행연구와 방향을 달리 하여 후속연구에서 고찰하였다.(박수현, 「김주영 단편소설의 반(反) 근대성 연구」, 『한국문학논총』 66, 한국문학회, 2014.) 일례로 「달맞이꽃」에서 인물은 부재하는 아버지의 흔적을 뒤쫓고, 「천궁의 칼」에서 아버지의 업은 미화된다. 여기에서 부재하는 아버지, 친부에 대한 그리움을 읽을 수 있거니와 이는 반근대성과 동궤에 놓인다. 의부가 대체로 근대적 자질을 의미하는 사실을 감안한다면, 김주영의 소설은 친부에 대한 그리움과 의부에 대한 공포 사이에서 진자 운동을 한다고도 볼 수 있다. 더 정치한 논구는 후속연구를 기약한다.

그러나 김주영 소설에서 시스템을 교란하고자 하는 욕망은 이용당하거나 사육된다. 시스템은 너무나 강고해서 일개 파괴욕으로 파쇄되지 않을 뿐 아니라, 개인의 욕망을 조작하고 조종한다. 김주영 소설의 가장 특징적인 모티프인 '출세를 꿈꾸는 촌놈들의 실패담' 역시 개인의 계층 범위를 벗어나서 뒤통수를 치는 막강한 시스템에 대한 인식을 보여주는데, 이는 개인의 본능 충족을 억압하는 현실원칙, 즉 아버지의 법의 완강함을 보여준다. 본능 충족 소망은 백일몽에서만 위력적일 뿐 현실에서는 실현 불가능한 것이었다. 이러한 아버지의 법의 막강함에 대한 인식은 아버지에 대한 공포마저 수반한다.

아버지에 대한 거부와 공포는 김주영의 거의 모든 소설적 실천의 근저에 놓인 원형적 구도이다. 이는 오이디푸스 콤플렉스를 겪는 소년의 그것과 동형이다. 유년을 다룬 김주영 소설에서 낙원을 상실한 소년은 다시 그것을 회복하려 하나, 거대하고 무서운 아버지에 의해 좌절한다. 이는 아버지에 대한 거부와 공포의 원초적 심상을 제공한 장면으로 보인다.

1970년대의 다른 작가의 소설에서도 악과 아버지의 문제는 만만치 않은 위상을 차지한다. 최인호 소설의 악동은 유명하며, 전상국과 조선작 소설에서도 악행 혹은 비행은 주요한 모티프이다. 이 중 악과 아버지의 상관관계를 극명하게 보여주는 예로 조선작을 들 수 있다. 조선작의 경우 흉포한데다 미쳐버린 아버지에 대한 유년시절의 증오가 뿌리 깊은 죄책감을 형성했고, 이에 따른 자학이 악의 원류를 이뤘다.[28] 이는 유년기 본능 충족을 방해하는 무서운 아버지에 대한 거부와

---

28 이는 필자가 선행연구에서 밝힌 사항이다. 박수현, 「자학과 죄책감-조선작의 소설 연구」,

공포가 본능 충족 소망과 시스템에 대한 공포로 지속적으로 몸을 바꾸며 변주되는 김주영의 양상과 대비되어 흥미롭다. 1970년대 작가들에서 악과 아버지의 상관관계, 특히 그것이 작가들마다 다르게 나타나는 특징적인 양상은 폭넓게 연구될만한 사안이거니와 이는 추후를 기약한다.

한편 하필 1970년대에 악과 아버지가 일종의 화두로 돌출하는 현상은 일고(一考)에 값한다. 주지하다시피 유신체제하 사회 분위기는 억압적이었고, 작가들의 유년 기억을 형성했던 한국 전쟁기 아버지들은 그 자신 전쟁에 따른 트라우마로 인해 결손된 인격을 가지기 쉬웠다. 1970년대 작가들은 온전치 못했던 아버지로 인한 트라우마와 유신기의 억압적 사회 분위기라는 공통분모를 지니고 있었고, 아버지에 대한 기억과 유신기의 제반 특질은 모종의 화학 작용을 일으켜서 독특한 1970년대의 정신적·감정적 분위기(망탈리테)를 형성했을 것이라고 가늠할 수 있다. 악 혹은 악적인 것은 그것이 표출된 한 사례이다. 이 문제에 대한 정치한 논구 역시 후속 과제로 남겨둔다.

『한국민족문화』 49, 부산대 한국민족문화연구소, 2013 참조.

자학과 죄책감
―조선작의 소설 연구―

1. 머리말

조선작은 1970년대 현장 평론에서 황석영, 최인호, 송영, 조해일과 더불어 당대를 대표하는 작가로 호명되었다.[1] 그의 첫 작품집 『영자의 全盛時代』는 만만치 않은 판매고를 보였기에 대중소설로 오해되기도 했으나, 실은 본격문학의 장에서 상당한 고평을 받은 작품이었다.[2] 당대의 논의에서 조선작은 기층 서민의 생활상을 적나라하게 묘파함으로써 사회의 구조적 모순을 드러내고, 소시민의 안락한 일상의 이면을 비판적으로 파헤쳤다고 논의된다.[3] 활발히 작품 활동을 전개했던 1970년대에 조선작은 뿌리 뽑힌 인간 군상을 조명함으로써 사회의 구

---

1 일례로 김병익, 「삶의 熾烈性과 언어의 完璧性-趙善作의 경우」, 『문학과지성』 16, 1974. 여름; 이태동, 「人間 實驗室의 小說空間」, 조선작, 『시사회』 해설, 고려원, 1980.
2 박수현, 「조선작 소설의 여성 표상 연구」, 『우리문학연구』 40, 우리문학회, 2013, 497면 참조.
3 조선작 소설에 관한 당대의 논의를 포함한 연구사 정리는 위의 글 참조.

조적 모순을 비판하는 작가로 규정되었다. 조선작의 사회비판 의식에 주목한 당대의 논의는 사회비판 의식을 문학의 지고한 가치로 신봉한 1970년대적 비평의식의 귀결인 것으로 보인다.[4] 평자들은 작품을 분석할 때 자신의 문학적 신념에 부합하는 요소들에 우선적으로 주목하기 마련이라, 사회비판이 문학의 지엄한 사명임을 굳게 믿었던 평자들은 조선작의 소설에서 주로 사회비판 의식만을 부각해서 보았던 것이다. 이 논문은 사회비판 의식의 이면에 은닉된 조선작의 보다 내밀한 면모에 주목하고자 한다.

논자들이 조선작 소설에서 사회비판 의식 다음으로 주목한 것은 어둡고 음울하며 야만적인 수성(獸性)이다. 최초의 정치한 분석을 제출한 김병익에 따르면, 조선작의 인간과 세계에 대한 카오스적 이해는 통념적으로 아름답고 교양 있는 세계를 전복하고 부정한다. 이 부정적 비극의식은 인간 자체가 병들고 야비하고 위험하다는 사실을 강조한다.[5] 이 논점은 다른 연구자들에게서 드물지 않게 변주된다. 조선작이 인간의 "파괴본능의 힘을 自然主義的인 문맥 속에서 강조"[6]한다거나, 인간과 사회의 참모습으로서 "어둡고 침울하고 음울한 영역"[7]을 부각한다

---

4 1970년대의 사회비판적 문학의 개화에 계간지 『창작과비평』과 『문학과지성』이 미친 영향은 지대했다. 『창작과비평』의 사회비판적 가치에의 경도는 재론의 여지가 없거니와, 통념과 달리 『문학과지성』의 그것도 못지않았다. '사회의 구조적 모순'은 『문학과지성』 창간호부터 마지막호까지 일관되게 나타난 가장 중요한 비평적 구호였다.(박수현, 「1970년대 계간지 『文學과 知性』 연구-비평의식의 심층구조를 중심으로」, 『우리어문연구』 33, 우리어문학회, 2009 참조.)

5 김병익, 「否定的世界觀과 文學的 造形-그 熾烈性과 完璧性」, 조선작, 『영자의 全盛時代』 해설, 민음사, 1974, 347-350면 참조.

6 이태동, 앞의 글, 120면.

7 류준필, 「어둠 속에 담긴 진실」, 조선작·문순태, 『한국소설문학대계』 66 해설, 동아출판

는 논의들이 그 사례이다. 논자들은 이런 현상을 발견하되 그 근원을 적극적으로 논구하지 않았다. 이러한 카오스적 세계 이해의 배경을 전쟁의 비극과 그로 인한 부모 상실에서 찾은 논의들이 있기는 하다.[8] 그러나 유소년기에 전쟁의 참상을 겪고 부모를 잃은 작가가 세계를 부정적으로 바라보는 근본의식을 형성했다는 논점은 문제를 단순화한다. 야만적 수성(獸性) 혹은 부정적 세계 인식의 근원을 형성한 기제는 보다 복잡하며, 정교한 논구를 요하는 사안이다. 이 논문은 조선작의 부정적 세계 인식의 근원을 보다 정밀하게 논구하기 위해서 자학의 정서에 주목하고자 한다. 기존 논의들은 자학의 정서를 주목하지 않았으나, 조선작의 소설은 자학의 정서를 지속적·반복적으로 내비치고 있다. 심지어 많은 논자들이 사회의 구조적 모순만을 부각해서 독해한 소설에서조차 자학의 정서는 중대하게 작동한다. 이 논문은 자학의 정서가 작가의식의 형성에 간과할 수 없는 영향을 미쳤으리라고 판단한다.

그렇다면 자학은 어디에서 연원했는가? 조선작의 자학의 근원에 대한 문제 역시 지금까지 연구사에서 간과된 바, 이 논문은 이를 죄책감에서 찾으려고 한다. 조선작 소설의 죄의식에 주목한 유일한 논의인 김지혜의 연구는 죄의식을 논하되 자학과의 관련성은 간과한다. 그에

사, 1995, 557면.

8 김병익은 조선작의 세계관 형성에 원초적 자극을 가하는 두 개의 요소로 부실한 부모로부터 버림받은 개인사적 사건과 전쟁의 혼란을 직접 목격하고 그 때문에 정상적인 성장으로부터 버림받아야 했던 시대사적 사건을 지목한다.(김병익, 「否定的世界觀과 文學的 造型」, 347면 참조.) 류준필은 조선작의 세상에 대한 적의는 아버지의 성격적 결함과 어머니의 부재, 즉 가족의 와해에서 기인한다고 본다.(류준필, 앞의 글, 558-559면 참조.)

따르면, 하층계급 여성을 그린 조선작의 소설은 1970년대 도시화와 발전 논리에 순응했던 대중들의 죄의식을 자극한다. 가령 매춘여성을 통해 도시화, 자본화가 낳은 수많은 매춘여성에 대한 대중들의 연민과 책임의식을 환기한다. 조선작의 인물들은 죄의식을 느끼지 않으나, 이들을 통해 자본주의적 가치 체계에 적응해 가는 대중들은 죄의식을 느낀다는 것이다.[9] 그는 조선작의 인물들이 죄의식을 느끼지 않는다고 보았으나 이 논문은 조선작의 인물들이 심각하게 죄책감에 빠져 있다고 파악하는 면에서 입장을 달리 한다. 또한 김지혜는 독자 대중의 죄의식을 논하지만, 이 논문은 작품 내부에 드러난 인물 혹은 작가의 죄책감에 주목한다. 즉 김지혜는 발전 논리와 산업사회에의 순응에서 독자의 죄의식이 발생한다고 보았지만, 이 논문은 아버지에 대한 살의와 양가감정에서 작가의 죄책감이 형성되었다고 본다. 이러한 죄책감은 자학의 근원인 바, 이 논문은 바로 이 자학과 죄책감의 상호작용 기제에 주목하고자 한다. 즉 자학의 현상과 귀결 양상, 그리고 자학의 원천까지 자학의 구조를 입체적으로 살피려고 한다.[10]

---

9 김지혜, 「1970년대 대중소설의 죄의식 연구-최인호, 조해일, 조선작 작품을 중심으로」, 『현대소설연구』 52, 한국현대소설학회, 2013, 241-246면 참조.

10 이 논문은 조선작의 1970년대 단편소설집의 초판본을 텍스트로 삼는다. 조선작, 『영자의 全盛時代』, 민음사, 1974; 조선작, 『外野에서』, 예문관, 1976. 앞으로 이 소설집들에서 인용 시 소설 제목 옆에 수록 소설집 제목을 병기하고 인용문 말미에 면수만을 표기하기로 한다.

2. 자조와 자학

머리말에서 논했듯 조선작 소설에서 사회의 구조적 모순에 대한 비판
을 읽어내는 정통적인 독법은 자학 혹은 자조의 정서를 간과해 왔다.
이 장에서는 이 정통적 독법 아래 은닉되었던 자조와 자학의 정서를
발굴해 보고자 한다. 조선작 소설은 자조와 자학의 정서를 지속적·반
복적으로 노출한다. 그러나 이는 뚜렷하게 전면화된 주제의 형태로서
가 아니라 눈에 띄지 않는 자리에서 은밀하게 드러난다. 전면화된 주
제는 작가의 의도를 반영하나 이렇게 은밀하게 반복적으로 나타나는
모티프는 작가의 무의식적인 경향을 누설한다고 보아도 좋을 것이다.
이 무의식적 경향은 때로 작가의 의도를 배반하고 유출되는 것이기도
하다.

기존 연구사에서 사회의 구조적 모순을 부각한 소설로 해석되었으
나 실은 인물의 자조감에 대한 중대한 시사점을 주는 대표적인 소설
이 「美術大會」(『영자의 全盛時代』)이다. 한 국민학교 교장이 신문사와 협
잡하여 미술대회를 열고자 하는데, 실은 미술대회를 빌미로 학생들로
부터 부수입을 올리려는 목적을 가지고 있었다. 교장의 행태는 사회의
부조리의 축도이거니와, 지금까지의 연구사는 이 사실에만 주목하였
다. 이 소설을 『문지』에 재수록하면서 최초의 리뷰를 게재한 김병익에
따르면, 이 소설은 국민학교의 부정을 다룰 뿐만 아니라, "不義를 조
작하고 강요하는 〈專橫〉의 압력을" 암시한다. 이 전횡은 "사회적인 부
조리, 모순의 심화에서 비롯"된 것으로, 결과적으로 사회의 구조적 모
순을 일깨운다.[11] 김병익은 이 소설이 단순한 부정을 다룰 뿐만 아니라
더 보편적인 차원의 해석의 여지를 열어 놓는다고 말하지만, 결국 사

회의 구조적 모순을 묘파한 면을 부각하고 상찬한다. 그는 이 소설의
사회비판 의식에 지나치게 주목한 나머지 부조리에 마주한 인물의 자
조감을 발견하지 못했다.[12] 기존 연구사의 시각과 달리, 사회의 구조적
모순 못지않게 그에 맞닥뜨린 인물의 자조감은 중대한 사안이다. 미술
교사 "나"는 일단 미술대회를 열자는 교장의 무리한 분부에 반발하지
만 이어서 다음과 같은 상념에 빠져든다.

교장실에서 나올 때는 제법 객기까지 부렸었지만 실상 나는 더없이 나약
한 한 명의 교사에 불과했다. 명령을 불복하면서까지 그와 싸울 만한 힘
이 나에게는 없었다. 마흔을 이태 앞둔 나이까지 살아오면서 나의 어깨
는 야윌 대로 야위어 버렸다. 어쩌다 부독본도 팔아먹은 선생이 되었고,
학부모가 넣어주는 〈편지〉도 받아먹은 선생이 되었으며, 그래도 두 살짜
리 귀여운 딸년이 오줌을 싸면 갈아입힐 여벌의 내복바지가 없어 짜증을
부리는 아내를 우울한 마음으로 건너다 보아야 하는 가난한 가장에 불과
했다. 그런대로 나는 십 팔년 동안을 교단에 서 왔다. 항상 자신없이 뒷
전에 물러서서 기분이 안 내키면 왈칵 불평이나 말하여 윗사람의 비위를
거슬리고, 그리하여 약삭빠른 친구들은 주임교사다 교감이다 장학사다
하고 부쩍부쩍 승진을 하는 틈바구니에서 만년 평교사로 늙어가고 있었
다. 교장의 말대로 사회생활이란 그런 것이 아닐는지 모른다. 요컨대, 나
라는 위인은 사회생활의 열등생이란 말이다. (중략) 이런 속절없는 생각
에 빠져 있는 동안 어느새 내 팔은 백지 위에 볼펜을 굴려 미술대회 개최

---

11 김병익, 「삶의 熾熱性과 언어의 完璧性」, 379면 참조.
12 사정은 다른 선행연구에서도 마찬가지이다.

에 대한 계획을 기안하고 있었다.(198-199)

위에서 보듯 "나"는 사회의 부조리에 반발하지만 반발로 일관할 수만은 없는 나약함 또한 지니고 있다. 중요한 것은 반발이건 순응이건 모두 과녁을 빗나갔다는 사실이다. 그는 앞에 나서서 반발하지도 못하고 약삭빠르게 윗사람들의 비위를 맞추지도 못했다. 대담하게 저항하는 영웅도 되지 못하고 뻔뻔스러운 출세주의자도 못 되었던 것이다. 저항도 출세도 제대로 하지 못한 그에게 남은 것은 "사회생활의 열등생"이라는 표지뿐이다. "미술대회"는 사회의 비리의 비판적 축도이기도 하지만 "나"의 무능력과 나약함에 대한 자조를 일깨우는 매개이기도 하다.

이 소설에서 인물의 자조감에 주목하려는 이 논문의 시도에 근거를 제공하는 하나의 요소는 강위석 선생의 존재이다. "나"는 강위석 선생과 자신을 비교하면서 자조감을 더 깊게 만든다. 사회의 구조적 모순만을 드러내기 위해서라면 강위석의 존재가 딱히 필연적이지 않다. 그는 "나"의 자조감을 강화하기 위해 의도적으로 설정된 인물로 보인다. 강위석은 깜빡 잊고 공지를 못 했다는 이유로 아이들을 미술대회에 참가시키지 않는다. 교감 앞에서는 하겠다고 다짐하면서 실제로는 건망증을 가장하여 교감을 거역하는 것이다. 그는 교감 앞에서는 반발하면서 결과적으로 부조리에 순응하는 "나"와 대척점에 서 있다. "내"가 요령부득이라면 강위석은 능수능란하다. 강위석은 윗사람과 척지지 않으면서도 비리에 참여하는 것을 피할 만큼 기술적이다. 다른 한 젊은 교사는 "교장은 왜 이런 흉계를 꾸몄느냐고 대들"(212)기도 한다. 그역시 결과적으로 미술대회 음모에 가담해 버린 "나"의 자괴감을 북돋

운다. 미술대회가 사기극으로 밝혀지고 교장은 가짜 상장을 만들어서 위기를 모면하려고 한다. 교감은 붓글씨에 능한 교사들을 징발하여 상장 작성을 진두지휘하는데, 필력으로 유명한 강선생은 손가락에 쥐가 났다는 말도 안 되는 평계를 대고 그 작업에 불참한다. "나"는 "어쩌는 수 없이" "교감에게 징발당하여 수상대장을 기록하는 일을 맡고 있었다."(215) 강위석은 사회의 부조리에 정면으로 대결하지 않으면서도 위트와 능치기로 교묘하게 사회악에 참여하는 것을 피해간다. 그는 사회의 부조리에 불만을 토로하면서도 결국 그것에 참여하는 "나"와 대조적이다. 여기에서 부각되는 것은 "나"의 무능에 대한 자조이다. 강선생으로 인해 "나"는 능란하지 못한 자신을 더욱 초라하고 참담하게 여긴다. 이 소설은 사회의 부조리 비판이라는 전면화된 주제 이면에 인물의 자조감을 은닉하고 있다.

자조감은 다른 소설들에서도 빈번하게 발견된다. 빈번하게 발견되는 정서라면 작가의식의 중대한 일단을 누설한다고 보아도 좋을 것이다. 「低質들의 세상」(『外野에서』)에서 "이미 재수생도 삼수생도 아무것도 아니며, 단지 영장이 나와 군대에나 들어가게 되는 날을 기다리고 있는 한심한 청년들"(243)인 "나"와 친구들은 스스로 "저질"로 일컬으며 "자학적인 발설"을 하기 일쑤다. 그들은 경제적 난관을 타개하기 위해 여자를 유혹하자고 계획하는데, 이에 대해 그들 스스로 이렇게 진단한다. "결국 우리들은 고작해야 그런 아이디어들이나 생각할 수밖에 없을 만큼 저질 인간들이었다."(251) 제목이 암시하는 바, "저질"이라는 어사는 소설 전반에 걸쳐 수없이 반복된다. 이 소설에서도 두드러지는 것은 자조의 정서이다. 「高壓線」(『영자의 全盛時代』)에서 기존 연구사는 대체로 비판적으로 성찰된 근대화의 이면을 주목한다.[13] 그러나 그 못지않게 부각되는 것은 "그런 작은 돈을 가지고는 어딜 가든지 이만큼 참한 집은 구경할 수도 없는 내 초라한 처지"(173)이다. 소시민 가장의 초라한 처지와 그에 대한 가장 스스로의 자조적 자각은 간과되어서는 안 될 요인이다. "나"는 가족들이 모두 고압선의 존재를 알고 있었지만 가장인 "나"를 배려하여 말하지 않았다는 점을 나중에 발견한다. 이 사실은 "나"의 자조감을 심화시키는 요인으로 작동한다.

이렇게 조선작의 인물들은 종종 자조감에 시달린다. 자조와 자학은 멀지 않은 거리에 존재한다. 자조가 깊어지면 자학이 된다. 한편 자학에 탐닉하는 성격적 습성을 가진 사람은 자조의 정서에 민감하여, 남들보다 쉽게 자조감에 빠져들게 된다. 즉 자학은 자조의 발전 형태이기도 하지만, 자조에 취약한 성향을 형성한 근본적 심적 양태이기도 하다. 조선작 소설에서는 자조하다 못해 자학하는 인물 역시 어렵지 않게 발견할 수 있다. 「外野에서」(『外野에서』)의 상사는 야비한 언행으로 여자를 탐하는 인물로 그려지지만, 주의 깊게 살펴보면 그에게서 심상치 않은 자학을 발견할 수 있다. 우선 그는 "나"에게 다방면으로 열등감을 느낀다.[14] 열등감은 자학의 정서와 불가분의 관계이다. 후에

---

13 가령 류준필은 이 작품이 "도시 소시민의 삶 도처에 도사린 위험과 거기로부터 마음대로 벗어나기도 어려운 처지"(류준필, 앞의 글, 561면)를 잘 드러낸다고 논한다. 홍성식은 이 소설이 "중산층으로 진입하려는 소시민들의 사투를 그리 만만하게 허용하지 않는 사회"(홍성식, 「조선작의 초기 단편소설의 현실성과 다양성」, 『한국문예비평연구』 20, 한국현대문예비평학회, 2006, 368면)를 비판적으로 성찰한다고 논한다. 소시민의 어려운 삶을 그려냄으로써 근대화의 이면을 성찰한다는 것이 기존 논의의 주된 경향이다.

14 상사는 다음과 같은 말로 "나"에게 느끼는 열등감을 직접적으로 토로한다. "너와 군대에 같이 있을 적에두 말야, 죽자고 적의 토치카까지 기어 올라가 보면 네가 먼저 거기 있었잖아. 위안부를 찾아갔을 때도 네가 선착순이었고 말야. 식당엘 가면 네가 먼저 처먹고 있고, 이종계에 피복을 타러 가도 넌 벌써 타 가지고 나왔고, 변소엘 가도 네가 먼저 앉아 있었

그는 성기조차 없는 인물로 밝혀진다. 성적 불능은 열등감과 자학을 유발할 수 있고, 자학은 여자에 대한 야비한 태도의 원천을 이룬다. 여성에의 폭력적인 접근은 여성을 비하함으로써 권력 우위와 자존감을 확인하려는 의도를 품은 바, 자기 모멸감에 시달리며 자학하는 인물이기에 이러한 확인 절차가 필요했던 것이다. 여성에 대한 야비한 행각은 자학에 대한 반동이며, 자학을 감추기 위한 위장술이다. 즉 그의 야만성은 그의 자학이 문제적 수준임을 보여주는 증표인 것이다.

「말(馬)」(『外野에서』)의 "나"는 한국인과 흑인 사이의 혼혈아이다. 소설의 서두부터 "나"는 자신을 "한 한국인 창부와 흑인병 사이의 혼혈아"라고 소개하면서 이것을 "자포적인 속단"(201)이라고 일컫는다. 그는 자기를 소개할 때에도 자포적이고 그러면서도 스스로 자포적이라는 사실을 인식하고 있다. '자포'는 "나"에게 화두 또는 근본어나 다름없다. 그는 어렸을 적 자신의 출생에 대해 그럴듯한 공상도 즐겼으나 나이 들면서 "나는 결국 한 마리의 검둥이 트기 새끼에 지나지 않았다"(202-203)는 사실을 인정하게 된다. 여기에서도 두드러지는 것은 "검둥이 트기 새끼"라는 자학적인 언사이다. 그는 다음과 같은 생각으로 성장기를 거쳐 온다. "운수 없는 것의 덩어리는 행복을 갈구할 필요가 없는 것이다. 해서, 나는 나를 구제하지 않기로 작정했다. 구제하기 위해서 발버둥친대도 별수가 있을 리도 없지만."(203) 이러한 신조는 자포자기와 자학의 정서가 그의 성장기를 지배했음을 보여준다. 그는

고……. 니미랄, 제대로 네가 먼저 하고, 사회에서도 네가 먼저 자릴 잡았더랬지. 아니, 난 숫제 자릴 잡지도 못하고 도로 군대로 기어 들어왔지만 말야. 네가 먼저 장가를 들었을 땐 난 참담했지. 숫제 장가 같은 건 들지 않을 생각이었다, 씨발. 그렇지만 이젠 내가 선착순일 것이다. 먼저 죽는 거 말야."(29)

미국인 거부 미넬리에게 입양되어 외딴 섬에서 살게 되는데, 실상 미넬리는 그를 동성애 상대로 데려왔으며, 그는 섬에서 도망칠 수도 없었다. 그는 그 불운에 대해서도 쉽사리 체념하였다. 체념의 변은 이렇다. "나는 역시 재수없는 것의 덩어리로 태어난 것이니까."(210) 여기에서도 두드러지는 것은 "나"의 자학이다. 이 소설은 동성애와 수간 등 엽기적인 모티프를 전면에 내세우며 독자의 흥미만을 의도한 작품으로 보인다. 즉 이는 뚜렷한 사회비판적 주제의식을 구현하지 않았기에 당대의 평단에서 폄하된 작품이다. 그러나 이런 소설에서조차도 자학의 정서는 반복적으로 나타난다. 당대에 폄하되었던 이 소설은 그러나 조선작의 자학이 어떤 파생물을 낳는지 구조적으로 보여준다. 즉 자학의 귀결 양상 혹은 자학의 구조를 보여주는 문제적 작품인 것이다. 물론 이 역시 다소 은닉된 형태로 나타나는 바, 이는 다음 장에서 고구해볼 것이다.

이처럼 조선작 소설에서 자조 혹은 자학은 지속적·반복적으로 나타나거니와, 작품에 전면화된 뚜렷한 주제의 형태로가 아니라, 다소 은닉된 형태로 출현한다. 즉 자학의 정서는 작가가 의도적으로 부각한 모티프들의 틈새에서 살짝 비어져 나온다고 할 수 있는데, 이는 지속적·반복적으로 나타나기에 문제적이다. 때로 명백하게 부각된 주제가 아니라 구석진 자리에서 반복적으로 출현하는 모티프가 작가의식의 내밀한 일면을 드러낼 수 있다. 작가가 의도하지 않은, 공개하고 싶지 않은 내밀한 무언가를 노출할 수 있는 것이다. 선행연구에서는 간과되었으나, 조선작 소설을 특징짓는 자질에 자학을 추가해도 무방할 듯하다. 문제는 이 자학이 다른 폭력적인 정황을 유발한다는 사실이다. 다음 장에서 이를 논구하고자 한다.

3. 학대 · 야만 · 퇴폐, 자학의 귀결

최근의 논의에서 간파되었듯이[15] 조선작의 남성 인물들은 종종 여성을 학대하며, 초창기 논의에서부터 "인간과 세계에 대한 카오스적 이해"[16]는 조선작의 특질로 규정되었다. 선행연구는 이 특질의 발생 원인을 자학과 연관 짓지 않았으나, 이 논문은 이들의 연원을 자학에서 찾아보려고 한다. 또한 아직 선행연구에서 적극적으로 논의되지는 않았지만, 조선작 소설은 퇴폐와 몰락의 정조를 두드러지게 내장하는 바, 이 역시 자학에서 연원했다고 상정할 수 있다. 자학은 여성 학대, 야만적 수성(獸性), 퇴폐 등 조선작에게 고유한 특질의 근원을 해명해 주는 근본적 심적 양태인 것이다. 그렇다면 이들은 자학의 귀결 양상으로 볼 수 있다.

자학은 조선작 소설에서 여성을 학대하는 남성들이 빈번하게 등장하는 까닭을 설명해 준다. 선행연구에서 밝힌 바[17], 조선작의 남성 인물들은 자주 여성들을 구타한다. 「志士塚」의 남성 인물은 임질에 걸린 사실을 빌미로 창숙을 걷어차고 뺨을 때리며, 「영자의 全盛時代」의 남성 역시 사랑하는 영자에게 따귀를 때리고 발길질을 한다. 「試寫會」(『영자의 全盛時代』)의 소년은 언짢아질 때마다 "버릇대로 진숙이년의 엉덩이가 터지지 않을 만큼 수없이 걷어"(341)차고, 진숙은 울면서 용서를 빈다. 구타당하는 여성들이 창녀와 고아 소녀 등 무력한 존재임에

---

15 박수현, 「조선작 소설의 여성 표상 연구」.
16 김병익, 「否定的世界觀과 文學的 造形」, 350면.
17 이어지는 이 단락의 내용은 박수현, 「조선작 소설의 여성 표상 연구」, 501-507면 참조.

유의할 필요가 있다. 또한 조선작의 남성 인물들은 종종 여성과 관계 맺는 방식에서 폭력적인 구도를 상상한다. 가령 「志士塚」(『영자의 全盛時代』)의 "나"는 주인집 식모 영자를 짝사랑하면서, 짝사랑을 실현하는 방법으로 강간을 꿈꾼다. 강간한 후에는 이런 식으로 영자를 아내 삼으려고 생각한다. "애기를 배면 저도 별수없이 내 여편네가 되어 주겠지. 그때는 내가 그년에게 당한 설움을 복수하리라. 제가 여편네가 된 이상 때리면 맞아야지 별 수 있나?"(24-25) 그에게 강간과 복수와 구타는 사랑을 실현하는 방법이다. 이러한 의식 이면에 여성 학대를 당연시하는 의식이 없다고 할 수 없다. 이외에 「불나방 이야기」, 「여자 줍기」, 「外野에서」 등에서 남성 인물들은 여성을 성적 대상으로만 바라보고, 폭력적인 방식으로 여성에게 접근하려고 한다. 여성을 구타하거나 강간하거나 성적 대상으로만 전유하는 행동 양식은 모두 여성 학대로 수렴된다.

이러한 여성 학대의 한 연원이 자학이라고 상정할 수 있다. 자학하는 사람은 타인을 학대하기도 쉽다. 프로이트에 따르면 마조히즘은 주체 자신에게 되돌아온 사디즘이다. 대상에서 자아로 향하는 본능과 자아에서 대상으로 향하는 본능 사이에는 원칙적으로 아무런 차이가 없다.[18] 즉 사디즘과 마조히즘이 본질적으로 동일한 뿌리를 가진다는 것이다. 마조히즘 혹은 자학에 빠진 주체는 자신에 대한 공격성을 쉽사리 외부로 분출한다. 즉 자학하는 남성은 곧잘 타인에게 가학적이 되는데, 이때 종종 무력한 여성들을 가학의 대상으로 삼는다. 한편 이것

---

18 지그문트 프로이트, 「쾌락 원칙을 넘어서」, 윤희기·박찬부 역, 『정신분석학의 근본 개념』, 열린책들, 2005, 331면 참조.

을 스스로를 학대하다가 지친 남성 주체가 여성 학대를 통해 최소한의 자존감을 확보하고자 했다고 해석할 수도 있다. 이때 무력한 여성들은 남성 주체의 자존감 확보를 위해 대상화되고 전유된다. 자학은 여성 학대의 근간에 놓인 심적 양태인 것이다.

흥미로운 것은 조선작 자신이 여성 학대에 대한 변명을 제출했다는 사실이다. 이 변명 역시 여성 학대와 남성의 자학의 밀접한 연관성을 보여준다. 이는 직설적 형태로가 아니라 알레고리의 방식으로 우회적으로 나타난다. 작가에 따르면 자학하는 남성 주체는 존중받지 못하는 여성에게 비루한 존재로서의 동질감을 느껴서 자신을 징벌하는 마음으로 여성을 학대한다. 즉 여성 학대의 근간에는 무시당하는 존재, 자존감을 잃어버린 존재로서의 연대의식이 있고, 학대하는 남성은 여성에게 동질감과 연민을 느낀다는 것이다. 이러한 사정은 소설 「말(馬)」(『外野에서』)에서 간파된다. 이 소설은 여성을 학대하는 남성 심리의 근간을 드러내 주는 흥미로운 알레고리를 품고 있다. "나"는 어느덧 미넬리에게 버려지고, 미넬리는 새로운 섹스 파트너로 말 사라 빅토리아를 데려온다. "나"는 남 몰래 사라 빅토리아를 학대하는데, 실은 사라 빅토리아에게 동질감과 연민을 느낀다.

기품있고 귀족의 품격을 자랑하던 사라는 마침내 한 마리의 늙은 노새처럼 자지러들었다. 고백한다면, 아마 나는 그렇게 변해가고 있는 사라 빅토리아에 대한 연민의 감정을 즐겼다는 것이 솔직한 것이 아닐까. 그렇다, 내가 사라에게 가한 채찍질이나, 모든 학대는 내 자신에게 돌려질 성질의 것이었다. 사라처럼 나도 역시 쇠약해져 가서 마침내는 몸져 눕게 되었다.(231)

"나"는 미넬리의 섹스 파트너로서 착취당하는 말 사라 빅토리아에게 학대당하는 존재, 유린당한 존재로서 동질감을 느낀다. 위에서 보듯, "내가 사라에게 가한 채찍질이나, 모든 학대는 내 자신에게 돌려질 성질의 것이었다." 즉 그는 자신을 징벌하는 심정으로 사라에게 폭력을 행사한다. 이는 조선작 소설에서 빈번하게 여성들을 폭행하는 장면이 등장하는 이유 중 하나를 설명해 준다. 말 사라를 여성, 특히 존중받지 못하고 학대당하는 창녀 일반에 대한 알레고리로 읽을 수 있다. 조선작의 남성들이 무력한 여성들을 학대하는 이유는 존중받지 못한 존재, 스스로를 멸시하고 학대하는 존재로서의 동질감 때문인 것이다. 자학에 시달리는 남성은 여성을 학대함으로써 자기 징벌 욕구를 대리 해소한다. 즉 여성을 학대함으로써 자신을 학대하는 것이다. 사라가 죽어 넘어질 때 "나는 내 자신이 붕괴하는 어떤 음향, 메아리가 큰 음향 하나를 분노에 치받쳐 턱을 떨며 들었"(238)다. 여기에서도 말-창녀에게 느끼는 유린당한 존재, 그리고 자멸하는 존재로서의 동질감을 읽을 수 있다. 여성 학대에 대한 작가의 변이나 다름없는 이 사정은 그 정당성 여부를 떠나서 각별한 주목에 값한다. 여기에서도 보듯 남성의 자학은 여성 학대의 한 근원이다.

선행연구에서 적절히 지적했듯, "동물적인 충동의 힘"[19], "어둡고 침울하고 음울한 영역"[20] 등은 조선작의 세계를 규정하는 중요한 특질이다. 조선작은 병든 세계를 끝까지 파고들고자 그에 상응하는 야비한 언어를 도구로 사용했다고 논의된다. 즉 강렬한 효과를 일으키는 비속

---

19 이태동, 앞의 글, 119면.
20 류준필, 앞의 글, 557면.

어의 대담한 활용, 본능으로 강조되는 성욕 묘사, 창녀소설에 나타난 충격적인 표현들은 혼란스럽고 병든 세계와 인간의 진상을 보여주는 한 방법론이라는 것이다.[21] 일례로 「城壁」에서의 수간, 「말(馬)」에서의 동성애와 수간, 「試寫會」에서의 근친상간 모티프 등은 야비하고 충격적이고 병적인 모티프들의 사례이다. 이들은 다분히 카오스적이며 동물적이다. 이 연원으로 선행연구들은 전쟁의 비극과 사회의 부조리 등을 지목하지만, 이 논문은 자학의 정서에 주목한다.

앞에서 논했듯 「말(馬)」(『外野에서』)은 자학의 구조를 보여주는 흥미로운 작품이다. 미국인 거부에게 성적으로 착취당하던 "나"는 "과연 내가 사람일까, 진실로 내가 타인들의 눈에 사람으로 보일까"(220)하고 의문을 던진다. 그는 자신이 과연 사람일까 의심할 정도로 자존감을 상실했으며, 인간으로서 최소한의 존엄성을 신뢰하지 못한다. 그는 자학의 극단에 빠진 것이다. 이 감정으로 그는 "아무것도 확신할 수 없고 아무것도 신뢰할 수 없는 허탈"(220)에 빠지고, "성격 파산자의 그것처럼 걷잡을 수 없이 혼란해"(221)진다. 자존감 상실과 자신의 존엄성에 대한 불신이 세계에 대한 불신과 혼란으로 이어지는 것이다. 여기에서 자학-자기 불신-세계 불신-혼란은 인과관계로 엮인다. 조선작 소설에 특징적인 카오스적 세계 이해의 원인이 여기에서 설명된다. 자학하는 사람은 스스로를 멸시하며 그 멸시를 세계에 투사한다. 자신을 바라볼 때와 동일한 멸시의 시선으로 세계를 바라보며, 따라서 세계에서도 모멸스러운 자질들만 발견하기 쉽다. 그는 세계에서 어떠한 가치도 확신할 수 없다. 모든 것을 불신하는 정신에게 세계는 혼돈의 덩어

---

21 김병익, 「否定的世界觀과 文學的 造形」, 350면 참조.

리일 뿐이다. 자학과 카오스적 세계관이 밀접히 연관되는 바, 카오스는 자학의 귀결이라고 할 수 있다. 비슷한 맥락에서 스스로를 비루한 오물로 여기는 정신은 세계 역시 하찮은 오물들의 집적으로 인식한다. 조선작 소설에는 욕설, 폭행, 시체 등 오물들이 자주 등장하거니와, 이 역시 작가의 자학과 연관된다. 자학하는 정신에게 바로 자신이 야비한 존재이듯, 세계는 야만적인 오물들로 가득 차 있다. 오물은 표상하는 이의 자학이 투사된 객관적 상관물인 것이다.

한편 자학은 퇴폐의 정조와도 밀접한 관련을 맺는다. 「말(馬)」(『外野에서』)에서 늙은 거부의 동성애 상대로서 나날을 보내는 삶을 "나"는 다음과 같이 서술한다.

> 섬에서의 나의 생활은 정말 무의미한 것이었다. 그러나 의미가 붙여진 생활이라는 것은 별 것일까? 검둥이 병사와 한국의 질이 나쁜 창부가 저지른 흘레에서 쓰레기처럼 세상에 쏟아져 나왔을 뿐인 생명에 의미란 군더더기에 불과할 뿐이다. 의미를 구한다는 행위가 오히려 죄악일 뿐이다. 나는 그것을 깨닫고 있었다. 나의 조그만 흉곽의 내부에 이런 깨달음의 집적(集積)이 산처럼 높이 쌓여져 있었다. 양육원에서부터 의식이 깨어가기 시작하면서부터 쌓여 가기 시작한 허무와 좌절감, 퇴폐의 집적이 나를 깔아 뭉개고 있었다. 나는 바윗돌에 눌려 있는 한 마리의 생쥐에 불과했다.(212-213)

위에서 "나"는 스스로를 "검둥이 병사와 한국의 질이 나쁜 창부가 저지른 흘레에서 쓰레기처럼 세상에 쏟아져 나왔을 뿐인 생명", "바윗돌에 눌려 있는 한 마리의 생쥐"라고 표상한다. 여기에서도 두드러지는 것은 극단적인 자학이다. 주목할 것은 이 자학의 정서가 무의미에의 감각, 허무, 퇴폐의 정조와 밀접하게 관련된다는 사실이다. 위에서 자학하던 "나"는 "의식이 깨어가기 시작하면서부터 쌓여 가기 시작한 허무와 좌절감, 퇴폐의 집적이 나를 깔아 뭉개고 있었다"고 고백한다. 이처럼 자학은 허무, 좌절감, 퇴폐로 발전한다. 깊은 자학에 시달리는 사람은 삶에서 의미를 찾기 어렵고, 모든 것에서 허무를 느끼는 이는 결과적으로 퇴폐에 빠지게 된다. 이는 조선작 소설에서 퇴폐의 정조가 두드러지는 원인을 설명해 준다. 조선작 소설의 한 특질인 퇴폐의 정조는 자학에 그 근원을 두고 있었던 것이다.

조선작의 소설에서 퇴폐의 정조는 간과할 수 없는 한 축이다. 가령 「銀河의 말」(『外野에서』)에서 창녀 "나"는 문득 자살을 결심하는데, 그때 우연히 만난 남자와 연인으로 지내다가 결국 남자의 자살을 목격하고 만다. 자살은 중대한 모티프인 바, 이는 퇴폐적이라 아니할 수 없다. 그녀는 자신들의 생활을 "방향감각의 상실"(66)이라고 규정하면서 이렇게 변명한다. "우리들은 (중략) 모두가 그저 날개가 떨어진 곤충들처럼 갈 방향을 모르는 겁니다. 그러나 우리들은 발버둥쳐 보았댔자 별 수도 없다는 것을 불행하게도 알고들 있는 겁니다. 날개가 떨어진 곤충이 제까짓 게 뛰어 봤자 벼룩이지, 몇 발짝이나 옮겨 디딜 수 있겠습니까."(66-67) 그녀는 자신을 "날개가 떨어진 곤충", "뛰어 봤자 벼룩"에 비유하면서 자학하고, 방향감각의 상실로 대변되는 허무의식을 고백한다. 여기에서 자학은 삶의 의미를 찾지 못하고 방황하는 의식, 즉 허무의식에 원인을 제공한다. 주지하는 바 허무의식은 곧잘 퇴폐로 발전한다. 이렇게 퇴폐와 허무의식, 그리고 자학은 동궤에서 순환한다.

4. 죄책감, 자학의 원천

앞장에서 보았듯 조선작 소설의 여성 학대와 야만적 수성(獸性), 그리고 퇴폐와 허무의 정조의 근원에는 자학이 놓여 있었다. 이 특질들은 자학의 귀결이라고 볼 수 있다. 그렇다면 자학의 원인은 무엇인가. 자학은 자기 징벌의 대표적인 표현 양식이다. 프로이트에 따르면, 끈질긴 자기 징벌 욕구의 근원에는 죄책감이 놓여 있다.[22] 또한 자학의 정서는 열등감과 동궤에 놓인다. 열등감은 죄책감과 밀접히 연관되는바, 병적으로 심각한 열등감-죄책감을 가진 이의 경우 자아 이상은 특별히 가혹하고 잔인하게 작용한다.[23] 열등감과 죄책감 그리고 자학이 동궤에서 순환하는 것이다. 조선작의 인물들은 병적인 자학에 고집스럽게 머무르고자 하는 경향을 보이거니와, 이 근저에 죄책감이 놓여 있다고 추론할 수 있다. 프로이트의 정의에 따르면, 죄책감은 자아가 엄격한 양심에게 감시받고 있다는 지각이며, 자아의 지향과 초자아의 요구 사이에 생겨나는 긴장에 대한 평가다.[24] 흥미롭게도 조선작의 소

---

22 지그문트 프로이트, 「문명 속의 불만」, 김석희 역, 『문명 속의 불만』, 열린책들, 2005, 303 면 참조.

23 지그문트 프로이트, 「자아와 이드」, 윤희기·박찬부 역, 앞의 책, 396면 참조. 또한 우울증이나 강박증 등 질병 상태로 계속 머무르고자 하는 환자의 내면에는 죄책감이 은닉되어 있기 쉽다. 죄책감은 질병 속에서 만족을 찾아내고 고통스러운 처벌을 스스로 고집스럽게 자처한다.(위의 글, 394면 참조.) 질병은 죄책감에 시달리는 이가 스스로를 처벌하는 방식인 것이다.

24 죄책감은 외부 권위자에 대한 두려움의 직접적인 표현이고 자아와 그 권위자 사이에 긴장이 존재함을 인정한다. 죄책감은 권위자의 사랑을 얻고 싶은 욕구와 본능을 만족시키고 싶은 욕구 사이의 갈등에서 유래한다.(프로이트, 「문명 속의 불만」, 318-319면 참조.) 비슷한 맥락에서 프로이트는 죄의식을 "자아와 자아 이상 사이의 긴장에 바탕을 두고 있으며 자아의 비판 세력에 의해서 자아에 내려진 유죄 판결의 표현"(프로이트, 「자아와 이드」,

설은 죄책감을 유발할만한 정황을 반복적으로 그리며, 간혹 죄책감을 직접적으로 그러나 눈에 잘 띄지 않는 구석진 자리에서 노출하기도 한다.

「城壁」(『영자의 全盛時代』)은 "건강하게 관리되는 근대적 삶에서 소외된 이들의 모습을" "비극적으로 드러내는"[25] 작품이라고 논의된다. 기존 연구들은 이 작품에 부각된 '근대화의 그늘에서 신음하는 기층 서민들의 삶'에만 주목한 나머지, 중풍으로 쓰러진 아버지와 "나" 사이에 흐르는 미묘한 심리적 기운을 간과해 왔다. "나"는 중풍으로 쓰러진 아버지를 수발들어야 한다. "내"가 아버지의 배설물을 치울 때마다 아버지는 울었으나, "나는 아버지의 그 유일한 기능마저도 짜증스러웠다. 그럴 때면 나는 소리라도 꽥 내지르고 싶을 만큼 화가 났다. 정직하게 말해서, 나는 아버지가 빨랑 송장이나 되어 주었으면 하고, 두려움에 떨며 몇 번씩이나 그렇게 생각했다."(104) "솔직히 고백해서 나도 할 수만 있다면 아버지에게서 도망치고 싶었다."(105) "나"는 아버지가 죽기를 또한 자신이 아버지로부터 도망침으로써 아버지를 유기(遺棄)하기를 은밀하게 바란다. 자신에게 짐만 되는 아버지, 자신을 괴롭히는 아버지를 죽이거나 유기하고 싶은 것이다. 여기에서 아버지-살해 혹은 아버지-유기 모티프의 출현을 볼 수 있거니와, 이것은 다른 소설에서도 지속적으로 등장한다. 지속적으로 등장하는 모티프라면 작가의식의 중대한 일면을 누설하고 있다고 보아도 좋을 것이다.

395-396면)이라고 규정한다.

25 김지혜, 앞의 글, 245면. 김지혜는 조선작 소설에서 죄의식을 읽어낸 유일한 연구를 제출했으나, 「城壁」을 근대화 비판의 연장선상에서 파악하고 그 작품에서 인물의 죄책감을 발견하지 않았다.

짐스러운 아버지, 그에 대한 증오와 살해 혹은 유기 충동은 「試寫會」(『영자의 全盛時代』)에서 보다 중요하게 나타난다. 아버지는 미쳐버려서 시도 때도 없이 자식들을 흉기로 찌르려고 덤벼든다. "나"와 아우들은 언제 아버지가 나타날지 몰라 불안과 공포에 떨어야 한다. 공포에 질려 우는 아우를 보면서 "나"는 "아버지의 미친 증세를 도저히 용서 못할 기분"을 느끼며 "할 수만 있다면 나는 아버지를 찔러 죽이고 싶었다."(268) 아버지의 죽음에 대한 소망은 연달아 등장한다. 피난을 다녀 온 "나"와 아우들은 집이 불탔다는 사실을 알고 목욕탕에 갇혀 있던 아버지가 불에 타 죽었을지도 모른다고 짐작한다. 아우들은 아버지를 염려하며 울지만 그때 "나"는 아버지가 죽었기를 기대한다. "아버지가 목욕탕 속의 죽음에서 구해졌다면 아버지는 더 참혹한 복수심으로 불타올라서 언젠가는 또 칼을 휘두르며 우리들 앞에 나타날 것이었다."(281)[26]

아버지의 광기와 자식들에 대한 폭력을 감안하면 소년의 증오는 이해할만 한 것이기도 하나, 한편 명백히 비윤리적인 것이다. 이 모순이 소년의 증오의 핵심적 성격이며, 무엇보다 육친에 대한 살의에 가까운 증오는 소년의 입장에서 견디기 버거운 난해한 감정이다. 아직 소년에 불과한 "나"는 어쩔 수 없으나 비윤리적임에도 분명한 증오를 감당할 능력이 없다. 게다가 소년의 증오는 아버지 살해 충동으로까지 이어지기에 문제적이다. 「試寫會」에서 아버지의 죽음에 대한 소망은 반복적

---

26 이후 "나"는 아버지가 인민군에게 포로로 잡혀 있다는 사실을 알게 되는데, "아버지가 인민군들에게 체포된 것은 이유야 여하튼 우리들에게는 참으로 다행"(332)이라고 여긴다. "나"는 아버지를 형무소로 찾아가는데 "형무소에서 인민군들이 아버지를 어떻게 잘 가두고 있나 확인하기 위해서 찾아왔던 것일 수도 있"(339)다고 고백한다.

으로 드러나며, 「城壁」에 이어 재차 등장한다. 아버지 죽음에 대한 소망은 「城壁」에서 보다 은닉된 형태로 드러났다면, 「試寫會」에서는 보다 노골적으로 드러난다. 아버지 살해 충동은 금지된 것이고, 그만큼 열렬히 소망하는 것인 바, 이 간극에서 소년은 다만 불안할 뿐이다.[27] 아버지에 대한 이러한 증오와 살의, 그리고 불안은 죄책감을 유발할 것이라고 유추할 수 있다. 여기에서 조선작 소설의 죄책감이 탄생하는 원초적 장면을 목격할 수 있다.[28]

아버지 살해 서사는 인류의 뿌리 깊은 죄책감을 설명하는 데 중요한 요소였다. 프로이트에 따르면 원시 시대의 아버지 살해 충동이 인류의 무의식에 각인된 죄책감의 원류이다. 중요한 것은 실제로 이루어진 폭력 행위에서 뿐만 아니라, 의도만으로 끝난 폭력 행위에서도 죄책감이 생겨난다는 사실이다.[29] 프로이트는 후회와 죄책감을 구별하는데, 나쁜 짓을 실제로 저지른 다음에 따르는 감정은 〈후회〉라고 부르는 편이 더 적절하다. 후회는 실제로 저질러진 행위와 관련되고, 보다 일상적

---

27 프로이트에 따르면, 죄의식의 대상은 본질적으로 불안의 대상이다. 원망 충동이 억압당하면 그 리비도는 불안으로 변모한다. 욕망의 대상이 되지 못하는 것은 금제의 대상도 되지 못한다. 엄중한 금제의 대상은 실상 지극한 소망의 대상인 것이다.(지그문트 프로이트, 「토템과 타부」, 이윤기 역, 『종교의 기원』, 열린책들, 1997, 306-307면 참조.) 아버지 살해는 금지된 만큼 실상은 지극한 소망이었고 이는 불안을 야기하며 죄의식을 유발한다.

28 조선작 소설에서 아버지에 대한 공포를 읽어낸 연구들은 존재한다. 가령 김병익은 "증오와 공포의 대상으로서의 아버지"(김병익, 「否定的世界觀과 文學的 造形」, 348면)를 언급한다. 김경연은 조선작 소설의 아버지가 "폭력적이고 공포스러운 존재"(김경연, 「70년대를 응시하는 불경한 텍스트를 재독하다-조선작 소설 다시 읽기」, 『오늘의 문예비평』 67, 2007. 겨울, 293면)이며 "아들들은 항상 아비들의 죽음을 욕망"(위의 글, 294면)한다고 논한다. 그러나 아버지 살해 충동에 따르는 죄책감을 읽어낸 연구는 없다.

29 프로이트, 「문명 속의 불만」, 319면 참조.

인 현상이다.[30] 사악한 〈행동〉에 대한 후회는 항상 의식되는 반면, 사악한 〈충동〉을 지각한 결과 발생하는 죄책감은 무의식 상태로 남을 수 있다.[31] 이처럼 죄책감은 나쁜 행위의 의도와 충동만으로도 발생한다. 조선작의 인물이 아버지 살해라는 실제 행위를 저지르지 않았어도 그 의도와 충동만으로도 죄책감을 형성하기에 충분한 것이다. 따라서 조선작 소설에서 인물이 실제로 아버지를 살해했는지 아닌지 여부는 중요하지 않다. 분명한 것은 인물이 아버지 살해 충동을 지속적이고 반복적으로 강렬하게 느낀다는 점이다. 이러한 아버지 살해 충동은 뿌리 깊은 죄책감을 형성한다.

아버지 살해는 널리 보아 아버지 유기에 해당한다. 아버지를 유기했다는 의식은 조선작 소설에 지속적으로 나타난다. 이는 조선작 소설에서 아버지 시체 혹은 혈육의 시체 찾기 포기 모티프가 반복적으로 등장하는 이유를 해명해 준다. 가령 「아버지 찾기」(『外野에서』)에서 전쟁 중에 아버지는 죽었다고 짐작되는데 어머니와 "나"는 무수하게 널린 익명의 시체들 사이에서 아버지의 시체를 찾으려고 노력하다가 결국 포기한다. 지친 어머니는 "우리도 아무거나 하나 가져다가 장사 지내든지……. 그만 가든지……."(285)라고 "배앝듯이" 말하고는 아버지 시체 찾기를 그만둔다. 시체를 포기한 것은 아버지를 유기한 것과 같다. 이는 결국 아버지를 가족의 품으로 영입하지 않고 영원히 가족 외부로 추방했다는 의식, 즉 아버지를 버렸다는 의식을 불러일으킬 수 있다. 적어도 어린 소년 "나"는 무의식적으로 그렇게 느꼈을 수 있다. 더구

---

30 위의 글, 313면 참조.
31 위의 글, 320면 참조.

나 평소에 아버지를 증오했던 소년이라면 더더욱 아버지를 버렸다는 죄책감에 빠질 수 있다.

아버지 시체 포기 모티프는 가족의 시체 포기 모티프로 변주되어 반복적으로 등장한다. 「志士塚」(『영자의 全盛時代』)에서 전쟁 당시 유가족들은 변질된 시체 사이에서 가족의 시체를 찾지 못해 "대부분의 시체는 버려진 대로 있었다."(35) 「試寫會」(『영자의 全盛時代』)의 종복은 형의 시체를 찾으러 갔다가 "어떻게 할 수가 없어서 버려두고 왔"(326)다. 여기에서 작가가 시체를 찾지 못한 정황을 시체를 '버려 둔' 일로 서술한 사실에 유의해야 한다. 작가의식에서 시체 찾기 포기는 혈육의 유기와 동궤의 사실로 인식되고 있는 것이다. 또한 이 장면이 여러 소설에서 반복적으로 등장한다는 사실은 이것이 작가의 내면에 뿌리 깊은 원상(原傷)trauma으로 자리하고 있음을 암시한다. 가족을 유기했다는 자각 역시 죄책감을 환기한다.

위의 아버지 살해 충동이나 유기 사실에서 인물이 품었을 죄책감을 유추할 수 있거니와, 죄책감은 미미하게나마 명시적으로 드러나기도 한다. 「試寫會」(『영자의 全盛時代』)에서 사람들이 미친 아버지를 목욕탕에 가둘 때, "나"는 아버지가 문짝을 부수고 뛰쳐나올까 봐 두려워서 널빤지를 문짝 위에 다시 대고 못질을 한다. "나"는 아버지를 두려워한 나머지 그를 야만적으로 가두는 일에 적극적으로 가담한 셈이다. 못질을 하고 난 "나"의 고백이 주목을 요한다. "결국은 나도 무지막지한 개백정에 불과했던 것이다."(272) "나"는 아버지를 가두는 사람들을 개백정이라고 비난했지만, 스스로 개백정의 행동을 자행한 것이다. 여기에서 아버지에 대한 죄책감이 명시적으로 드러나거니와 이 죄책감은 스스로를 개백정으로 규정하는 자학과 동궤에 있다. 이는 조선작 소설에서 두드러진 자학의 정서가 아버지에 대한 죄책감에서 비롯되었다는 논지에 근거를 제공한다.

순전히 아버지에 대한 증오만으로 죄책감이 생기는 것은 아니다. 아버지에 대한 어쩔 수 없는 사랑이 죄책감을 더 깊게 만든다. 아버지에 대한 증오의 이면에는 사랑이 필연적으로 존재하거니와, 이 간극에서 죄책감이 발생한다. 사랑하지 않고 증오만 하는 이에게 죄책감을 느끼지는 않는다. 즉 죄책감은 사랑과 증오의 양가감정의 결과이다. 프로이트에 따르면, 원시 시대에 아들들은 아버지를 증오했지만 사랑하기도 했다. 아버지를 죽였느냐 아니면 그 행위를 자제했느냐 하는 것은 결정적인 요인이 아니다. 어느 경우든 사람은 죄책감을 느낄 수밖에 없다. 죄책감은 양가감정으로 말미암은 갈등의 표현, 즉 파괴 또는 죽음의 본능과 에로스 사이에 벌어지는 영원한 투쟁의 표현이기 때문이다.[32] 조선작 소설은 아버지에 대한 증오 못지않게 사랑도 드러낸다. 「試寫會」(『영자의 全盛時代』)의 결말에서 아버지가 처형되자 "나"는 "개판이다. 개판이야"(343)라고 절규하며 통곡을 터뜨린다. "나"는 그토록 아버지의 죽음을 바라왔으나, 막상 그의 죽음을 본 "나"는 슬픔을 금하지 못한다. 결국 아버지에 대한 사랑의 발견으로 소설은 귀결되거니와, 이것은 죄책감을 희석시키기는커녕 가중시킨다.

혈육의 유기로 인한 죄책감은 아버지만을 대상으로 하는 것은 아니다. 조선작의 인물은 어머니도 유기했고, 그에 따른 죄책감에 시달린다. 이때 어머니 유기는 아버지 유기의 변주된 형태로 보인다. 「試寫會」(『영자의 全盛時代』)에서 어머니는 "나"를 아버지의 외도 상대 여인을

---

32 위의 글, 313-314면 참조.

염탐하라고 보낸다. 돌아온 "나"에게 어머니는 "어떤 여편네가 있더냐 말이야"(309)라고 묻는데, "나"는 아무도 보지 못했다고 거짓말한다. 실상 "나"는 아버지의 외도 상대 여인을 보았지만 그녀에게서 매력과 호감을 느꼈다. 게다가 그는 돌아오는 길에 또래 아이들의 소풍 대열을 만났는데 어머니의 심부름으로 소풍 대열에 끼지 못했다고 생각한 나머지 어머니를 원망해서 거짓말한 것이었다. 문제는 어머니에 대한 감정이 저주로까지 치달았다는 점이다. "이때만큼 내가 어머니를 저주한 적은 없었으리라."(310) "나"는 외도 중인 아버지에 대한 분노와 절망으로 상처받았을 어머니의 내심을 이해하지 못하고 극렬하게 증오했다. 앞서 보았듯 증오는 죄책감을 유발한다.

어머니에 대한 죄책감을 가중시키는 사건은 연달아 일어난다. 이후 아버지와 어머니는 헤어지기 위한 담합으로 들어갔는데, 어머니는 "나"와 아우에게 자신과 함께 살자고 설득하며 사전 세뇌공작을 펼친다. "나"는 어머니를 선택하겠노라고 약속했지만, 최후의 순간 "나"는 어머니를 배반하고 아버지를 선택한다. 이후 어머니는 자살한다. 어머니를 증오하고 배반한 일만도 죄책감을 유발하기에 충분한데 어머니의 자살은 죄책감을 가중시킬 수밖에 없다. 어머니의 자살과 "나"의 배신 사이의 인과관계는 소설에 명시적으로 드러나지 않는다. 그러나 어머니의 자살은 일종의 '불운'이며, '불운'을 마주한 사람은 끊임없이 자신에게서 죄를 찾아내기 마련이다.[33] 어머니의 자살을 겪은 소년은 자신의 증오와 저주가 어머니를 죽였다고 느낄 법하다. 이 역시 "나"의 뿌리 깊은 죄책감을 형성한 한 근원으로 보인다.

---

33 프로이트에 따르면, 불운은 초자아의 일부인 양심의 힘을 크게 강화한다. 일이 잘 되어 가

조선작이 실제 삶에서 작품 속 사건과 똑같은 일을 체험하고 작중인물과 동일한 경로로 죄책감을 형성했다고 볼 수는 없다. 그러나 이토록 아버지 살해 충동과 유기, 혈육에 대한 증오 등 유사한 모티프가 반복적으로 나타난다면, 이것은 실제 작가의 원상과 연관되었을 것이라는 추론을 가능케 한다. 즉 이렇게 반복되는 모티프는, 비록 변형 과정을 거쳤다 해도 작가의 원상적 체험의 어쩔 수 없는 유출로 볼 수 있다. 여기에서 조선작의 실제 삶을 참조하는 것은 유용할 듯하다. 그가 손수 작성한 연보에 따르면, "아버지는 노가다 판의 야쿠샤로 떠돌아다녔기 때문인지 가정생활에 있어서나 사회생활에 있어서나 성품이 매우 흉포하고 파괴적이어서 아버지에 대한 기억으로 나에게 남아 있는 것들은 모두가 공포감을 동반하는 것이 아니면 혐오감을 불러일으키는 것들뿐이다."[34] 이러한 아버지는 전쟁 중에 형무소에 수감되었다가 출옥한 후 광기에 시달리다가 바로 그 광기에 의해 피살당했다고 한다. 흉포한 아버지에 대한 공포와 혐오는 조선작에게 일종의 원상으로 각인되었을 것이다. 조선작은 연보에 공포와 혐오만을 전면에 내세웠지만, 차마 쓰지 못했던 내면 깊은 곳에 아버지 살해 충동이나 죄책감이 과연 없었을까.

지난날의 과오 혹은 과오에 대한 충동만으로도 그것을 감지하는 사

는 동안은 양심이 관대해져서, 자아가 온갖 일을 하도록 내버려둔다. 그러나 불운이 닥치면, 인간은 자신의 죄를 찾아내고 양심의 요구 수준을 높이고 속죄 행위로 자신을 징벌한다.(위의 글, 306-307면 참조.)

34 또한 아버지는 "걸핏하면 사람을 두들겨패거나 남의 돈을 떼어먹고 달아나서 경찰서와 형무소를 제 집 드나들듯 하였으며, 건축 공사를 벌일 때마다 그곳에 새로운 여자를 거느리고 내가 보는 앞에서도 태연하게 젖가슴을 주무르곤 했다."(조선작, 「작가연보」, 『시사회』, 고려원, 1980, 129면.)

람은 죄책감을 느끼기에 충분하다. 그러나 그가 높은 수준의 양심을 지니고 있다면 죄책감은 더욱 심각한 것이 된다. 프로이트에 따르면, 죄책감이란 "엄격한 초자아와 그 지배를 받는 자아 사이의 긴장"[35]이다. 따라서 자아 이상이 드높을수록 죄책감은 깊어진다. 드높은 자아 이상은 자아 이상과 현실적 자아 사이의 분열을 심화하고 죄책감을 가중시킨다. 자아 이상 혹은 초자아는 이때 잔인할 정도로 가학적으로까지 되는 것이다.[36] 조선작 소설은 드높은 자아 이상을 미미하게나마, 역시 구석진 자리에서 반복적으로 노출한다. 「試寫會」(『영자의 全盛時代』)에서 종복은 아이들 앞에서 종종 자위행위를 선보였고 아이들은 그 장면을 즐겼는데, "나는 종복이녀석의 그 외잡스런 행위에 대해 선망한 적은 없었다. 나에게 있어서 종복이녀석은 교미하고 있는 수캐에 지나지 않았다. 수캐를 보면 발길로 걷어차고 싶듯이, 종복이녀석의 행위는 나에게 똑같은 충동밖에 불러일으키지 않았다."(297) 여기에서 "나"는 종복의 자위행위를 재미 삼아 즐기는 또래 아이들의 의식 수준을 비웃는다. 자신이 그들보다 한 단계 우월한 도덕성을 가졌다고 은연중에 여긴다. 또한 피난 시절 종복은 쉽사리 도둑질로 광을 채우지만, "나"는 극심한 식량난에 겨워 아사를 두려워하는 상황에서도 도둑질을 쉽게 하지 못한다. 이처럼 "나"는 높은 수준의 도덕성, 현실의 요

---

35 프로이트, 「문명 속의 불만」, 303면.
36 프로이트는 초자아가 가학성을 띠게 되는 기제를 이렇게 설명한다. 초자아는 아버지와의 동일시를 통해서 생겨난다. 승화가 일어남과 동시에 본능은 분열한다. 승화가 발생한 후, 성애적 요소는 그것과 결합되어 있던 파괴적 요소의 전부를 묶을 힘을 더 이상 가지지 못한다. 따라서 이것은 공격과 파괴 경향이라는 형태로 방출된다. 이러한 분열이 자아 이상의 가혹하고 잔인한 성격의 원천을 이룬다.(프로이트, 「자아와 이드」, 401면 참조.)

구에 쉽사리 타협하지 못하는 도덕성을 지닌 인물로 형상화된다. 그에게 자아 이상의 명령은 위력적이었다.[37]

「美術大會」에서도 "나"는 사회의 부조리에 완전히 결탁하지는 못한다. 교장의 요구에 부당함을 느끼고 협력하지 않으려고 한다. 결과야 여하하든, "나"는 사회의 부조리에 맞닥뜨릴 때마다 쉽사리 타협하지 않아서 손해를 자초하는 인물이다. 이는 성인이 된 "나"의 내면에도 높은 수준의 양심이 잔존하고 있음을 보여준다. 이러한 도덕의식은 인물의 죄책감을 가중시키는 요인으로 작동한다고 보인다. 「密屠殺」은 긍정적이고 탁월한 인물을 그린 점에서, 주로 비루하고 야만적인 인물에 주목한 조선작 소설의 대종에서 이탈한 듯한 작품이다. 덕재는 굶주린 마을 사람들을 위해서 소를 잡아 대접하고, 그를 문제 삼아 잡으러 온 일본 순사들에게 더없이 당당하게 대하다가, 결국 그들을 죽인다. 덕재는 부당한 사회의 압력에 굴하지 않는 대범함, 사회적 약자들을 외면하지 않는 의로움, 부조리를 제압하는 위력 등의 미덕을 구현한다. 그는 조선작 소설에서 희귀한 카리스마를 구현하는 인물로서, 조선작의 자아 이상이 투사된 인물이라 할 수 있다. 이처럼 조선작 소설에서는 드높은 자아 이상이 미미하게나마 간파된다. 이로써 죄책감은 더욱 무거워진다. 자아 이상의 명령이 위력적일 때, 그에 못 미치는 현실적 자아에 대한 반성은 심각해지며 지난날의 과오(혹은 과오에 대한 충동)는 더욱 용서 불가능한 것으로 각인된다. 자아 이상이 드높을 때,

---

37 또한 정거장에서 한 사람이 폭탄 바람에 날려서 읍사무소 앞에 떨어졌다는 소문을 듣고 종복은 구경 가자고 권하는데, "나"는 단호히 가지 않겠다고 한다. 아우에게 너무 위험한 구경거리라고 생각했기 때문이다. 여기에서 전쟁을 단지 재미있는 구경거리로 여기는 종복보다 "내"가 높은 수준의 도덕성을 지녔음을 보여주려는 작가의 의도를 읽을 수 있다.

양심의 기준과 현실적 과오 사이의 분열은 견디기 어려운 것이 되며, 이때 죄책감은 빠져 나오기 힘든 질곡으로 굳어버리는 것이다. 이렇게 죄책감은 심화의 과정을 거듭하면서 작가의식에 중추적 요소로 자리 잡았던 것으로 보인다.

5. 맺음말

조선작 소설은 사회비판이라는 전면화된 주제 이면에 자조와 자학의 정서를 은밀하게 노출한다. 자조와 자학의 정서는 구석진 자리에서 지속적이고 반복적으로 출현하는 바, 내밀한 작가의식을 반영한다고 보인다. 자학은 조선작 소설에서 빈번하게 나타나는 여성 학대, 야만적 수성, 퇴폐의 정조를 파생한다. 자학하는 남성 주체는 자신에 대한 공격성을 무력한 존재에게 선회하여 분출하기 쉽기에, 종종 여성에게 가학적이 된다. 혹은 자학하는 남성은 무력한 여성에게 모멸스러운 존재로서의 동질감과 연민을 느끼고 자기 징벌의 욕구를 여성에게 대리 해소한다고 볼 수도 있다. 이는 작가 자신의 해석이기도 하다. 또한 자학하는 정신은 자신에게서 비루함만을 발견하는 바로 그 시선으로 외부를 바라보기에 세계를 야비한 오물의 집적으로 인식한다. 즉 자학은 조선작 소설의 한 특질인 야만적 수성의 연원인 것이다. 또한 자학하는 정신은 세계에서 무의미만을 발견하기에 허무와 퇴폐에 쉽사리 빠져든다. 자학은 조선작에게 특징적인 허무와 퇴폐의 정조도 파생하는 것이다.

자학은 죄책감에서 비롯된다. 조선작 소설에는 아버지에 대한 증오와 살의 모티프가 반복적으로 등장한다. 뿐만 아니라 지속적으로 출현하는 혈육의 시체 찾기 포기 모티프는 아버지 유기의 변주된 형태로, 아버지 유기에 대한 죄책감을 암시한다. 아버지에 대한 증오와 살의로 인한 죄책감은 미미하게나마 명시적으로 언급되기도 한다. 어머니에 대한 증오와 어머니의 자살이라는 모티프도 등장하는데, 어머니에 대한 증오는 아버지에 대한 증오의 변주로 볼 수 있고, 어머니의 자살은 일종의 불운으로서 이 불운 역시 죄책감을 환기한다. 조선작의 인물은 아버지를 단순히 증오할 뿐만 아니라 사랑하기도 하거니와, 이러한 양가감정은 죄책감을 심화한다. 또한 조선작 소설에서 드높은 자아 이상을 간취할 수 있는데, 이 역시 죄책감 심화에 중대하게 기여했다. 죄책감은 거듭 심화 기제를 거치면서 작가의식의 형성에 중추적 요인으로 작동한 것으로 보인다.

Ⅱ부

여성과 흑인,
타자를 표상하는 방식

1970년대 소설과 강간당하는 여성

1. 머리말

주체는 자기정체성을 확립하고 자기동일성을 강화하기 위해 타자를 반드시 필요로 한다. 타자를 부정하거나 배제하면서 자기정체성을 확보하고 그를 대상화하면서 자기동일성을 강화하는 것이다. 주체는 객체인 타자로부터 직접적이거나 반사적인, 혹은 역설적인 힘을 수혈받기에 존립하고 강성해질 수 있다. 타자는 주체에게 없어서는 안 될 동반자이나, 많은 경우 굴욕을 맛보도록 운명 지워진 동반자이다. 대상화와 배제 등 타자에 대한 주체의 숙명적인 작업, 거의 주체의 습속인 이 작업은 타자를 비본질적인 영역으로 추방한다. 물론 굴욕적 운명에서 벗어난 타자, 타자의 대상화에 대한 본능을 극복한 주체의 존재 가능성을 부인할 수 없다. 다소 초월적이고 종교적인 영역에 속한다고도 할 수 있는 이러한 이상적인 경지는 불가능하지 않지만, 부단한 반성과 성찰과 노력을 요구한다. 즉자적인 차원에서 혹은 무반성적일 때 주체는 아무래도 타자 앞에서 대상화 욕구에 본능적으로 경사하기 쉽다. 요컨대 타자를 객체로 설정하고 비본질화하면서 자신의 동일성과 위상을 확보하려는 것은 주체의 오래된 기획이자 소망이다.[1] 이 기획과 소망은 주체에게 본태적인 것, 거의 본능적인 것이라 해도 과언이 아니다.

타자의 대상화[2]는 주체의 본능에 가까운 숙명이기에, 저자라는 주체가 소멸하지 않는 한 문학 연구의 영원한 관심사일 수밖에 없다. 주체가 특히 남성 작가일 때, 타자인 여성의 대상화 문제는 간과할 수 없는 위상을 지니고, 광범위한 연구 의욕을 촉발했다. 그러나 주체가 여성이라도 타자의 대상화 문제는 발생한다. 보부아르의 통찰대로, 남·녀 양성 모두 각자의 입장에서 상대의 성을 '타자(他者)'로 인식하기[3] 때문이다. 그러하기에 여성 작가의 시선에 포획된 타자-남성의 대상화 문제도 논의의 대상이 되어야 한다. 그러나 '완전한 타자'로 비치기 쉬운 것은 아무튼 여자이다.[4] 아직까지는 특히 과거의 한국에서 타자의 대상화는 남성에 의해서 더 빈번하게 수행되었다. 타자-여성의 대상화

---

1 보부아르에 따르면, 주체는 타자와 대립함으로써 비로소 자신의 지위를 확보한다. 자기를 본질적인 것으로 주장하고 타자를 비본질적인 객체로 설정함으로써 자신을 확립시키는 것이다. 어떠한 주체도 자발적으로 비본질적인 객체가 되려고 하지는 않는다. 그러나 타자가 주체로 반전하여 되돌아갈 능력이 없게 되면 그 타자는 자신을 대상화하는 주체의 관점에 복종하지 않으면 안 된다.(시몬 드 보부아르, 조홍식 역, 『제2의 性』 상, 을유문화사, 1999, 15-16면 참조.) 주체는 자기 확립을 소망하고 모색하자마자 자신에게 제한과 부정의 역할을 수행할 타자를 필요로 한다. 주체는 타자를 통해서만 자기에 도달할 수 있다.(위의 책, 215면 참조.)
2 의식 각각은 상대방을 대상화하려는 본성을 지닌다. 즉 의식은 타자의 타자성을 삭제하고 타자를 하나의 대상으로 동일자의 동일성에 흡수하고 통합시키고자 분투한다. 이것이 곧 타자의 대상화이다.(서동욱, 『차이와 타자』, 문학과지성사, 2008, 172-210면 참조.)
3 보부아르, 앞의 책, 343면 참조.
4 위의 책, 344면 참조.

문제는 더 논의되어야 한다. 이 논문은 1970년대 남성 작가의 소설에서 여성의 대상화 문제를 논구하되, 특히 '강간당하는 여성' 표상에 주목하고자 한다.

1970년대라는 시대를 상정할 때 남성이 아닌 여성의 대상화 문제를 논의하려는 시도의 적실성은 충분히 해명된다. 당대 문학작품에서 주체는 대부분 남성이었다. 양적으로도 남성 작가의 수가 월등했을 뿐만 아니라, 군부정권이라는 특수한 상황은 남성의 주체화와 여성의 대상화를 더욱 촉진했다. 밀레트에 의하면, 군대로 대별되는 남성 공동체 문화는 가학적이고 권력 지향적이며 잠재적으로 동성애적이고 흔히 자기애적이다. 남성 공동체는 남근을 하나의 무기로 보고 다른 무기와 동일시한다.[5] 군대라는 남성 공동체 문화에서 인격 형성에 영향을 받은 남성은 성적 투쟁을 실제 전쟁의 견지에서 볼 수 있다.[6] 그곳에서 남성다움을 포기하는 것은 남성적 성질뿐만 아니라 자기의 존재 증명, 자아까지 포기하는 것과 동등한 의미를 지닌다.[7] 이러한 군대의 특성이 군대를 벗어나서 사회 전반에 확산되어 영향을 미칠 때 특수한 분위기를 형성할 것이라고 쉽게 예측할 수 있다. 주지하다시피 1970년대 군사문화는 전 사회적으로 널리 퍼졌고 그 잔재는 지금도 남았다. 진중권에 따르면, 남성은 군대에서 야수적 폭력성을 익히며, 남자들끼리 생활하는 문화는 여성을 타자화하고 그에 대한 공격성을 함양할 기

---

5 또한 포로를 거세하는 행위는 신체 조직을 문화적인 무기와 동일시한다는 사실을 보여준다.(케이트 밀레트, 정의숙·조정호 역, 『性의 政治學』上, 현대사상사, 2002, 98-99면 참조.)

6 케이트 밀레트, 정의숙·조정호 역, 『性의 政治學』下, 현대사상사, 2001, 602면 참조.

7 밀레트, 『性의 政治學』下, 633면 참조.

회를 제공한다. 군사문화는 우리 사회의 바탕에 깔린 성폭력의 관행을 지탱해 주는 하나의 기둥으로 꼿꼿이 서 있다.[8] 군대라는 특수 사회가 사회 일반의 문화를 규정하는 것이다.[9]

이러한 1970년대의 특수성, 즉 군사문화라는 거대한 우주가 남성성의 과도한 발현을 옹호하고 촉진했던 분위기에서 남성 작가에 의한 여성의 대상화 문제는 특별한 고찰을 요하는 사안이라 아니할 수 없다. 특히 가부장제에서 남성적 힘의 과시가 성적 폭력에 상당히 의존하며 강간 행위에서 가장 완전히 실현되고,[10] 강간이 성인 사회에서 "성과 폭력이 서로 떼어놓을 수 없게 엉켜 있다는 것"[11]을 보여주는 표지라는 통찰을 고려할 때, 강간당하는 여성 표상은 여성의 대상화 문제를 논의하는 데 유효적절한 회로가 될 것이다. 1970년대 여성 표상에 관한 연구에서 강간당하는 여성으로 유별화된 연구가 아직 제출되지 않았다는 점[12] 또한 연구의 필요성을 배가한다. 본문에서 1970년대 남성

---

8 진중권, 「"어제의 용사들이 다시 뭉쳤다"」, 노혜경 외, 『페니스 파시즘』, 개마고원, 2001, 102-110면 참조. 남성들은 사회에 나와서도 군 예비역으로서 집단적 정체성을 가지기 쉬운데, 이는 그들이 "집단 속에서 하나가 되는 디오니소스적 망아의 체험"에 모종의 향수를 느끼고 냉전 이데올로기가 잔존하는 대한민국에서 아직까지 군대가 신성하다고 상정되기 때문이다.(위의 글, 112-115면 참조.)

9 위의 글, 117면 참조. 가부장적인 군사정권은 상명하복식 윤리를 절대화하고 폭력에 대해 무반성적인 인성구조를 만드는 데 기여했다. 군사주의 문화는 권위주의적 위계질서를 절대화하고 정신적·물리적 폭력을 질서 유지의 수단으로 사용하는 것을 정당화한다. 폭력에 무감각하고 권위에 맹종하는 인격을 재생산하는 사회구조를 형성한 것이다.(정승화, 「흑기사는 없다」, 위의 책, 154-157면 참조.)

10 밀레트, 『性의 政治學』 上, 87면 참조.

11 밀레트, 『性의 政治學』 下, 611면.

12 1970년대 여성 표상에 관한 선행연구에서, 초창기에는 대중소설에 나타난 여성 표상에 관한 연구가 대종을 이루었다. 김영옥, 「70년대 근대화의 전개와 여성의 몸」, 『여성학논집』 18, 이화여대 한국여성연구원, 2001; 이정옥, 「산업화의 명암과 성적 욕망의 서사-1970년

작가의 소설에 나타난 강간당하는 여성 표상을 고찰하면서, 그것에 각인된 남성 작가의 의식과 무의식을 읽어보려고 한다.[13] 이는 현재까지도 잔존하는 강간에 대한 남성적 의식과 무의식의 한 기원을 탐색하는 작업도 될 것이다.

대 '창녀문학'에 나타난 여성 섹슈얼리티의 두 가지 양상」, 『한국문학논총』 29, 한국문학회, 2001; 곽승숙, 「1970년대 신문연재소설의 여성 인물과 '연애' 양상 연구-『별들의 고향』, 『겨울여자』를 중심으로」, 『여성학논집』 23-2, 이화여대 한국여성연구원, 2006; 박수현, 「연애관의 탈낭만화-1970년대~2000년대 연애소설에 나타난 연애관의 비교 연구」, 『현대문학이론연구』 55, 현대문학이론학회, 2013. 연구 영역을 대중소설 이상으로 확장한 여성 표상 연구는 다음과 같다. 김은하, 「소설에 재현된 여성의 몸 담론 연구-1970년대를 중심으로」, 중앙대 박사논문, 2003; 박수현, 「조선작 소설의 여성 표상 연구」, 『우리문학연구』 40, 우리문학회, 2013. 특히 최근에는 여성을 계급적 범주로 유별화한 연구들이 등장했다. 다음은 하층계급 여성에 주목한 연구들이다. 김원규, 「1970년대 소설의 하층 여성 재현 정치학」, 연세대 박사논문, 2010; 권경미, 「하층계급 인물의 생성과 사회적 구조망-조선작의 『영자의 전성시대』를 중심으로」, 『현대소설연구』 49, 한국현대소설학회, 2012; 김경연, 「70년대를 응시하는 불경한 텍스트를 재독하다-조선작 소설 다시 읽기」, 『오늘의 문예비평』 67, 2007. 겨울; 김경연, 「주변부 여성 서사에 관한 고찰-이태호의 『강명화전』과 조선작의 『영자의 전성시대』를 중심으로」, 『문창어문논집』 42, 문창어문학회, 2005; 손윤권, 「70년대 소설에 나타난 식모의 양상」, 『강원인문논총』 17, 강원대 인문과학연구소, 2007; 오창은, 「도시의 불안과 여성하위주체-1970년대 '식모' 형상화 소설을 중심으로」, 『현대소설연구』 52, 한국현대소설학회, 2013. 이와 달리 여대생을 전면화한 연구가 가장 최근에 제출되었다. 박수현, 「1970년대 소설의 여대생 표상-황석영·조해일·김주영의 소설을 중심으로」, 『어문론집』 58, 중앙어문학회, 2014. 이상 1970년대 소설의 여성 표상 연구에서 강간당하는 여성에 관한 관심은 아직 촉발되지 않았다.

13 이 논문은 연구대상 소설이 최초로 수록된 단행본의 초판본을 텍스트로 삼았다. 서지사항은 다음과 같다. 김주영, 『女子를 찾습니다』, 한진출판사, 1975; 김주영, 『여름사냥』, 영풍문화사, 1976; 방영웅, 『살아가는 이야기』, 창작과비평사, 1974; 전상국, 『바람난 마을』, 창작문화사, 1977; 전상국, 『하늘 아래 그 자리』, 문학과지성사, 1979; 전상국, 『아베의 家族』, 은애, 1980. 앞으로 이 책들에서 인용 시 인용 작품명 옆 괄호 안에 수록 책 제목을 기입하고, 인용문 말미에 면수만을 적기로 한다.

2. 여성에게 이로운 강간과 남성 판타지

강간은 여성에게 가해지는 폭력 중 대표적인 것이다. 강간은 "침범, 증오, 멸시 그리고 인간성을 파괴하거나 더럽히려는 욕망의 감정들"이 성정치적으로 물질화한 형태이며, 가부장제 사회에 전형적인 잔인한 감정이 성욕과 착종된 결과물이다. 이때 성욕은 악 또는 권력과 친연 관계를 형성한다.[14] 가부장제 아래서 여성은 사회화를 거치면서 무해화(無害化)된다.[15] 무해한 존재이자 무력한 존재로서의 여성성은 피해자로서의 위상을 더욱 공고하게 하였다. 그러나 가부장제 사회에서 남성 성욕의 강제적 행사를 죄로 인식하는 의식은 빈번하게 비틀리고 교란되다가 급기야 삭제된다. 남성은 폭력적 성관계의 원인을 여성에게 돌리는 방식으로 죄를 부인한다. 구체적 상황이 어떻든 간에, 성적 관계에서 여자 측에 과실이 있으며 여성의 과실의 정도가 남자보다 무겁다는 생각은 오랫동안 상식으로 통용되었다.[16] 구체적으로 강간의 경우, 폭행을 가한다는 의식의 부재와 피해자가 먼저 자신을 유혹했다는 확신으로 특징지어지는 가해자의 의식은 오랫동안 통념으로 작동했다.[17] 단적으로 "'성사된' 강간은 동의된 강간"[18]인 것이다. 밀레트의 통찰대로, "여자의 본성이 매저키스트적"이며 "모든 잔학한 행위는 여자의 태어날 때부터의 본성을 만족시키고 있을 뿐이"라는 환상은 남성의

---

14 밀레트, 『性의 政治學』 上, 88면 참조.
15 위의 책, 87면 참조.
16 위의 책, 107면 참조.
17 조르쥬 비가렐로, 이상해 역, 『강간의 역사』, 당대, 2002, 43면 참조.
18 위의 책, 68면.

모든 환상 중에서 "가장 존중되는 것"이다.[19]

여성이 강간의 원인을 제공했고 강간에 동의했으며, 강간은 여성의 피학적 본성을 만족시키는 행위라는 믿음은 강간에 따르는 전형적인 환상이다. 이러한 환상은 여성이 강간을 즐긴다는 관념을 탄생시킨다. 1970년대 남성 작가의 소설에서 강간을 즐기는 여성 표상은 빈번하게 출현한다. 흥미롭게도 강간 행위를 직접적으로 즐기는 여성뿐만 아니라 강간을 계기로 더 나은 모습으로 재생하는 여성 표상 역시 드물지 않게 발견된다. 이 경우 여성은 강간을 통해 성장하거나 스스로를 치유한다. 강간이 결과적으로 여성에게 이롭게 작용하는 것이다. 강간을 통해 성장하고 자신을 치유하는 여성 표상은 "결과적으로는 강간도 모두 좋게 끝나는 포르노그라피"[20]의 이념을 답습한다. 이러한 여성 표상은 강간이 여성에게 해를 끼치지 않을 뿐더러 특정한 도움까지 준다는, 강간에 대한 전형적인 남성의 판타지에서 비롯된 것으로 보인다. 다음에서 이러한 남성적 판타지가 구체적으로 어떻게 드러나는지 소설을 통해 살펴보고자 한다.

김주영의 「外出」(『女子를 찾습니다』)의 "나"는 도둑으로서, 한 중산층의 가정에서 도둑질하다가 여주인을 강간한다. 흥미로운 것은 강간당하는 여주인의 반응이다.

그녀는 처음부터 눈을 뜬 채로 일을 당하고 있었읍니다. 무지몽매 하다

---

19 밀레트, 『性의 政治學』下, 556면 참조.
20 캐서린 맥키넌, 엄용희 역, 「강간-강요와 동의에 대하여」, 케티 콘보이 외 편, 조애리 외 역, 『여성의 몸, 어떻게 읽을 것인가?』, 한울, 2001, 77면.

는 것이 이런 때의 나에겐 이루 말 할 수 없이 편리하고 유쾌한 것이더군요. 나는 여편네와의 때보다는 매우 오랜 시간 그리고 아주 격렬하게 그 일을 치룬 것 같았읍니다. 그녀는 처음엔 동공을 고정시킨 채 일을 당하고 있었읍니다만, 시간이 흘러감에 따라 나중엔 매우 난처하게 그러나 어쩔 수없이 내 목덜미를 감아쥐는 시늉을 하기까지 하더군요. 나는 감사하고 즐거웠던 나머지 그녀를 부둥켜안고 꺼욱꺼욱 울었읍니다. (중략) 그녀가 내 목덜미를 감아쥐었다는 건 나란 존재를 일단 인정해서가 아니라 그건 순전히 그녀 자신의 사정에 불과했을 겁니다. 그러나 그녀가 내 목덜미를 끌어안았다는 건 적어도 그녀에게 있어선 일생일대의 큰 실수였읍니다. 나는 그녀에게서 틈을 발견한 것입니다. 나는 다만 그 사실 하나를 미끼삼아 그녀에게 매우 뻔뻔스럽게 나올 수 있었으니까 말입니다.(138-139)

위에서 강간당한 여성은 강간 도중에 가해자의 "목덜미를 감아쥐는 시늉"을 한다. 이는 여성이 강간을 즐겼다는 표지로 인식된다. 여주인은 처음의 강간을 즐겼을 뿐만 아니라, 그 다음날 밤에도 "똑같은 분위기로 나를 맞아 주었"(139)고, 그를 제지하기 위한 "제반 조치"를 취하지 않았다. 역시 작가는 여성이 강간에 동의했음을 애써 보인다. 여기에서 여성이 강간에 동의했다는 전형적인 남성의 판타지가 드러난다. 40여 일 후 "나"는 그녀가 "내" 아이를 밴 사실을 알게 된다. "나"는 아이를 떼려고 병원으로 들어가는 그녀를 쫓아가서 말리며 그녀의 뺨을 때린다. 그녀는 "알 수 없는 어떤 의지의 힘으로 무절제한 내 광기를 침착하게 감수하"였고, "정말 너무나 크다란 울음을 터뜨리며 그녀는 내 가슴에 안겨왔"(143-144)다. 그녀는 강간을 즐겼을 뿐만 아니라 은밀하게 강간자를 사랑하게 된 것이다. 게다가 그녀는 임신까지 했다. 김주영 소설에서 자식의 위상을 고려할 때[21], 그녀가 밴 아이는 강간자에게 더할 나위 없이 소중한 선물로 인식된다. 그리하여 소설 말미에서 강간자는 그녀에게 사랑한다고 고백할 수 있었다. 이상 김주영은 강간을 즐길 뿐만 아니라 강간을 계기로 강간자에게 사랑과 자식이라는 선물까지 마련해주는 여성 표상을 산출한다. 이러한 여성 표상은 남성 작가의 판타지의 투사물이라는 의심에서 자유로울 수 없다. 이러한 남성적 판타지는 강간 가해자의 전형적인 통념과 통하기에 더욱 문제적이다. 강간자들은 통념적으로 상대 여성이 좋아했다고 믿는다. 이는 여자들이 성행위에 동의하고서 나중에 강간 혐의를 날조해서 뒤집어씌운다는 남성들 사이에 만연한 믿음 혹은 피해의식으로 연결된다.[22] 이는 말할 나위 없이 강간에 대한 죄의식을 결여한 무의식적 공감대를 형성하기에 문제적이다.

1970년대 남성 작가의 소설에서 여성은 강간을 즉각적으로 즐길 뿐만 아니라 보다 우회적인 경로를 통해 강간을 자신의 행복을 위한 밑거름으로 삼는다. 밀레트는 "여자에게 굴욕감을 주는 것이 남성의 승리를 위해서 또한 그녀 자신의 행복을 위해서 필수적인 것"[23]이라고 믿는 남성의 환상을 언급하였거니와, 1970년대 남성 작가의 소설에서도 빈번하게 강간은 여성의 행복을 위해 긍정적인 기여를 하는 것으로

---

21 박수현, 「김주영 단편소설의 반(反)근대성 연구」, 『한국문학논총』 66, 한국문학회, 2014 참조. 박수현에 따르면, 김주영 소설에서 자식은 다른 모든 가치를 압도하는 거대한 숭고로 현현한다.
22 맥키넌, 앞의 글, 74면 참조.
23 밀레트, 『性의 政治學』 下, 621면.

상정된다. 이러한 사정을 방영웅의 소설을 통해 고찰하고자 한다. 방영웅 소설에서 강간은 여성의 성장과 치유의 계기로 작동한다.

「살아가는 이야기」(『살아가는 이야기』)에서 간난이는 성칠에게 강간을 당한다. 강간을 당한 경위부터 상식선의 이해 범위를 뛰어넘을 만큼 기이하다. 간난이의 동생 꺽다리는 성칠에게 누나가 창부라고 속이면서 강간을 종용한다. 간난이의 동의를 얻지 않았기에 꺽다리는 그녀의 저항을 예측할 수밖에 없었고 그 경우 폭력을 사용하라며 성칠에게 권유한다. "아뭏든 과부 겁탈하는 식으로 해보시오. 사실은 지금 우리집에 있는 계집애가 시골서 방금 올라온 숫배기인데 형씨가 달려들면 반항할지도 모른다고……. 만약 그런 일이 일어난다면 폭력을 쓰는 수밖에 없어…"(90) 여기에서 여성에 대한 폭력에 죄의식을 결여하고 그것을 당연하게 여기는 남성적 의식이 간취된다. 꺽다리의 응원에 힘입어서 성칠은 간난이를 강간한다. 다분히 폭력적인 과정으로 이루어진 강간임에도, 이는 간난이에게 교육의 기회로 작동한다. 강간 이전 간난이는 늙은 홀아비 장영감의 첩으로 살아왔는데, 장영감은 심각한 구두쇠로서 그녀에게 합당한 대접을 하지 않았다. 선량한 간난이는 그럼에도 장영감을 떠날 엄두를 내지 못했으나, 강간을 계기로 관계의 부조리성을 깨닫고 관계를 종결하려고 결심한다. "장영감을 존경하는 대신 그가 왜 나쁜 놈이라는 것을 알 수만 있었다 하더라도 지금의 결과는 없었을 것이다. 새끼 많은 홀아비에게 시집을 가서 함께 그놈들을 키워가며 살았더라면 얼마나 좋았을까? 그러나 간난이는 그 동안 그런 자리도 찾아보지 않았다. 삼년 동안 자기도 모르는 사이에 갈보로 썩고 있었던 것이다. 나를 좀 떳떳하고 확실하게 나타내보자."(96) 이러한 각성의 결과 간난이는 장영감과 이별하고 대포집 작부로 취직하기로 결심한다.

소설 내적 논리에 의하면, 이는 간난이가 이전 상황의 문제성을 인식하고 자신의 운명의 향방을 주체적으로 선택하고 결단한 결과이다. 간난이는 강간을 통해 결단력 있고 주체적인 여성으로 재생한 것이다. 그녀는 강간을 계기로 각성하고 성장하는 여성 표상을 구현한다. 강간은 여성에게 이롭게 작용했고, 여성은 결과적으로 강간을 즐겼다고 할 수 있다. 이 역시 앞서 논한 남성적 판타지를 답습한다. 여기에서 남성은 강간을 통해 여성을 교육한다. 강간을 통해 성장하는 여성 표상에는 여성이 강간을 즐긴다는 남성의 판타지와 남성 특유의 여성 교육 욕망이 착종된 것으로 보인다. 보부아르에 따르면 남성은 성적으로 뿐만 아니라 도덕적으로, 지적으로 여성을 '형성'하고 교육하며 각인을 찍고 영향을 주는 일에 대단한 자부심을 느낀다. 이로써 남성은 여성에게 행사하는 지배력에 흐뭇해한다. 이때 여성은 얌전하게 남성의 세공을 받아들이는 더할 나위없는 '부드러운 반죽'이다.[24] 여성은 남성의 교육과 형성에 순응함으로써 남성에게 자랑스러움을 제공하는 대상이 되는 것이다. 이 역시 교육과 형성이라는 회로로 자신의 지배력을 확인하고, 이를 통해 자부심을 고양하려는 남성의 소망을 반영한다. 특히 이 소망은 폭력적인 성적 판타지와 혼효되어서 문제적인 구도를 형성한다.

방영웅 소설에서 강간은 여성을 치유하는 계기로도 작동한다. 「꽃놀이」(『살아가는 이야기』)에서 연배는 사랑하는 정교감과 이별하게 되어

---

24 보부아르, 앞의 책, 267면 참조.

서 슬픔에 잠겨 있다.[25] 그녀는 몽운대사에게 강간을 당하는데 이를 통해 그녀는 상처를 치유한다. 강간은 종교적인 의례로 치장되어 있었지만 강간임에는 틀림없었다. 명백한 강간을 당하고도 연배는 다음과 같이 생각한다. "연배는 기분이 날아갈 것처럼 좋았다. 몸 속에 들어 있던 사내의 정기를 깨끗이 씻어버린 기분이었다. 그러나 몽운대사가 갑자기 내질렀던 천둥과 벼락을 때리는 듯한 염불 소리, 무언가 이상하고 수상쩍기만 한 여러 가지 사실들, 몽운대사의 국물이 내 몸 속으로 들어갔다는 엄연한 사실, 이런 것을 모르고 하는 얘기는 아니었다. 그런 것을 다 알면서도 기분이 날아갈 것처럼 좋았다."(300) 작가는 강간 이후 연배의 "기분이 날아갈 것처럼 좋"았다고 서술한다. 연배는 강간을 통해서 이별의 상실감을 극복한 것이다.

이렇게 강간은 치유의 매개로 작동한다. 여성은 강간으로써 스스로를 치유했으니 결국 강간을 즐겼다고 할 수 있다. 이러한 여성 표상 역시 여성이 강간을 원한다는 전형적인 남성적 판타지를 내장한다. 한편 남성은 빈번하게 자신이 여성에게 기부자이자 해방자라고 꿈꾼다. 이때 여성의 예속에 대한 은밀한 소망은 부인할 수 없는 전제가 된다.[26] 기부자로서의 남성이라는 환상적 정체성은 강간이라는 폭력의 현장에서마저 발현된다. 남성은 강간이라는 폭력을 통해서도 여성에게 무언가를 선물한다는 자부심을 가지는 것이다. 이러한 기부자로서의 남성적 환상은 여성이 강간을 원한다는 성적 판타지와 착종되어서 강간을

---

25 정교감과의 관계도 애초 강간에서 시작되었다. 연배는 강간을 계기로 아버지뻘의 정교감을 사랑하게 되었다. 여기에도 강간을 통해 여성의 사랑을 얻는다는 남성 판타지가 반영되었다.

26 보부아르, 앞의 책, 279면 참조.

통해 치유하는 여성 표상을 파생했다. 강간을 통해 성장하거나 치유하는 여성 표상은 서두에서 언급한, '강간은 결과적으로 모두 좋게 끝난다'는 남성 판타지를 내포한다. '여성에게 결국 이로운 강간'이라는 통념이 작가에게 뿌리 깊게 각인되었던 것이다.

한편 여성이 이해타산적인 이유로 강간을 바란다는 통념 역시 남성 작가의 소설에 표출된다. 김주영의 「貳章童話」(『여름사냥』)에서 한심이는 "기왕에 버린 몸일 바엔 좀 듬직하게 나이들고 돈많은 영감이라도 물고 늘어질 수밖에 없다"고 자각한 결과, "지긋지긋한 접대부 생활을 깨끗이 청산하고 어느 부자집 가정부로 얌전히 들어앉자"(191)고 결심한다. 그녀는 신분 상승을 위해 나이든 부자의 첩이 되기를 바라며, 그 방법으로서 강간당하기를 소망한다. 이 소망을 성취하기 위해서 그녀는 다분히 의도적으로 도상태 영감을 유혹한다. 도상태가 "발 씻으라고 내밀면 밀감껍질 만지작거리듯 보드라운 손길로 따뜻한 물 끼얹어 씻었다. 젖무덤을 그의 목덜미에 대고 이죽거리며 무릎까지 씻어 주어 볼따구니에 미열이 오르도록 하여도 보았고, 허벅지까지 치마 걷어붙이고 방 훔쳐 그의 시선이 똑바로 박히게도 하였다."(196) 이렇게 한심이는 강간당하기 위해서 의도적으로 남성을 유혹한다. 여성이 강간을 소망하고 유도한다는 남성적 통념이 각인된 장면이다. 강간을 획책하는 여성 표상은 강간 피해자에게 유책 사유가 있다는 통념 역시 답습한다.

한편 전술했듯 작가는 한심이의 강간 소망이 신분 상승이라는 개인적 욕망과 필요에서 비롯되었다고 설정한다. 이는 남성에 대한 여성의 호의가 이해타산적인 배경을 거느린다는 남성적 통념 역시 보여준다. 이러한 통념은 이해타산으로 남성에게 접근하는 여성은 배려하지 않아도 좋다는 남성적 상식으로 연결된다. 이해타산으로 강간을 유도하는 여성 표상은 여성의 계산과 의도에 죄를 돌리면서 강간에 따르는 비난을 회피하려는 남성적 무의식을 내장한다. 실제로 소설에서 한심이는 희화화된다. 결말에서 한심이는 강간을 당하는데, 강간자는 도상태 영감이 아니라 그의 고교생 아들이었다. 이로써 한심이의 꿈과 계산은 실패로 돌아갔고, 작가는 여성의 이해타산을 조롱함으로써 계산에 의해 강간을 유도했던 여성을 처벌한다. 이 소설의 여성은 강간을 원할 뿐만 아니라, 발칙한 타산적 계산으로 인해 원한다고 표상된 점에서 주목할 만하다. 이러한 여성 표상은 여성이 강간을 소망했고 그 것도 불순한 이유에서 그러했으며, 여성이 먼저 유혹했으니 과실은 여자에게 있다는 남성적 통념을 충실하게 답습한다.[27]

지금까지 살펴보았듯, 결론적으로 남성은 강간이 여성에게 이롭고 여성이 강간을 즐긴다는 판타지를 여성에게 투사한다. 여성은 남성의 판타지를 실어 나르는 수레로서 존재할 뿐 주체로서 존재하지 못하며, 그 내면은 삭제되고 목소리는 침묵당한다. 이렇게 남성은 여성을 판타지의 투사물로 대상화하면서 자기동일성을 강화한다. 현실과 관계없는 판타지를 여성에게 부착함으로써 남성은 강간에 따르는 반성에서 자유로울 수 있었으며, 자신의 환상적 정체성을 고수하고 자기동일성

---

27 여기에서 한심이가 성관계를 원했으니 그것은 강간이 아니라고 생각할 수도 있다. 그러나 한심이는 관계를 맺기 위해서 사랑을 고백한 것도 데이트를 요구한 것도 아니었다. 자신의 동의라는 과정을 삭제한 겁탈을 원했으니 강간을 원했다고 보아 무리가 없다. 여기에서 여성이 남성을 유혹하는 수단으로 하필 강간을 선택한 점, 정확히 말해서 남성 작가가 그렇게 설정한 점 또한 고찰을 요한다. 이는 강간을, 남녀의 이성적 관계를 시작하는 계기로서 자연스럽고 타당한 것으로 여기는 남성적 무의식을 반영한다.

을 강화할 수 있었다.

3. 남성의 성장과 자기완성의 매개

1970년대 남성 작가의 소설에서 강간당하는 여성은 남성의 성장에 특별한 계기로 작동한다. 남성 인물은 강간을 통해서 이전과 다른 세계, 더 나은 세계로 이동한다. 남성의 정신적 고양에 강간당하는 여성이 각별하게 기여하는 것이다. 원래 남성이 여성의 존재 자체를 성장의 계기로 전유한다는 사실은 잘 알려져 있다. 보부아르에 따르면, 남성은 "여자를 통하여, 여자의 영향으로, 여자의 행동의 반동(反動)에 의하여", "인생수업을 하고 자기 자신을 깨닫는다."[28] 여성은 주체인 남성이 자기완성에 이르는 여정에서 사용되는 '특수한 타자(他者)'이며, 남성의 수단, 그 구제, 모험, 행복이다.[29] 즉 남성은 여성의 직접적인 영향이나 반동적인 영향으로 인해 자기정체성을 형성하고 성장하며, 여성을 매개로 자기완성에 이른다. 이때 여성은 남성을 완성시키기 위해 사용되는 수단이다. 남성은 여성을 자기완성을 위한 도구로 대상화하는 것이다. 이러한 일반적인 사정은 강간당하는 여성의 경우에도 마찬가지로 적용된다. 강간이라는 문제적 정황에서조차 여성이 남성의 자기완성을 위한 도구로 전유되는 양상은 특별한 고찰을 요한다. 1970년대 남성 작가의 소설에서 남성 인물은 강간당하는 여성을 매개로 성

---

28 보부아르, 앞의 책, 367면.
29 위의 책, 369-370면 참조.

장하고, 자기완성을 도모하며 자기동일성을 강화한다.

전상국의 「아베의 家族」(『아베의 家族』)은 남성 인물 "나"의 성장 서사로 읽힐 여지가 있다. 소설의 중심 서사는 "내"가 오랫동안 동복이형 아베를 증오했고 유기했으나 이후 그에 대한 사랑을 회복한다는 이야기이다. 주목할 것은 가족에 대한 사랑 회복을 전면화한 전형적인 성장 서사 이면에 강간 모티프가 중대한 의미소로 존재한다는 사실이다. 세 건의 강간이 "나"를 성장시키는 데 핵심적인 원동력으로 기능한다. "나"는 청소년 시절 친구 셋과 함께 유성애를 강간했다. 이후 성인이 된 그는 여동생 정희가 흑인들에게 윤간을 당하는 장면을 목격하고 어머니의 윤간 경험을 기술한 수기를 읽는다. 여동생과 어머니의 강간 피해 사실을 인지한 체험은 "내"가 과거의 윤간을 반성하는 데 중대한 계기로 작동한다. 이는 유기했던 형 아베에 대한 반성을 견인하는 점에서 또한 중요한 의미를 띤다. 아베에 대해 참회하고 사랑을 회복하는 성장의 배경에는 "나"의 강간 가해 사실과 그에 대한 반성이 일차적 계기로 작동하고, 이는 여동생과 어머니의 강간 피해 경험에 대한 인지에서 비롯되었다. 이처럼 이 소설에서 세 겹으로 겹쳐진 강간은 남성을 성장으로 이끄는 계기로 기능한다. 남성은 자신과 타인이 저지른 강간에 의해 더 나은 세계로 이동하며 자기완성에 접근한다.

전상국의 「수렁 속의 꽃불」(『하늘 아래 그 자리』)에서도 강간은 남성의 성장의 직접적인 계기로 작동한다. 소설 전반에 걸쳐서 "나"는 어머니에게 성욕을 느낀 일로 인한 죄의식 때문에 성적 불능을 겪었다. 소설 말미 강간을 통해 그는 아버지가 되었다는 자의식을 얻고 어머니에 대한 죄의식에서 해방된다. 이렇게 강간당하는 여성은 남성을 성장시키는 계기로 전유된다. 남성은 강간당하는 여성을 객체로 설정하면서 그를 자기완성의 밑거름으로 전유한다. 그러나 강간당한 여성은 남성의 시선에 포획되고 대상화된 타자일 뿐 내면을 가진 주체가 아니다. 일례로「수렁 속의 꽃불」에서 강간당한 여성은 강간에 동조하는 것으로 그려진다.[30] 작가는 강간당한 여성의 고통과 내면적 동요에 대한 배려에 인색하다. 남성은 성장과 자기완성을 위해 여성의 고통을 비용으로 지불했으나 여성의 고통에는 무지한 것이다. 강간의 폭력성은 지워지고 성장과 자기완성이라는 남성에게 바람직한 결과만 남는다.

방영웅의 「故鄕 생각」(『살아가는 이야기』)의 만길은 한성식당에서 삼년 간 월급을 받지 못하고 허드렛일꾼으로 일했다. 한성식당 주인 내외의 형편 역시 딱하기 짝이 없어서 그에게 월급을 줄 처지가 못 되었던 것이다. 월급을 받아내려는 그와 월급을 줄 수 없는 주인 내외의 갈등이 소설의 주축이다. 문제는 이러한 갈등의 발단과 해소에 강간이 중대한 계기로 작동한다는 사실이다. 처음에 만길은 자신의 처지에 불만을 품지 않았고 주인 내외의 호의에 감사하기만 했다. 그런데 언젠가부터 자신의 부당한 처지를 자각하고 밀린 월급을 요구하기 시작한다. 이는 그가 경제적이고 사회적인 인간으로 성장했다는 사실을 보여주는 표지이다. 이러한 성장은 강간을 계기로 가속화된다. 만길은 주인의 큰

---

30 "그네는 생각보다 쉽게 허물어졌다. 그것은 마치 물이 가득 든 물사발이거니 하고 힘주어 들었다가 막상 빈 물사발의 그 거뿐함을 느꼈을 때의 허망스러움 같은 것이었다. 내가 그네를 안고 넘어졌을 때 그네는 일체 저항을 보이지 않았다. 그렇다고 몸을 굳게 닫은 채 나무등걸처럼 내던져진 그런 무감각한 상태라고 할 수도 없었다."(207) 이 소설에서 강간이 남성을 죄의식으로부터 구원하는 상세한 기제에 관해서는 박수현, 「전상국 소설에서 죄책감의 발현 양상」, 『현대문학이론연구』 57, 현대문학이론학회, 2014 참조. 박수현은 위의 글에서 강간을 죄책감의 극복이라는 의미망 안에서 다루었고, 여성의 대상화 문제로까지 논의를 확장하지 않았다.

딸 "정순이의 처녀를 망쳐 놓았다."(38) 강간 이후 그는 정순과 결혼할 생각을 굳히는데, 이를 위해서 돈을 받아내는 일은 절체절명의 과제로 부상한다. "나 여기서 정순이랑 결혼하여 함께 살란다. 그러기 위해서도 한성식당에서 돈을 꼭 받아내야 한다."(38) 이렇게 강간은 남성 인물이 경제적·사회적 인간으로 성장하게 하는 계기로 작동한다. 이는 치명적인 갈등을 유발했으나, 갈등 해결에서도 강간은 핵심적인 매개가 된다.

결말에서 만길은 정순을 다시 한 번 강간한다. 강간 전후에 만길의 내면은 이렇게 묘파된다. "만길이는 언제부터인가 끝이 없는 바다로 나가지 못하고 내륙지방으로 들어와서 이 고생을 하게 되었는가, 자신에 대한 혐오감을 느끼고 있었다. 그까짓 경주식당이 무슨 대단한 거라고……. (중략) 모든 것을 털어 버리자. 언제고 언제고 나는 저 푸른 바다로 향하리라."(45) 그는 경주식당에 대한 미련을 버리고 "푸른 바다"처럼 넓은 마음을 품으려고 결심한다. 즉 사사로운 이전투구를 사소하게 여기고 큰 세상을 상상한다. 그는 아귀다툼으로 점철된 세속에 대한 집착을 버리고 초월적인 세계를 꿈꾸는 것이다. 만길의 정신은 지상적인 것에서 천상적인 것으로 고양되며, 이는 확실한 성장의 표지이다. 이러한 성장 전후에 정순에 대한 강간이 또한 존재했다. 강간은 갈등의 원인을 제공하고 해결책까지 제시했다. 즉 강간은 만길을 각성시켜서 경제적 동물이 되도록 이끌었을 뿐만 아니라, 초월적 정신으로 견인했다. 여기에서 강간당한 여성은 남성을 다른 세계, 더 바람직한 세계, 어른의 세계로 인도하는 안내자 역할을 수행한다. 남성의 자기 완성의 여정에서 강간당한 여성이 핵심적인 매개로 전유되는 것이다.

강간을 통한 남성의 성장을 논할 때 더불어 주목을 끄는 사안은 청소년의 성의식이다. 알려진 바 청소년에게 성경험은 동성 또래 집단에게 남자로서 존재를 인정받고 확인하는 과정이다. 성경험의 공유는 남성적 자아를 확인하는 계기가 된다.[31] 동성 집단과 성경험의 밀접한 연관관계는 청소년이 윤간에 빈번하게 빠져드는 이유를 설명해 준다. 청소년 윤간을 추동하는 근본적인 힘은 또래 집단의 규범인 '남성다움의 이데올로기'이다. 이 힘은 집단의 구성원들로 하여금 끊임없이 남성다움을 증명하라는 압력으로 작용한다. 이러한 압력은 특히 그 집단에 소속되고 싶어 하는 사람에게 더 큰 힘을 발휘한다. 윤간의 가해자들은 피해자를 정복해야 하는 대상으로 취급함으로써 남자로서의 자부심을 느끼고 또래의 연대감을 강화한다. 다른 집단 또는 특정인을 학대하고 정복함으로써 자기 집단의 우위를 확인하는 과정은 집단의 유대감 형성에 필수적이기 때문이다.[32] 요컨대 강간은 소년에게 남성다움을 학습하는 수단, 특히 또래 집단에게 인정받는 매개, 집단 속 성원이라는 정체성을 형성하는 계기로 기능한다. 남성다움을 확인하고 또래에게 인정받고 집단적 정체성을 확립하는 것은 모두 성장의 계기들이다. 즉 이는 남성이 강간을 성장의 계기로 전유하는 또 하나의 양상을 보여준다. 흥미롭게도 이러한 사정은 전상국 소설에 직설적으로 묘파된다.

---

31 권수현, 「남성의 섹슈얼리티와 성폭력」, 한국성폭력상담소 편, 『섹슈얼리티 강의』, 동녘, 1999, 341-342면 참조. 이들의 첫경험은 비밀스럽게 이루어질 수 있지만 또래 집단의 성담론 속에서 이러한 경험을 드러내는 것은 남성적 자아를 인정받는 중요한 계기가 된다. 또래들로부터의 승인 절차는 부끄러움, 드러냄, 승인, 자랑의 과정을 거친다.(위의 글, 341-342면 참조.)
32 위의 글, 347-349면 참조.

「惡童時節」(『바람난 마을』)에서 소년들은 도망간 "빨갱이"의 아들 용수를 집단적으로 따돌리는데, 용수는 지속적으로 소년들의 집단에 끼고 싶어 한다. 패거리의 우두머리인 우표는 용수에게 "백골단"에 들어오는 조건으로 일호 색시의 강간을 요구한다. 용수는 강간을 기도했지만 결국 실패하고, 백골단 소년들은 단체로 일호 색시를 욕보인다.[33] 용수의 이탈은 백골단 소년들에게 집단 린치의 구실을 제공한다. 이 소설에서 소년들은 용수에게 자신들의 집단에 끼워주는 조건으로 강간을 요구하고, 용수는 그 집단에 편입되고 싶어서 그를 수락하며, 결국 그가 강간의 윤리를 배반한 사실은 집단에게 응징의 이유를 제공한다. 이 장면은 앞서 살핀 또래 집단과 성폭력의 밀접한 연관성을 극명하게 보여준다. 강간은 남성적 자부심과 집단과의 연대감 형성에 중대한 조건으로 상정된다. 강간은 남성다움을 증명하고 남성으로서의 '우리'를 확인하는 증거로 인식되는 것이다.

유사 강간이나 다름없는 성폭력이 소년들에게 띠는 의미는 전상국의 다른 소설에서도 반복적으로 확인된다. 소년들은 또래 집단에게 따돌림 받기 싫어서 성폭력을 자행하며, 서로에게 성폭력을 부추긴다. 가령 「여름 손님」(『바람난 마을』)의 "나"는 "죽어도 돌림장이가 되기 싫어 아이들편에 끼어들기 위해서는 수단과 방법을 가리지 않았"다.(89)

---

33 소년들 중 대부분은 사정(射精) 능력을 갖추지 못한 그야말로 '소년'이었으나, 일호 색시에게 "요식행위"의 형태로 성폭력을 저질렀다. 이 배경에는 일그러진 성문화에 과도하게 노출되었던 경험이 놓여 있었다. 그들은 대낮에 야외에서 미군들과 양공주들이 어울려 뒹구는 모습을 구경했고, 모여서 음담패설에 열중했으며, 성사하지 못한 수음에 단체로 몰입하곤 했다. 이러한 체험은 일호 색시에 대한 유사 강간을 흥미롭고 대견한 것으로 인식하는 그들의 의식을 형성했다. 이는 소년이 성폭력에 가담하게 되는 전형적인 과정을 보여준다.

석두의 빈집에 쳐들어가, "집 지키던 그의 계집애동생을 애들 앞에서 발가벗겨 보인 짓도 애들 눈에 들기 위해서였다."(89) 여기에서 소년은 성폭력을 또래 집단에게 인정받고 집단적 정체성을 형성하는 계기로 인식한다. 「잊고 사는 歲月」(『아베의 家族』)에서도 소년인 "나"와 "또래의 아이들"(164)은 재식이 여동생을 골목에 가두고 괴롭히는데, 성적 폭력을 가하려는 시도 앞에서 "동우야, 니가 해라. 나보다 나이 많은 애들이 부추겼다."(164) "나"는 결국 소녀의 옷을 아이들 앞에서 벗기고, 소녀는 집단적으로 수치를 당한다. 이는 서로의 성폭력을 부추기는 소년들의 문화를 보여준다. 이 소설들에서 강간에 상응하는 성폭력을 당한 여성과 소녀는 소년들의 남성다움 확인과 집단적 정체성의 형성을 위해서 전유된다. 남성다움과 집단적 정체성을 형성하는 것은 성장의 일종이다. 소년들은 남성 사회의 일원으로서의 자아정체성을 형성하고 남성적 자아를 완성하기 위해서 여성을 전유하는데, 이 전유가 폭력적 양상을 띠는 점에서 더욱 문제적이다. 지금까지 살핀 바, 남성 성장의 매개로 전유되는 강간당하는 여성은 여성의 대상화를 통한 남성의 자기동일성 강화 기제를 직접적으로 보여주는 사례이다.

4. 민족 수난의 상징과 사도마조히즘

1970년대 소설에서 강간당하는 여성 표상을 논할 때 간과할 수 없는 문제는 강간과 민족 담론의 동역학이다. 강간과 민족 담론은 모종의 공모 관계를 형성하는 바, 강간당하는 여성을 수난당하는 민족의 은유로 상정하는 의식구조는 남성 작가의 소설에서 빈번하게 발견된다. 이러한 의식구조는 이민족 특히 외국 군인에게 강간당하는 여성 표상으로 나타나고, 이는 거의 클리셰나 다름없다. 김은실에 따르면, 민족 담론에서 여성은 구성되는 주체로서, 동질화된 민족의 기호로 기표화되면서 현실적 삶의 경험과는 무관하게 추상화되어 왔다.[34] 여성은 제국주의 남성과 식민지 남성 사이에서 그들의 권력관계를 기의하는 하나의 기호로 사용되며, 여성 문제는 민족 담론 내에서 정형화되고 기호화된다. 수난당한 여성들의 고통은 민족의 고난을 설명하기 위해 동원된다. 민족주의 담론은 성의 유린이라는 기표에 더 큰 상징적 의미를 부여해서, 여성 경험의 특수성을 부인하고 이를 민족 문제로 보편화시킨다. 즉 여성이 아니라 한민족이 유린된 것이다.[35]

여성 수난사 이야기는 민족의 역사를 이민족 남성에 의해 강간당하는 여성들의 이야기로 재구성하는데, 이를 통해 남성적인 것은 복원되어야 할 민족적인 것의 표상으로, 여성적인 것은 민족적인 것의 훼손된 표상으로 대립적으로 재구성된다.[36] 단적으로 민족 담론에서 여성

---

34 김은실, 「민족 담론과 여성-문화, 권력, 주체에 관한 비판적 읽기를 위하여」, 『한국여성학』 10, 한국여성학회, 1994, 33면 참조. 식민지 시대 이후 한국 문학에서 "여성주의"는 자율적이고 온건한 국가, 조국, 민족을 남성으로 설정하고 주체성을 상실하고 패배한 조국의 땅을 여성으로 그렸다. 이것의 회복을 여성이 남성을 그리워하는 연애 관계로 설정했고, 이러한 구도를 민족의 알레고리로 읽히게 하는 것이 정석화되었다. 이러한 문학적 전통은 가부장적 남녀관계를 자연스럽고 본질적인 현상으로 고착화하는 데 기여한다.(위의 글, 35-36면 참조.)

35 또한 식민 정복자에게 식민지 여성은 정복한 사회의 전리품이거나 사용 가능한 그 사회의 문화 혹은 자원의 일부이다. 민족주의자에게 여성은 보호해야 하는 민족의 도덕이자 자산이다.(위의 글, 37-41면 참조.) 김은실은 위의 내용을 주로 군위안부 문제를 논하는 가운데 거론하지만, 이 통찰은 본고의 연구주제와 관련해서도 유의미하다.

36 권명아, 「수난사 이야기로 다시 만들어진 민족 이야기」, 김철 · 신형기 편, 『문학 속의 파시즘』, 삼인, 2001, 239면 참조.

의 육체와 섹슈얼리티는 무언가 '다른 것'을 지시하는 알레고리 혹은 메타포로 쓰이며, 이는 부정성의 형식으로 재현된다.[37] 요컨대 강간당하는 여성이 수난당한 민족의 상징으로 동원되면서, 여성 자신 문제의 고유성과 독자성은 휘발해 버리는 것이다. 강간당하는 여성은 독자적인 내면과 목소리를 가지지 못하고 남성 작가가 상상하는 거대 담론의 한 구성 요소로서 전유된다. 여성은 주체가 아니라 추상적인 담론의 한 구성물로서 대상화되는 것이다. 다음에서 특히 전상국 소설을 통해 이러한 기제를 논구하고자 한다.

수난당한 민족의 상징으로서 강간당하는 여성은 전상국의 소설에 반복적으로 출현한다. 「아베의 家族」(『아베의 家族』)에서 아베의 할머니와 어머니는 외국 병정들에게 강간을 당한다. 여기에서 "외국 병정"이라는 설정이 주목을 요한다. 할머니와 어머니의 강간당한 육체는 한민족의 수난을 각인한 몸으로 상징화되며, 이는 '외세에 의해 침탈된 한민족'이라는 정형화된 관념에 부응하려는 작가의식을 암시한다. 이러한 작가의식은 인물에게 고스란히 반영되어서, "나"는 이들의 강간을 민족 수난의 상징으로 인식한다. 그래서 결말 부분 "나"는 "한국을 알고 싶어하는 미국 사람"(94) 토미에게 아베 할머니의 무덤을 보여주어야 한다고 생각한다. 아베 할머니는 한국의 본색을 전형적으로 드러내는 표상으로 설정되는데, 아베 할머니의 비극이 외국 군인에 의한 강간에서 시작되었다는 사실을 감안하면, 강간을 민족사적 지평에서 고

---

37 김양선, 「식민 시대 민족의 자기 구성 방식과 여성」, 『근대문학의 탈식민성과 젠더정치학』, 역락, 2009, 67면 참조. 김양선은 이광수의 『무정』을 논하면서 위와 같이 말했으나, 그의 지적은 본고의 연구대상에 관해서도 타당하다.

려하려는 작가의식은 분명히 확인된다. 외국 군인에 의한 강간은 전상국 소설에서 클리셰처럼 자주 등장한다. 「私刑」(『바람난 마을』)에서 현세 모친은 전쟁 중 "마을에 들이닥친 외국병정 셋에게" "난행을 당했다."(75) 「하늘 아래 그 자리」(『하늘 아래 그 자리』)에서 육손이 처 역시 미군들에게 강간당한 것으로 설정된다. 「惡童時節」(『바람난 마을』)의 최구 장네 며느리는 "깜둥이 여럿에게 끌려가 욕을 보고"(129)나서 목매달아 자살한다.

이렇게 전상국 소설에서 외국 군인들에게 강간당하는 여성은 반복적으로 출현한다. 반복이라는 형태는 의미심장하다. 이는 〈강간자=외국 군인〉이라는 도식이 작가의식에 퍽 뿌리 깊게 각인되었다는 사실을 보여준다. 이는 비단 전상국만의 의식이 아니라 전후 남성 작가들이 광범위하게 공유했던 의식이고, 외국 군인에게 강간당하는 여성이라는 패턴은 일종의 서사관습을 이루어서 무수하게 출현한다. 이 고정관념, 즉 전쟁 중 강간이 동족에 의해서가 아니라 거의 모두 외국 군인들에 의해 범해진다는 설정은 주목을 요한다. 강간자가 외국 군인으로 설정됨으로써 강간당하는 여성은 수탈당한 한민족에 대한 상징으로 기능한다. 이러한 정형화된 상징화 기제에서 여성 고유의 상처 입은 내면이나 목소리는 침묵을 강요당한다.[38] 여성은 민족의 상징으로 복무하면서 단독성을 박탈당하고, 남성 작가는 훼손된 여성의 신체를

---

38 권명아에 따르면, 수난사 이야기에서 여성은 스스로는 아무것도 해명할 수 없고 말할 수 없는 존재로 고착화된다. 수난사의 저자는 여성 각자의 개별적이고 구체적인 의미를 지우고 그것을 상징과 비유로 대체해 버리며 스스로 말할 수 없는 존재로 여성을 의미화하는 것이다.(권명아, 「여성 수난사 이야기와 파시즘의 젠더 정치학」, 김철·신형기 편, 앞의 책, 302면 참조.)

민족의 표상으로 전유하거나, 침탈자인 외세에 대한 민족의식을 고취하는 도구로 전유한다. 이때 남성 작가는 또한 강간당하는 여성을 통해서 바람직한 민족의식의 소지자 혹은 지식인으로서의 자기정체성을 강화한다.

여기에서 이러한 상징 기제의 발생 조건을 고려할 필요가 있다. 예의 상징 기제는 여성이 남성의 사유물이라는 무의식적 확신을 전제로한다. 여성을 남성의 부속물로 인식했기에 여성이 자민족에 대한 은유라는 발상이 가능했다.[39] 민족 담론으로 전유된 강간당하는 여성 표상이면에는 여성을 사유재산으로 여기는 관습화된 믿음 체계가 존재하는 것이다. 한편 강간당한 여성은 결국 죽는다. 「뾰족한 턱」의 어머니, 「惡童時節」의 최구장네 며느리와 일호 색시, 「여름손님」의 석두 여동생, 「잊고 사는 歲月」의 재식이 여동생, 「안개의 눈」의 정임이 이모와 엄마 모두는 강간과 그에 상응하는 성적 폭력을 당한 이후에 죽거나 자살한다. 이들의 죽음에는 성적 폭력으로 인한 충격이 결정적인 이유로 작용했다. 이러한 설정은 훼손당한 여성을 추방함으로써 민족의 순수성을 유지하고 남성적인 것을 적자로 내세우려는 남성의 무의식을 각인한다. 외세에 의해 더럽혀진 민족을 정화하기 위해 강간당한 여성은 추방되어야 했다. 이는 강간당한 여성을 민족의 바깥으로 배제하는 작업이기도 하다. 민족의 순수성이라는 이념을 고취하기 위해서 강간과 추방이라는 희생제의가 필요했던 것이다. 한편 이를 통해 더럽혀진

---

39 강간은 성행위일 뿐만 아니라 소유 행위, 점유의 과시, 권력의 표시이다. 소유권 쟁탈 분쟁 속에서 여성은 "토지, 재산, 그리고 자리"에 비유된다. 폭력의 결과들은 이러한 영토 분쟁에 가려 주목받지 못한다. 희생자가 겪는 고통은 부차적인 것에 지나지 않는다.(비가렐로, 앞의 책, 78면 참조.)

여성과 순수한 남성이라는 도식이 고착화되고, 이후 남성적인 것을 정통으로 확립하는 작업이 정당성을 확보할 수 있었다.[40] 강간·추방당한 여성은 남성과 여성의 의미 영역의 고착화를 위해서 동원된 것이다. 이 경우 남성 작가는 여성을 매개로 순결한 민족의 적자로서의 자기동일성을 강화한다.

전상국 소설에서 강간당하는 여성은 민족의 상징으로 전유될 뿐만 아니라, 민족 이외에도 무언가의 상징으로 빈번하게 호출된다. 「뾰족한 턱」(『하늘 아래 그 자리』)에서 어머니는 우연히 "동화책에 나오는 곰처럼 크고 무서"(87)운 낯선 남자에게 강간을 당한다. 아버지는 그 사실을 자식들에게 은닉한 채 엄마가 아프다고 둘러대고, 어머니는 누군가 고의로 저지른 방화로 죽는다. 형은 엄마의 강간이 사실이라고 주장하는데, 아버지는 그것이 꾸며낸 이야기라고 믿도록 아들들에게 강요한다. 동생 호중은 강간 장면을 기억하지 못한다고 줄기차게 믿는다. 이 소설에서 엄마의 강간 사실에 대한 기억과 망각은 소설의 긴장을 형성하는 중대한 갈등 요소이다. 호중이 줄곧 사실을 부인하다가 결말에서 형의 죽음을 계기로 인정한다는 설정은 강간이라는 사건이 부인하고

---

40 권명아에 따르면, 민족 수난사를 여성 수난사로 구성하는 이야기 방식에서 민족과 외세라는 대립항은 잠재적으로 여성적인 것과 남성적인 것의 대립적 관계를 재생산하는 구조를 취한다. 따라서 나약해지고 더럽혀진 민족의 주체성을 순결하게 정화하고 재생하려는 욕망에 의해 구성되는 이러한 서사의 이면에는 여성적인 것을 남성적 세계에 의해 전유하고 지배하고자 하는 모순적인 욕망이 내재하게 된다.(권명아, 「여성 수난사 이야기와 파시즘의 젠더 정치학」, 302면 참조.) 또한 여성 수난사 이야기는 민족적인 것을 순결하고 순수하며 도달하지 못한 이상적 장소로 의미화하는 동시에 이를 통해 손상되고 훼손된 여성적인 것은 민족적인 것의 타자로 추방한다. 이러한 모순적인 과정을 통해 남성적 힘의 논리에 입각하여 민족적인 것의 순수성을 지향하는 모든 사회적 과정의 정당성이 확보된다.(권명아, 「수난사 이야기로 다시 만들어진 민족 이야기」, 240면 참조.)

싶지만 인정해야 할 하나의 실체적 진실임을 보여준다. 강간당한 어머니는 외면하고 싶지만 직시해야 할 무서운 진실, 실재를 의미한다. 그것은 군사정권의 은닉된 악행일 수도, 다른 모든 숨기고 싶은 진실일 수도 있다. 여기에서 군이 실재를 표상하는 데 강간당한 여성의 표상을 사용한 작가의식은 주목을 요한다. 이는 앞서 강간당한 여성이 민족의 수난을 각인한 상징으로 사용된 것과 같은 맥락이다. 강간당하는 여성은 각종 사실과 관념에 대한 상징으로서 대단히 매력적인 소재였다. 여기에서 여성은 커다란 추상 혹은 남성적 관념에 관한 상징일 뿐 주체가 아니다. 즉 추상적 관념을 의미화하는 데 도구적으로 소용되는 사물에 불과한 것이다. 이때 남성 작가는 여성을 특정한 상징으로 대상화하면서 담론의 구성자로서의 자기동일성을 강화한다.

또한 무언가에 대한 상징이 필요할 때 하필 강간당한 여성을 반복적으로 호출하는 작가의식은 문제적이다. 여기에는 남성 작가의 관음증적 욕망이 없다고 할 수 없다. 이때 강간당한 여성은 자신의 내면과 목소리를 삭제당할 뿐만 아니라, "사람들의 흥을 돋우게 하는 최고의 오락"[41]으로 복무한다. 가령 「뾰족한 턱」(『하늘 아래 그 자리』)에서 다음의 표현이 주목된다. "재 속에서 끄집어낸 엄마의 시체가 철사에 꽁꽁 묶인 채 새카맣게 불타 오그라졌더라"(74), "우리를 쳐다보던 엄마의 눈"(87), "새까맣게 불탄 얼굴"(90) 등 강간당하고 죽은 어머니의 이미지는 강렬한 충격을 동반하는 감각적인 언술로 조성된다. 여성에 대한 이러한 감각적 접근은 여성을 스펙터클로 전유하는 의식을 암시하며, 그 이면에는 관음증과 사디즘이 혼효된 무의식이 존재한다. 여성의 육

---

41 밀레트, 『性의 政治學』 下, 552면.

체는 남성의 관음증과 사디즘의 충족을 위해 구경거리로 전시된다.

강간당한 여성에게 투사된 남성의 사디즘은 특별한 주목을 요한다. 앞서 강간당하는 여성이 대부분 결국 죽는다고 논했거니와, 이는 강간당한 여성 표상이 남성의 사디즘적 욕망과 무관하지 않음을 보여준다. 강간은 일차적으로 강간자의 권력적 우위를 확인시켜 주는 사건이다. 강간에는 남성의 사디즘적 욕망과 권력적 우위를 확인함으로써 자존감을 고양하려는 욕망이 침투해 있다. 이 지점에서 작가가 사디즘과 권력욕을 작품화된 강간자를 통해 대리 충족한다고 볼 가능성이 있다. 작가는 무의식적으로 강간자와 동일시하면서 강간자의 권력을 모방적으로 누리고, 여성의 굴종을 통해서 자존감을 고양할 수 있다. 강간이라는 사건이 지나치게 자주 반복된다는 사실이 이 추론에 근거를 제공한다. 뿌리 깊은 욕망이 없었더라면 강간을 그렇게 반복적으로 형상화할 수 없었을 것이다. 무엇의 반복적인 형상화는 그 무엇에 각인된 작가의 은밀한 소망의 지형도를 암시한다.

한편 이는 "새디스트적인 것과 같이 매저키스트적인 것"[42]을 내장하기도 한다. 원래 사디즘과 마조히즘은 동근이지(同根二支)이거니와, 전상국 소설은 특히 범상치 않은 사도마조히즘과 친연관계를 형성한다고 알려져 있다.[43] 남성 작가의 소설에서 강간은 종종 가해자 앞에서 "매혹당하여 마음이 사로잡히고 흥분되어 제물의 강간을 기다리고 있

---

42 위의 책, 554면.

43 박수현, 「전상국 소설에서 죄책감의 발현 양상」 참조. 박수현은 전상국 소설에서 두드러지게 나타나는 죄책감이 사디즘과 마조히즘으로 표출되는 양상을 논한다. 전상국 소설에서 사도마조히즘은 상당히 전면화되어 있다.

는 것은 저자 자신"[44]이라는 사실을 은닉한다고 해석된다. 전상국 소설에서도, 지나치게 자주 출현하는 강간당하는 여성에 작가의 마조히즘이 투사되었다고 볼 여지가 있다. 작가는 사도마조히즘을 여성에게 투사한 후 여성을 폐기함으로써 광기와 폭력성을 순치한다. 여성은 작가의 사도마조히즘을 고스란히 받아내고 추방당함으로써 남성적 정신과 사회를 순화하는 도구로 전유된다. 이 경우 남성 작가는 광기와 폭력에서 자유로운 건전한 사회인으로서 자기동일성을 강화하기 위해 여성을 대상화한다고 볼 수도 있다.

한편 이는 식민지적 남성의 무의식을 각인한 서사관습으로 볼 수도 있다. 최정무에 따르면, 피식민지 남성들은 자신의 남성성을 회복하기 위해 식민 지배자를 모방하면서 여성을 억압한다. 남성들은 거세되고 유아화된 자기 이미지를 떨쳐 버리고 자신의 남성다움을 과시하기 위해 여성에게 폭력을 포함한 과도한 지배력을 행사하려 한다.[45] 가령 전상국 소설에 빈번하게 형상화된 외국 군인에 의한 강간은 일차적으로는 외세에 의한 침탈을 상징화하려는 의도를 내장하지만, 그 은밀한 이면에는 외세로 표상되는 권력을 추구하려는 남성의 욕망이 존재한다고 볼 수 있다. 작가는 여성에게 폭력을 가하는 주체를 외국 군인으로 그렸지만, 실은 외국 군인에 작가 자신의 동일시 소망을 투사했다고 보인다. 이러한 동일시 기제는 외국 군인으로 상징화된 지배 세력을 모방하고픈 욕망, 즉 권력욕에서 비롯되었다. 이 욕망에는 여성

---

44 밀레트, 『性의 政治學』 下, 554면.
45 최정무, 「한국의 민족주의와 성(차)별 구조」, 일레인 김·최정무 편, 박은미 역, 『위험한 여성-젠더와 한국의 민족주의』, 삼인, 2001, 30면 참조.

을 억압함으로써 훼손된 자존감을 고양하려는 소망이 내재한다. 즉 외세에 대한 모방 욕구를 형성한 것은 외세에 의해 훼손당한 자존감인 것이다. 식민 후기 소설에서 강간당한 여성이나 매춘부의 형상은 한국 남성의 성적 무기력을 전제로 한다고 최정무는 논하지만,[46] 실제로 벌어진 외국 군인에 의한 한국 여성의 유린이라는 사건이 재산 상실에 대한 낭패감과 성적 열등감을 유발하고, 이러한 자괴감이 권력욕으로 전화하여 강간당한 여성의 작품화라는 사후 작업을 추진케 한 원동력이 된 것으로 볼 수 있다.

흥미롭게도 강간당하는 여성은 종종 희생양으로 기능한다. 「脈」(『바람난 마을』)에서 아버지는 김씨 문중에 대한 분풀이로 김구장 딸을 강간한다. 그는 이 일로 일 년간 징역을 살았으나 풀려나자마자 김구장 딸을 납치해서 아내로 삼는다. 이후 "몸 망치고 끌려와 억지결혼을 한" 아내는 "딸 둘만을 낳은 채 기죽어 살고 있다가 남편이 빨갱이 앞잡이가 되어 날뛰자 시부모와 함께 남편 옷자락 붙잡고 늘어지다 여러번 발길에 차여 넘어졌다."(53) 그녀는 남편으로 인해 강간과 납치, 구타 등 온갖 모진 일을 다 겪어낸 것이다. 세상이 바뀌고 남편이 공산당 전력으로 인해 처형당하게 되자, 그녀는 남편 대신에 자살한다. "얇은 홑저고리 하나인 그네 젖가슴 왼쪽에 칼"(60)을 꽂고 남편을 생매장하려고 판 구덩이에 몸을 던진다. 이로써 남편은 동네 사람들한테 용서받는다. 「私刑」에서 강간당한 전력을 가진 현세의 어머니는 예기소에 몸을 던지는데, 이 일과 동시에 현세가 박상사와 화해한 사건이 일어난다. 여기에서 강간당하고 자살한 여성들 덕분에 남성은 주변 사람들에

---

46 위의 글, 32면 참조.

게 용서를 받고, 이웃들과 화해한다.

이 과정은 전자에서는 직접적으로, 후자에서는 간접적으로 일어나지만 강간당한 후 자살한 여성들이 희생양으로 기능한 사정은 마찬가지이다. 희생양에게 만인의 폭력성을 집중시켜 사회를 순치하려는 것은 잘 알려진 기제이다.[47] 강간당한 여성은 이러한 희생양으로 삼기에 최적의 존재였다. 남성 작가는 강간당한 여성에 제의적 기능을 부과함으로써 여성을 남성적 세계의 평화를 도모하는 수단으로 삼는다. 소설 속에서 원한과 증오는 남성들 간의 일이었고, 희생양이 된 여성은 이와 무관했다. 여성은 남성 집단의 손쉬운 화해의 밑거름으로 대상화된다. 이는 당면한 책무를 면제받기 위해 희생양을 꿈꾸는 남성의 무의식적 욕망 또한 반영한다. 남성은 희생양을 내세움으로써 화해와 평화를 위한 노고를 면할 수 있었다. 이때 희생양은 인간이 아니다. 희생양의 인권을 운운하는 것 자체가 어불성설일 정도로 희생양은 억압받는 존재이다. 여성은 강간으로 이후 희생양으로 이중으로 억압되면서 남성의 권력적 우위를 공고하게 하고, 권력욕을 확실하게 만족시켜 준다. 여기에서 남성 작가는 남성적 세계의 평화를 도모하는 자 그리고 권력자로서의 자기동일성을 강화하기 위해서 여성을 희생양으로 대상화한다고 볼 수 있다.

---

47 지라르에 따르면 집단은 그 존립과 안녕을 위협하는 폭력의 방향을 선회시켜서, 비교적 그 집단과 무관한 '희생할 만한' 희생물에게 집중하게 한다. 이렇게 폭력의 방향을 무고한 희생물에게 향하게 함으로써 집단을 보호하는 것이 희생제의의 목적이다.(르네 지라르, 김진식·박무호 역, 『폭력과 성스러움』, 민음사, 2000, 14-19면 참조.)

5. 맺음말

이 논문은 1970년대 남성 작가의 소설에 나타난 강간당하는 여성 표상을 고찰함으로써, 남성에 의한 여성의 대상화 양상을 논구했다. 우선 강간당하는 여성은 강간을 즉각적으로 즐기는 모습으로 표상된다. 뿐만 아니라 여성은 강간을 통해 성장하고 자신을 치유한다. 이러한 여성 표상은 강간은 결국 여성에게 이롭다는 남성적 환상을 내장한다. 이 환상은 여성이 강간에 동의했으며 강간을 원한다는 남성적 통념과 연관되기에 문제적이다. 남성 작가는 강간을 이롭게 수용하는 여성 표상을 통해 남성적 환상을 강화하는 바, 이는 여성을 대상화하여 자기 동일성을 강화하는 한 사례이다.

또한 강간당한 여성은 남성 인물의 성장과 자기완성의 도구로 기능한다. 남성 인물들은 강간을 매개로 과거의 잘못을 반성하고 죄의식에서 벗어나며 경제적 인간으로 성장하고 현실의 갈등을 초월한다. 이렇게 강간당하는 여성은 남성을 보다 나은 세계, 어른의 세계로 이끄는 안내자로 대상화될 뿐 주체로서 존재하지 못한다. 남성 인물은 남성적 자아와 남성 사회의 일원으로서의 정체성을 확립하기 위해서 성폭력 당하는 여성을 전유하기도 한다.

한편 강간당하는 여성은 민족의 수난을 상징하면서 민족 담론을 구성하는 요소로 전유된다. 이때 여성은 내면과 목소리를 삭제당한 채 남성적 담론의 한 구성물로 대상화된다. 이 상징 기제는 여성을 남성의 소유물로 보는 관습화된 믿음에서 비롯되었다. 강간당하는 여성은 민족의 수난뿐만 아니라 각종 관념에 대한 상징으로 기능하는데, 이때 여성은 볼만한 구경거리로 전시되며, 이 기제 근저에는 남성 작가의 관음증과 사디즘이 존재한다. 남성 작가는 사디즘뿐만 아니라 마조히즘도 여성에게 투사한다고 보인다. 때로 강간당하는 여성은 남성 사회의 평화와 안녕을 위해 희생양으로 전유된다. 여기에는 당면한 책무를 희생양에게 전가하려는 남성적 무의식과 여성 억압을 통해 자존감을 고양하려는 권력욕이 작동한다.

　지금까지 이 논문은 주체인 남성이 타자인 여성을 대상화하여 자기동일성을 강화하는 양상을 논구했다. 머리말에서 언급했듯 1970년대 군부정권과 사회 전반에 퍼진 군사주의적 문화는 여성의 대상화에 친숙하고 무반성적인 심성구조를 형성하는 데 일조했을 것으로 보인다. 그러나 전술했듯 타자의 대상화 기제는 비단 남성에게서만 일어나는 일이 아니다. 1970년대 소설에서 남성의 주체화와 여성의 대상화가 더 극명하게 드러나기에 이 논문의 작업은 일정한 의의를 지닐 것이나, 타자의 대상화 연구는 여기에서 종결되어서는 안 된다. 특히 1980년대 이후 여성 소설에 나타난 남성의 대상화 문제도 섬세한 고려를 요하는 사안인 바, 이에 관한 연구를 후속 작업으로 기약한다. 타자의 예속을 전제하지 않고 대상화를 최소화한 주체'들'의 관계를 더 잘 상상하기 위해서라도 과거에 대한 치열한 반성은 긴요할 것이다.

1970년대 식모와 남성 작가의 소설

1. 머리말

산업화 시기 공업화의 본격적인 진행과 더불어 이촌향도 현상이 심화되었다. 선성장 후분배에 입각한 경제 성장 논리는 저임금과 저곡가 정책을 통해 실현되었으며 이 과정에서 농촌 노동력의 탈농 현상이 두드러지게 나타났다.[1] 특히 1969년을 고비로 농촌 인구의 절대수가 감소했고 사상 초유의 인구 이동이 가시화되었다. 국가는 농촌 인구의 광범위한 이농을 유도하여 이들을 도시의 저임 노동력으로 동원하는 한편 이들과 농촌 가족과의 지속적인 경제 관계의 유지를 통해서 저임 노동력을 안정적으로 재생산하고자 했다.[2] 어린 나이에 빈곤한 가정을 떠나 도시로 온 10대 소녀들의 상당수는 당시 근로기준법상 공식 부

---

[1] 김정화, 「1960년대 여성노동-식모와 버스안내양을 중심으로」, 『역사연구』 11, 역사학연구소, 2002, 85면 참조.

[2] 김원, 「근대화 시기 주변부 여성노동에 대한 담론-'식모(食母)'를 중심으로」, 『아시아여성연구』 43, 숙명여대 아시아여성연구소, 2004, 189면 참조.

문에 취업할 수 있는 나이가 되기까지 식모로 취업했다.[3] 식모는 특별한 기술 없이 국민학교 졸업 이하의 학력만으로 취업 가능하면서 숙식이 해결되는 직업이었다. 지극히 저렴한 임금으로 식모를 고용할 수 있었기에 당시 웬만한 가정에서는 모두 식모를 두고 있었다.[4] 1972년 조사 당시 서울시 전체 가구의 31.4%가 식모를 두었으며, 그 수는 무려 24만 6천명 정도로 추산되었다.[5]

산업화 시기 폭넓게 존재했던 식모는 그러나 다른 어떤 직업보다도 봉건적 노동 현실을 감내해야 했다. 고용주와 함께 생활하는 조건이 봉건성을 더욱 제고했다. 식모들은 중노동에 시달렸으며, 지극히 낮은 임금마저도 매달 정기적으로 받지 못했고, 그들의 임금 형태는 근대적인 계약에 의해 이루어지지 못했다. 임금 형태뿐만 아니라 고용주 가족과의 인간관계에서도 봉건적 양상은 드러난다. 그들은 한 식구로서 대접받기보다는 봉건적 주종관계에 가까운 형태로 식구들과 관계 맺었다.[6] 1980년대 이후 15~19세 여성들의 교육 기회와 취업 기회가 확대되어 그들이 더 이상 가사서비스 노동을 선택하지 않게 되기까지[7] 미혼여성 '식모'는 가사서비스 노동력의 주축이었다. 1980년대 노동시간과 임금의 표준화 혜택을 비교적 수혜받고, 권위적 관계에 종속되

---

3 신경아, 「산업화 이후 일-가족 문제의 담론적 지형과 변화」, 『한국여성학』 23-2, 한국여성학회, 2007, 16면 참조.
4 김정화, 앞의 글, 84~90면 참조.
5 김원, 앞의 글, 192면 참조.
6 대부분 13~18세였던 식모들은 보통 새벽 4시 30분에서 5시 30분 사이에 일어나서 밤 11시에서 12시 30분에 잠자리에 들었다.(김정화, 앞의 글, 91~96면 참조.)
7 강이수, 「가사 서비스 노동의 변화의 맥락과 실태」, 『사회와역사』 82, 한국사회사학회, 2009, 230면 참조.

기보다 주부와 일정하게 분업하는 관계에 놓였던, 주로 기혼여성이었던 파출부[8]와는 달리 식모는 보다 봉건적 위상을 차지했다. 가사노동자를 지칭하는 개념은 시대에 따라 노비나 하인에서부터 시작하여, 식모, 가정부, 파출부, 가사도우미 등 다양한 방식으로 변화되어 왔거니와,[9] 식모는 개발 정책에 따른 이촌향도 현상의 산물로서 근대화의 파생물인 동시에, 급속한 근대화에도 불구하고 잔존하는 봉건성을 극도로 체현한 존재였다. 즉 식모의 존재 안에는 근대성과 봉건성이 착종되어 교차하고 있었다.[10]

산업화 시기 사회적으로 유통된 식모 관련 담론 지형을 살펴보면, 일단 중산층 주부에게는 식모를 어떻게 관리하고 감독할 것인가 하는 문제가 중요한 이슈로 떠올랐다.[11] 이때 식모는 사적인 관리와 감독의 대상으로 재현되었다. 또한 식모는 사회적 감시 대상으로서, 범죄 특히 윤락에 빠져들기 쉬운 존재로, 온건한 사회와 가정을 파괴시킬 수도 있는 존재로 이미지화되었다.[12] 국가의 지배적인 담론은 1950년대부터 1970년대까지 일관적으로 식모를 '잠재적인 윤락여성'이자 '가정

---

8   위의 글, 232-233면 참조. 1960~1970년대의 입주 가정부는 대부분 시골에서 상경한 20세 이하의 미혼여성이었으나, 1980년대 이후 파출부는 주로 도시 주변의 40~50대 기혼여성들이었다.(위의 글, 231면 참조.)

9   위의 글, 217면 참조.

10   서지영과 소영현은 식민지 시기 식모 또는 하녀가 계약임금제라는 근대성과 전근대적 노동이라는 전근대성을 체현한 존재라고 논한다.(서지영, 「식민지 도시 공간과 친밀성의 상품화」, 『페미니즘 연구』 11-1, 한국여성연구소, 2011, 17-18면 참조; 소영현, 「1920~1930년대 '하녀'의 '노동'과 '감정'-감정의 위계와 여성 하위주체의 감정규율」, 『민족문학사연구』 50, 민족문학사학회, 2012, 316-319면 참조.) 이 논문은 1970년대의 식모에게 각인된 개발 정책의 부산물과 봉건적 지위에서 근대성과 봉건성의 교차를 본다.

11   신경아, 앞의 글, 16면 참조.

12   김정화, 앞의 글, 88-96면 참조.

으로부터 보호받지 못한 존재', '잠재적 범죄자'로 주체화했다.[13] 식모를 잠재적 범죄자로 표상하는 담론은 당시 여성 노동력에 대한 수요가 급증했던 제조업 생산직 부문으로 인력 이동을 유도하던 정부의 정책이 반영된 결과이기도 했다.[14] 식모는 지배적인 담론에서 이질적인 타자로 재현되었으며, 여기에는 가정 파괴에 대한 중산층의 공포가 착종되어 있었다.[15]

중산층 가족을 중심으로 과학적 모성과 근대적인 육아를 중시하는 이데올로기가 확산되면서 이른바 '식모폐지론'이 제기되었다. 이때 식모는 근대적인 전업주부 혹은 중산층 남성 생계부양자 가족 모델의 형성을 더디게 만들고, 이데올로기화되었던 '근대적-과학적 모성'을 훼손한다는 이유로 부정적으로 재현되었다. 식모폐지론은 근대적이고 과학적이며 '근검절약'의 모토를 체현하는 '모성'을 강조하려는 의도를 품고 있었다.[16] 이는 가부장제 이데올로기를 강화하는 동시에 총동원 시기 국가의 정책에 부응하는 것이기도 했다. 한편 식모의 인권 문제가 간혹 거론되었고 여성지와 여성 단체가 식모의 인권 개선을 위한 방안을 내놓기도 했지만, 식모는 개별적으로 도움을 거의 받지 못했다. 이 문제는 인권의 관점에서 본격적으로 다뤄지기보다는 식모를 '가녀린 누이, 불쌍한 소녀' 등으로 호명하는 데에 그쳤다.[17] 이상 선행

---

13 김원, 앞의 글, 196면 참조.
14 신경아, 앞의 글, 18면 참조.
15 김원, 앞의 글, 204-206면 참조.
16 위의 글, 214-221면 참조.
17 이정은, 「근대도시의 소외된 사람들-소수자와 인권의 사회사」, 『도시연구』 10, 도시사학회, 2013, 152면 참조.

연구를 통해 식모를 둘러싼 사회적 담론이 '식모관리론', '식모위험론', '식모폐지론', '불쌍한 누이론' 등으로 대별됨을 알 수 있다.[18]

1970년대 이전을 대상으로 한 식모 관련 국문학 연구들이 주로 식모관리론, 식모위험론, 식모폐지론에 주목해 온 가운데[19] 1970년대 소설가들은 식모를 '불쌍한 누이론'의 시각에 가깝게 인식했다. 1970년대 소설의 식모 표상을 연구한 단 두 편의 선행연구는 이러한 작가들의 인식 태도를 잘 간파하고 있다. 손윤권은 최일남의 「가을 나들이」, 조선작의 「지사총」과 「영자의 전성시대」, 전상국의 「전야」를 대상으로 식모가 가부장제 이데올로기에 희생되고 교환가치로 전락한 양상, 사회적으로 폄하되고 자신감이 결여된 양상, 남성들의 성애의 대상으로 인식되는 양상을 논구했다. 그는 식모의 처지의 부당함과 그러한 부당함을 유도한 사회구조를 비판적으로 인식한 작가의식을 긍정적으로

---

18 이 중 '불쌍한 누이론'에 대해서는 연구자들이 집중적으로 조명하지 않았고, 단지 지엽적으로만 언급했을 뿐이다.

19 식모관리론, 식모위험론, 식모폐지론은 1970년대 이전을 대상으로 한 국문학 연구에서도 주목을 받았다. 가령 서지영은 식민지 시기 식모가 사적 질서를 위협하는 외부인이자 위험한 타자로 재현되는 양상을 논한다.(서지영, 앞의 글, 14-23면 참조.) 서지영의 논의는 식모위험론과 맥이 닿는다. 소영현은 식민지 시기 하녀가 위험한 존재, 관리의 대상, 폐지되어야 할 대상으로 재현되는 양상을 논한다.(소영현, 앞의 글 참조.) 소영현의 연구는 식모위험론, 식모관리론, 식모폐지론에 연결된다. 서연주는 1950~1960년대 잡지 『여원』에서 식모가 가정의 침입자로서 관리와 감독의 대상으로 재현되는 양상을 주목하고 식모폐지론이 가부장적 이데올로기 재생산에 기여했다고 논한다.(서연주, 「여성 소외 계층에 대한 담론 형성 양상 연구-『여원』에 나타난 사회현실 인식을 중심으로」, 『여성문학연구』 18, 한국여성문학학회, 2007, 100-107면 참조.) 이 연구 역시 식모위험론, 식모관리론, 식모폐지론을 주된 논의의 틀로 삼고 있다. 이 세 가지 유형의 담론은 지금까지 식모 관련 연구에서 논의의 주축을 형성했다고 할 수 있으나, 본 연구는 이 틀을 탈피하여 '불쌍한 누이론'에 가깝게 재현된 식모 표상에 주목하되, 그 표상 주체의 무의식을 문제적으로 논구하고자 한다.

평가한다.[20] 오창은은 최일남의 「가을 나들이」, 전상국의 「전야」, 박완서의 「창밖은 봄」을 통해서 도시적 삶의 양식을 흡수한 한편 도시 가정의 내밀함의 목격자로서 그 내밀성을 균열하는 식모, 위험한 잠재적 범죄자나 윤락여성으로 간주되는 식모, 중산층의 속물성을 드러내는 식모의 표상에 주목한다.[21]

이상의 선행연구들은 소설에 재현된 식모의 현실과 나아가 그 배경인 사회 현실의 문제점을 적실하게 읽어낸다. 그러나 이들은 소설에 표면적으로 반영된 문제적 사회 현실을 직접적으로 읽어내는 관점을 고수한다. 그들은 식모의 부조리한 위상을 사회비판적 시각으로 인식한 작가의식을 긍정적으로 평가하며 그 작가의식의 이면을 문제 삼지 않는다. 즉 그들의 전제는 소설이 사회 현실의 투명한 반영체라는 전통적인 명제이다. 또한 그들은 작가들을 잘 보고 명징하게 인식하며 올바르게 말하는 사람으로 상정할 뿐, 분열적 욕망이나 복합적인 무의식이 작가의식에 틈입했을 가능성을 간과한다. 이러한 논의는 그르지 않지만, 논의의 장의 확대를 위해서 이 논문은 식모 표상 소설에서 작가의식의 이면을 주목하고자 한다.

---

20 손윤권, 「70년대 소설에 나타난 식모의 양상」, 『강원인문논총』 17, 강원대 인문과학연구소, 2007. 1970년대 작가들이 "식모라고 하는 타자화된 여성들이 겪는 삶을 통해 산업화 속의 여성문제를 다양한 각도에서 풀어내고 있"으며 "식모를 제재로 하고 있는 여러 편의 텍스트는 구호의 나열이 아닌 현실의 재현으로서, 여성이 처한 산업사회의 일면을 다루고 있다"(위의 글, 54면)는 그의 결론은 이러한 사실을 단적으로 보여준다.

21 오창은, 「도시의 불안과 여성하위주체-1970년대 '식모' 형상화 소설을 중심으로」, 『현대소설연구』 52, 한국현대소설학회, 2013. 오창은의 결론은 다음과 같다. "여성하위주체로서 식모를 형상화한 1970년대 소설은 근대의 정상성 이면에서 근대의 부정적 이데올로기를 내파하고 있다. 여성하위주체에 대한 재현에는 농촌과 도시의 공간적 충돌, 잠재적 위험 여성에 대한 대응, 공간적 위계화로 인한 불안의식 등이 결합되었다."(위의 글, 104면.)

실상 앞의 선행연구들의 관점 그리고 식모 표상 작가들의 외형적인 입장은 1970년대의 대표적인 이데올로기를 파생한 민중문학론에 그 연원이 닿아 있다. 주지하는 바 1970년대 특히 『창작과비평』 측에 의해 주도된 민중문학론은 수탈당한 민중의 문제적 현실에 주목하라는 이데올로기를 파생했고, 민중을 각종 미덕을 선천적으로 체현한 존재로 이상화하기도 했다. 이러한 이데올로기의 자장 아래에서 민중에 주목하는 소설들이 양산되었고, 그 중 적은 수나마 핍박받는 식모의 현실을 예리하게 인식한 소설들이 제출되었으며, 이 소설들은 당대뿐만 아니라 상기했듯 오늘날의 연구자들에게도 긍정적인 평가를 받았다. 이는 식모를 중산층 주부의 감독의 대상으로 보는 '식모관리론'이나 식모를 잠재적 범죄자로 재현하는 '식모위험론'에 비해서 한층 진보적인 관점임에는 틀림없다.

그러나 이러한 진보적인 관점 또한 일정한 문제적 지점을 내장한다고 보는 것이 이 논문의 시각이다. 이 논문은 식모의 불합리한 지위를 형상화한 작가들의 '명백해 보이는' 윤리성 이면에 놓인 복합적인 무의식적 지형도를 읽고자 한다. 즉 이 논문은 작품에 반영된 현실의 모습을 사후적으로 읽는 것이 아니라, 그런 식으로 현실을 반영한 작가 의식의 이면을 탐문하고자 한다. 이를 위해서 1970년대 남성 작가 김주영, 황석영, 방영웅, 전상국의 소설에 나타난 식모 표상을 논구하려고 한다.[22] 이 중 특히 김주영, 황석영, 방영웅은 민중문학의 대표 격이

---

22 연구대상 소설의 서지사항은 다음과 같다. 김주영, 「課外授業」, 『여름사냥』, 영풍문화사, 1976; 김주영, 「익는 산머루」, 『즐거운 우리집』, 수상사 출판부, 1978; 김주영, 「깊은 江」, 유현종·김용성·김주영, 『정통한국문학대계』 43, 어문각, 1989; 황석영, 「雜草」, 『客地』, 창작과비평사, 1974; 방영웅, 「첫눈」, 『살아가는 이야기』, 창작과비평사, 1974; 방영웅, 「노

라 간주된 작가들이었다. 선행연구에서 다뤄지지 않았던 소설들을 다수 연구대상으로 발굴한 점 또한 이 논문에 의의를 보태줄 수 있을 것으로 기대된다.

2. 수탈당한 민중과 이념의 매개

앞서 논했듯 1970년대 소설은 식모를 주부의 감독을 요하는 관리 대상이나 잠재적 범죄자로 표상하는 담론보다 진일보한 시각으로 식모의 수난상을 충실하게 묘파한다. 바로 이 점으로 인해 그 작품들은 당대와 후대 연구자들에게서 상찬을 받을 수 있었다. 우선 이 장에서는 1970년대 소설에 묘파된 식모의 문제적 현실을 일별하고, 이후 그 형상화 방식의 이면을 탐문하고자 한다. 머리말에서 상술했듯 1970년대 식모와 이촌향도 현상은 불가분의 관계에 놓인다. 어린 식모는 대개 가난을 견디다 못해 고향을 떠나 도시로 왔으며, 고용주와 봉건적 주종관계를 맺은 채 각종 폭력으로부터 핍박받았다. 식모는 인간적 차별은 물론이려니와 구타와 성폭력에 항시 노출된 존재였다. 1970년대 남성 작가들은 이러한 식모의 현실을 고스란히 그려낸다.

우선 여성들이 식모살이를 선택하게 된 연유를 살펴보면, 여성들은 하나같이 가난을 못 견뎌서 가출했고, 고향을 떠나 도시에서 식모살이를 시작한다. 김주영의 「깊은 江」의 칠례는 가난한 아버지의 짐을 덜

새」, 위의 책; 방영웅, 「오막살이」, 위의 책; 전상국, 「前夜」, 『바람난 마을』, 창작문화사, 1977. 앞으로 이 소설들에서 인용 시 작품명과 인용 면수만을 밝히도록 한다.

어주기 위해서 고향을 떠나 도시의 부잣집에 식모로 취직한다. 전상 국의 「前夜」의 춘자는 어릴 적 생모를 잃고, 노름과 주벽에 빠진 아버 지에게 구타를 당하면서 살다가 원주로 식모살이를 나간다. 방영웅은 「첫눈」에서 여성이 식모살이를 선택하게 된 배경을 보다 친절하게 묘 파한다. 강원도댁은 휴전선 근방의 깊은 산골에서 화전을 부치고 살 다가 가난에 염증을 낸다. 쌀밥을 먹는 것이 최고의 꿈이었는데, 그들 이 농사지은 잡곡은 "똥값"이었고, 강냉이와 고구마 한 가마를 쌀 한 말 정도와 바꿀 수 있을 뿐이었다. "그 한 말의 쌀을 먹기 위하여 한 가 마씩이나 되는 무거운 짐을 지고 산길을 사오십리 걸어야 했"(197)고, "아무리 기를 쓰고 살아봐도 그 생활의 터전이 잡히지 않"(197)았다. 급기야 강원도댁은 다음과 같은 이유로 식모살이를 결심한다. "빌어 를 먹더라도 부자집 문간으로 들어가자."(197) 방영웅은 쌀과 비교해 서 형편없이 낮은 잡곡 시세를 언급하면서 여성을 식모로 모는 사회경 제적 조건을 상세하게 설명한다. 이상 식모들의 존재 배경에는 한결같 이 가난한 농촌 현실이 놓여 있다. 작가들은 식모를 산출하는 사회적 연원을 정확하게 간파하고 그것을 작품화한다. 한편 피폐한 농촌 현실 은 앞서 본 바 공업화 정책으로 인한 농촌의 상대적 피해 그리고 저임 금 도시 노동력 확보를 위한 정부의 암묵적인 의도에 한 연원이 있었 다. 특히 방영웅은 이러한 사회적 현실을 명징하게 인식하여 작품화했 거니와, 그는 식모의 현실을 형상화하는 가운데 예리한 사회비판적 관 점을 첨가한다.

식모는 또한 성폭력과 구타 등 각종 폭력에 노출된 존재로 형상화된 다. 식모들이 당하는 성폭력은 거의 클리셰처럼 소설에 등장한다. 김 주영의 「깊은 江」의 칠례는 만삭의 몸으로 아버지를 다시 찾아온다.

아버지의 생각에 따르면, "식모로 있던 제 집 주인놈 짓이 분명하다 싶었다."(383) 이후 칠례는 아기를 낳지만 곧 아기는 죽어버리고, 그녀는 낯선 청년들에게 강간까지 당한다. 그녀는 고용주로 인한 성폭력뿐 아니라 연이은 성적 수난의 피해자가 된다. 전상국의 「前夜」의 춘자는 첫 직장이었던 원주 부잣집에서부터 주인아저씨에게 겁간을 당하며, 현재도 주인아저씨의 "한껏 근지러운 시선"(148)과 성추행에 지속적으로 노출되어 있다. 방영웅의 「첫눈」의 강원도댁은 대포집의 식모로 일하던 중 술 마시던 군인에게 겁탈을 당하고 작부가 된다. 이상 1970년대 소설에 묘파된 식모들은 성적 폭력에 심각하게 노출되어 있으며, 성적 폭력은 일종의 클리셰처럼 식모들의 운명을 규정하는 표지가 된다.

또한 식모는 성적 폭력뿐만 아니라 구타에도 무방비로 노출되었는데 김주영의 「익는 산머루」는 이 현실을 고스란히 그려낸다. 식모 순덕은 고용주인 "내" 어머니에게 자주 구타를 당한다. "어머니는 필요 이상으로 그녀에게 매질을 하곤 하였다. 심지어 다듬이 방망이 같은 것으로 엎어져 있는 그녀의 어깨죽지와 허리께를 개패듯 하는 수가 많았다. 어머니의 매질이 지악스럽게 계속되는 동안 그녀는 흡사 죽은 사람처럼 땅바닥에 엎디어 있었다."(94) 순덕은 "내" 아버지의 생일상에 올릴 닭을 얻기 위해서 낯선 남자에게 몸을 허락하는데, 이 사실이 들통나자 무시무시한 매질을 당하고 쫓겨난다. 순덕은 충정에도 불구하고 주인집에서 모진 처우를 받았던 것이다. 이렇게 작가들은 식모들이 당하는 성폭력과 구타, 그리고 비인간적 처우를 성실하게 형상화한다. 그들은 식모들의 수난을 섬세하게 고려하고, 식모를 관리의 대상 혹은 위험한 존재로 호명하는 시각에 비해서 훨씬 양심적인 관점을 견지하는 듯하다.

앞서 식모들은 가난을 견디다 못해 무작정 도시로 나가 식모살이를 선택했고 성폭력과 구타에 무방비하게 노출된 존재로 형상화된다. 단적으로 그들은 수탈당하는 사회적 약자로서 표상되는 것이다. 이러한 식모 표상은 식모의 현실적 난관과 문제적 위상을 적나라하게 반영할 뿐만 아니라, 현실을 문제적으로 인식하는 사회비판적 작가의식과 수난당하는 약자를 호의적으로 주목하는 양심적 작가의식을 내장한다. 선행연구는 이러한 작가의식을 긍정적으로 평가했으며, 이 의식은 식모관리론이나 식모위험론에 비해 진일보한 것임에는 분명하다. 그러나 이 논문은 이러한 일견 올곧고 양심적인 작가의식의 이면을 다음에서 심문해 보고자 한다.

우선 수탈당하는 식모상의 출현을 1970년대의 문단적 현실의 맥락 안에서 고려해 본다. 1970년대 문단에서 '수탈당하는 민중'이라는 민중상은 일종의 선관념으로서 작가들의 의식을 지배했던 원형이었다. 문학이 수탈당하는 존재로서 민중에 주목해야 한다는 명령은 강력한 이데올로기였다.[23] 민중을 증언하라는 명령은 작가의식을 주조하는 인

---

23 가령 대표적인 민중문학론자인 김병걸은 김정한 문학을 상찬하면서 이렇게 말한다. "그는 오직 각성하고 증언하고 싸울 뿐이다. 무엇을 증언하며 무엇과 싸우는가? 나라에서 버림을 받은 따라지와 金權에 찍눌린 서민과 내 땅을 부당하게 빼앗긴 농민들을 증언하는 것이다. 인간정신이 非人間的 처사에 의해 부당하게 침해되는 사회현실과 조직체제의 齒車裝置에 대항하여 싸우는 것이다."(김병걸, 「김정한문학과 리얼리즘」, 『창작과비평』 23, 1972. 봄, 96면.) 여기에서 버림받은 따라지, 금권에 찍눌린 서민, 땅을 부당하게 빼앗긴 농민 등은 '민중'을 지시하며 이는 '수탈당한 민중상'이라는 관념을 답습한다. 김병걸은 김정한이 수탈당한 민중상을 증언한다는 사실을 극찬한다. 이렇게 수탈당한 민중을 증언해야 한다는 명령은 당대 이데올로기였고, 이에 부합하는 문학은 상찬을, 그렇지 않은 문학은 비판을 받았다. 필자는 선행연구에서 『창작과비평』의 민중문학론을 다룬 바 있다.(박수

식상의 주형틀, 즉 매트릭스였다. 한편 민중문학론자들은 종종 민중에 대한 관심을 사회 현실과 조직 체제의 비판과 자동적으로 동궤에 놓았다.[24] 민중의 수탈상을 주목하는 의식과 사회비판적 의식은 불가분의 관계로 간주되었던 것이다. 앞서 본 수탈당하는 식모 표상은 '수탈당하는 민중'이라는 선관념에 부합한다. 작가들은 식모의 수탈상을 증언함으로써 당대적 윤리에 충실하기를 도모했으나, 이러한 작법은 일종의 문제점을 내장한다.

작가들은 당대 담론 내에서 정형화된 민중상을 답습했고, 이로써 민중의 정형화를 강화했다고 보이는데, 정형화는 타자를 대상화하는 대표적인 방식이라는 데에 문제가 있다.[25] 정형화는 타자의 고유성을 삭제하고 차이들에 대한 섬세한 고려를 결여한다. 타자의 상을 협소한 몇 가지로 고정시키면서 타자를 대상화하는 대표적인 방식인 것이다. 작가들은 식모를 '수탈당하는 민중'이라는 정형에 가둠으로써 식모의 단독성과 고유성을 휘발시켜 버린다. 작가들은 이러한 정형화된 관념

현, 「1970년대 한국 소설과 망탈리테」, 고려대 박사논문, 2011.) 본고에서 논리 전개 면에서의 필요에 의해 민중문학론을 소개할 때 독자에게 충분한 정보를 전달하기 위해 선행연구에서 언급한 인용문의 일부를 가져올 수 있다. 선행연구와 인용문이 부분적으로 중복된다 하더라도 그에 대한 해설은 같지 않다. 즉 민중문학론 소개 부분은 선행연구를 단순히 요약했다기보다 거의 새롭게 재구성했다.

24 위에 인용한 김병걸의 평문이 이를 보여준다.

25 가령 파농에 따르면 흑인은 "어떤 특정한 방식으로만 재현되어야 한다는 믿음" 때문에 한결같이 동일한 정형으로 작품에 등장하고, 이렇게 정형화된 이미지는 곧이어 박제화의 덫에 걸려서 흑인을 "선입견의 영원한 피해자"로 추락시킨다.(프란츠 파농, 이석호 역, 『검은 피부, 하얀 가면』, 인간사랑, 1998, 44-45면 참조.) 남는 것은 "한 무더기의" 정형이다.(위의 책, 164면 참조.) 또한 정형화는 소용돌이치는 차이들을 폐쇄적인 고리로 환원하고, 대상을 정형화하는 것은 고착성의 주요한 담론적 전략이다.(호미 바바, 나병철 역, 『문화의 위치』, 소명출판, 2002, 145-150면 참조.)

에 식모를 구속함으로써 식모의 독자성과 다양성에 대한 배려에 인색하다. 식모는 수탈당한 민중으로 호명되면서 자신의 독자적인 존재감을 잃어버리는 것이다. 또한 정형화는 반복에 의해 강화된다.[26] 무언가의 정형화는 현실 그 자체가 아니라 기존 텍스트에서 정형화된 이미지를 반복적으로 답습하면서 견고해진다.[27] 1970년대 다수의 소설에서 식모가 수탈당한 존재로서 반복적으로 출현하고, 그 이미지가 기존 작품과 평론 등에서 부각된 전형적인 민중상과 다르지 않다는 사실을 고려할 때, 식모 표상은 텍스트들 사이에서 전승되고 승계된 고착적 이미지일 수 있다.

또한 앞서 보았듯이 수탈당한 민중에 주목하는 의식은 사회비판 의식과 동궤에 놓인 것으로 간주된다. 당대의 상식에서 민중의 수탈상에 대한 인식과 사회비판 의식은 같은 자질로서, 양심적인 지식인의 조건이었다. 작가들은 수탈당한 민중이라는 표지를 식모에게 부착함으로써 사회비판적 지식인, 약자를 옹호하는 양심적 지식인으로서 자아정체성을 강화한다. 남성이 여성을 전유하면서 자기완성에 이르는 기제는 잘 알려져 있다. 남성은 여성의 직접적이거나 반동적인 영향을 통

---

26 사이드는 동양에 대한 담론이 필경 "저작과 저자를 인용하는 시스템"이라고 논한다.(에드워드 사이드, 박홍규 역, 『오리엔탈리즘』, 교보문고, 1999, 51면 참조.)

27 필자는 선행연구에서 '민중'의 정형화 양상을 논한 바 있다.(박수현, 앞의 글, 97-142면 참조.) 정형화와 반복에 대한 상세한 이론적 논의는 위의 글, 97-100면 참조. 앞으로 식모 표상의 정형화를 논할 때 위의 글의 연구방법을 부분적으로 답습하나, 본고는 위의 글에서 누락되었던 '식모'의 표상에 주목하고, 연구방법으로서 새로이 여성학적 관점과 여타 다른 시각을 추가하며, 전체적으로 논의를 확장하고, 「익는 산머루」 이외에 대상 텍스트가 완전히 다른 점에서 위의 글과 차별된다. 본고에서 「익는 산머루」의 경우 위의 글에 비해 상당히 확장된 시야에서 분석한다.

하여 "자기 자신을 깨닫"[28]고, "특수한 타자(他者)"인 여성을 경유하여 자기완성으로 향하는 여로를 밟는다.[29] 지식인 남성 작가들은 식모를 수탈당한 민중으로 전유하면서 양심적이고 올곧은 지식인으로서 자아 정체성과 자기동일성을 강화한다. 한편 이는 발설을 통해 죄의식을 면제받는 기제를 내장한다. 민중문학론자들의 평론에서 "증언"은 중대한 가치로 부상하거니와, 증언은 당대 요구되는 핵심적인 윤리였다.[30] 증언조차 어려웠던 사회 현실을 고려할 때 증언이 중핵적 윤리가 된 사실을 한편 수긍할 만하나, 증언은 일면 다른 책무에 대한 알리바이를 제공한다. 지식인들은 사회 현실을 비판적으로 증언했다는 사실을 면죄부로 삼기 쉬웠다. 즉 남성 작가들은 식모의 수탈상을 '증언'했다는 사실을 이유로 자신은 죄에서 자유롭다고 여길 수 있었고, 식모를 전유함으로써 순결한 도덕주의자로서의 자기동일성을 강화할 수 있었다.

한편 이 같은 관점은 식모를 '가엾은 누이'로 인식하는 태도와 동궤에 놓인다. 이 관점은 식모를 위험한 관리 대상으로 바라보는 시각에 비해 진일보한 것이지만, 이 관점 이면에 놓인 정서는 동정이며, 동정은 그 대상에게 취할 수 있는 최상의 태도는 아니다. 동정의 주체는 동정의 대상에 비해 우월한 권력을 누리며, 높은 자리에 위치한다. 보부아르에 따르면 "강자의, 너그러운 자의, 주인된 자의 보다 더 미묘한 즐거움은 불쌍한 인종에 대한 연민의 정이다." "누이동생에 대한 오빠 같은 우애, 미천한 사람들에 대한 동정심, '여자들에 대한 헤아릴 수

---

28 시몬 드 보부아르, 조홍식 역, 『제2의 性』상, 을유문화사, 1999, 367면 참조.
29 위의 책, 369-370면 참조.
30 각주 23번의 김병걸의 평문 참조.

없는 연민""[31]은 적지 않은 경우, 강자의 권력을 확인하기 위한 단계에 머무른다. 가엾은 누이로서의 식모 표상은 표상 주체의 권력적 우위를 확인시키는 데 기여하고, 작가들은 식모를 불쌍한 누이로 전유하면서 우월한 자로서의 자기동일성을 강화한다고 볼 수 있다.

또한 남성 작가는 식모의 현실 그 자체를 고려한다기보다 민중문학론의 이념을 식모에게 투영했다고 보인다. 수탈당한 민중의 표상으로 복무하는 식모는 남성 작가의 추상적 관념이 구체화된 산물일 뿐 식모 그 자체가 아니다. 이때 식모는 민중문학론의 이념을 실어 나르는 매개로서 대상화된다. 남성 작가는 민중문학론이라는 남성 세계의 담론을 구체화하는 한 거점으로써 식모를 전유하는 것이다. 식모는 민중문학론의 이념뿐만 아니라 다른 이념을 매개하는 몸으로도 대상화되는 바, 가령 황석영의 「雜草」에서 식모는 '이데올로기 대립의 비극'이라는 잘 알려진 이념을 각인하면서 대상화된다. 식모 태금의 연인 "뚝발이네 큰형"은 공산주의에 경도된 청년들의 우두머리로 암시되며, 패싸움에 주도적이었다. 무기까지 동원된 어마어마한 패싸움의 결과 뚝발이네 큰형은 검거된다. 이 패싸움이 빌미가 되어 전쟁 중 뚝발이네 식구들은 몰살당하고, 태금은 사라진다. 이후 태금은 "미친년"이 되어서 나타난다. 여기에서 연인을 잃고 미쳐버린 태금의 비극은 반복적으로 출현하는 "패싸움"에서 비롯되었다. 작가는 "세상이 모두 이쪽저쪽으로 패를 갈라 싸움질"(216)하는 시대적 분위기, 즉 이데올로기 대립을 태금의 몰락의 연원으로 지목한다.

작가는 이데올로기 대립의 비극이라는 익숙한 이념을 구체화하기

---

31 보부아르, 앞의 책, 308-309면.

위해서 태금을 전유한다. 비극적 운명으로 표지화된 식모 태금은 작가의 이념을 각인한 몸으로 대상화되는 것이다. 전형적인 민족 담론에서 여성의 육체가 '다른 것'을 의미하는 메타포로 쓰이듯이[32], 작가는 식모 태금을 이데올로기 대립의 비극이라는 추상화된 관념을 상징하는 몸으로 전유한다. 여성을 무언가의 은유나 알레고리로 전유하는 것은 대상화의 한 방편이다. 이때 식모는 남성적 관념을 구성하는 한 요소로 전유되면서 독자적인 내면과 목소리를 잃어버린다. 즉 추상적 관념을 구체화하는 데 사용되는 도구인 것이다. 여기에서 또한 이데올로기 대립의 비극이라는 이념을 구체화하는 데 하필 식모의 섹슈얼리티와 광기라는 요인을 사용한 작가의식을 심문해 볼 필요가 있다. 섹슈얼리티와 광기는 선정성을 내장하는 바, 여기에서 식모를 선정적인 대상으로 바라보는 남성적 시선이 노출되거니와, 이에 관해서는 4장에서 상세히 논하기로 한다.

3. 미덕의 구현자 혹은 헌신적인 어머니

앞장에서 수탈당한 존재로서 식모 표상을 산출한 작가의식을 비판적으로 논구했다. 이 논문과 방향은 상당히 다르지만, 식모의 수탈상은 1970년대 소설의 식모에 관한 선행연구에서 가장 중심적으로 조명을 받은 사안이었다. 이 장에서는 선행연구에서 간과된 식모 표상의 한

---

32 김양선, 「식민 시대 민족의 자기 구성 방식과 여성」, 『근대문학의 탈식민성과 젠더정치학』, 역락, 2009, 67면 참조.

국면을 논의하고자 한다. 1970년대 남성 작가의 소설에서 식모는 각종 미덕을 체현한 인물로 형상화된다. 특히 작가들은 식모의 인정과 의리를 부각한다. 가령 방영웅의 「노새」에서 식모 복순은 죽은 애인의 형님에게 시집을 가겠다고 선언한다. 그녀의 애인은 월남전에서 전사했고, 애인의 형수는 젖먹이를 포함한 자식 셋을 떼어놓고 도망쳤다. 아내에게 버림받은 형님은 "보기에 민망할 정도로 형편이 없"(234)는 신산한 살림을 꾸리고 있었다. 복순은 단지 인정과 희생심에서 빈곤하고 고단한 그에게 시집가려고 결심한 것이다. 여기에서 복순은 인정 많고 선량한 성품으로 형상화된다. 작가는 미덕의 구현자로서의 식모상을 창조한 것이다.

김주영의 「깊은 江」에서 식모 칠례 역시 미덕을 구현한다. 아버지가 아이를 떼어버리라고 악담해도 "죽은 듯하였던 딸년이 그때만은 "그짓을 어뜩케 합니까." 하고 한마디는 분명하게 뱉어내는 것이었다. "이년이 그래도 사람구실이나 디기(되게) 할라 칸데이." 장가는 그 말을 한편은 속이 더욱 뒤집혀서 그리고 한편으론 아주 숙연해지면서 말했다."(382-383) 칠례는 억울하게 생긴 아비 없는 아기일망정 중절을 거부한다. 칠례의 "사람구실" 앞에서 "숙연해지"는 아버지가 보여주듯, 칠례는 의로움을 간직한 모습으로 형상화되는 것이다. 여기에서 작가는 의로움이라는 미덕을 식모에게 부착한다. 인정스럽고 의로운 식모는 1970년대 소설에서 매우 낯익다. 식모뿐만 아니라 민중의 범주에서 인정스럽고 의로운 민중 표상은 거의 클리셰처럼, 매우 빈번하게 발견된다.[33] 식모의 미덕을 부각하는 표상 방식은 식모관리론과 식모

---

33 박수현, 앞의 글, 120-136면 참조.

위험론에 비해서 진화한 태도임에는 분명하지만, 이 역시 일정한 문제점을 내장한다.

식모에게 인정과 의리라는 표지를 부착하는 작법은 수탈상을 부각하는 작법과 마찬가지로, 1970년대 민중문학의 이데올로기를 고스란히 계승한다.[34] 실상 민중의 인정과 의리는 1970년대 『창작과비평』의 민중문학론의 전개 과정에서 주목할 만한 논쟁을 유발했던 중대한 화두였고, 논쟁의 결과 민중의 인정과 의리를 절대적 심급에 놓는 이데올로기가 확립되었다.[35] 이렇게 민중의 인정과 의리를 부각해야 한다는 명제는 1970년대의 이데올로기였고, 미덕의 구현자로서 민중을 형상화하는 작가는 바로 그 사실로 인해 상찬을 받았으며, 실제로 민중의 미덕을 전면화한 소설들이 집단적으로 출현했다. 위에서 식모를 인정과 의리의 구현자로서 형상화한 작가들 역시 이러한 서사관습 안에 놓여 있었다. 앞장에서 수탈당한 식모 표상이 식모를 정형화하며 소외시키는 작가적 태도를 내장한다고 논했거니와, 사정은 미덕의 구현자로서의 식모 표상에서도 다르지 않다.

작가들은 인정과 의리로 표지화된 민중이라는 고착적 정형 안에 식모를 가둠으로써 식모 개인의 목소리에는 귀를 기울이지 않는다. 식모는 독자성과 개별성을 잃고 선관념화된 선량한 '민중'의 일부로서 호

---

34 가령 백낙청은 다음과 같이 민중의 인정을 부각하는 작법을 상찬한다. "인정을 빼놓고서는 참으로 인간적인 것도 민중적인 것도 있을 수 없다는 데서 문제는 복잡해지는 것이다. (중략) 이러한 역사적 상황에서는 우리 한국 생활 전래의 온정과 의리, 아무런 이념도 체계도 갖추지 못한 서민들의 소박한 인정, 이런 것들이 결코 양보할 수 없는 우리 삶의 일부임이 한층 명백해진다."(백낙청, 「문학적인 것과 인간적인 것」, 『창작과비평』 28, 1973. 여름, 457면.) 이렇게 백낙청은 민중의 인정과 의리에 무한한 가치를 부여한다.

35 박수현, 앞의 글, 82-87면 참조.

명될 뿐이다. 또한 작가들은 식모를 미덕의 구현자로 형상화하면서, 심적 위안처로 전유한다고 보인다. 강자가 약자에게 외견상 호의를 품으면서 그를 미덕의 구현자로 상상하고 그 상상으로부터 위안과 희망을 얻는 것은 전형적인 강자의 오류이다.[36] 이때 강자가 약자를 표상하는 언어를 가지고 있다면 더욱 문제는 심각해진다. 강자에 의한 약자의 표상에서, 약자는 강자의 상상 속 이미지만을 덧입은 채 자기 고유의 존재를 상실하게 되는 것이다. 지식인 작가는 식모를 미덕의 구현자로 상상하면서 마치 순수한 어린아이나 자연에서 위로를 얻듯, 상상 속 식모의 이미지로부터 위안과 긍정적 비전을 취한다. 이때 식모는 지식인 작가의 심적 위안처로서 대상화되는 것이다.

미덕의 구현자로서 식모는 전상국의 「前夜」에서 더욱 노골적으로 현현한다. 식모 춘자는 앞서 보았듯 불우한 가정에서 고생하다가 식모가 되었고, 식모살이 중에도 연이은 성적 수탈의 상황에 놓여 있다. 불행하다고밖에 할 수 없는 춘자는 흥미롭게도, 극도로 순수한 영혼을 지닌 인물로 표상된다. 그녀는 "늘 숨이 콕콕 막히게 쥐어박던 아주머니"(147)조차도 원망하지 않고 고마워한다. 하루 종일 직장에서 시달린 나머지 그런다고 이해하는 것이다. 아주머니의 아주 사소한 친절에 춘자는 그간의 구박을 모두 잊고 그녀의 "바다 같은 마음씨가 너무너무 고마워 눈물이 날 지경이었다."(149) 아저씨의 성추행도 불쾌하게 여기지 않고 "백번두 더 아저씨가 자기 오빠이길 빌었다."(148) 춘자가 석진에게 강간을 당한 후 경찰들은 2차 가해라고 해도 될 만큼 치욕적으로 춘자를 취조하는데, 그 명목은 밑바닥 인생이 부당하게 유린당하

---

36 파농, 앞의 책, 166면 참조.

는 걸 방지한다는 것이었다. 이러한 명목상의 이유를 듣고 춘자는 경찰들의 2차 가해에 분노하기는커녕 "그렇게 고마웠다."(157) 처음 춘자를 겁탈한 원주의 주인아저씨에 대해서도 춘자는 연민할 뿐이다. "당하긴 무얼 당했다구, 그 아저씨, 그 불쌍한 아저씨가 여북했으면 나같은 거한테 그렇게 한숨을 보였을라구."(159)

이렇게 춘자는 자신에게 잘못을 저지른 모든 사람을 원망하지 않고 그들에게 감사하거나 연민을 느낀다. 그들의 가해를 가해로 인지하지도 못하고, 그들에게서 좋은 의도만을 발견한다. 이렇게 춘자는 극단적으로 순수하고 순박한 영혼으로 표지화된다. 이는 미덕의 구현자로서 민중을 정형화하는 한 방식이거니와, 이 소설은 정형화의 문제성을 구체적인 장면에서 보여준다. 춘자의 미덕이 유난스럽게 부각되는 와중에 성추행과 강간 등 치명적인 폭력의 문제성은 소실되어 버린다. 작가는 식모의 미덕을 부각해야 한다는 명령에 지나치게 긴박된 나머지 당면한 여성적 현실의 개별적인 문제성을 희석하는 것이다. 식모는 작가의 미화 의지에 짓눌려 고통스러운 내면과 목소리를 삭제당한다. 그녀는 작가의 민중 이상화 이데올로기에 의해 무리하게 표백된 인물로 보인다.

특히 위의 소설에서 춘자의 내면은 "즐거움"이라는 감정으로 규정된다. 작가는 "즐거움"이라는 표지를 춘자에게 반복적으로 부착한다. 가령 그녀는 상수를 만나자 "아련한 향수와 같이 즐거운"(164) 마음을 느낀다. "춘자는 즐거웠다."(165) "두 사람은 갑자기 활기를 띠고 즐거워지기 시작한다. 마치 수학여행에서 집으로 돌아오며 목쉰 목소리로 악을 써 노래를 부르는 학생들처럼."(169) 이처럼 춘자에게 반복적으로 부착된 '즐거움'이라는 표지는 주목을 요한다. 여기에서 식모를 순박할 뿐만 아니라 모든 것을 긍정적으로 수용하며 희망을 놓지 않는 존재로 표상하려는 작가의 강박적 의식이 감지된다. 낙관과 희망 역시 당대 민중문학이 수위에 놓은 가치였다.[37] 민중의 낙천적인 성품, 희망을 끝내 견지하는 성품을 강조해야 한다는 이데올로기는 당대 상식으로 통용되었다. 「前夜」의 춘자처럼, 모든 것을 긍정적으로 수용하고 즐거움을 잃지 않는, 낙천적인 식모의 탄생은 이러한 이데올로기에 긴박된 작가의식의 귀결이다. 이 역시 식모를 정형화하면서 대상화한다.

한편 낙관과 희망을 제공하려는 목적으로 제작된 성격 중 '꿋꿋한 생명력을 잃지 않는 성품' 역시 1970년대 민중문학의 클리셰이다. 「깊은 江」에서 칠례는 아버지의 업을 이어받아 뱃사공이 되는데, 결말에서 이렇게 말한다. "내가 아부지메로(처럼) 살라니더."(388) 여기에서 칠례는 갖은 고난을 겪고도 생명력을 잃지 않는 민중으로 형상화된다. 이러한 식모상은 1970년대 민중문학의 이데올로기가 유포한 민중상을 답습한다. 이렇게 작가들은 식모를 낙관과 희망, 꿋꿋한 생명력의 소지자로 정형화하면서 대상화하고, 그를 심적 위안처로 전유한다. 또한 앞장에서 본 수탈당하는 식모의 경우와 마찬가지로, 남성 작가는 미덕의 총체로서의 식모 표상을 통해 식모의 현실을 소거한 채 민중문학이라는 관념을 공고하게 하며, 식모는 남성적 거대 담론의 한 구성

---

37 가령 신경림은 이문구가 "절박하고 비참한 현실을 오히려 유모러스하고 유들유들하게 다루어 살아간다는 그 자체가 인간에 대한 본질적인 신뢰요 역사에 대한 무한한 낙관이라는 것을 다짐함으로써, 자칫 주저앉기 쉬운 우리에게 새로운 용기와 자신을 불어넣는다"고 논한다.(신경림, 「문학과 민중」, 『창작과비평』 27, 1973. 봄, 24면.) 이 비평에서 주목되는 것은 "인간에 대한 본질적인 신뢰", "역사에 대한 무한한 낙관", "새로운 용기와 자신" 등의 문구이다. 인간성을 본질적으로 신뢰하고 역사를 낙관하며, 용기와 자신 즉 희망으로 무장하는 것은 문학인에게 요청되는 지상의 덕목이었다.

요소로서 전유된다. 남성 작가는 이로써 진보적 지식인으로서의 자기 동일성을 강화한다.

한편 미덕의 구현자인 식모는 빈번하게 남성 화자와 유난히 다정한 관계를 형성한다. 특히 유년의 남성 화자는 식모를 자신에게 특별한 애정을 베푼 자로 기억한다. 가령 황석영의 「雜草」에서 식모 태금을 처음 만난 당시의 심경을 소년 "나"는 이렇게 진술한다. "나는 처음부터 태금이가 좋아졌다. (중략) 나는 완전히 태금이가 내편이라고 믿게 되었다. 태금이는 좋은 나라였고, 엄마와 누나들은 때때로 나쁜 나라일 수가 있었다."(213) 소년은 누나들과 엄마와 다소 소원했는데 그 외로움을 상쇄할 만큼 식모 태금과 친밀감을 느낀다. 단적으로 "그 여자는 나의 짝패였"(214)고, 가족 중에서 소년이 태금과 가장 가깝고 정다운 관계를 형성한다. 두 사람은 함께 다정한 시간을 보내며[38], 작가는 소년과 식모가 맺은 각별한 유대관계를 애써 부각한다. 김주영의 「익는 산머루」에서도 소년 화자와 식모 순덕은 유난히 친밀한 관계를 형성한다. 「雜草」에서와 마찬가지로, 식모 순덕은 어머니와는 불화하지만 소년에게만은 특별한 애정을 쏟는다. 어머니의 잦은 심부름으로 두 사람이 동반했던 산행은 각별한 의미를 띤다. 산행 길에서 순덕은 자신의 내심을 소년에게 가감 없이 토로했고 소년은 그러한 순덕의 이

---

38 "태금이는 나를 데리고 신기한 곳만 찾아 다녔다. 굿거리 구경을 가서 나는 태금이의 무릎에 앉아 무당이 작두 위에서 춤추는 것도 보았다. 시장에 가면 진창 위에 서서 소라나 우묵을 사먹었고, 절반은 사람이고 반은 뱀이라는 처녀도 구경했다. 너는 똑 꾀주머니여 히힛…… 어머니가 돌아오면 시치미를 떼는 내 모양을 보고 태금이는 속삭이는 것이었다."(214)

야기를 통해서 삶의 비밀을 안 듯 뿌듯함과 대견함을 느낀다.[39] 이렇게 두 소설에서 소년 화자는 식모와 범상치 않은 유대감을 느낀다. 다른 가족들과 식모의 관계가 소원함에 비해서 소년만 유일하게 식모와 가까웠다는 점도 두 작품의 공통점이다.

이렇게 식모와의 유난한 유대감을 부각하는 작가의식 역시 당대의 비평 이데올로기를 충실히 따른다. 민중과의 일체감은 당대 문단에서 수위에 놓인 가치였다.[40] 민중과의 온정적인 관계, 혼연일체적인 관계를 맺는 것은 숭고한 미덕이었다.[41] 작가들은 자전적인 소설에서 식모와의 각별한 우애를 강조하면서 당대 비평 이데올로기에 순응한다. 과연 이들의 상상 그대로 식모가 소년에게 순결한 애정만을 느꼈을지 의문이다. 문제는 또한 '식모와 각별히 친근한 남성 화자'의 모티프가 반복적으로 출현한다는 사실이다. 이 역시 작가들이 실제 식모보다는 텍스트에서 익힌 식모의 이미지를 답습한다는 혐의를 강화한다. 한편 식

---

39 소년은 "그녀의 심중에 숨어있는 모든 비밀과 지식과 세상을 바라보는 안목 따위를 알고 있었다. 그런 것을 알고 있다는 것이, (중략) 내 자신이 대견스러웠고 가슴 뿌듯한 것이었다. 나는 어렴풋하게나마 그녀와의 이런 비밀스런 대화 따위가 비밀 그것으로 지켜져야 한다고 자신에게 다짐하곤 하였다. 우리는 그러한 비밀을 만들고 있다는 것에 대단히 열중되어 있었으므로 이젠 어머니의 심부름이 거의 즐거움으로까지 느끼게 되었다."(99)

40 가령 신경림은 김광섭을 상찬하며 다음과 같이 말한다. "이웃 또는 서민과의 일체감은 그의 시의 한 바탕을 이룬다. 그리고 다시 서민과의 일체감의 바탕이 되는 것은 友愛라고도 할 수 있는 이웃에 대한 깊고 겸허한 사랑이다."(신경림, 「김광섭론」, 『창작과비평』 37, 1975. 가을, 161면.) 여기에서 신경림은 민중과의 "일체감", "이웃에 대한 깊고 겸허한 사랑"의 가치를 강조한다.

41 백낙청 역시 다음 글에서 민중과의 일체감 또는 유대감을 강조한다. "더구나 우리가 민중과 더불어 역사에 기여하자는 것은 궁극적으로 누구나 형제 같은 사랑으로 뭉쳐서 살자는 것이요 다른 일체의 작업이 어디까지나 사랑의 실현을 위한 한 방편임을 기억할 때, 같은 방편이라도 관용과 온정의 행사는 훨씬 원래의 사명에 밀착된 것이며 민중의 체질에 맞는 것이라고 말할 수 있다."(백낙청, 앞의 글, 456-457면.)

모와의 유대감을 전면화하는 작가의식은 민중과의 친화력을 자랑스러워하는 무의식 또한 내장한다. 즉 작가들은 식모를 다정하고 친근한 대상으로 정형화할 뿐 아니라, 민중 친화적이라는 자의식의 완성을 위해 식모를 전유하는 것이다. 실제 식모의 현실과 무관하게 작가들은 민중 친화적 작가, 약자에게 호의적인 작가라는 자기동일성을 강화하기 위해 식모를 대상화했던 것이다.[42]

또한 위의 소설들에서 식모는 모성적 애정을 갈구하는 남성 판타지를 각인한 대상으로 전유된다. 앞서 보았듯 황석영의 「雜草」는 소년 화자를 잘 돌봐주고, 다정하게 대해주며, 서슴없이 놀아주는 태금의 모습을 힘주어 부각한다. 태금은 더없이 착한 유모였다. 태금은 연애를 시작하자 집안일에 소홀했는데, "여전히 내게만은 전보다 더욱 잘 해 주었다. 밀떡을 부쳐 준다든가 어머니 몰래 쌀을 퍼내어 떡도 해주었"(215)다. 이렇게 소년은 식모를 '자신에게 잘 해주는' 존재로 특별히 자리매김한다. 김주영의 「익는 산머루」에서도 순덕은 늘상 소년에게 산머루를 따다 안기며, "나를 홱 잡아나꿔서는 품에 꼭 껴안"(104)는 모습으로 표지화된다. 소년의 기억에서 순덕은 모성적 애정 그 자체였던 것이다. 심지어 소년의 배신으로 집에서 쫓겨난 날조차도 그녀는 밤새 산머루를 따다가 소년에게 안긴다. 이렇게 작가들은 식모의 자질 중 자신에게 '잘 해주는', '잘 돌봐주는' 자질을 유난히 부각한다. 식모

---

42 민중 친화적 자의식의 완성을 위해 민중을 전유하는 작가의식은 1970년대보다 먼 과거에서도 발견된다.(박수현, 「이태준의 민중 형상화 방식과 자아상─해방 전 단편소설과 『사상의 월야』를 중심으로」, 『한국민족문화』 53, 부산대 한국민족문화연구소, 2014 참조.) 예의 작가의식은 단기적이 아닌, 장구한 서사관습에서 파생된 것으로 보이나, 상세한 논구는 후속 작업을 기약한다.

의 내면에 있을 법했던 육아의 고단함이나 고용주에 대한 분열적 심경은 삭제된다. 작가들이 식모의 다채로운 내면을 희석하고 오직 '자신에게 베푼 헌신'만을 남긴 사실은 주목을 요한다.[43]

위에서 식모들은 거의 어머니처럼 현현한다. 두 소설에서 실제 어머니가 소년에게 다소 냉담한 인물로 묘사되는 것에 반해서 식모는 현실의 어머니를 대신하는 참다운 어머니로 형상화된다. 이러한 어머니-식모상은 주목을 요한다. 여성을 "이브인 동시에 성모 마리아" 또는 "우상이자 하녀"[44]로 여기는 남성 특유의 관점은 잘 알려져 있다. 남성은 빈번하게 성모 마리아 혹은 하녀로서 여성을 전유한다. 마치 하녀처럼 헌신하며 어머니처럼 사랑 넘치는 여성은 유서 깊은 남성의 소망이다. "순수한 희생이며, 절대적 관용"인 모성에 대한 신화는 대대로 남성들의 의식을 잠식해 왔다. 남성들의 담론에서 그러한 미덕을 갖춘 여성은 "참다운 여성의 본보기로 등장"한다.[45] 어머니-식모 표상은 헌신적 모성에 대한 남성의 꿈을 담지한다. 이때 식모는 남성 작가의 판타지를 실어 나르는 몸으로 대상화된다. 그런데 "열렬한 헌신자"로서의 어머니 표상은 남성 작가의 "이상화된 자화상"을 부각하려는 의도와 밀접히 연관된다.[46] 굳이 어머니가 아니더라도 어머니에 필적할 만한 헌신적인 여성상은 작가의 나르시시즘과 분리 불가능하다. 헌신적

---

43 필자는 선행연구에서 「익는 산머루」에 헌신적인 민중이 등장한다고 논한 바 있으나, 소략한 언급에 그쳤다.(박수현, 「1970년대 한국 소설과 망탈리테」, 135-136면 참조.) 이 소설에서의 유대감의 함의, 민중문학 이데올로기와의 관련성, 모성 판타지 등 거의 모든 논의는 본고에서 새롭게 분석된 사안이다.

44 보부아르, 앞의 책, 220면.

45 위의 책, 327면 참조.

46 케이트 밀레트, 정의숙·조정호 역, 『性의 政治學』 下, 현대사상사, 2001, 480-481면 참조.

인 어머니-식모 표상은 남성 작가의 나르시시즘 충족 소망 또한 각인한다고 보인다. 작가들은 헌신적인 식모상을 산출함으로써 자신을 그러한 헌신을 받아 마땅한 존재라고 무의식적으로 여기면서 자기애를 만족시킨다. 즉 자기애의 강화를 위해서 식모를 전유하는 것이다.

4. 그녀를 포박한 성적 시선

앞서 논한 식모의 수탈상 중 특히 성적 수난은 다른 관점의 해석의 여지를 제공한다. 성적으로 수탈당하는 식모 표상은 식모의 수난상에 대한 작가들의 비판적 인식을 반영한다고 보는 것이 일반적인 독법이다.[47] 특히 오창은은 「前夜」에서 전상국이 성적 담론으로 식모를 포획하는 당대의 상식을 비판한다고 논한다.[48] 그러나 이 논문은 작가가 식모를 바라보는 사회의 성적 시선을 비판한다기보다, 작가 자신이 바로 그 성적 시선을 견지한다고 본다. 작가가 무엇을 반복적으로 형상화한다면 바로 그 무엇에는 작가의 무의식적 욕망이 틈입했을 가능성이 있다.

가령 「前夜」에서 춘자는 이전 주인아저씨, 현재 주인아저씨, 낯선 남자 석진에게 연달아 성폭력을 당한다. 이 소설은 춘자가 지속적으로 남성들에게 성적 대상으로 현현하는 연쇄적 과정에 대한 기록이라

---

47 손윤권은 식모 표상 소설의 남성 인물들이 식모를 성적 도구화하는 양상을 분석하면서 작가들이 이에 대해 비판적 태도를 견지한다고 논한다.(손윤권, 앞의 글, 48-54면 참조.)

48 오창은, 앞의 글, 90-97면 참조.

고도 할 수 있다. 우선 이러한 반복은 의심의 여지를 제공한다. 반복은 이렇게 한 작품 안에서도 발생하지만, 이 논문의 연구대상 소설을 통틀어 볼 때 식모의 성적 수난만큼 반복되는 모티프도 따로 없다. 앞장에서 식모의 성적 수난이 일종의 '클리셰'로 출현한다고 논했거니와, 바로 이 '클리셰'라는 점이 문제의 소지를 제공한다. 모성적 여성을 반복적으로 형상화하는 작가의식에 모성에 대한 동경이 없지 않듯, 식모의 성적 수난을 반복적으로 부각하는 작가의식에 성적 폭력에의 욕망까지는 아니더라도 식모를 성적 존재로 바라보는 시선이 과연 없을까?

식모를 에워싼 남성 작가의 다분히 성적인 시선은 그들이 성적 수탈이 아닌 장면에서도 빈번하게 식모를 성적인 뉘앙스로 형상화한다는 사실에서 감지된다. 방영웅의 「오막살이」의 화자, 「첫눈」의 강원도댁은 고용주에게 성적으로 수탈당한 것이 아니라, 자진해서 남자들의 성적 대상이 된다. 「오막살이」의 화자는 열다섯 살에 술집 식모로 들어갔는데, 아비 모르는 아이를 출산했다. "서방질은 많이 하고 있는 모양"(172)이라는 아버지의 말이 일러주듯 화자는 성적으로 분방한 모습으로 형상화된다. 「첫눈」에서 식모 강원도댁은 작부 아가씨들을 제치고 직접 여관으로 가서 곯아떨어진 남자와 동침하고 돈을 받는다. 작가는 식모들을 성적으로 문란한 모습으로 형상화하는 것이다. 이때 "여자들은 쉽게 넘어갈 뿐 아니라, 꼭두각시들이다."[49] 또한 황석영의 「雜草」의 한 장면은 이렇다. "오줌밥이 끼어서 내 고추가 퉁퉁 부었던 적이 있었는데 태금이는 나를 함지에 세워 놓고 씻겨 주었다. 그 여자

49 밀레트, 앞의 책, 582면.

가 내 고추를 잡고 씻는 바람에 뻣뻣해지니까, 태금이는 갑자기 얼굴이 빨개지더니 내 볼기를 철썩철썩 갈기면서 화난 얼굴을 했다."(214) 여기에서 식모 태금은 소년인 "나"와 일종의 성적 교감을 나누는 존재로 형상화된다. 비록 유년기의 일화일 뿐일 수도 있으나, 작가는 굳이 이러한 장면을 넣지 않아도 좋은 곳에 이 장면을 삽입했다. 여기에서 성적인 존재로서 식모를 바라보는 시선이 감지된다. 남성이 여성을 일차적으로 성적 대상으로 인식하고 대상화한다는 사실은 잘 알려져 있다. 보부아르에 따르면 남성은 여성을 빈번하게 "단지 '섹스'라고 부"르며, "육체, 육체적 쾌락과 위험"[50]으로 간주한다. 여성을 오로지 성적 대상으로 간주하는 것은 여성을 일종의 물건이나 도구로 대상화하는 것과 같다.[51] 1970년대 남성 작가들도 이러한 남성 특유의 시선에서 자유롭지 못했다고 보인다.

식모를 성적인 시선으로 포획하는 작가의식은 다음에서 더 확실하게 알 수 있다.

(개) 뚝을 넘어 가려는데 어둠 속에서 뭔가 검은 것들이 펄쩍 일어났다. 수남이 아녀? 워딜 갔다가 시방 오는겨. 누나가 찾으러 안나왔남, 태금이 누나는 남자와 함께 있었던 것이다. 동네 애들에게서 남자랑 여자랑 그 뚝길에 많이 와서는 밤중에 그걸 한다는 얘기를 여러 번 들었으므로, 나는 그게 뭔지는 몰랐으나 하여간 이런 데서 남자와 같이 있는

---

50 보부아르, 앞의 책, 220면.
51 남성은 때로 여성을 "간단하게 "음문"-물건, 물품, 물질-으로 변형시"(밀레트, 앞의 책, 568면)킨다.

태금이 누나를 마주치게 된 게 부끄러웠다. 애들은 곧잘 햇빛을 손가락질하며 해 봤니? 응, 하면…… 뭘 해 봐 하는 것두 여러가지야, 하면 놀려대는 장난을 했는데, 나는 그것이 뭔가 숨어서 하는 못된 짓인 줄은 알고 있었다. 태금이 누나가 이런 데 숨어서 못된 짓을 했으리란 생각을 하니까 갑자기 얄미워졌다.(「雜草」, 217)

(나) 「벗어 이 쌍년아! 이년을 칵 그냥」

무엇을 벗으라는지 그것 역시 몰랐지만 다시는 사내의 강압적인 목소리가 들려오지 않았으므로 그녀는 아마 사내가 시키는대로 무엇이든 벗고 있는 모양이었다. 그리고 한참만에 사내가 문을 열고 밖으로 나왔다. 사내의 이마엔 땀이 흥건히 배어 있었다. 그는 툇마루 한 켠에 꼼짝달싹 못하고 죽은 벌레처럼 앉아있는 나를 일별하더니 입가에 흥건하게 웃음을 흘렸다.(「익는 산머루」, 112)

(가)에서 식모 태금은 애인과, (나)에서 식모 순덕은 우연히 만난 낯선 남자와 성행위를 나눈다. 여기에서 식모는 주인아저씨에게 성적 수탈을 당한다는 문법을 따르지 아니한다. 식모를 성적으로 훼손하는 자들은 모두 주인아저씨가 아니다. 그러나 식모는 일반적인 여성과 달리 쉽게 성행위를 수락하고 있다. (가)의 경우 당대 애인과 이렇게 공개적인 장소에서 성행위를 즐길 수 있는 미혼 여성은 극히 드물었겠으나 식모는 바로 그렇게 하고 있다. (나)에서 식모는 닭 한 마리를 얻기 위해서 망설임 없이 몸을 허락한다. 이 지점에서 식모는 성적 수탈 대상이라는 관념을 이탈한 다른 곳에서 성적인 존재로 현현한다. 식모는 어느 누군가에게라도 몸을 버리기 쉬운 존재, 성적 접근이 쉬운 존

재로 묘파된다. 정조관념이 희박하고 성애에 호의적인 존재인 것이다.
이는 우선 식모를 성적인 시선으로 바라보는 작가의식을 보여준다. 이
렇게 작가의 성적 시선에 포박된 식모는 여성이 일차적으로 성적 대상
이라는 관념을 자명화한다. 남성은 여성을 성적 대상으로 바라보면서,
여성을 성적·동물적인 존재로 추방하고, 자신은 교양과 지성을 가진
존재로 자리매김한다.[52]

또한 위의 인용문들은 식모의 성행위를 상당히 감각적으로 구체화
한다. 물론 여기에서 작가는 성행위 자체를 세세하게 묘사하지는 않
고, 소년의 시선에 비친 형태로 암시적으로 묘사한다. 그러나 이러한
은닉 혹은 부분적 보여주기는 노골적인 묘사 이상으로 관음증적 효과
를 발생시킨다. 이는 당대 문학적으로 상찬받았던 본격소설에서 가능
했던 성애 묘사의 최대치인 것이다. 이때 식모는 작가의 성적 시선에
포획된 존재일 뿐 아니라, 일종의 포르노그래피의 여주인공이다. 브라
이도티에 따르면, 시각적 충동scopic drive은 지식과 통제, 혹은 지배와
관련한다. 즉 무언가가 어떻게 기능하는가 보기 위해서 그것을 열어
보는 일과 관련된다. 이렇게 "안을 들여다보고"자 하는 시각적 충동은
타인의 신체를 통제하려는 욕망의 가장 근본적이고 유치한 형태이다.
이는 가장 원시적인 형태의 사디즘이라 할 수 있다.[53] 이렇게 무언가의

---

52 위의 책, 597면 참조.
53 모든 것을 전시 혹은 쇼로 제시하는 것, 재현 불가능한 것을 재현하는 것은 이미지들의 생
산을 의미한다. 전시되는 이미지는 총체적 시각이라는 환상, 살아 있는 물질의 절대적 투
명성이란 환상 속에 시간을 보류한다. 포르노그래피적 양식은 담론적이고 물질적인 지배
의 한 형태이다.(로지 브라이도티, 박미선 역, 『유목적 주체』, 여이연, 2004, 121-131면 참
조.)

포르노그래피적 표상은 표상 주체의 시각적 욕망에서 비롯되고, 그것은 곧 지배욕과 밀접한 관련을 맺는다. 위에서 식모는 성적으로 그리고 시각적으로 전시된다고 볼 수 있는데, 여기에는 남성 작가의 사디즘적 지배욕이 없다고 할 수 없다. 작가들은 식모를 포르노그래피적으로 표상하면서 우월한 권력을 누린다.

성애에 호의적인 식모 표상은 남성의 판타지를 반영한다고도 볼 수 있다. 남성에게는 순수하게 육체적인 여성, 남성의 성욕에 절대적으로 복종하는 여성, 기꺼이 남자를 맞아들일 준비가 된 여성, 남성의 성욕에 호응하되 아무것도 바라지 않는 여성에 대한 유서 깊은 판타지가 존재한다.[54] 위에서 남성 작가들은 무저항적으로 성애를 쉽게 수락하는 여성에 대한 판타지를 식모에게 투사하는 것으로 보인다. 이때 식모는 남성 작가의 성적 시선에 포박될 뿐 아니라, 남성적 판타지를 실어 나르는 몸으로 대상화된다. 실제로 남성들의 성적 접근을 즐기는 식모의 이미지는 자주 출현한다. 가령 김주영의 「課外授業」의 식모 난옥은 주인아저씨의 성추행을 즐긴다. 아저씨는 종종 "원숭이 밑구멍같이 벌겋게 취한 쌍통으로 호올안에 척 들어서면서 난옥이 엉덩이를 슬쩍 건드리는"데 난옥은 "그때마다 해실해실 웃곤"(168) 한다. 난옥은 주인아저씨의 성추행을 즐길 뿐만 아니라, 이후 그와 함께 도망간다.

---

54 보부아르는 이렇게 진술한다. "여자에게 적합한 것은 순수하게 육체적이어야 한다는 것이다. (중략) 향락의 대상인 한에 있어서 여성은 보잘것없지만 그러한 쓸모 있는 지위를 이 세상에서 유지한다. 남성이 여자 속에서 이끌어내는 쾌락에서, 그리고 단지 이 쾌락에서만 어떤 의의를 발견한다. 이상적인 여성은 완전히 바보이고, 절대적으로 복종한다. 그녀는 언제나 기꺼이 남자를 맞아들일 준비가 되어 있다. 그리고 남자에겐 결코 아무것도 요구하지 않는다."(보부아르, 앞의 책, 303-304면.)

전술했듯 방영웅의 「첫눈」에서 강원도댁은 대폿집 식모로 일할 때 한 군인에게 겁탈을 당했는데, 그를 지극한 순정으로 대했고 더없이 애틋하게 추억하며 보상을 바라지 않았다.[55] 앞장에서 보았듯 「前夜」의 식모 역시 남성들의 성적 접근에 호의적이다. 춘자는 폭력적으로 접근한 남성들에게 죄를 묻지 않았고 그들을 연민하거나 이해했다. 이렇게 식모들은 남성의 성적 접근을 너그럽게 포용하고 자신에게 잘못을 저지른 남성마저 따스하게 품어낸다. 식모를 이런 방식으로 형상화한 작가의식의 이면에 과연 성적 시선이 부재하는가. 이러한 표상 방식에는 남성의 성적 접근에 호의적이고, 그것을 용인할 뿐만 아니라 순정으로 수용하는 여성에 대한 판타지가 틈입한 것으로 보인다. 작가들은 일종의 '쉬운 여자'에 대한 판타지를 투사하는 대상으로 식모를 전유하는 것이다. 더불어 1970년대 남성 작가의 소설에서 성폭력으로 인한 내면적 고통을 토로하는 식모를 볼 수 없다는 사실도 특기할 만하다. 남성 작가들은 성폭력으로 인한 여성의 내적 번민은 간과한 채 소망 충족적 판타지 투사에 골몰한 것으로 보인다.

이 지점에서 줄곧 식모의 성적 수탈을 준열하게 비판했던 엄숙한 지식인으로서 남성 작가의 이미지는 균열된다. 남성 작가들은 식모들의 성적 수난을 사회비판적 시선으로, 그리고 연민의 시선으로 바라보았

---

55 "김상사는 그날 저녁 여관에서 돈을 주었으나 강원도댁은 그것을 받지 않았다. 순정이라는 것은 그것을 두고 하는 얘기인지 몰랐다. (중략) 이 김상사만큼은 지금도 눈에 선하게 떠오르곤 한다. 그 눈웃음, 착하고 시원하게 생긴 이마, 키는 자그마하지만 완강하게 끌어안던 그 팔뚝, 하루 저녁을 자더라도 만리장성을 쌓으랬다고 강원도댁은 지금도 어느 사내와 관계할 때마다 김상사의 생각이 간절한 것이다. 나를 술집 작부로 만들어주고 떠난 김상사, 나는 당신 같은 사내는 여지껏 보지 못했오. 죽기 전에 한번 만나 봤으면……."(198)

으나 그 시선은 자체적으로 성적인 뉘앙스에서 자유로울 수 없었다. 비록 그들은 식모를 수탈당한 존재로서 연민하고, 미덕의 구현자로서 이상화했지만 그 이면에 남성 특유의 성적 시선을 감출 수는 없었다. 식모는 민중이자 여성이었으며, 식모 표상에는 민중에 대한 외형적인 호의와 여성에 대한 전래적인 폄하가 착종된 채 동거하고 있었다. 1970년대 민중문학의 이데올로기가 폭넓게 유포된 가운데, 군사정권의 비호 아래 남성 중심적 문화가 무반성적으로 활개를 펼쳤거니와[56], 이러한 분열적인 의식상의 지형도는 식모 표상에 고스란히 각인되었다.

5. 맺음말

1970년대 남성 작가들의 소설에서 식모는 가난과 폭력과 비인간적 처우에 무방비로 노출된 존재로 표상된다. 작가들은 식모를 수탈당하는 존재로 호명하는 바, 이는 식모를 위험한 관리 대상으로 간주하는 중산층의 담론에 비해서 진일보한 시각임에는 분명하나 재고의 여지를 남긴다. 작가들은 민중문학의 이데올로기에 호응하는 가운데 식모를 '수탈당한 민중'으로 정형화하면서 식모의 독자성과 개별성을 간과한다. 이는 사회비판적이고 양심적인 지식인으로서 자기동일성을 강화

---

56 진중권은 군사문화와 남성 중심적 사고방식의 연관관계를 이렇게 설명한다. 군대는 남성에게 야만적 폭력성을 훈육하며, 남성들만의 집단적 문화는 여성에 대한 공격성을 제고하는 분위기를 형성한다. 군사문화는 우리 사회의 성폭력 관행의 한 뿌리 깊은 근원이다.(진중권, 「"어제의 용사들이 다시 뭉쳤다"」, 노혜경 외, 『페니스 파시즘』, 개마고원, 2001, 102-110면 참조.)

하기 위해 식모를 전유하고, 증언으로써 면죄부를 삼는 기제이기도 하다. 식모는 민중문학론이라는 남성적 이념을 구성하는 한 요소로 전유된다. 작가들은 식모를 다른 이념, 가령 이데올로기 대립의 비극이라는 이념을 구체화하는 매개로도 대상화한다.

남성 작가들은 식모를 인정과 의리, 낙관과 희망, 꿋꿋한 생명력 등의 미덕으로 성격화한다. 이 역시 민중을 미덕의 총체로 호명하던 민중문학의 이데올로기의 자장 안에 있으며, 식모를 정형화하면서 대상화하는 한 방편이다. 이때 작가들은 식모를 심적 위안처로도 전유하며, 식모를 매개로 올곧고 양심적인 지식인으로서의 자아정체성을 강화한다. 특히 자전적 소설에서 작가들은 식모와의 각별한 유대감을 유난히 부각하는데, 이 역시 민중과의 일체감을 강조하던 당대 비평 이데올로기에 충실할 뿐만 아니라, 민중 친화적 지식인이라는 자기동일성을 강화하기 위해서 식모를 전유하는 기제이다. 이때 식모는 헌신적인 모성에 대한 남성 특유의 판타지를 실어 나르며 대상화되고, 남성의 자기애를 강화하기 위해서 전유되기도 한다.

남성 작가들은 식모의 성적 수탈을 비판적으로 인식했다고 알려졌으나, 실상 그들 자신이 식모를 성적인 시선으로 포획한 것으로 보인다. 성적 수탈이 아닌 장면에서도 식모들은 빈번하게 성적인 존재로 현현하며, 특히 성적으로 분방하고 다소 문란한 모습으로 표상된다. 여기에는 식모를 성적인 대상으로 바라보는 작가의 시선이 틈입해 있으며, 식모의 포르노그래피적 재현은 남성 작가의 지배욕을 각인한다. 남성 작가는 성애를 쉽게 수락하는 식모 표상을 산출하면서, 식모를 순수하게 육체적인 여성에 관한 남성적 판타지를 실어 나르는 대상으로 전유한다. 민중이자 여성이었던 식모 표상에는 민중에 대한 표면적인 호의와 여성에 대한 무의식적인 폄하가 교착된 남성적 시선이 아로 새겨져 있었다.

식모에 대한 호의를 견지했던 작가들의 복합적인 무의식적 지형도는 당대 시대적 한계로 인해 불가피했을 수 있다. 앞서 1970년대의 남성 중심적 문화를 논했거니와, 예의 작가의식은 당대 상상할 수 있었던 윤리의 최대치였을 수 있다. 그러나 어떤 오류가 당대 의식되지 못했다는 사실이 훗날의 반성적인 고찰의 가능성마저 삭제하지는 아니한다. 오늘날 타자를 바라보는 방식에 대한 치열한 고민을 예비하기 위해서라도 반성은 무의미하지 않을 것이다.

1970년대 소설의 여대생 표상
-황석영·조해일·김주영의 소설을 중심으로-

1. 머리말

급격한 산업화가 진행되고 있었지만 대다수의 사람들은 여전히 빈곤했던 1970년대에 여대생들은 극히 희귀한 집단이었다. 여대생은 1970년대 출현한 '새로운 여성들' 중 하나였고, 당대 여성 내 계급 분화를 보여주는 지표였다.[1] 1970년 당시 고등학교 진학률이 남자 37%, 여자 24%에 지나지 않았으며,[2] 당대 여성의 대학 취학률은 평균 3.4%였다.

---

[1] 김옥란에 따르면, 1960년대까지만 해도 여성은 모성이라는 단일한 표지로 규정되었으나 1970년대 들어 여성들은 '공순이', '여대생', '호스테스', '복부인', '유한마담', '극성엄마' 등 다양한 이름으로 불리기 시작했다. 1970년대 산업화·도시화로 지배계층과 피지배계층의 계급 분화가 이루어진 것처럼 여성 내부에서도 급격한 계급 분화가 진행되었던 것이다. 이에 따라 '새로운 여성들'이 출현하고 있었는데 가정 내 원자화된 위치에서 벗어나 집단적 출현의 양상을 보인 여공, 여대생, 복부인 등의 경우가 그것이다.(김옥란, 「1970년대 희곡과 여성 재현의 새로운 방식」, 『민족문학사연구』 26, 민족문학사학회, 2004, 64면 참조.)

[2] 강준만, 『한국 현대사 산책 1970년대 편 3권: 평화시장에서 궁정동까지』, 인물과사상사, 2002, 145-146면 참조.

이러한 때 여대생은 희소한 존재일 수밖에 없었다. 게다가 남녀차별이 엄격했던 시기, 아들이 아닌 딸로서 고액의 등록금을 지원받을 수 있었던 여대생들은 어느 정도 경제적 여유가 있는 가정 출신이었다. 이때의 여대생이 특수 집단이었다는 사실은 패션에서도 드러나는 바, '우아하고 단정한 세련미를 강조하는 스타일'이 보편적이었는데, 이는 이후 세대의 실용적이고 평범한 스타일과 대비된다. 여대생은 육체노동을 하지 않는 가녀린 육체와 예쁜 외모의 여성으로 이미지화되었고 이상적인 여성상이자 대졸 남성들이 가장 선호하는 배우자감이었다.[3] 여대생은 명동의 음악다방, 통기타 가수들이 나오는 생맥주집, 고고장, 리본, 화장, 고가의 할부옷, 올 나이트 커피숍, 극장 등 중산층의 라이프스타일을 누리면서 다른 여성들에게도 선망의 대상이 되었다.[4]

그런데 이때 여성의 취업률은 여전히 낮았다. 대졸 여성을 위한 일자리 자체가 적었고 제도적 차별이 지금보다 훨씬 많았다. 1970년대 여성은 넓어진 고등교육 기회와 여전히 닫힌 사회 진출 기회라는 이율배반적 상황에 처해 있었다.[5] 1970년대 중후반에 남성 가장의 수입만으로도 가계가 유지되는 중산층 핵가족과 전업주부 집단이 한국 사회에 실질적으로 등장하면서, 남성의 경제적 활동과 여성의 가사노동이라는 이분법적 성역할이 고착되었다. 따라서 여성의 대학 진학은 직업 준비나 학문 탐구보다는 '조건이 좋은' 남성과의 결혼을 위한 것으로

---

3 이혜정, 「1970년대 고등교육을 받은 여성의 '공부' 경험과 가부장적 젠더규범」, 『교육사회학연구』 22-4, 한국교육사회학회, 2012, 233-254면 참조.
4 김원, 「여공의 정체성과 욕망-1970년대 '여공 담론'의 비판적 연구」, 『사회과학연구』 12, 서강대 사회과학연구소, 2004, 59면 참조.
5 이혜정, 앞의 글, 233-236면 참조.

여겨졌다.[6] 여대생들은 현모양처가 되도록 교육받았고, "현모양처로 딱 어울리는 신붓감"이란 말은 고학력의 여성들에게도 최대의 찬사였다.[7]

1970년대의 여대생은 양적으로 희소했을 뿐만 아니라 부유한 부모와 성공한 남편이라는 배경을 동반하는 일종의 특수 집단이었다. 비교적 평범한 집안에서 자라나 독립적으로 학비를 벌었던 이후의 여대생들에 비하면 1970년대의 여대생은 보다 귀족적이었다. 또한 1970년대의 여대생은 사회 진출보다는 조건 좋은 남성과의 결혼에, 자아성취보다는 현모양처의 윤리에 관심 갖도록 길들여졌다. 이후의 여대생이 부모로부터 보다 자립적이고 사회 참여나 자아실현에 보다 적극적이었던 것에 비하면 1970년대 여대생은 보수적이며 소극적이었던 것이다. 1970년대 여대생이라는 기호 안에는 자본주의 논리와 가부장제 규율이 착종된 채 동거하고 있었고, 여대생은 최고의 혜택과 여전한 억압이라는 이율배반적 상황에 직면해 있었다.

이러한 여대생이 당대 남성들에게 특별한 인상을 주었을 것임은 능히 짐작 가능하다. 우선 여대생은 선망의 대상이었을 것이다. 그러나

---

6   위의 글, 242-243면 참조.
7   1970년대의 주간지 『선데이서울』을 연구한 임종수와 박세현에 따르면, 연재물 중 1970년 대 내내 한 번도 연재 타이틀이 바뀌지 않은 기사가 있으니 바로 '딸자랑'이라는 연재물이다. 이 기사는 사회적·문화적·경제적 명사들의 딸자랑을 인터뷰하여 실었다. 딸들을 소개하는 수많은 수식어들 중 '현모양처'란 개념이 공통적으로 발견된다. 거의 모든 딸들은 '알뜰살뜰하며' '내조를 잘하고' '너그럽고 순종적이며' '고상하고 우아하고' 한마디로 '현모양처로 딱 어울리는' 신붓감으로 묘사된다.(임종수·박세현, 「『선데이서울』에 나타난 여성, 섹슈얼리티 그리고 1970년대」, 『한국문학연구』 44, 동국대 한국문학연구소, 2013, 119-120면 참조.) 명사의 딸들이 대체로 여대생이거나 대학 졸업생임을 감안했을 때 이 시기 여대생들은 예비 현모양처로 호명되었고 현모양처로 교육받았음을 알 수 있다.

여대생들은 엄격한 부모의 영향력 아래 현모양처가 되기를 요구받았고 이미 사회적 기반을 닦은 남성들을 만나도록 주문받았기에, 남성들에게 손쉬운 접근 대상은 아니었을 것이다. 이러한 1970년대 여대생의 문제적인 위상에 이 논문은 주목하려고 한다. 1970년대 여대생은 남성들의 눈에 어떻게 비쳤을까? 특히 남성 작가들은 여대생을 어떠한 모습으로 표상했을까? 이 질문으로부터 이 논문은 기획되었다. 무엇의 표상은 표상된 대상뿐만 아니라 표상하는 주체에 대해 많은 것을 알려준다. 표상은 본래 대상의 불가해하고 거대한 실체가 아니라 표상 주체에 의해 만들어진 이미지에 가깝다. 따라서 주체의 욕망이 표상에 개입하고, 그것에 의해 대상이 조작될 가능성은 엄존한다.[8] 그러므로 표상은 그것에 틈입한 주체의 욕망과, 대상에 대한 주체의 심적 태도[9]를 보여줄 수 있다. 표상은 대상에 대한 주체의 의식뿐만 아니라 무의식까지도 암시하는 중대한 실마리인 것이다.

이 논문은 1970년대 남성 작가 소설에 나타난 여대생 표상을 논구하고, 이를 통해 여대생에 대한 남성들의 태도와 욕망 그리고 무의식까지 가늠해 보고자 한다. 우선적으로 여대생 표상에 노출된 남성 작가의 태도와 무의식을 읽고자 하나, 소설이 당대 보편적인 정신적 분

---

8 에드워드 사이드, 박홍규 역, 『오리엔탈리즘』, 교보문고, 1999, 47-48면 참조. 사이드에 따르면, "본래 이해할 수 없을 정도로 산만한 어떤 거대한 실체"를 "인간이 파악할 수 있는 가시적인 것으로 만"드는 것이 표상의 본질이다.(위의 책, 118면 참조.)

9 푸코에 의하면 '태도'는 그리스 철학에서의 에토스와 유사한 것으로서, 동시대의 현실을 각인한 어떤 존재 양식, 선택의 방식, 사유와 느낌의 방식 등을 의미한다. 태도는 그 주체가 속한 소속 혹은 위치를 보여주기도 한다.(미셸 푸코, 장은수 역, 「계몽이란 무엇인가」, 김성기 편, 『모더니티란 무엇인가』, 민음사, 1999, 350면 참조; 박수현, 「1970년대 한국 소설과 망탈리테」, 고려대 박사논문, 2011, 16면 참조.)

위기의 반영물임을 감안한다면, 이를 여대생에 대한 1970년대 남성 일반의 심적 지형도를 암시하는 실마리로 파악할 수 있을 것이다. 특히 서두에서 논했듯 1970년대 여대생의 문제적 지위를 고려할 때 여대생 표상에는 1970년대적 특수성이 기입될 수밖에 없다. 따라서 이 논문의 작업은 1970년대 문화사적 지형의 일단을 해명하는 데 작은 참조점을 제시할 것으로 기대된다.

여대생 표상 논구의 적실성은 선행연구를 검토할 때 재차 확인된다. 1970년대 소설 연구에서 여성 표상은 광범위하게 주목받았다고 할 수는 없다. 특히 남성 작가의 소설에 나타난 여성 표상에 관한 것으로 한정할 때 선행연구는 풍부한 편이 아니다. 대중소설에 나타난 여성 표상에 관한 초창기의 연구[10]에서부터, 각종 여성 표상에 관한 연구[11]가 수행되었다. 이들에서부터 호스티스와 창녀는 각별한 주목을 받았거니와 최근에는 여성의 계급적 범주를 명시적으로 전면화한 연구, 즉 하층계급으로 범주화된 여성 연구[12]가 등장했다. 이 중 식모 표상에 관

---

10 김영옥, 「70년대 근대화의 전개와 여성의 몸」, 『여성학논집』 18, 이화여대 한국여성연구원, 2001; 이정옥, 「산업화의 명암과 성적 욕망의 서사-1970년대 '창녀문학'에 나타난 여성 섹슈얼리티의 두 가지 양상」, 『한국문학논총』 29, 한국문학회, 2001; 곽상숙, 「1970년대 신문연재소설의 여성 인물과 '연애' 양상 연구-『별들의 고향』, 『겨울여자』를 중심으로」, 『여성학논집』 23-2, 이화여대 한국여성연구원, 2006; 박수현, 「연애관의 탈낭만화-1970년대~2000년대 연애소설에 나타난 연애관의 비교 연구」, 『현대문학이론연구』 55, 현대문학이론학회, 2013.

11 김은하, 「소설에 재현된 여성의 몸 담론 연구-1970년대를 중심으로」, 중앙대 박사논문, 2003; 박수현, 「조선작 소설의 여성 표상 연구」, 『우리문학연구』 40, 우리문학회, 2013.

12 김원규, 「1970년대 소설의 하층 여성 재현 정치학」, 연세대 박사논문, 2010; 권경미, 「하층계급 인물의 생성과 사회적 구조망-조선작의 『영자의 전성시대』를 중심으로」, 『현대소설연구』 49, 한국현대소설학회, 2012; 김경연, 「70년대를 응시하는 불경한 텍스트를 재독하다-조선작 소설 다시 읽기」, 『오늘의 문예비평』 67, 2007. 겨울; 김경연, 「주변부 여성 서

한 연구[13]가 이채롭다.

이상 1970년대 소설의 여성 표상에 관한 연구에서 호스티스·창녀·식모 등 이른바 하층계급 여성은 학계의 집중적인 시선을 끌었으나, 여대생에 관한 연구는 아직 제출되지 않았다. 이에 여대생 표상을 논구하는 이 논문의 작업이 일정한 의의를 가질 것으로 기대된다. 또한 선행연구의 텍스트가 이른바 베스트셀러에 집중된 경향을 보이는 바, 이 논문은 지금까지 잘 다루어지지 않았던 중단편소설들을 텍스트로 삼고자 한다. 구체적으로 황석영의 「纖纖玉手」, 조해일의 「雨曜日」과 「나의 사랑하는 生活」, 김주영의 「女子를 찾습니다」와 「貳章童話」를 텍스트로 삼는다.[14] 주지하다시피 황석영과 김주영은 대하소설 『장길산』과 『객주』로, 조해일은 『겨울 여자』로 1970년대 독자의 사랑을 한 몸에 받았을 뿐만 아니라 세 작가들은 모두 이른바 순수문학에서도 만만치 않은 주목을 받았다. 앞서 이 작가들의 여대생 표상을 1970년대 남성의 보편적인 심상을 암시하는 실마리로 볼 가능성을 타진하겠다고 했거니와, 이러한 이들의 위상은 이 가능성을 제고해 준다.

사에 관한 고찰-이해조의 『강명화전』과 조선작의 『영자의 전성시대』를 중심으로」, 『문창어문논집』 42, 문창어문학회, 2005.

13 손윤권, 「70년대 소설에 나타난 식모의 양상」, 『강원인문논총』 17, 강원대 인문과학연구소, 2007; 오창은, 「도시의 불안과 여성하위주체-1970년대 '식모' 형상화 소설을 중심으로」, 『현대소설연구』 52, 한국현대소설학회, 2013.

14 이 논문은 각 작품이 처음으로 수록된 단행본의 초판본을 텍스트로 삼았다. 구체적인 서지사항은 다음과 같다. 황석영, 「纖纖玉手」, 『客地』, 창작과비평사, 1974; 조해일, 「雨曜日」, 『雨曜日』, 지식산업사, 1977; 조해일, 「나의 사랑하는 生活」, 『往十里』, 삼중당, 1975; 김주영, 「女子를 찾습니다」, 『女子를 찾습니다』, 한진출판사, 1975; 김주영, 「貳章童話」, 『여름사냥』, 영풍문화사, 1976. 앞으로 이 작품들에서 인용 시 인용문 말미 괄호 안에 면수만을 표기한다.

2. 희떠운 여대생, 경멸과 조롱

1970년대 소설에서 창녀는 주로 가엾고 정답고 안타까운 존재로 표상 되었으며, 그에 대한 작가의 태도는 대개 연민이었다.[15] 연민을 표출하 는 작가의 무의식이 문제적 지점을 내장한다 하더라도[16], 명시적으로 는 작가들은 창녀에 대해 호감을 표했다 할 수 있다. 이에 비해 남성 작가들은 여대생에게 그다지 호의적이지 않다. 남성 작가의 소설에서 여대생은 자주, 명시적으로 얄미운 존재로 표상된다. 작가는 드물지 않게 여대생에 대한 경멸과 조롱의 시선을 가감 없이 노출한다. 다음 은 조해일의 「雨曜日」의 첫머리이다.

우리들의 좀 희떱고 감상적인 주인공 수자(秀子)는 비오는 날을 좋아한 다. 비오는 날에 창경원 가기를 특히 좋아한다. 그리고 그러한 날을 그녀 는 그녀 식의 희떠운 상상력을 동원하여 얼마 전에 우요일(雨曜日)이라 고 명명(命名)한 바 있다. 그냥 비오는 날이라고 불러도 무방할 것을, 군 이 우요일이라고 명명한 데서 우리는 그녀의 허영심의 일단을 엿볼 수 있지만, 남들 같으면 계획을 세웠다가도 포기할 마련인 비오는 날을 군 이 택해 창경원엘 간다는 사실에서 우리는 또 그러한 허영심의 연장이라 고 할 수 있는 그녀의 감상벽을 짐작할 수가 있다. 본래 허영심과 감상벽 이라고 하는 것은 서로 가까우면 친형제, 멀어봤자 사촌간은 되는 지극

---

15 김영옥, 앞의 글; 이정옥, 앞의 글; 김경연, 「70년대를 응시하는 불경한 텍스트를 재독하 다」 참조.
16 박수현, 「조선작 소설의 여성 표상 연구」 참조.

히 친밀한 사이라고 할 수 있는 것이긴 하지만.(11)

작가는 여대생 인물 수자를 "희떠"움, "허영심", "감상벽" 등의 자질로 규정한다. 비오는 날을 우요일로 명명해서 특화하고 비오는 날에 창경원에 가기를 즐긴다는 개인적 성향이 희떠움과 허영심과 감상벽이라는 규정의 근거가 된다. 지극히 개인적인 습벽을 허영심과 감상벽으로 규정하는 작가의식에 여성에 대한 존중과 경의가 내포되었을 리 없다. 이러한 소설의 서두는 여대생 인물을 삐딱하게 바라보는 남성 작가의 시선을 예고한다. 이 시선은 멸시와 조롱의 기미까지 내포한다.

소설이 진행되면서 수자의 희떠움은 심각하게 부각된다. 그녀는 넝마주이 덕식을 유혹하여 연애를 시작하는데 그때 그녀의 속내를 작가는 이렇게 묘사한다. "여대생과 넝마주이와의 연애란 얼마나 멋지고 그럴 듯한 일인가. 얼마나 신선하고 누가 감히 흉내조차 낼 수 없는 일인가. 세상 속물들 같으면 감히 엄두조차 내지 못할 일이리라."(36) 그녀는 "누가 감히 흉내조차 낼 수 없는 일", 세상 속물들이 "감히 엄두조차 내지 못할 일"이라는 이유로 넝마주이와의 연애에 몰입한다. 그가 넝마주이라는 사실은 그녀의 자부심을 고양한다. 수자가 넝마주이 사내의 현실 그 자체를 전인적으로 수용하고 사랑하는 것이 아니라 남과 다르고 남보다 우월하다는 자신의 허영심을 만족하기 위해서 사랑을 연기한다는 사실을 작가는 애써 보여준다. 여기에서 부각되는 것은 수자의 허영심이다. 작가는 여대생 인물을 진실하기는커녕 제 허영과 감상벽에 빠져서 현실을 직시하지 못하는 이기적인 인물로 표상하는 것이다.

수자의 철없음은 연이어 부각된다. 수자는 덕식이 고아라는 사실이 더욱 마음에 든다면서, 그 이유를 이렇게 설명한다. "너야말로 독립된 인간이기 때문이야. 어려서부터 부모 덕 하나도 안 입고 이렇게 훌륭한 청년으로 성장하구. 그게 얼마나 장한 일이니? 니 나이 또래의 딴 애들은 대부분 아직도 부모 슬하에 있지 않니? 넌 정말 근사해."(62) 덕식이 고아로 성장하며 겪었을 온갖 고초와 아픔을 도외시한 채 단지 감상만으로 그의 현실을 '장하고 근사함'으로 표백해 버리는 수자는 분명 철없는 인물이다. 수자의 철없음은 덕식의 현실에 지나치게 무지하고 자신의 선입관으로 그의 현실을 왜곡해 버리는 점에서 덕식에게는 일종의 폭력일 수 있다. 이처럼 작가는 여대생 인물 수자를 자기중심성이 지나쳐서 폭력적이기까지 한 인물로 표상한다. 문제는 수자의 윤리성에 대한 분석과 비판이 아니라 이렇게 여대생을 윤리적으로 열등한 성격으로 창조한 작가의 태도이다. 그 태도에는 여대생에 대한 멸시와 조롱의 기미가 없지 않다.

여대생 인물을 허영심, 이기심, 얄팍함의 자질을 내면화한 '얄미운' 성격으로 표상하는 작가는 조해일만이 아니다. 황석영의 「纖纖玉手」에서도 이 서사문법은 고스란히 공유된다. 실업가의 외동딸이자 여대생인 미리는 더없이 얄미운 성격으로 표상된다. 그녀는 아파트 관리실의 공인(工人)인 상수를 재미삼아 유혹하려고 한다. 그녀는 일부러 몸에 꼭 끼는 바지 차림으로 남자를 거북스럽게 만들고, "눈길을 돌리려고 쩔쩔매며 애쓰는 남자를 관찰하"며 "아주 재미있었다"(279)고 생각한다. 그녀가 상수를 대하는 마음은 결국 개를 데리고 노는 마음과 다를 바가 없다. 상수는 "시골집의 턱없이 양순하기만 하던 잡종 개처럼 만만했"고 그녀가 상수에게 획책하는 것은 개에게 "먹이를 던져 주고 즐기던 놀이" 이상도 이하도 아니었다.(279) 즉 미리는 상수를 인격체로 대하지 않고 놀이의 대상으로 전유할 뿐이다. 미리의 내심은 직설적으로 이렇게 표현된다. "나는 다만 심리적인 놀이로써 실험을 해보고 싶을 뿐이었다."(280)

상수가 일주일 넘게 나타나지 않자 "나"는 어이없어 코웃음을 치면서 이렇게 진술한다. "작은 동냥을 거절한다는 거지를 보낸 뒤처럼 얄밉고 어처구니가 없었다."(282) 여기에서 미리는 상수를 "작은 동냥을 거절한다는 거지"로 바라본다. 일단 그 자체를 "거지"로서 폄하하며 그에 대한 자신의 마음 역시 "작은 동냥" 이상도 이하도 아닌 것으로 인정하는 것이다.[17] 미리는 상수를 기분 내기 위한 이용 대상으로만 인식한다. 이상에서 부각되는 것은 미리의 얄미운 성격이다. 그녀는 사회적으로 낮은 신분의 남자를 인격적으로 대하지 않고 자신의 감정 유희를 위한 대상으로 이용하는데, 이러한 여성이 얄밉지 않을 수는 없다. 그녀는 남성의 현실에 진지한 관심을 두지 않고 오로지 자신의 허영심의 만족만을 꿈꾸는 면에서 그리고 유희를 목적으로 남성을 유혹하는 면에서 「雨曜日」의 수자와 동형이다.

남성 작가의 소설에서 여대생은 속물적이고 타산적인 성격으로도 묘파된다. 미리는 남자 친구들과 연애 비슷한 일도 겪었지만 "세상살이가 어떻다는 것쯤 알고 있는 성숙한 여자로서 어리석은 생각은 하지 않았다. 장 만오씨는 아내를 위해서뿐만 아니라 그 자신을 위해서도 편안한 생활을 추구해 갈 건전한 상식인이었다. 그는 일찍이 공대를

---

17 "기분 내는 것은 오로지 나의 의사이고, 너는 그러한 운명의 횡포 아래 무력한 고기덩이일 뿐이란 말야."(294) 이 말은 상수에 대한 미리의 내심을 가감 없이 보여준다.

나와 유학가서 석사가 되어 돌아온 훌륭한 집안의 도련님인데 내 상대로 알맞은 청년이었다."(285) 미리는 어지간한 연애는 진지하게 생각하지 않고 학벌과 집안이 좋은 남성을 결혼상대로 삼아야 한다는 믿음을 굳게 고수한다. 여기에서 여대생 미리는 이른바 좋은 조건의 남자와 결혼해야 한다는 속물적인 상식을 내면화한 인물로 표상된다. 이는 「雨曜日」의 수자의 경우에도 마찬가지이다. 수자는 결국 덕식을 배반하는데, 고아이자 넝마주이인 덕식의 현실을 깨달았기 때문이었다.

이렇게 남성 작가는 여대생 인물을 순수와 낭만보다는 자본주의적 가치를 내면화한 이해타산적인 인물로 표상한다. 머리말에서 언급했듯 당대 여대생은 부모의 지대한 영향력 아래 조건 좋은 남자를 만나 현모양처로 살기를 종용받았기에, 이는 어쩔 수 없었던 시대적 한계였을 수 있으나 작가는 그러한 현실을 여대생 개인의 부도덕의 탓으로 돌린다. 여대생 인물을 이렇게 타산적인 속물로 묘파하는 작가의식에 역시 존중과 경의가 있을 리 없다. 「纖纖玉手」의 마지막 문장은 미리에 대한 상수의 최종 논평이다. "똥치 같은 게 겉멋만 잔뜩 들어 가지구."(310) '겉멋만 잔뜩 든 똥치'란 여대생에 대한 남성 작가의 이미지를 정확히 표현한 것으로 보인다. "겉멋"은 허영심을, "똥치"는 하찮음을 지시한다. 남성 작가는 여대생을 허영심으로 가득 찬 하찮은 존재로 표상하며, 이러한 표상은 그들이 여대생을 비아냥거리고 멸시하며 조롱한다는 사실을 보여준다.

이상 남성 작가의 소설에서 여대생은 허영심과 자기중심성, 이해타산과 속물성을 내면화한 한마디로 '같잖은' 인물로 표상된다. 남성 작가는 여대생에게 그다지 호의적이지 않을 뿐만 아니라 여대생을 희화화하고 조롱하고 경멸한다. 이렇게 얄밉고 같잖은 여대생 표상과 여대생을 조롱하고 경멸하는 작가의식은 문제적이다. 이 표상과 작가의식에는 여대생에 대한 욕망과 피해의식 그리고 원한까지 착종되어 있으며, 여대생에 대한 욕망의 구조 역시 복잡하다. 다음에서 여대생 표상에 대한 논구를 계속하면서 여대생에 대한 남성의 욕망의 구조와 그 귀결로서 피해의식과 원한을 살펴보고자 한다. 이는 얄미운 여대생 표상 이면에 놓인 남성의 의식구조 혹은 무의식을 밝히는 작업도 될 것이다.

3. 출세의 아이콘 혹은 자본주의적 악

남성 작가의 소설에서 여대생은 희떱고 얄미운 인물일 뿐만 아니라 간절한 욕망의 대상이기도 하다. 여대생은 여성 중의 여성 즉 최고의 여성으로 인식되며, 여대생에 대한 욕망은 일반 여성에 대한 욕망에 비해 특화된 위치를 점한다. 김주영의 「女子를 찾습니다」에서 "소생"은 여대생과 사귀려는 일념으로 여자대학 근방으로 하숙을 옮기며, 하숙집 딸이자 여대생인 미리를 점찍어두고 그녀를 욕망하기 시작한다. 여기에서 여대생을 욕망한다는 사실은 욕망의 실현 여부를 떠나서 그 자체로 명예로 인지된다. "소생"은 자신을 무시하는 사장에게 "소생이 시방 여대생을 꼬시고 있다는 걸 사장의 아귀통이라도 쥐어박아가며 말해주고 싶었으나 참았"(252)다. 그는 여대생을 유혹하는 중이라는 사실만으로도 자랑스러울 수 있었고, 여대생은 욕망의 대상 중 타의 추종을 불허하는 숭고한 자리를 점한다.

황석영의 「纖纖玉手」에서 노동자 상수는 이렇게 고백한다. "우리 친구 놈들은 대학생 비슷한 여공 애들한테 몇 번이나 속은 적이 있습니다. 못생기구 안경을 쓰구 뚱뚱해두…… 뺏지만 달면 기가 죽는다 그겁니다."(297) 이 진술은 여대생이 당대인에게 특별한 욕망의 대상이었음을 보여준다. 같은 소설에서 여대생 미리는 "방학 때 귀가할 적마다, 그 남자 또래의 시골 청년들이 무심히 지나가는 나를 잡아 먹을 것 같은 시선으로 벌거벗기는 듯한 착각에 빠지곤 했었다. 그들의 눈빛이 감당할 수 없을 정도로 맹렬하게 내 얼굴부터 아랫도리까지 훑어내리는 것이었다."(280) 시골 청년들이 미리를 바라보는 '잡아먹을 것 같은 맹렬한 시선'은 당대 여대생이 남성들의 열렬한 욕망 한 가운데에 위치했음을 보여준다. 특히 시골 청년들의 시선은 단지 호감만이 아니라 증오와 경멸 등 복잡한 감정을 동반하는 것으로 보인다. 이는 여대생에 대한 욕망이 단지 단순한 성욕이 아니라, 복잡한 메커니즘을 거느리는 문제적 구조를 지님을 시사한다.

여대생에 대한 욕망이 문제적 구조를 지니는 이유는 우선 머리말에서 언급한 1970년대 여대생의 특별한 지위와 연관된다. 당대 여대생은 부유한 부모와 성공한 남편이라는 배경을 동반할 것이라 기대되면서 그 어느 때보다 특권적 계급으로 인식되었다. 여대생은 부와 특권의 상징이었던 것이다. 흥미롭게도 이러한 여대생에 대한 세간의 인식은 남성 작가들의 소설에 직접적으로 반영된다. 남성 작가들은 여대생을 성적 욕망의 대상으로 뿐만 아니라 거의 출세의 아이콘으로 표상한다. 이는 오늘날과 확실히 차별되는 현상으로 보인다. 김주영의 「貳章童話」에서 두메 출신 황만돌은 여대생을 열렬히 욕망하는데, 그는 동시에 서울에서 성공하려고 혈안이 되어 있다. 그가 여대생을 욕망하는 이유는 명시적으로 서술된다. "세상을 살아가는 동안, 적어도 출세라는 걸 감히 염두에 두고 있는 사람치고 똑똑한 마누라 맞아들일 것이 각별히 신경쓰여 하며, 또 그것이 얼마나 큰 재산이 되던가를 일찍이 터득하지 않은 사람 없을 것이다. 말이 났으니까 이야긴데, 남자를 출세시키기 위해 얼마나 많은 여편네들이 이리 뛰고 저리 뛰던가를 눈뜨고 사는 사람이면 다 알고 있는 터이겠고, 요사이 날고 긴다는 축에 낀 명사들 치고 그런 여편네의 치맛바람 덕을 한두 번 안 본 사람이 많지 않다고 딱 잡아뗄 수 있는 사람 손들어 보라지. (중략) 적어도 제 동창 여럿은 사장 국장급에 시집갈 수 있는 신변 여건을 가진 여자, 그런 여자가 황만돌에겐 절대 필요했다."(175-176) 황만돌은 "똑똑한 마누라"의 지성과 배경과 인맥이 출세의 필수조건이라고 생각하며, 출세하기 위해서 여대생을 아내로 맞아야 한다는 당위에 사로잡혀 있다. 여기에서 출세욕과 여대생에 대한 욕망은 동궤에서 작동하며, 여대생은 출세의 아이콘으로 표상된다.

　실상 1970년대 남성 작가의 소설에서 여대생에 대한 욕망이 남성의 출세욕과 연동되는 모습은 빈번하게 발견된다. 여대생은 간절한 욕망의 대상이되, 특히 출세욕과 착종된 욕망의 대상인 것이다. 황석영의 「纖纖玉手」의 여대생 미리가 그 사례이다. 가난한 시골 출신 김장환은 성공하리라 마음을 굳게 먹고 서울로 올라왔다. 삼류 고등학교 야간부를 다니면서 낮에는 신문배달이나 행상이나 급사 노릇을 하면서 일류 대학에 들어갔다. 그는 '하면 된다' 정신으로 절치부심 성공을 위해 내달리는, 1970년대의 전형적인 출세주의를 체현한 인물이다. 그는 부유한 실업가의 외동딸이자 여대생인 박미리를 욕망하는데, 그 집념은 지나쳐서 거의 스토커 수준이다. "저는 옆에 머리도 좋고 뛰어난 미인인 박 미리가 아내로써 있게 된다면 이제는 완전무결하리라 생각했습니다."(292-293) 사업가를 꿈꾸는 장환은 미리를 자신의 앞날을 빛내줄 필수불가결한 요소로 여긴다. 자신의 사회적 성공에 마침표를 찍어줄 존재로 여기는 것이다. 앞의 황만돌과 김장환이 모두 출세욕의 화신인 점이 주목을 요한다. 주로 출세욕의 화신들이 여대생을 열렬히 욕망하는 모습은 출세욕과 여대생 대한 욕망이 동궤의 자질이라는 사실을 보여준다. 이런 남성들은 실상 여성이 아니라 자신의 출세를 원하지만 여성을 원한다고 오인한다. 여대생은 남성의 출세 욕망의 대리 표상인 것이다.

특히 「纖纖玉手」에서 다음과 같은 장환의 다짐은 주목을 요한다. "저는 절대로 포기할 수가 없었습니다. 제가 목표로 했던 것은 언제나 근면한 노력으로 이룩하는데 성공했으니까요. 저는 야간학교의 교실에서 다졌던 투지가 있습니다. 바로 미리는 저를 서울로 올라오게 했던 목적 그 자체입니다."(293) 미리를 포기할 수 없다는 다짐은 출세를 위해서 포기하지 말고 근면하게 노력하며 투지를 다지라는, 성공 신화를 조장하는 자기계발서의 문구와 동형의 구조를 가진다. 끈질김과 근면한 노력과 투지란 대체로 입신양명을 위한 덕목이자 1970년대 출세주의가 국민에게 요구했던 상투적인 윤리인데, 이것이 남녀관계에서도 동일하게 덕목으로 인지된다. 즉 장환은 출세를 도모하는 의식과 동일한 구조의 정신으로 여대생을 욕망하는 것이다. 이 지점에서 여대생에 대한 욕망이 곧 자본주의적 출세 욕망과 여지없이 착종되며 교착된다. 미리가 "서울로 올라오게 했던 목적 그 자체"란 장환의 말은 그가 출세와 여대생을 동궤의 자질로 인식함을 적나라하게 보여준다. 단적으로 여대생에 대한 욕망은 곧 출세에 대한 욕망인 것이다. 여기에서 여대생은 그 자신의 고유한 가치로 현현하는 것이 아니라 근대적 출세 욕망을 실어 나르는 수레로 대상화된다.

이러한 남성의 욕망은 사회적 분위기에 그 뿌리를 두고 있다. 장환은 이렇게 세태를 진단한다. "요즈음 여기서는 한 남자의 사회적 능력의 표징은 그가 거느린 여자의 됨됨이로 나타난다는 생각이 들었습니다. 똑똑하고 아름답고 최고의 수준으로 교육 받은 여자…… 그것은 바로 남자가 얼마쯤의 신분으로 직결되는 선을 통과했느냐 하는 물적 증거 자체입니다."(306) 장환의 진단에 따르면, 남성이 "거느린 여자"의 됨됨이 특히 그녀의 지성과 교육 수준이 남성의 사회적 능력과 신분을 결정한다. 1970년대에 "먹고사는 것조차 힘들어 고등학교는 물론 중학교도 나오지 못한 사람들이 많은 상황에서 학력은 곧 계급을 말하는 것이"[18]었다. 이렇게 학력지상주의가 횡행하는 가운데 여성의 학력은 남성보다 더 뚜렷한 변별성을 띠었고, 확고한 계급적 표지였다.

"여자쪽은 대개 대학에 진학했을 정도면 환경들이 좋은 편이니까. 실상 여학생과 남학생은 그런 점에서 조건이 다르죠"(302)라는 교수의 분석은 같은 대학생이라 하더라도 여대생이 남자대학생에 비해 더 높은 지위로 인식되었음을 보여준다. 한편 이는 전통적으로 여성에게 모성적 미덕만을 요구했던 봉건적 사회와는 달리 무언가를 더 주문했던 당대의 사회적 분위기를 반영한다. 산업화가 급진전되면서 물질주의적 · 자본주의적 가치관이 팽배해졌고[19] 이에 따라 여성에게 모성적 미

---

18 강준만, 앞의 책, 144면.
19 1970년대 박정희 정권의 경제 제일주의는 외연적 성장을 우선적 가치로 설정했다. 성장 제일주의는 생산력 발전을 지고의 가치로 여기는 생산력 만능주의, 목적 달성을 위해서 수단 · 과정 · 절차에 대범한 성과 제일주의를 근간에 두었다.(김용복,「개발독재는 불가피한 필요악이었나」, 한국정치연구회 편, 『박정희를 넘어서』, 푸른숲, 1998, 280~290면 참

덕 이상의 물질적·사회적 힘을 기대했던 새로운 풍조가 대두되었다고 볼 수 있다. 대체로 여성은 성적 가치나 모성적 미덕을 각인한 대상으로 전유되었으나, 여기에 이르러서 남성의 신분상승을 위한 매개로서 대상화된다. 여성에 대한 욕망에 자본주의적 출세 욕망이 틈입한 것이다.

김주영의 「女子를 찾습니다」에서도 자본주의적 계급의식은 여성관에 개입한다. 계급의식은 여성의 가치를 좌지우지하는 중대한 기준으로 설정된다. "소생"은 아버지가 점지해 두었다는 여자가 시골 여인숙집 딸이자 중졸임을 알게 되자 이렇게 생각한다. "사람에게 망신을 주어도 분수 나름이지 이럴 수가 없었습니다. 당신께서 외장(外場) 보러다닐 때 묵곤하는 하숙집 주인딸을 며느리로 삼겠다니 어처구니없는 노릇이었어요. 월봉(月俸) 십여만원짜리 직장으로 전직까지 하려는 소생을 두고 말입니다."(233) 여기에서 소생은 자신이 받을 월급 십여 만원을 근거로 중졸의 시골 처녀의 부당함을 강변한다. 시골 처녀에 대한 거부에 자신의 월급 액수, 즉 경제적 신분이 중대한 근거로 작동하는 것이다. 이렇게 남녀관계에 틈입한 자본의 논리는 당대에 위력적이었다. 이는 여성을 성적·정서적 관점을 넘어서 경제적 관점에서 바라보기 시작한 사회 분위기를 암시한다. 이는 '산업화 시대'로 표지화되는 1970년대 팽배했던 발전주의와 출세주의와도 무관하지 않다고 보인다.

그런데 여대생은 자본주의적 출세 욕망의 대상으로 표상될 뿐만 아니라, 바로 그런 이유 때문에 부정적으로 표상되기도 한다. 작가는 때

조.) 이는 출세주의와 물신주의가 만연한 사회 풍토를 낳는 데 일정한 기여를 했다고 보인다.

로 여대생을 거의 자본주의적 악을 체현하는 인물로까지 표상한다. 작가들은 자본주의적 출세 욕망을 차마 노골적으로 지지할 수 없었기에 외견상으로나마 여대생에 대한 욕망을 반성하는 것이다. 그러나 반성이 진정한 것인가 하는 사안은 다른 문제이다. 김주영의 「女子를 찾습니다」의 결말에서 "소생"은 느닷없이 사장에게 봉변을 당한다. 사장은 그가 전날 수금한 오만 원을 착복했다고 오해한 것이다. 봉변을 당하는 도중 시골 처녀 칠례가 나서서 소생을 변호하고 오만 원을 내어준다. 소생은 여대생 미연이 이 광경을 구경하고 있었으나 나서지 않았음을 곧 알게 된다. 게다가 미연은 도망가기까지 한다. 소생이 칠례의 품에서 평안을 느끼며 그녀를 아내로 맞을 결심을 하는 장면에서 소설은 끝난다.

여기에서 여대생은 순박한 시골 여인에 비해서 의리 없고 신뢰할 수 없는 인물로 표상된다. 작가는 여대생을 자본주의적 악으로, 시골 여인을 그에 대립하는 선으로 위치시킨다. 이러한 이분법 혹은 여대생이 자본주의적 악의 표상으로 상정된 점은 주목을 요한다. 작가는 칠례라는 시골 여인의 미덕을 부각하고 남성 인물이 그녀를 선택하게 함으로써 여대생을 열등한 자리에 놓는다. 여대생을 자본주의적 출세 욕망의 폐해를 구현하는 아이콘으로 표상하는 것이다. 작가가 여대생에게 투사되었던 남성의 출세 욕망을 반성한다고도 볼 수 있으나 이 기제는 보다 복잡하다. 작가는 출세 욕망에 대한 떳떳치 못한 자의식을 여성에게 투사하고, 원래 남성의 것이었던 출세 욕망을 여성에게 전가함으로써 남성에게 면죄부를 부여한다. 게다가 출세 욕망을 여성에게 전가한 이후 그것을 폐기함으로써 자신의 순결을 주장한다. 여성은 남성이 폐기해야 할 자질을 떠맡아서 대신 처벌받으며 남성의 죄의식을 면

제한다. 출세 욕망의 부정성은 여대생이 오롯이 감당하게 되며, 따라서 그에 대한 비난도 여대생이 짊어지게 된다. 즉 매혹적이었으나 결국 추방당한 여대생 표상은 출세 욕망의 부정성까지 대리하여 떠안으면서 남성 작가의 죄의식을 면제하는 역할을 수행하는 것이다.

4. 강간을 즐기는 여대생과 성적 판타지

1970년대 남성 작가의 소설에서 창녀에 대한 욕망이 성적 욕망과 정서적 위안에의 욕망으로 유별화되었다면[20] 여대생에 대한 욕망에는 자본과 권력의 논리가 깊게 틈입해 있다. 여대생에 대한 욕망은 산업화 시대 출세주의와 자본주의의 위력을 각인한 특별한 욕망이었다고 할 수 있다. 여기에 더해 성적 욕망을 고려할 때 여대생에 대한 욕망은 보다 문제적인 구조를 지니게 된다. 다음에서 여대생에 대한 욕망의 진행 양상, 즉 엄연한 욕망 앞에서 남성이 무엇을 도모하고 그것이 어떻게 귀결되는지 살펴보고자 한다.

특이하게도 1970년대 남성 작가의 소설에서 남성이 여대생에게 순정을 바치고 결혼을 추진하는 모습이 진지하게 묘사된 경우는 거의 없다. 「纖纖玉手」의 장환이 그 사례인데, 여대생 미리와 결혼하기를 진지하게 원하는 그는 단지 비정상적인 미친놈으로 희화화될 뿐이다. 순경은 장환에게 이렇게 말한다. "이왕 행동으루 나갈 바엔 아예 먹어주든지, 패버리든지 할 것이지."(290) 이는 여대생에 대한 욕망을 해소하

---

20 박수현, 「조선작 소설의 여성 표상 연구」 참조.

는 방법에 대한 남성의 의식을 일러준다. 겁간하거나 구타하는 방식으로 여대생에 대한 욕망을 해소하려는 태도는 남성 작가의 소설에서 반복적으로 나타나기에 문제적이다. 「纖纖玉手」에서 상수는 여성 인물을 겁간하려고 하며, 조해일의 「雨曜日」에서 남성 인물은 실제로 여대생을 겁간한다. 현실에서 그러한 일이 자주 일어났는가 하는 문제를 떠나서 이는 적어도 당대 여대생에 대한 남성의 은밀한 욕망을 반영한다고 보인다.

김주영의 「女子를 찾습니다」에서 소생은 이렇게 말한다. "불초 소생은 삼삼했던 그녀를 처음 만나고 난 뒤부터 결심한 바가 있었다는 것입니다. 그것은 모가지가 부러지는 한이 있데도 그녀에게 턱걸이를 한번 해 보고야 말겠다는 앙심입니다."(239) 여기에서 턱걸이는 겁간을 의미하며, 사랑이 "앙심"으로 표현된 사실이 또한 주의를 끈다. "소생이 미연(美然)씨를 하루 빨리 잡아먹겠다고 이빨을 간"(225)다거나 "그녀의 안달이 최고조에 달했을 때 소생은 번갯불에 콩구워먹듯 창졸간(倉卒間)에 그녀를 후딱 잡아먹야야겠다"(249)는 등 '잡아먹는다'는 서술어는 여대생에게 반복적으로 부착된다. '잡아먹는다'는 서술어는 물론 여대생을 겁간의 대상으로 설정하는 의식을 시사한다. 실상 짧지 않은 이 소설의 지면은 대부분 소생이 미연이를 "잡아먹기" 위해서 온갖 수단과 방법을 동원하는 이야기에 할당되어 있다.

가령 그는 미연을 겁간하기 위해서 카페나 살롱, 스카이라운지 등으로 데려가면서 이렇게 생각한다. "미연씨가 아무리 소생을 좋아하고 있다손 치더라도 어느 날 냉냉한 정신에 후딱 다가가서 벗어! 하면 브라자 팬티를 훌훌 까내릴 여자는 아닐 테니깐요. 젠장 골목골목마다에 처깔린 여관 여인숙 한번 기어들어가는데 이렇게 미묘하고 복잡한 절차가 필요하다는게 신경질이 났습니다."(253) 여기에서 소생은 사랑한 다는 미연과 여관 한번 가는 일, 즉 육체관계를 맺는 일만 욕망하고 있 다. 남성 인물에게 사랑의 방식은 육체관계였다. 여성은 오로지 성적 대상으로 전유되며, 이는 "남자에게 있어서 여자는 섹스이다. 절대적 으로 그렇다"[21]는 진단에 정확히 부합한다. 또한 남성이 육체관계에 대 한 여성의 동의를 얻기 위해 노력하는 것이 아니라 여성의 의식을 마 비시킨 채 그것을 실행하려고 하는 점이 주목을 요한다. 앞의 「纖纖玉 手」나 「雨曜日」의 경우에서도 남성 인물은 여성의 동의 없이 성관계를 맺거나 맺으려 한다. 이는 여대생과의 폭력적인 성관계를 꿈꾸는 당대 남성들의 무의식적인 소망을 반영한 것으로 보인다.

문제는 남성 작가들이 여대생들을 강간 혹은 유사한 정황으로 인해 전혀 상처받지 않는 모습으로 표상한다는 사실이다. 여대생들은 강간 을 원하기도 하며 강간을 당해도 전혀 충격받지 않을 뿐만 아니라 심 지어 즐기기까지 하는 모습으로 표상된다.

⑺ 비탈길을 재빨리 끌려내려가며, 한편으로는 그에게 심하게 얻어 맞 고 싶은 나른한 기분에 빠졌다. 잠깐 나도 모르는 사이에 자고 싶다 는 생각이 스쳐 지나갔다. 울창한 숲, 찢긴 옷, 상처난 다리, 달음박질, 짓눌림, 바람소리.(「纖纖玉手」, 298)

⑻ 또 그 일의 충격이라고 하는 것도(방금 그만 일로라고 말한 바 있지 만) 한 열흘쯤 지나자 차츰 그 강도가 엷어짐과 함께 그다지 대수로

---

21 시몬 드 보부아르, 조홍식 역, 『제2의 性』 상, 을유문화사, 1999, 12면.

운 문제로는 여겨지지가 않게 되었을뿐더러 오히려 무슨 재미있었던 일같은 느낌마저 들었던 것이다.(「雨曜日」, 67)

(다) 떡식이 너 큰 착각하고 있는 것 같다? 그걸 갖고 친해진 거라고 생각한다면 큰 오산이야. 그건 옛날 남자들이나 갖는 사고방식이라구, 그런 걸 갖고 친해졌다고 생각하거나 소유권을 주장하는 따윈 까마득한 옛날 식이라구. 사람은 그런 걸 갖고 가까워지는 게 아냐.(「雨曜日」, 82)

(가)에서 미리는 상수에게 끌려 내려가며 구타당하고 강간당하고 싶다고 공상한다. (나)에서 수자는 강간을 당하고도 그 일을 대수롭지 않게 여기며 심지어 재미있었던 일로 기억한다. (다)에서 육체관계로 가까워졌다고 생각하는 덕식에게 수자는 육체관계가 아무것도 아니라고 가르치기까지 한다. 이상에서 여대생은 구타와 강간을 은밀하게 꿈꾸며, 실제로 강간을 당해도 상처받지 않고, 성관계를 계기로 가까워졌다고 믿는 남성에게 그 믿음이 구세대적인 것임을 가르치는 모습으로 표상된다.

남성 작가의 서술에서 강간당한 여성의 트라우마에 대한 고려나 죄책감을 찾아볼 수 없다.[22] 물론 이들은 모두 여성의 있는 그대로의 현

---

22 여기에서 여성 작가의 겁간 모티프 표상 방식은 일고에 값할 것이다. 가령 1970년대 박완서의 장편소설 『도시의 흉년』에서 수연은 예비 형부 서재호에게 겁간을 당한다. 그녀는 비록 자신이 "상하더라도 그가 그의 공리적인 인생계획으로부터 비참하게 탈선하게 하"기 위해서 다소 의도적으로 그런 상황을 만들었으나 결과는 수연 자신만 상하는 것이었다. 그녀는 자신이 "받은 최초의 충격에 공포와 수치를 함께 느"끼고, "절대로 하늘의 열상처

실이 아니라 남성 작가에 의한 표상이다. 문학작품에서 판타지의 위상을 고려할 때, 인물 표상에는 때로 작가의 판타지가 투사되어 있다.[23] 작가는 드물지 않게 은밀한 소망을 인물에 투사하여 판타지를 구현한다. 따라서 인물의 표상은 작가가 지닌 소망의 양상, 즉 판타지의 구체적인 면모를 암시한다. 우선 강간당하는 여성 표상 자체가 강간이라는 은밀한 소망을 투사한 남성의 판타지일 수 있다. 한편 여성이 강간을 즐긴다고 상상해야 그에 따르는 어쩔 수 없는 비난과 죄책감을 면제받을 수 있기에, 남성은 강간을 즐기는 여성을 은밀히 꿈꾸며 이러한 소망을 여성 인물에 투사하기도 한다. 이렇게 하여 '강간을 즐기는 여성'이라는 표상이 탄생한다. 이때 여대생은 남성의 성적 판타지를 실어 나르는 대상으로 전유된다.

강간을 즐기는 여대생 표상은 성적으로 자유분방한 여대생 표상으로 발전한다. 조해일의 『겨울 여자』의 여대생 이화가 남성의 성적 판

럼 감쪽같이 치유될 수 없는 열상"에 고통스러워 할 뿐이었다. 더구나 서재호는 아무것도 잃지 않았다. 단적으로 "결과적으로 나만 상했지 내가 부딪친 대상은 티끌 하나 안 다치고 건재했다." 수연은 무력하게 예비 형부에게 당했다기보다 그의 위선을 무너뜨리고자 대담하게 도발했다고도 볼 수 있으나 그럼에도 결과적으로 수연만 만신창이가 되었다. 대담한 여성에게조차 겁간은 치유하기 어려운 상처로 각인되는 것이다. 여성 작가의 소설에서 겁간은 이렇게 트라우마의 원천으로 표상된다.(박완서, 『도시의 흉년』 상, 세계사, 2008, 344-349면 참조.) 훗날 1980년대의 윤정모, 1990년대의 공지영의 소설에서도 사정은 마찬가지이다. 이는 남성 작가의 작품에서 여성이 강간을 즐기는 모습으로 표상되는 경우와 대조적이며, 예의 표상이 남성의 판타지를 담지한 허상이라는 논지에 근거를 보태준다.

23 프로이트에 따르면, 현실원칙을 추종하도록 훈육된 인간은 그럼에도 쾌락을 포기할 수는 없다. 그래서 그는 상상적으로 쾌락을 추구할 영역을 구축하는데 이 영역이 판타지이다. 환상 즉 판타지phantasie는 현실원칙에서 벗어난 보호구역이다. 인간은 판타지를 통해 과도하거나 터무니없는 욕망까지 상상적으로 충족할 수 있다.(지그문트 프로이트, 임홍빈·홍혜경 역, 『정신분석 강의』 하, 열린책들, 1998, 528-529면 참조.)

타지를 실어 나르는 대상이라는 점은 잘 알려져 있거니와,[24] 「나의 사랑하는 生活」의 여대생은 보다 극단적이다. "모든 여자애들이 다 들어가길 바라는 그 여자대학"(6)의 학생인 "나"는 등록금을 벌기 위해 매춘을 시작한다. 그러면서 그녀는 섹스에 중독되어 간다. "난 이 세상에서 제일 가는 건 뭐니뭐니 해도 섹스라고 생각해. 섹스처럼 사람으로 하여금 늘 신선한 감명에 사로잡히게 하는 게 또 있겠어?"(6) 여기에서 여대생은 섹스를 즐기고 성적으로 자유로운 여성으로 표상된다. 이러한 표상은 성적으로 자유로운 여성에 대한 남성의 판타지를 각인한다. 그녀는 첫 경험 후 이렇게 느낀다. "그날밤 나는 최초의 감명을 맛보았어. 그렇게 고통스러운 것이 그렇게 신선한 감명을 동반한다는 게 내겐 몹시 야릇하게 여겨졌지."(9) 순결 이데올로기가 위력적이었던 1970년대 첫 경험을 즐길 수 있었던 여성은 극히 드물었을 것이나, 이 소설의 여대생은 그것을 즐거운 것으로 여긴다. 첫 경험을 즐기는 여성 표상도 일종의 판타지일 수 있거니와, 특히나 여기에는 여성의 첫 경험에 따르는 특유의 죄책감에서 자유롭고 싶은 남성의 소망이 투사된 것으로 보인다. 순결 이데올로기와 현모양처 이데올로기가 위력적이었던 1970년대 남성은 여성의 첫 경험에 대해 만만치 않은 부담을 느꼈고 따라서 첫 경험을 즐기는 여성을 은밀하게 소망했을 수 있다.

또한 낯선 남자가 "나"의 얼굴과 옷과 벗은 몸에 주눅이 들자 "나"는 이런 말로 격려한다. "당신은 내가 본 남자들 가운데서는 가장 훌륭한 몸을 가지셨다, 그리고 나는 창녀다, 두려울 건 아무것도 없다, 싸우려고만 든다면 당신은 매우 훌륭히 싸울 수 있으며 반드시 승리하실

---

[24] 김영옥, 앞의 글; 이정옥, 앞의 글; 곽승숙, 앞의 글; 박수현, 「연애관의 탈낭만화」 참조.

수 있다, 그리고 내 몸은 지금 당신에게 무참히 짓밟혀서 행복해지기 위해 활짝 개방되어 있다, 어서 오라."(13) 여기에서 여대생 "나"는 자신 앞에서 의기소침해진 남성을 성적으로 격려하는 모습으로 표상된다. 이 역시 남성적 판타지의 소산이거니와, 이때 격려의 양상이 또한 문제적이다. 그녀는 자신을 "창녀"로 비하하고 "짓밟"히고 싶다고 말한다. 격려가 여성 자신을 비하하면서, 즉 마조히즘적인 방식으로 수행되는 것이다. 작가는 여성 인물로 하여금 권력의 위계구도에서 남성을 우위에 놓는 방식으로 격려하게 한다. 이는 남성의 사디즘적 성적 판타지를 드러낸다. "반드시 승리하실 수 있다"는 말 역시 성적 관계에 틈입한 권력 욕망을 암시한다. 밀레트에 따르면 성에 대한 망상과 권력에 대한 망상은 동궤에서 운행하며, 이는 모두 여성을 사물화하는 의식에 기반한다.[25] 이 소설에서 여대생은 성적으로 자유롭고 남성을 성적으로 격려할 뿐만 아니라 남성의 권력적 우위를 확인시키고 사디즘을 부추기는 모습으로 표상된다. 여기에는 물론 남성 작가의 판타지가 투사되어 있다.

이 시기 소설에서 남성과 여대생 인물이 진지하게 인격을 교류하는 모습은 찾기 힘들다. 여대생 인물이 남성 인물의 삶에 비(非)성적인 차원에서 결정적인 영향력을 발휘하는 경우도 드물다. 적지 않은 소설에서 여대생은 성적 욕망의 대상, 특히 일방적이고 폭력적인 성적 욕망의 대상으로 표상된다. 여대생은 종종 폭력적인 육체관계에 호응하고 그것을 즐기는 모습으로 설정된다. 이는 남성 작가의 판타지를 각인한다. 이렇게 남성 작가가 남성 특유의 성적 판타지를 여대생 인물에게

---

25 케이트 밀레트, 정의숙·조정호 역, 『性의 政治學』上, 현대사상사, 2002, 45면 참조.

부착했다는 사실은 소설 속 여대생과의 관계가 공상 차원에서 전개되었음을 시사한다. 머리말에서 언급했듯 여대생은 당대 특권 계층이었으나 현모양처 이데올로기에 갇혀서 자유로울 수 없었다. 남성의 입장에서 여대생은 간절한 욕망의 대상이나 실제로는 너무나 먼 곳에 자리하고 있었다. 남성은 여대생과 인격적으로 접촉하기보다는, 그에 대한 판타지를 생성해 내는 일에 더 익숙했다고 보인다. 이상에서 논한 성적 판타지는 남성 작가의 은밀한 무의식으로 보이는데, 아니라 해도 즉 폭력적인 성적 판타지를 꿈꾸는 대다수 남성의 공통적인 의식을 남성 작가가 단지 반영했다고 해도 이야기는 대동소이하다. 어떤 경우에도 분명한 것은 당대 여대생에 대한 열렬한 욕망과 접근의 난해함이라는 이율배반적인 상황에서 폭력적인 성적 판타지에 골몰하는 남성적 무의식이 폭넓게 존재했다는 사실이다.

5. 매몰찬 속물, 피해의식과 복수

앞장에서 본 여대생 표상은 판타지일 뿐 현실이 아니었을 가능성이 크다. 앞장에서 판타지 차원의 여성 표상을 살폈다면 이 장에서는 현실적인 공간에서의 여대생 표상에 주목하고자 한다. 여대생은 종종 매몰찬 여성으로 표상된다. 김주영은 「貳章童話」에서 여성을, 구애하는 남성들을 함부로 망신주고 치한으로 간주하는 모습으로 표상한다.[26] 이렇게 도도하지만 매몰찬 여성 표상은 구애를 거절하는 여자들에 대한 남성의 피해의식을 드러낸다. 「女子를 찾습니다」에서 소생은 이렇게 고백한다. "여자란 동물은 사귀게 되는 그 날부터 사내 새끼를 속썩이고 들어간다는 걸 으바리같은 소생이 알 리가 있겠습니까. 그것이 다만 알량한 계집애들의 테크닉에 불과하다는 걸 소생이 알리 없다는 것입니다. 자기만은 절대로 창녀(娼女)가 아니라는 걸 기회있을 때마다 남자에게 확인시켜주기를 즐기는 게 여자라는 걸 소생이 알리 없다는 것입니다."(247-248) 여기에서 여성은 줄곧 남성을 괴롭히는 존재로 상정된다. "자기만은 절대로 창녀가 아니라는 걸" 남성에게 끊임없이 확인시킨다는 점이 괴롭힘의 요체이다. 즉 여성은 남성의 성적 요구를 줄기차게 거절함으로써 남성에게 고통을 주는 존재로 표상되는 것이다. 여기에서 남성의 성욕을 거절하는 여성에 대한 남성의 피해의식을 볼 수 있다.

「雨曜日」에서 수자는 커피 한잔 하자는 군인의 제의를 거절한다. 그러자 군인은 "요즘 여대생들 보면 지아이(G·I)들하곤 잘들 같이 다닙디다. 이러지 맙시다"(17)라며 화를 낸다. 이 장면은 여대생이 자신을 상대해 주지 않는다는 남성의 피해의식을 보여준다. 더 문제적인 장면은 그 후에 이어진다. 수자는 군인에게 따귀를 맞고, 그를 따라 버스에서 내리면서 우산을 씌워준다. 이 행위는 군인에게 호의의 표현으로 인식되었다. 그런데 수자는 군인을 헌병에게 고발하면서 그가 우산을 빼앗았다고 일러바친다. 군인의 입장에서 수자는 데이트를 수락했다가 갑자기 냉랭하게 표변하면서 자신을 공격하기까지 하는 여성이다. 여기에서 우산은 주목을 요하는 모티프이다. 수자는 우산을 손수 씌워

---

26 "요사이 계집애들이란 골은 하품나게 비었어도 도도하기 이를데없고, 그런 계집앨수록 바늘쌈지 입에 물고 다니듯싶게 말 몇마디로 사람 망신주는 데는 일가견 이루고들 있는 편이어서 함부로 말 걸다간 갈데없는 치한으로 간주되어, 코쭝배기에 썩은 가래라도 탁 뱉어 버린다면 그야말로 땡 소리 한번 크게 나고 말 것이기 때문이었다."(176-177)

주었으나 나중에 그것을 빼앗겼다고 고발한다. 군인이 보기에 우산은 여성이 직접 제의한 호의였으나, 나중에는 남성 자신이 강탈한 것으로 알려지면서 비난의 근거로 작동한다. 우산은 여성의 호의 일반을 제유한다고 볼 수 있다. 이는 뿌리 깊은 남성의 피해의식, 즉 먼저 유혹하고서 나중에 관계를 죄악시하며 처벌하는 여성에 대한 피해의식을 보여준다.[27] 이러한 남성적 피해의식은 '남성이 나를 사랑하지 않으면서 성관계만을 원한다'는 여성의 피해의식만큼이나 유서 깊다. 작가는 성관계를 허락할 것처럼 틈을 보이고서는 나중에 돌변하여 남성을 비난하는 여성에 대한 피해의식을 수자에게 투사한 것이다.

흥미롭게도 남성 작가의 피해의식은 속물적인 여대생 표상으로 귀결된다. 남성을 배반하는 여대생 인물은 거의 예외 없이 속물로 표상되며, 이 역시 반복적으로 나타나는 일종의 서사관습이나 다름없다. 위의 소설에서 수자는 결국 덕식을 차버린다. "역시 사람은 신분을 속일 수가 없다는 생각이 들었기 때문이다. 사람이 교육을 받지 못했다는 것이 어떤 것인가를 그녀는 몸소 체험한 느낌이었다."(88) 그녀는 학교도 제대로 다니지 못한 고아이자 넝마주이인 덕식과 자신의 사회적 신분 격차를 깨닫는다. 수자는 자기 본위의 판타지에 빠져서 남성을 유혹하고서는 사회적 신분 차이로 그를 배반하는 인물로 표상된다. 이는 신분 격차로 남성을 무시하고 배반하는 여성에 대한 피해의식을 보여준다. 머리말에서 언급했듯 당대 여대생들은 예외적인 위상을 차

---

27 성폭력에 대한 그릇된 인식 중 대표적인 것들에 다음과 같은 것들이 있다. 여성이 심한 노출 등으로 성폭력의 원인을 제공한다. 또 여자가 끝까지 저항하면 강간은 불가능하다. 강간은 종종 피해 여성의 의지가 반영된 화간으로 간주된다.(여성한국사회연구소 편, 『새로 쓰는 여성과 한국사회』, 사회문화연구소 출판부, 1999, 288-289면 참조.)

지했었기에, 많은 남성들이 특히 부유한 여대생들에게 열등감을 느끼고 실제로 수준에 미치지 못한다는 이유로 배신당하기도 했을 것임은 능히 짐작 가능하다. 그러한 여대생에 대한 피해의식이 신분 차이로 남성을 배신하는 여성 표상으로 표출된 것으로 보인다. 「纖纖玉手」의 결말에서도 사정은 마찬가지이다.

사람들이 물결쳐 밀려 오가는 번화가가 생각났다. 생각은 다시 단절되었던 요 조그만 물을 건너 신작로로 달려갔고 여러 가지 책무며 세상에서 내게 요구하는 사항들이 떠올라왔다. 나는 다시 찌꺼기를 주워 모아서 내 전신에 휘감았다.

나는 자기가 정말로 볼품없는 여자라는 걸 깨달았다. 그가 나의 속옷에까지 손을 댔을 때, 나는 서둘지 않고 그를 약간만 밀어냈다. 그가 고개를 들었다. 그의 표정은 지금도 생생하다. 너무나 무심했다. 입을 반쯤 벌리고 시선을 낯설었다. 일어섰다. 아찔, 현기증이 일어났지만 잠깐 뒤에 밝아졌다. 그가 얼결에 내 한쪽 다리를 잡았다. 운동화가 벗겨졌다. 나는 물가로 뛰어갔다. 배를 부르기 위해서였다. 멍청히 섰던 상수가 그제서야 벗겨진 신발을 던지며 투덜거렸다.

「똥치 같은 게 겉멋만 잔뜩 들어 가지구.」(310)

상수는 미리를 겁탈하려고 하는데, 미리는 처음에 분위기에 취해서 그것을 용인하려고 하다가 번화가, 신작로, 책무 등을 연상하면서 그것을 거절한다. 번화가, 신작로, 책무 등이란 계급 관계로 점철된 현실을 지시한다. 미리가 속물적인 이유로 상수와의 관계를 거절했다는 설정은 미리를 죄악시한다. 위에서 작가는 느닷없이 성관계를 시도하는 상수에게는 어떠한 도덕적인 결함을 부착하지 않을 뿐만 아니라 오히려 그를 늠름하고 의연하며 속물적 가치에 물들지 않은 순수한 모습으로 표상한다. 죄는 속물적인 계산을 하느라 성관계를 수락하지 못한 미리의 몫이다. 여기에서 작가는 남성의 일방적인 성욕 행사를 자연적인 순수함으로, 여대생의 거절을 사회적 계급의식에 오염된 속물성으로 표상한다. 여기에는 여대생에 대한 비난의 기미가 없지 않다. 여대생에 대한 남성의 피해의식이 속물성에 대한 단죄로 전화하는 것이다. 남성의 일방적 성욕 행사에 대한 반성보다는 여대생의 속물성에 대한 비난을 부각한 작가의 서술은 문제적이다. 작가는 남성의 욕망 좌절의 탓을 여대생의 속물성으로 돌리면서 남성을 자기 비하로부터 구원하고, 여대생을 속물로 죄악시하면서 피해의식을 해소하고 위무한다.[28]

이러한 여대생에 대한 피해의식은 원한으로까지 발전한다. 「纖纖玉手」의 장환은 이렇게 고백한다. "어떤 때엔 이 거리를 걸어다니는 싱싱한 말 같은 여자들을 볼 때마다 이유없이 죽여 버리고 싶습니다. 나도 그렇고, 저들도 모두 본성을 잃어 미쳐버린 껍데기가 아닌가 하는 끔찍한 생각도 듭니다. 나는 자유스럽지 못합니다. 누군가에게 내 몫을 빼앗긴 것만 같습니다. 굶주림보다도 더욱 못 견딜 고충입니

---

28 오태호에 따르면, 미리는 권력과 자본의 결탁을 통해 근대적 질서가 제공하는 '성욕 주체'가 되고자 노력했지만, 소설의 결말은 근대적 질서 안에서는 누구도 구성된 욕망의 주체일 뿐 성욕 주체는 언제든 욕망의 대상으로 전락할 수 있음을 보여준다. '탈성욕 주체'인 상수는 미리의 성욕적 시선을 거부하고 해체함으로써 '성욕 주체'의 권력화된 공허한 내면을 비판한다.(오태호, 「황석영 소설에 나타난 '성욕 주체'의 양상 연구」, 『국제어문』 36, 국제어문학회, 2006, 299-310면 참조.) 그는 미리를 자본주의적 부정성을 구현하는 인물로, 상수는 이에서 벗어난 인물로 바라본다. 이와 달리 이 논문은 미리와 상수를 그런 식으로 표상한 작가의 무의식을 문제 삼는다.

다."(306) 이유 없이 여자들을 죽여 버리고 싶다는 장환의 고백은 단지 정신이상자의 내심이 아니다. 이는 여대생들에 대한 원한과 복수심의 표현이다. 그 원한과 복수심을 형성한 것은 그들에 대한 치열한 욕망, 가령 자본주의적 출세 욕망과 착종된 다소 도착적인 성욕과 그 좌절로 인한 피해의식이다. "누군가에게 내 몫을 빼앗긴 것만 같"다는 장환의 고백은 여대생들에 대한 피해의식이 증오와 밀접히 결부되었음을 보여준다.

여대생에 대한 남성의 피해의식은 때로 복수심으로 귀결된다. 「纖纖玉手」라는 소설 자체가 여대생에 대한 남성의 복수심으로부터 추동된 서사라고 해석할 수 있다. 여대생 미리는 노동자 상수를 놀이개로 여겼지만 실제로는 그에게 조롱당한다. 남성 작가는 상수를 그녀의 내심을 간파하고 그녀에게 넘어가지 않는 의연한 인물로 표상한다. "내게 조바심을 일으키게 하는 것은 그가 나를 열망하는 게 사실인데도, 쉽게 포기해 버리는 천부의 무관심 때문이었다. 심리적인 놀이라고 내가 작정했을 때, 그것은 곧 반응없이 내 자신에게 되돌아와서 오히려 스스로를 놀이개로 만들어 가고 있었다."(295) 이렇게 남성 작가는 노동자 남성을 여대생을 능가하는 인물로, 여대생을 결국 노동자 남성에게 조롱당하는 인물로 설정함으로써 여대생들에 대한 복수를 노린다. 소설 전체에서 여대생을 허영심 많은 속물로 표상하고 특히나 결말에서 여대생을 속물로 결정적으로 단죄하는 서술 방식 역시 일종의 복수인 것으로 보인다. 작가는 "똥치 같은 게 겉멋만 잔뜩 들어 가지구"(310)라는 결어로써 여대생에 대한 복수를 완수한다. 이렇게 보면 2장에서 논한 얄밉고 희떠운 여대생 표상 역시 남성 특유의 복수심에서 형성된 것으로 해석할 수 있다. 여대생에 대한 욕망, 즉 출세욕과 착종된 성적 욕망은 치열했으나 그것을 현실에서 실현하기 어려웠기에, 남성들은 곧잘 폭력적인 성적 판타지에 빠지거나 피해의식과 원한, 그리고 복수심까지 느꼈다고 보인다. '같잖은' 여대생 표상은 복수심이 표출되는 한 통로였다.

남성 작가들은 여대생을 욕망하는 남성 인물을 형상화하지만 그 자신이 여대생을 욕망한다고 서술하지는 않는다. 명시적으로는 여대생을 삐딱하게 바라보면서 출세욕과 착종된 여대생에 대한 욕망을 반성한다. 남성 작가들은 외면적으로는 자본주의적 욕망을 각인한 예의 성적 욕망을 부정하는 의식을 표명한다. 하지만 여대생 표상에서 드러나는 폭력적인 성적 판타지와 피해의식과 복수심은 남성 작가들 역시 여대생에 대한 욕망에서 자유로울 수 없었음을 보여준다. 이는 1970년대 특유의 시대적 분위기를 배경으로 거느린다. 주지하다시피 당대 온 국민은 '잘 살아 보세'라는 구호 아래 전력 질주했고, 자본주의적 욕망은 도처에 팽배했다. 또한 유신 치하 군사적 권위주의는 알게 모르게 남성우위 의식을 사회 전반에 유포했고, 이는 오늘날보다 더 적극적으로 남성적 욕망을 옹호하고 비호할 수 있었다. 이러한 사회적 분위기에서 자본주의적 출세 욕망은 거의 모든 이들의 의식을 잠식했으며, 남성적 욕망은 노골적일 정도로 대담하게 표출되어도 비난을 면제받을 수 있었다. 이들이 뒤섞여서 부글부글 끓어오르는 용광로 한 가운데에 여대생이 놓여 있었다. 보수적인 성(性)문화로 인해 남성들은 박탈감에 시달렸으나 그것을 조장한 것은 아이러니하게도 남성적 권위를 열렬히 수호했던 가부장제였다. 1970년대 엄존했던 가부장제의 위력은 여대생들을 예비 현모양처로 길들였고, 여대생은 대체로 젊은 남성들에게 판타지와 피해의식의 투사만을 허용하는 '먼 대상'으로 존재하기 쉬웠다.

6. 맺음말

1970년대 남성 작가의 소설에서 여대생은 얄밉고 희떠운 존재로 표상된다. 남성 작가는 여대생을 허영심과 속물성을 내면화한 '같잖은' 인물로 표상하는 바, 이는 여대생을 조롱하고 경멸하는 태도를 내포한다. 이러한 여대생의 표상과 남성 작가의 태도에는 여대생에 대한 욕망과 환상, 피해의식과 복수심이 복합적으로 작용하고 있다. 우선 여대생은 열렬한 욕망의 대상으로 현현하거니와 여대생에 대한 욕망에는 자본주의적 출세 욕망이 깊숙이 틈입했다. 이는 급격한 산업화로 인해 출세주의가 만연한 사회 풍토와도 연관된다. 남성 작가는 때로 여대생을 자본주의적 악으로 규정하고 추방하는데, 매혹적이지만 추방당하는 여대생 표상은 원래 남성의 것이었던 출세 욕망의 부정성을 여성에게 전가함으로써 죄의식을 면제받으려는 은밀한 기도를 내장한 것으로 해석할 수 있다.

남성 작가의 소설에서 남성 인물은 자주 여대생과 폭력적인 성관계를 기도하며 여대생은 때로 강간을 즐기고 성적으로 자유분방한 모습으로 표상된다. 이는 현실이라기보다 남성적 판타지를 투사한 결과로 보인다. 현실적인 공간에서 여대생은 매몰찬 모습으로 표상되는데, 이는 접근하기 쉽지 않았던 여대생에 대한 남성의 피해의식을 보여준다. 남성 작가는 드물지 않게 여대생을 속물로 표상하거니와, 이는 욕망 좌절의 원인을 여대생의 속물성으로 돌리면서 피해의식을 위무하려는 남성의 무의식을 보여준다. 피해의식은 원한과 복수심으로도 발전하는데, 속물적인 여대생 표상이나 얄밉고 희떠운 여대생 표상은 남성의 복수심이 표출되었던 한 통로로 보인다.

1970년대 여대생에 대한 남성 작가의 태도에만 주목한 나머지 당대 여대생의 실상에 대한 논구가 미흡한 점은 이 논문의 한계로 남을 것이다. 이는 방대한 사회학적·문헌학적 자료의 고찰을 통해서 이루어져야 하는 바, 아쉽게도 후속연구를 기약해야 할 듯하다. 이러한 사정은 1970년대 여대생이라는 논제의 연구 가능성을 폭넓게 열어둔다. 특히 머리말에서 논했듯 특혜와 억압이라는 이율배반적 위치에 놓였던 여대생 그 자신의 내면 역시 주목을 요한다. 여대생의 실상에 대한 문헌학적 고찰과 여대생 자신의 발화에 대한 탐구를 후속 과제로 기약한다.

조선작 소설의 여성 표상 연구

1. 머리말

조선작은 1970년대의 대표적 베스트셀러 『영자의 全盛時代』의 작가로 알려져 있다. 이 소설집은 놀라운 판매고를 보였기에 때로 대중소설로 호명되었지만, 실상 본격문학의 장에서 그 문학성으로 만만치 않은 고평을 받았다. 계간지 『문학과지성』은 조선작의 「미술대회」를 재수록하고 고무적인 리뷰[1]를 게재하면서 그를 발굴하다시피 했다. 또한 조선작 소설은 기층민 즉 민중의 삶을 형상화한 면에서 고평을 받은 바, 『창작과비평』의 비평적 이상에서도 멀지 않았다. 이는 종종 나란히 논의되는 1970년대의 다른 베스트셀러인 최인호의 『별들의 고향』이나 조해일의 『겨울 여자』가 본격문학으로서는 폄하되었던 사정과 대비된다. 『영자의 全盛時代』는 『문학과지성』적 가치와 『창작과비평』적 가치 그리고 대중소설의 가치를 한 몸에 지녔던 문제적인 작품이었

---

[1] 김병익, 「삶의 熾烈性과 언어의 完璧性-趙善作의 경우」, 『문학과지성』 16, 1974. 여름.

던 셈이다. 이 논문은 우선 1970년대의 문제적 작가 조선작의 소설을 현재의 시각과 맥락에서 정밀하게 논구하고자 한다.

조선작의 소설은 창녀로 대표되는 저변층의 생활을 묘사함으로써 사회의 구조적 모순을 드러내는 창녀 소설, 평범한 소시민의 안락한 일상을 그리되 그 이면을 파헤친 소시민 소설로 대별된다.[2] 조선작이 뿌리 뽑힌 인간 군상에 주목함으로써 사회의 부조리를 비판한다는 것이 기존 논의의 핵심이다. 조선작 소설에 나타나는 어둡고 음울한 자연주의적·동물적 요소도 빈번한 주목의 대상이 되어 왔다. 최근 본격 학술논의로 조선작 초기 단편소설의 주제의식을 정리한 논의[3], 하층계

---

2 당대의 평론과 서평, 작품집 해설로 다음과 같은 논의가 있다. 김병익, 「否定的世界觀과 文學的 造形-그 熾烈性과 完璧性」, 조선작, 『영자의 全盛時代』 해설, 민음사, 1974; 김인환, 「通念的인 品位와 本來的인 心情」, 『문학과지성』 18, 1974. 겨울; 이선영, 「底邊層 生活의 眞實」, 『창작과비평』 34, 1974. 겨울; 김병익, 「現實과 시니시즘」, 『창작과비평』 42, 1976. 겨울; 이보영, 「삶의 虛僞性과 그 克服」, 『창작과비평』 56, 1980. 여름; 이상옥, 「타락한 시대의 피카로들」, 『세계의문학』, 1980. 겨울. 작품 선집 해설로 다음 논의들이 있다. 구중서, 「淪落 素材와 戰爭의 證言」, 조선작, 『지사총』 해설, 범우사, 1977; 오생근, 「趙善作 작품 세계의 明暗」, 조선작, 『내걸린 얼굴 外』 해설, 삼중당, 1979; 이태동, 「人間 實驗室의 小說空間」, 조선작, 『시사회』 해설, 고려원, 1980; 신동욱, 「强力한 透視鏡」, 조선작, 『신한국문제작가선집』 7 해설, 어문각, 1980; 정규웅, 「뿌리 뽑힌 삶을 위한 치열한 문학 정신」, 조선작·최인호, 『삼성판한국현대문학전집』 55 해설, 삼성출판사, 1981; 정규웅, 「體驗과 想像力을 織造하는 스토리텔러」, 조선작, 『현대의 한국문학』 8 해설, 범한출판사, 1984; 조동민, 「삶의 極限과 本能의 絶叫」, 조선작 외, 『현대한국단편문학』 53 해설, 금성출판사, 1984; 신동욱, 「삶의 투시(透視)로서의 이야기 문학」, 조선작, 『영자의 전성시대』 해설, 일선출판사, 1987; 정규웅, 「體驗과 想像力의 폭과 깊이」, 조선작, 『오늘의 韓國文學 33人選』 13 해설, 양우당, 1989; 류준필, 「어둠 속에 담긴 진실」, 조선작·문순태, 『한국소설문학대계』 66 해설, 동아출판사, 1995.

3 홍성식, 「조선작의 초기 단편소설의 현실성과 다양성」, 『한국문예비평연구』 20, 한국현대문예비평학회, 2006.

급 인물의 형상화 방식을 고찰한 논의[4], 죄의식 문제를 다룬 논의[5] 등이 등장했다. '창녀소설'이라는 유서 깊은 레테르가 일러주는 바, 조선작 소설에서 창녀 혹은 여성 문제는 만만치 않은 화두이다. 따라서 조선작 소설의 여성 표상에 관한 연구는 미미하나마 한 흐름을 형성한다.[6]

전술한 바, 그의 『영자의 全盛時代』는 1970년대의 대표적 베스트셀러였던 조해일의 『겨울 여자』나 최인호의 『별들의 고향』과 같은 자리에서 종종 논의되었다. 흥미롭게도 논자들은 최인호와 조해일의 소설에 대해, 여성 인물에 남성 작가의 판타지를 투사한 일종의 "백일몽적 소설"[7]이라고 비판적으로 성찰하면서도, 조선작 소설의 여성 인물 형상화 방식에는 호의적이다. 가령 조선작 소설의 창녀는 여성의 성을 상품화한 산업화 사회의 구조적 모순을 드러내는 효과적인 장치라는 것이다.[8] 최인호의 경아나 조해일의 이화가 '성녀(性女)'와 '성녀(聖女)'

---

4   권경미, 「하층계급 인물의 생성과 사회적 구조망-조선작의 『영자의 전성시대』를 중심으로」, 『현대소설연구』 49, 한국현대소설학회, 2012.

5   김지혜, 「1970년대 대중소설의 죄의식 연구-최인호, 조해일, 조선작 작품을 중심으로」, 『현대소설연구』 52, 한국현대소설학회, 2013.

6   이정옥, 「산업화의 명암과 성적 욕망의 서사-1970년대 '창녀문학'에 나타난 여성 섹슈얼리티의 두 가지 양상」, 『한국문학논총』 29, 한국문학회, 2001; 김영옥, 「70년대 근대화의 전개와 여성의 몸」, 『여성학논집』 18, 이화여대 한국여성연구원, 2001; 김경연, 「주변부 여성 서사에 관한 고찰-이해조의 『강명화전』과 조선작의 『영자의 전성시대』를 중심으로」, 『문창어문논집』 42, 문창어문학회, 2005; 김경연, 「70년대를 응시하는 불경한 텍스트를 재독하다-조선작 소설 다시 읽기」, 『오늘의 문예비평』 67, 2007. 겨울; 정혜경, 「한국 현대소설에 나타난 여성 정체성의 변모과정 연구」, 부산대 박사논문, 2007; 김원규, 「1970년대 소설의 하층 여성 재현 정치학」, 연세대 박사논문, 2009.

7   이정옥, 앞의 글, 402면.

8   위의 글, 396면 참조.

의 낭만적 혼성물이라면 조선작의 창녀들은 지극히 현실적인 형상을 하고 있으며, 일그러지고 훼손된 그들의 육체는 근대화의 이면을 적나라하게 환기한다. 창녀의 육체는 1970년대의 굴절된 근대성이 기입된 일종의 공간으로 현시된다는 것이다.[9] 조선작의 창녀는 그것을 존재하게 한 사회 혹은 근대성의 모순을 환기한다는 점에서 긍정적으로 평가된다.

창녀를 사회 비판의 중추적 회로로 보는 이러한 관점은 실상 작품의 발표 당시부터 정설로 통용되던 것이었다. 발표 당시부터 조선작 소설의 창녀는 저변층 인생의 소외된 삶을 체현하는 아이콘으로 각광받았다. 첫 작품집 해설을 쓴 김병익에 의하면, 조선작의 창녀는 "우리 사회의 구조적 모순, 병든 현실의 제도적 표현을 발견하는 중요한 목표"를 향해 가는 데 있어 중대한 경로이다. 단적으로 "趙善作의 娼女들은 黃晳暎의 막벌이꾼, 朴泰洵의 〈外村洞〉 뜨네기들처럼 뿌리뽑힌 底邊層의 人口階層을 대변하는 것이다."[10] 민중에 대한 각별한 호의로 규정되는 1970년대 문학 장 특유의 분위기 아래, 창녀는 당당한 민중으로 호명되었으며, 창녀-민중을 적극적으로 묘파했다는 이유로 조선작은 문단의 총아로 각광받을 수 있었다.

많은 연구자들의 동의를 얻은 이 논제를, 이 논문은 비판적으로 성찰하고자 한다. 이 논문은 창녀를 통해 사회의 구조적 모순을 드러냈다는 조선작의 작가의식의 이면을 고찰하고자 한다. 조선작의 창녀가 그토록 인구에 회자되었다는 사실은 조선작 소설의 여성 문제 자체가

---

9 김경연, 「70년대를 응시하는 불경한 텍스트를 재독하다」, 288-289면 참조.
10 김병익, 「否定的世界觀과 文學的 造形」, 351면.

섬세한 고려를 요하는 사안임을 보여준다. 창녀, 나아가 여성을 표상[11]하는 조선작의 방식은 문제적이다. 인물의 표상 방식은 작가의 특정한 심적 태도를 누설한다. 태도란 타자를 인식하고 표상하는 방식이자, 타자를 대면할 때 취하는 특정한 시각과 불가분의 관계에 놓인다.[12] 작가는 타자를 인식하는 자신의 고유한 방식대로, 즉 특유의 태도에 따라 타자를 표상한다. 이런 심적 태도가 반복해서 나타난다면 그것은 작가의식의 중대한 특질을 반영한다고 볼 수 있다.

이 논문은 조선작 소설에 드러난 여성 표상을 분석함으로써 여성에 대한 작가의 심적 태도를 추출해 보고자 한다.[13] 알려진 바와 달리 조선작은 여성을 특유의 방식으로 대상화하거니와 여기에는 여성에 대한 공포가 일정 부분 작동하고 있다. 조선작의 소설은 여성에 대한 소망과 공포가 복합적으로 교차하는 공간이자, 타자의 대상화를 꿈꾸는

---

11 사이드에 따르면, "본래 이해할 수 없을 정도로 산만한 어떤 거대한 실체를 표상함으로써 이 실체를 인간이 파악할 수 있는 가시적인 것으로 만"(에드워드 사이드, 박홍규 역, 『오리엔탈리즘』, 교보문고, 1999, 118면)드는 것이 표상의 본질이다. 즉 표상의 결과는 본래의 불가해한 거대한 실체가 아니라 표상하는 자에 의해 왜곡되고 조작된 이미지인 것이다. 그러므로 표상은 주체의 욕망이 개입되고 대상이 조작될 가능성을 지닌다. 사이드에 따르면 있는 그대로의 표상이 아닌 조작으로서의 표상은 실상 흔하다. 표상은 때로 진실이 아니다.(위의 책, 47-48면 참조.)

12 푸코에 의하면 '태도'는 "그리스 사람들이 에토스라고 불렀던 것과 유사한 것"으로서, 동시대의 현실에 관련된 어떤 존재 양식, 선택하는 방식, 사유하고 느끼는 방식 등을 뜻한다. 태도는 태도의 주체가 어디에 속해 있는지 귀속 관계를 보여주기도 한다.(미셸 푸코, 장은수 역, 「계몽이란 무엇인가」, 김성기 편, 『모더니티란 무엇인가』, 민음사, 1999, 350면 참조; 박수현, 「1970년대 한국 소설과 망탈리테」, 고려대 박사논문, 2011, 16면 참조.)

13 이 논문은 조선작이 1970년대에 발표한 단편소설집의 초판본을 텍스트로 삼는다. 조선작, 『영자의 全盛時代』, 민음사, 1974; 조선작, 『外野에서』, 예문관, 1976. 앞으로 이 소설집들에서 인용 시 소설 제목 옆에 수록 소설집 제목을 병기하고 인용문 말미에 면수만을 표기하기로 한다.

주체의 자기동일적 소망과 끝내 거역할 수 없게 현현하는 타자성이 교착되는 장소이다. 그 양상을 고찰하는 것이 또한 이 논문의 목적이다. 이 논의 결과는 조선작의 창녀 소설의 본색을 밝히는 데에도 기여할 수 있을 것이다.

2. 대상화된 여성과 자기동일적 판타지

앞서 논했듯 조선작 소설의 창녀는 기층 민중의 애환을 체현하는 아이콘으로 각광을 받았다. 창녀는 사회의 구조적 모순에 대한 작가의 비판적 시각을 담지하는 주체로 인식되었던 것이다. 따라서 조선작 소설에 "우리 사회의 비천한 사람들에 대한 작자의 튼튼한 유대감과 깊은 애정"[14]이 드러난다는 논제 역시 정설로 인정되어 왔다. 그런데 과연 조선작의 소설은 창녀에 대한 깊은 호의와 애정을 내장하는가? 그렇게 보기에는 조선작의 남성들은 지나치게 빈번하게 창녀들을 구타하고 그들을 비루한 존재로 표상한다. 창녀가 비루하지 않게, 즉 바람직하게 표상된 경우조차 간과할 수 없는 문제들을 내포한다.

우선 조선작의 남성들은 지나치게 빈번하게 창녀들을 구타한다. 「志士塚」의 "나"는 임질에 걸린 사실을 알자 창녀 창숙을 걷어차고 뺨을 때리면서 분풀이를 한다. 이때 여성은 남성의 분풀이의 대상이 된다. 「영자의 全盛時代」에서도 "나"는 사랑하는 창녀 영자에게 때때로 따귀를 때리고 발길질을 한다. 「模範作文」(『영자의 全盛時代』)에서 어린

14 이선영, 앞의 글, 1106면.

이 화자 "나"는 담임 선생님이 창녀 근옥에게 쩔쩔매는 모습을 보고 이렇게 말하면서 한심해 한다. "우리 선생은 우리들한테만 호랑이지 진짜 아무 것도 아니지 뭐여요. 축구볼을 차듯 한 번 발길질만 세게 하면 저만큼 나가 떨어질텐데 괜스리 쩔쩔매니까 우리 선생도 참 밥통이지요 뭐."(151) 소년 화자 "나"의 뇌리에서조차 창녀는 발길질 하나로 제압할 수 있는 만만한 대상으로 인식되고 있다. 「試寫會」(『영자의 全盛時代』)의 "나"는 언짢아질 때마다 "버릇대로 진숙이년의 엉덩이가 터지지 않을 만큼 수없이 걷어"(341)차고, 진숙은 울면서 용서를 빈다. 소년은 습관적으로 여성을 구타하는 자이다. "나"는 진숙의 사소한 실수에도 "마땅한 응징을 가하기로"(319) 마음먹는다. 소년은 늘상 응징하는 자, 소녀는 소년의 심판을 기다리는 자이다. 소년과 소녀 사이에는 무너질 수 없는 위계질서가 존재한다. 이토록 반복적으로 등장하는 여성 구타 장면은 작가의 특유한 심적 태도를 암시한다. 우선 이 태도가 여성을 존중하는 태도일 수는 없다. 작가는 여성을 비하하며, 특히 공고한 남성의 권력 우위를 당연시하고 있다.[15]

주목할 만한 것은 구타를 당한 여성들의 반응이다. 서두에서 논했거니와 타자의 표상 방식은 주체의 특정한 태도를 반영할 뿐만 아니라 타자에게 품은 소망 혹은 판타지를 노출한다. 구타당한 여성들을 표상

---

15 김원규 역시 「영자의 全盛時代」의 남녀 관계가 동등하지 않고 위계적이라고 논한다. 남성 인물은 구원자, 권위적인 보호자, 폭력의 주체라는 위치에 있고 여성은 피구원자, 순정적인 피보호자, 폭력의 대상이라는 위치에 있다는 것이다.(김원규, 앞의 글, 55-57면 참조.) 김원규의 논점에 이 논문은 동의하나, 이 논문은 구타의 의미를 분석한 점, 여성 비하의 다양한 국면을 밝힌 점, 남성 판타지의 의미를 고구한 점, 현현하는 타자성의 의미를 밝힌 점 등에서 김원규의 작업과 차별된다.

하는 조선작의 방식은 여성에 대한 그의 태도와 소망을 알려준다. 「志士塚」의 창숙은 얻어맞고도 "나"의 환부를 들여다보면서 염려를 표하다가 적극적인 섹스로 그를 위무한다. 「영자의 全盛時代」의 영자는 구타를 당하면서 "나"와 살림을 차리고 싶은 내심을 노출한다. 영자는 맞으면서 사랑을 고백한 셈이고, "나"는 구타를 계기로 영자의 사랑을 확인할 수 있었던 것이다. 즉 남성의 구타는 여성의 사랑 고백을 이끌어내는 바람직한 결과를 가져온 것이다. 여성들이 구타를 계기로 남성을 떠나거나 공격하지 않고, 궁극적으로 남성을 위로하는 역할을 수행한다는 점은 주목을 요한다. 이 여성 표상에서 맞은 여성의 내면에서 일었을 분노나 환멸은 철저히 사상되고 오직 애정과 위로만이 부각된다. 구타가 여성의 특정한 반응, 즉 다정함과 따뜻함을 확인하는 수단으로 기능하는 것이다. 이는 여성에게서 사랑을 확인하고 따뜻한 배려를 구하는, 즉 모성적 애정을 추구하는 남성의 판타지를 내포한다. 남성 작가는 구타에 죄의식을 느끼기보다는 구타를 자신의 판타지를 실현하는 도구로 삼는다. 이때 여성의 육체는 주체적 자기 표현을 하지 못하고 남성의 판타지를 담지하는 대상으로 전유된다. 「試寫會」(『영자의 全盛時代』)의 다음 장면은 이 사정을 보다 명백하게 드러낸다.

나는 발작적으로 진숙이년에게 달려가 턱없이 넓게 퍼진 엉덩짝을 힘껏 걷어차며 소리쳤다.

『시끄러워 이 개년아. 울고만 있으면 다냐?』

진숙이년은 마치 주인에게 걷어채인 개처럼 흠칫 놀라서 내 눈치를 흘금흘금 보며 비켜 섰다. 나는 금시 진숙이년에게 대한 까닭없는 박해를 후회했다. 나는 가끔 진숙이년에게 턱없이 난폭하게 구는 경우가 많았고,

그때마다 후회를 거듭하곤 했다. 진숙이년으로 말하자면 아이들뿐인 우리들의 작은 집단에서 매우 중요한 구실을 해내고 있는 것이었다. 밥을 짓고 더러워진 의복을 세탁하고 하는 일도 중요한 역할이었지만, 내 화풀이의 상대로서도 무던한 구실을 해 주었다. 진숙이년은 마치 주인에게 충직한 사육동물처럼 내게 길들여져 있는 것이었다. 요즈음 갑자기 펑퍼짐해지기 시작하는 진숙이년의 엉덩이는 내 발길질의 좋은 맷집이 돼 주었다.(284)

위에서 보듯, 진숙의 가장 중요한 역할은 소년의 "화풀이의 상대"로서의 "무던한 구실"이다. 여기에서 화풀이 상대로서의 역할이 식사 준비와 세탁 등 여성 특유의 가사 노동 못지않게 중요한 것으로 인식된다. 조선작의 남성은 구타당하는 여성에게서 화풀이 상대의 역할, 즉 자신의 분노와 무력감을 받아내는 배설구를 구한다. 남성 인물은 가령 「試寫會」에서는 전쟁 당시 굶주림과 도둑질로 대별되는 생존 자체의 참혹함을 소년의 처지에서 겪어야 했고, 「志士塚」과 「영자의 全盛時代」에서는 급속한 근대화의 흐름에서 소외당한 암울한 현실을 기층민의 입장에서 체험해야 했다. 이런 형편에서 남성들은 무력함과 고단함과 불안에 전율했으며, 자존감은 사정없이 훼손되었다. 남성은 이런 '화', 즉 심적 트라우마를 구타당하는 여성을 희생양 삼아 치유하려고 하는 것이다. 이때 여성은 남성의 정신적 외상을 치유하는 매개로 전유된다.

또한 구타는 명백한 권력관계의 표지이다. 구타하는 자는 구타당하는 자보다 권력의 우위에 서 있으며, 구타는 이를 확인하는 수단이기도 하다. 불안한 외부 세계에서 자존감을 위협받는 남성은 구타를 통해 권력 우위를 확인하면서 자존감을 확보한다. 보부아르에 따르면, 인간은 타자와 대립함으로써 자신의 지위를 확보한다. 즉 자신을 본질적인 것으로 주장하고 타자를 비본질적인 객체로 설정함으로써 자신을 확립시켜 나간다.[16] 여기에서 보듯, 타자인 여성은 주체인 남성의 자기동일성 강화를 위해 필요불가결한 존재이나, 남성에게 착취당하는 존재이다. 남성은 자존감 보존 즉 자기동일성 강화의 필요에 의해 여성을 이용하며, 여성은 남성의 자기동일성 강화를 위해 반드시 필요한, 그러나 착취당하는 타자이다.

빈번한 여성 구타는 여성 비하와 연동된다. 창녀에 대한 작가의 유대와 애정을 강조하는 기존 논의가 무색하게 조선작 소설은 창녀에 대한 폄하의 시선을 빈번하게 노출한다. 「銀河의 말」(『外野에서』)의 창녀 은하는 처음 만난 "그"를 위안하고자 자신의 몸을 주려고 생각하면서 이렇게 변명한다. "내 몸뚱이라는 것은 이보다 더 가치 있게 제공될 수 없는, 이제까지 어차피 남들의 것이 아니었겠어요? 합승이나 공동목욕탕처럼 천덕스럽게 굴러먹은 것 말이어요."(63) 창녀의 육체는 "천덕스럽게 굴러먹은 것"으로 언명된다. 작중 발화자는 창녀이지만, 그렇게 발언하는 창녀를 표상한 사람은 남성 작가이다. 즉 이는 창녀를 결국 비루한 존재로 여기는 작가의 내심을 드러낸다. 「불나방 이야기」(『外野에서』)에서도 창녀들은 "부끄러움에 숙달된 여자들"로 호명되며, "숙달돼 있기 때문에 부끄러움은 이미 그 여자의 것이 아니"(182)라고 작가는 쓴다. 즉 작가는 창녀들을 부끄러움을 모르는 뻔뻔스러운 존재로 표상하는 것이다. 창녀들에게 깊은 애정을 견지했다는 세간의 평과

---

16 시몬 드 보부아르, 조홍식 역, 『제2의 性』 상, 을유문화사, 1999, 5면 참조.

달리, 작가는 창녀를 폄하하고 비하한다.[17]

　조선작의 소설은 창녀뿐만 아니라 여성 자체를 비하한다고 보이는데, 여성 비하는 여성과 관계 맺는 데 있어 일그러지고 왜곡된 방식을 초래한다. 조선작의 남성들은 좋아하는 여성과 관계를 진척시키기를 원하면서 종종 폭력적인 구도를 상상한다. 「志士塚」(『영자의 全盛時代』)의 "나"는 주인집 식모 영자를 짝사랑하는데, 짝사랑을 실현하는 방법에 관해 다음과 같이 청사진을 그린다. "영자, 그년을 언젠가는 톡톡히 버릇을 고쳐 줄 테다. 언제든 기회만 와 봐라. 또 심부름을 가게 되는 경우 집안에 아무도 없고 영자년 혼자서 낮잠을 자고 있기만 하면 아니, 낮잠을 자고 있지 않아도 좋다. 그런 기회가 오기만 하면 나는 반드시 영자를 올라 타겠다. 애기를 배면 저도 별수없이 내 여편네가 되어 주겠지. 그때는 내가 그년에게 당한 설움을 복수하리라. 제가 여편네가 된 이상 때리면 얻어맞아야지 별 수 있나?"(24-25)

　그가 사랑을 실현하는 방법은 우선 강간이다. 그는 강간에 죄의식을 전혀 느끼지 않고, 강간을 여자를 소유하는 더없이 당당하고도 당연한 방략으로 여긴다. 또한 영자를 제 여자로 만든 이후에는 짝사랑 당시 자신을 외면했던 그녀에게서 받은 설움을 복수해도 좋고 마음대로 학대해도 좋다고 생각한다. 그의 사랑은 강간, 복수, 학대 등 일그러진 형태로 발현된다. 이러한 일그러진 사랑 방식은 여성에 대한 뿌리 깊

17　정혜경 역시 조선작의 남성 인물, 특히 「영자의 全盛時代」의 남성 인물이 여성을 무시하고 학대한다고 논한다. 그러나 그는 이 현상을 사회의 구조적 모순을 드러내는 회로로 파악하는 면에서 이 논문의 시각과 다른 입장을 취하며, 그것을 소략하게 언급하고 만다.(정혜경, 앞의 글, 78-84면 참조.) 여성 비하 혹은 학대는 보다 본격적인 논의가 필요한 사안이라, 이 논문은 그것의 양상과 의미를 보다 적극적이고 구체적으로 논의하고자 한다.

은 폄하를 근저에 내장한다. 비하는 곧 권력관계에 대한 의식을 전제로 하는 바, 여성에 대한 권력 우위를 확신하는 의식이 일그러진 사랑 방식의 근간을 이루는 것이다. 여성에 관한 왜곡된 성적 환상과 권력 우위의 확신은 "날 때부터 인준되는 카스트 구조로서의 성에 대한 관념"[18]에 기반할 뿐만 아니라 그것을 강화한다.

「불나방 이야기」(『外野에서』)에서 "나"와 철규는 "같은 과의 예쁘장한 계집애 희를 두고 선가침동맹(先可侵同盟)을 맺고 있었다. 누가 먼저 희의 육체를 여느냐는 경쟁이었다."(181) 그들의 관심사는 오로지 그녀와 스킨십을 얼마나 진척시켰느냐 뿐이다. 희에 대한 인간적 호기심이나 낭만적 감정은 전혀 거론되지 않고, 오로지 그녀와의 스킨십 진척 상황만이 초미의 관심사이다. "나"는 희와 연애하는 과정을 이렇게 서술한다. "나는 희의 고지(高地)를 향해서 조금씩 조금씩 전진해 나가고 있었다. 영화관에서 먼저 작고 예쁜 손을 점령했고, 다음은 고궁의 숲으로 끌고가 희의 그 미숙한 입술을 점령했으며 산의 계곡 속에서 희의 하얀 가슴 구릉(丘陵)에 손을 가져갈 수 있었을 만큼 진격했던 것이다. 고지의 점령은 이제 시간 문제라고 생각하고 있었을 때였다."(181) 이렇듯 남성의 연애는 여성 육체의 점차적인 점령 과정 이상도 이하도 아닌 것으로 형상화된다. 남성은 희라는 여성의 내면에 전혀 관심을 가지지 않는다. 여기에서 희라는 여성은 독자적인 존재감을 철저히 말소당한 채, 오로지 남성의 성욕의 대상으로만 존재한다.[19] 남성은 성욕

---

18 케이트 밀레트, 정의숙 · 조정호 역, 『성의 정치학』上, 현대사상사, 2002, 42면.

19 보부아르에 따르면, 여자는 본질적으로 남자에게 성적인 존재로 보이며, 단적으로 "남자에게 있어서 여자는 섹스이다."(보부아르, 앞의 책, 13면.)

의 대상으로서 여성을 대상화하거니와, 대상화하는 주체와 대상화되는 대상 사이에는 명백한 권력관계가 존재한다. 희와의 일그러진 관계 맺기 방식은 성에 대한 망상에 기반하는 바, "성에 대한 망상은 권력에 대한 망상을 조장하고, 이 두 가지는 여자를 물건 취급하는 것에 의지하고 있다."[20]

전술했거니와 빈번한 여성 구타는 구타를 통해 치유를 구하는 남성의 판타지를 내포한다. 구타당함으로써 남성을 치유하는 여성 표상은 여성의 현실 그 자체라기보다 아무래도 남성 작가 특유의 소망이 투사된 상상물에 가깝다. 실상 조선작은 여성 인물에 자주 남성의 판타지를 투사한다. 앞서 본 「試寫會」(『영자의 全盛時代』)에서 진숙이 식량을 얻으러 종복의 집으로 일하러 가기로 한 사실을 알게 된 "나"는 버릇대로 진숙에게 폭행을 가하는데, 진숙은 무력하게 맞으면서 이렇게 변명한다. "누가 하고 싶어서 한다나… 나는 굶어도 얼마든지 좋아. 저희들이 굶으니까 그렇지."(314) 진숙은 구타를 당함으로써 지친 "나"에게 위로를 베풀 뿐만 아니라, 그러면서도 "나"를 원망하기는커녕 "내"가 굶을까봐 순정하게 염려한다. 부당함에 항의할 줄 모르는 순종 그리고 끝없는 염려와 배려로 표상되는 진숙의 자질은 남성의 판타지를 담지한다. 예의 자질은 영원한 모성성과 연동된다.

조선작 소설에서 모성 판타지는 주목을 요하는 사안이다. 「銀河의 말」(『外野에서』)에서 창녀 은하는 갑자기 자살을 결심했을 때 우연히 한 남자를 만나는데, 이후 그를 향해 은밀한 사랑을 키워간다. 그녀는 "아무도 모르게 그를 기다리는 마음 하나로 위안을 삼으며"(67) 살아간

---

20 밀레트, 앞의 책, 45면.

다. 두 달쯤 후 남자가 찾아오자 은하는 그와 살림을 차리다시피 하는데 경제적으로 무기력한 그에게 종종 용돈까지 준다. 남자가 자살하자 은하는 뱃속의 그의 아이를 낳아서 건전한 일을 하면서 아이를 훌륭하게 키우려고 결심한다. "나는 그 사람에 대해서 사무치는 감정으로 사랑을 느끼는 열녀 과부가 돼 버리는 겁니다. 만약 똑똑하고 잘 생긴 아들 아이를 하나 얻게 된다면 평생을 그렇게도 살 수도 있을 것 같긴 한데……"(77) 여기에서 은하는 위태롭고 무기력한 남성에게 사랑과 용돈을 제공하며 사후에 그를 사무치는 사랑으로 기억하는 인물로 표상된다.

이 소설의 남성은 사회적 · 경제적으로 무력한 인물이다. 남성에게는 자신이 무력하더라도 정서적 · 경제적으로 보살펴 주는 여성에 대한 판타지가 존재한다. 이는 여성에게서 영원한 모성을 꿈꾸는 판타지와 연관된다. 또한 남성은 자신이 떠나더라도 자신을 영원히 기억해 주는 여자를 꿈꾼다. 이 역시 모성 판타지와 연동되거니와, 남성은 급변하는 시대, 추락한 자존감, 그리고 덧없는 인간관계로 인한 허무와 불안을 이러한 모성 판타지로 위무하는 것이다. 작가는 이런 판타지, 즉 비참한 남성에게도 사랑과 금전적인 배려를 베풀고 남성을 영원히 기억하는 모성적 여성에 대한 판타지를 은하에게 투사한 셈이다. 특히 이 소설의 결말이 '건전한 방식으로 자식을 잘 양육하겠다'는 은하의 다짐으로 맺어지는 사실은 주목을 요한다. 끝없는 염려와 배려와 사랑이라는 자질도 모성 판타지로 수렴되지만, 자식 양육의 결의는 의심할 나위 없이 모성 판타지의 총화이다.

실상 신화적인 충만함으로 표상되는 여성, 소외되지 않은 자연이나 유기적 공동체와 친화성을 갖는 여성, 근대 문명의 구속에서 벗어난

구원의 도피처로서의 여성 이미지는 남성 작가들에게 널리 공유되는 것이다. 모성 판타지는 근대의 혼돈과 불안에서 달아나고 싶은 남성들에게 구원의 천국을 제공한다. 모성적 여성성은 근대의 남성이 더 이상 소유하지 못하는 전체성과 자족적인 완전함의 기표로 기능하는 것이다. 모성적 여성 표상의 반대편에는 자기 분열과 실존적 상실에 시달리는 남성들이 존재한다.[21] 모성에 대한 향수는 "근대의 자기구성 속에서 되풀이되는 주도적 주제"로 나타나며, "이때 구원적인 어머니의 육체는 비역사적 타자, 그리고 근대적 정체성에 대립적으로 규정되는 역사의 타자를 구성한다."[22] 모성적 육체는 스스로 역사의 주체가 되지 못하고, 역사의 주체인 남성을 도구적으로 위무하는 타자로 머무른다. 근대는 근대성이 아닌 것들을 모성에 투사함으로써, 혹은 모성을 타자화함으로써 자기 구성을 완수한다. 여성의 고유성은 탈각되고, 남성이 자기 위안의 필요에 의해 구성한 모성, 그리고 남성이 폐기해야 할 자질을 투하하여 조작한 모성만이 남는 것이다. 조선작 소설의 모성 판타지도 이런 남성 작가의 자기 위안의 필요에 의해 창조된 것이었다. 앞서 본 성적으로 대상화된 여성 인물과 마찬가지로, 모성 판타지로 표백된 여성 인물도 자신의 존재감을 상실한 채 남성 작가에 의해 철저히 대상화된다.

보부아르에 따르면, 남성은 여성을 여성 자체로서가 아니라 자기와

---

21 근대화 과정 자체가 모성적인 것을 구원의 영역으로 구성하게 했다. 여성은 산업화 이전의 세계에 대한 근대적 동경 속에서 근대성이 아닌 모든 것, 즉 남성의 자기소외의 생생한 반(反)명제를 대표하는 것이었다.(리타 펠스키, 김영찬·심진경 역, 『근대성의 젠더』, 자음과모음, 2010, 84-103면 참조.)

22 위의 책, 84면.

의 관계에 의해 정의(定義)한다. 여성은 자율적인 존재가 아니라, 남성에 의해 규정되는 존재에 지나지 않는다.[23] 여성은 주체성을 상실하고 남성의 대타적 존재로만 표상된다. 구타를 통한 외상 치유나 무한한 모성적 애정을 꿈꾸는 남성의 판타지는 다분히 자기동일적이다. 남성은 자신을 보존하고 자기동일성을 강화하기 위해서 타자인 여성을 전유하고 대상화한다. 전유와 대상화는 남성에게 절실한 사업이거니와, 따라서 가장 바람직한 여성은 전유와 대상화에 거역하지 않는 여성이다. 즉 남성의 자의적인 비하와 판타지 투사를 군말 없이 한 몸에 받아들이는 여성이다. 여기에서 조선작 소설에서 가장 중요한 여성 판타지가 발생한다.

「여자 줍기」(『外野에서』)의 "나"는 한 창녀에게 예외적으로 정이 드는데, 그녀를 "그냥 이상스럽게 남자를 안심시켜 주는 종류의 여자"(108)라고 일컫는다. 그런데 그녀는 "서라면 서고, 앉으라면 앉고, 누우라면 눕고, 엎드리라면 엎드리고, 어떤 자세나 체위를 막론하고 요구하는 대로 응해 주는 여자"(117)로 표상된다. 이것이 그녀가 창녀임에도 "나"의 사랑을 받게 된 이유이다. 거의 조선작의 이상형인 이 여성은 남성의 요구를 군말 없이 받아주는 순종적인 여자, 즉 고유의 존재를 주장하지 않고 남성의 판타지와 왜곡된 욕망까지 한없이 받아내는 백지(白紙) 같은 존재이다. 남성은 백지인 그녀에게 자의적인 판타지와 왜곡된 욕망을 마음대로 그려 넣어도 좋다. 즉 순전히 남성의 전유의 대상이 되는 여성, 전유의 대상이 되는 것에 저항하지 않는 여성, 전유의 대상 이외의 어떤 존재 의미도 주장하지 않는 여성이 곧 남성의 이

---

23 보부아르, 앞의 책, 13면 참조.

상형인 것이다. 이는 타자를 자기동일성으로 전유하고자 하는 남성의 욕망이 얼마나 위력적인지 보여준다.

이상 조선작의 소설에서 여성은 남성의 권력 우위를 확인시켜줌으로써 외상을 치유하는 수단, 일방적인 성욕의 대상, 판타지를 실어 나르는 도구 등으로 기능한다. 어떤 경우에도 여성은 고유의 존재감을 망실한 채 남성의 필요와 욕망에 의해 세탁되고 대상화된다. 주지하는 바 본질적으로 각각의 의식은 그 근본적인 지향성으로 인해 상대방을 늘 자기 지평 위의 대상으로 만들고자 한다. 동일자의 의식은 공격해 오는 타자의 타자성을 제거하고 타자를 하나의 대상으로서 동일자에 복속시키고자 투쟁한다.[24] 이렇듯 주체란 본질상 타자를 대상화하게 마련이나, 대상화라는 작업은 폭력을 수반하는 것으로서 반성 없이 지나칠 일이 아니다. 타자인 여성을 자신의 욕망에 의해 대상화하고 그럼으로써 자기동일성을 강화하는 남성적 폭력으로부터, 조선작의 소설은 빗겨갈 수 없었다.

3. 공포스러운 여성과 현현하는 타자성

앞장에서 보았듯 조선작의 소설에서 타자인 여성은 타자성을 제거당한 채 남성의 동일성 강화를 위해 전유된다. 이때 타자는 동일자로 환원될 뿐이다. 그러나 타자는 주체의 어떤 힘도 미칠 수 없는 지각 불능성, 대상화 불능성, 규정 불능성, 소유 불능성을 본질로 지닌다. 이런

---

24 서동욱, 『차이와 타자』, 문학과지성사, 2008, 210면 참조.

본질이 바로 타자의 타자성이다. 표상 가능한 세계 내의 대상과 반대로 타자는 주체의 힘이 어떻게 한정해 볼 수 없는 자이다. 타자는 그의 타자성 때문에, 즉 타자가 바로 타자인 까닭에 동일자로부터 분리된다.[25] 아무리 주체가 타자를 전유하려고 해도 타자의 목소리는 비어져 나온다. 타자는 주체의 자기동일성 구도를 이탈하여 낯선 목소리를 발화한다. 이것이 타자의 타자성의 현현인 바, 조선작 소설에서도 흥미롭게 나타난다.

조선작 소설의 여성은 종종 남성 인물의 기대를 배반한다. 남성은 여성의 현실을 제멋대로 재단하고 짐작하고 기대하지만, 즉 자신의 인식구도 안에서 여성을 전유하지만, 여성은 남성 식의 재단대로 움직이기를 거부하고 그 계산과 기대의 그물 바깥으로 달아난다. 이때 여성은 남성의 자기동일성에 포획되고 대상화된 존재가 아니라, 타자의 타자성을 현현하는 존재로 변모한다. 가령 「外野에서」의 "내"가 이국의 탄광에서 석탄을 캐는 동안 아내는 부정(不貞)을 저지르고 나중에는 아이까지 훔쳐 달아난다. 「내걸린 얼굴」(『영자의 全盛時代』)의 "나"는 양갓집 규수 한애숙을 유혹하려고 했는데, 가난한 형편임에도 불구하고 기만 원을 들여서 비싼 스카이라운지나 살롱 등에서 데이트를 하고 올림포스 호텔에 들었으나, 호텔의 트윈실은 "그만 한밤의 승부없는 레슬링의 혈전장으로 끝나 버"(233)렸다. 한애숙은 결혼 후에 성관계를 맺자고 눈물로 호소했고, "나"는 그 눈물에 약해졌던 것이다. 앞장에서 살펴보았듯 남성 인물의 판타지 속에서 여성은 성적 대상으로 사물화

---

25 우리는 대상을 동일자의 동일성으로 통합할 수 있다. 대상은 우리의 경험의 장 안에 있지만 타자는 경험의 장 밖의 존재이다.(위의 책, 172~212면 참조.)

되었으나, 현실에서 여성은 남성의 판타지를 배반한다. 창녀의 세계 바깥, 즉 일상에서 남성 인물은 자신의 기획과 계산을 배반하는 여성들 때문에 당혹스럽다.

남성의 짐작과 가늠을 벗어난 여성은 공포스러운 존재이다. 예측할 수 없고 포획 불가능한 미지의 타자이다. 실은 이것이 타자의 본질이다. 타자는 생래적으로 포획 불가능함을 본질로 한다. 지젝에 따르면, 실재로서의 타자는 불가능한 사물이자 상징적 질서에 의해 매개되는 어떠한 대칭적인 대화도 가능하지 않은 존재이다. "나의 거울상으로서의 이웃 아래에는 항상 근본적 타자성이라는 헤아릴 수 없는 심연이, '순화'할 수 없는 괴물스러운 사물이 잠복해 있다."[26] 여기에서 타자의 타자성이 '괴물'로 비유되는 점은 주목을 요한다. 타자의 타자성은 헤아릴 수 없고 예측 불가능하기에 공포스러운 것이다. 조선작 소설에서 타자의 타자성을 현현하는 여성들은 종종 섬뜩하고 두려운 존재로 표상된다.

조선작의 소설에서 여성은 자주 남성의 뒤통수를 가격하며, 남성의 깜냥을 비웃는다. 「여자 줍기」(『外野에서』)에서 "나"는 길에서 우연히 만난 어린 계집애를 갖은 감언이설로 구슬려서 여관까지 데리고 간다. 이는 앞장에서 보았듯 여성을 성적 대상으로 전유하는 남성성의 발현이다. 여관에 들어간 "나"는 여자를 "따먹는" 비결을 길게 설명하고 이런 말로 그의 연설을 마무리한다. "여자라고 생긴 것들은 확실히 무우드에 약하니까 이런 거짓 약속이라도 마치 꿈나라에 첫발을 디딘 듯한

---

26 슬라보예 지젝, 「성적 차이의 실재」, 슬라보예 지젝 외, 김영찬 외 편역, 『성관계는 없다』, 도서출판 b, 2005, 265면.

감동을 받게 마련인 것이다. 그밖에도 얼마든지 더 있지만 이만 줄인다. 아무튼 이런 조목조목의 수칙(守則)들을 충실하게 지키는 일이 바로 여자를 따먹을 수 있는 왕도(王道)임을 명심할 필요가 있다. 내가 명심보감을 새로 쓴다면 반드시 이걸 추가할 생각임도 아울러 밝혀 둔다."(105) "나"는 명심보감을 써도 좋다고 단언할 정도로 여자를 "따먹는" 방법들에 정통해 있다고 자신만만해 한다. 이는 계집애와의 성관계를 성사시키면서 그가 얼마나 승리감에 도취하고 의기양양해졌는지 보여준다. 그의 자기동일성의 구도 안에서 계집애는 자신의 탁월한 수완에 굴복한 무력한 존재이며, 자신은 탁월한 수완으로 계집애를 제압한 유능한 권력자인 것이다. 여기까지 그는 자기동일성의 구도 안에서 타자를 성공적으로 대상화하고 있다.

그러나 계집애는 그의 승리감을 배반하며 그에게 대상화되기를 거부한다. 계집애는 섬뜩한 목소리로 요구한다. "교통비 좀 주시겠어요?"(106) 날카롭고 섬뜩한 계집애의 목소리에 충격을 받은 "나"는 양복 주머니를 뒤져 돈을 찾는다. 가난한 "나"는 적은 돈만을 지니고 있었는데, 그 돈을 모조리 줄 수밖에 없다. 여기에서 그가 "매우 수치스러"(106)했다는 점이 주목을 요한다. 이 지점에서 계집애는 그에게 속아 넘어간 무력하고 순진한 존재로서 대상화되기를 그만두고, 그의 가난을 비웃으며 수치를 일깨우는 낯선 타자로 다시 태어난다. 여성은 남성의 자기동일성의 구도 안에서 처음에는 마음대로 포획 가능한 존재, 남성의 판타지와 우월감과 지배욕의 무한정 투사를 허용하는 백지였다가, 나중에는 남성을 능가하고 당황시키는 불가사의한 존재로 변모한다. 또한 "내"가 계집애의 "매우 단단하고 무기질의 냉정한 표정"(106)과 목소리에서 '섬뜩함'을 느끼고 죽을 때까지 못 잊을 것이라고 말할 정도로 충격을 받았음에 주목할 필요가 있다. 이러한 충격적인 섬뜩함은 여성의 타자성에 대한 남성의 공포를 보여준다. 이는 자기동일성의 구도를 쉽사리 이탈하는 타자의 타자성에 대한 공포라고 할 수 있다.[27]

여성에 관한 장구한 판타지에도 불구하고, 현실의 여성은 끊임없이 남성을 위축시킨다. 위축시키는 여성 중 대표 격은 아내이다. 「내걸린 얼굴」(『영자의 全盛時代』)에서 아내는 늘상 "집도 절도 없고 직장이래야 말단서기요, 거기다가 잘 생기기를 했나, 진짜로 나 아니었더라면 당신이 어디 가서 옳게 가장노릇 한 번 해 보았을 것 같아요?"(221)라고 말하면서 "나"를 위축시킨다. 못 생기고 가난한 "나"의 자존심을 짓밟는 것이다. "나"는 아침마다 아내에게 삼백 원의 용돈을 타 쓰며, 아내는 "다른 사람들보다 왜 우리가 못 살아야 하는가부터 시작해서 나의 무능력에 대한 바가지"(237)를 쏟아내기 일쑤이고, 자신들의 형편을 "알거지"라고 표현하면서 매사에 돈을 더 많이 벌어 오라며 남편을 닦달한다. 이런 아내 앞에서 "나"는 오로지 "기가 죽"(237)는다. 특히 아내가 남편의 결혼 선물이었던 가짜 다이아몬드 반지 이야기를 꺼내면, "나는 그만 야코가 팍 죽어 버리고 만다."(246) 남편의 무능을 힐난하

---

27 「불나방 이야기」의 "나"는 가난한 폐결핵 환자인 "경애 엄마"에게 연민을 품고 폐결핵 약을 가져다주는 등 순정을 베푼다. 그녀는 그의 자기동일성의 구도 안에서 단지 가엾은 과부였을 뿐이었다. 그런데 알고 보니 그녀는 뇌물 챙기기에 급급했던 병실장 육상사의 아내였다. 경애 엄마는 "나"의 자기동일성의 구도 안에서 무력하고 가엾은 과부, 즉 나의 시혜와 구원을 기다리는 대상이었다. 이때 그녀는 "나"의 짐작과 계산과 판타지가 저항 없이 그려지는 백지였다. 그러나 결국 그녀는 "나"의 짐작과 계산과 판타지를 빗겨가는 정체를 드러낸다. 이는 단순한 소극이 아니라, 여성의 타자성에 대한 남성의 외포를 드러내는 에피소드이다.

면서 자존심을 짓밟고 만족을 모르는 아내는 현실의 여성이자, 두려운 존재이다.[28]

그런데 여기에서 여성에 대한 두려움에 중대하게 개입한 것은 '돈'이다. 앞서 「여자 줍기」에서도 남성 인물에게 섬뜩함을 안겨 준 요인 중 하나는 여성으로 인해 환기된 자신의 가난에 대한 자각이었다. 여기에서 근대적 물질주의가 여성에 대한 두려움과 연동되는 장면을 목격할 수 있다. 펠스키에 의하면, 소비하는 여성에 대한 문학적인 표상은 상업주의와 물질주의에 직면한, 경제적으로 주변적인 지식인의 불안을 내포한다.[29] 조선작 소설에서 '돈을 밝히는 여자들'은 남성에게 두려움을 준다. 남성은 우선 자본이 미덕인 사회에서 자신의 보잘것없는 경제력에 늘 불안해하고, 급속히 발전하는 근대의 기준에 미달하거나 이탈할까봐 공포에 떨어야 한다. '돈 밝히는 여자들'은 이러한 남성의 불안을 가중시키기에 공포스러운 존재가 될 수밖에 없다. 이 지점에서 조선작 소설의 여성에 대한 공포는 급속한 자본주의적 근대화가 진행되었던 1970년대적 현실과 연동됨을 알 수 있다. 또한 두려움은 "통제할 수 없는 여성의 욕망에 대한 두려움"[30]과 상통한다. 전통적으로 통제할 수 없는 것으로 알려진 여성의 욕망은 미지의 것에 대한

---

28 김경연은 조선작의 창녀들이 남성들의 동일자적 시선을 균열한다고 논한다. 이 논문은 창녀들이 보다 남성의 동일자적 시선에 포획되어 있고 현실적 여성이 남성의 동일자적 시선을 이탈한다고 보는 면에서 김경연의 시각과 다른 입장을 취한다. 또한 김경연은 남성의 전유를 거부하는 여성들이 남성과 더불어 국가권력에 복수를 꾀한다고 논하는 바, 이는 이 논문의 접근 방식과 다르다. 게다가 김경연은 타자성의 현현과 그 의미를 본격적으로 천착하지 않았다.(김경연, 「70년대를 응시하는 불경한 텍스트를 재독하다」, 290-293면 참조.)

29 펠스키, 앞의 책, 168면 참조.

30 위의 책, 168면.

공포와 연동하여 남성에게 두려움을 준다. '돈 밝히는 여자들'은 이런 여성 욕망의 무한정성을 상기시키기에 공포스러운 존재가 된다. 이때 여성은 통제할 수 없는 욕망을 지녔을 뿐만 아니라 불가해한 존재로 두려움의 대상이다. 이 또한 여성의 타자성이 현현하는 공포스러운 순간이다.

여기에서 '두려운' 여성이 아내나 양갓집 규수 등 현실의 여성임에 주목할 필요가 있다. 이는 앞장에서 남성의 판타지를 실어 날랐던 여성이 주로 무력한 창녀들이었던 사정과 대비된다. 일상적·현실적 여성에 대한 남성의 위축은 다음에서도 확인할 수 있다. 「영자의 全盛時代」(『영자의 全盛時代』)의 "나"는 "번듯한"(창녀가 아닌) 여자들과 어깨를 부딪히고 나자, "씨발년들, 저들도 별 수 없이 앉아서 오줌이나 갈기는 주제에 그렇게 호들갑을 떨게 무어야"라면서 심통을 부린다. "사실 나는 창녀가 아닌 번듯번듯한 계집들을 볼 때마다 괜스리 심통이 피어 올랐다"(49)는데, "그것은 내가 그것들과 놀아 본 일이 없었기 때문"(49)이라고 실토한다. 일상의 여인은 마음대로 되지 않기 때문에 바람직하지 못한 존재이다. "나"는 그들에게 심통을 부렸으나, 실상 심통이란 일상의 여성에게 느끼는 두려움과 위축을 위장하는 반어적 표현이나 다름없다. 일상의 여인은 마음대로 되지 않기에, 즉 남성의 일방적 대상화에 저항하기에 두렵다. 이에 비해 앞장에서 보았듯 대체로 창녀는 폭력의 대상, 성애의 대상, 판타지의 대상 등으로 대상화에 보다 쉽사리 순응한다.

전술한 바 조선작의 소설은 창녀 등 기층 서민의 생활상을 그린 소설과 그보다는 부유한 소시민의 삶을 형상화한 소설로 대별된다. 창녀 소설에는 여성보다 우월한 위치에서 여성을 학대하고 대상화하는 남성상이, 소시민 소설에서는 여성에게 위축되고 여성을 두려워하는 남성상이 대종을 차지한다. 이는 단지 창녀는 만만하고 아내는 무섭다는 식의 해석 이상의 의미를 지닌다. 아내는 비교적 제 목소리를 내는 현실의 여성이고 창녀는 남성의 판타지를 담지하고 대상으로 전유된 여성이다. 즉 소시민-아내의 세계는 현실이고, 기층민-창녀의 세계는 판타지인 것이다. 이는 조선작 소설의 창녀 혹은 기층민의 세계 자체가 판타지의 산물이라는 유추를 가능케 한다. 조선작이 창녀, 즉 기층민을 현실 그 자체가 아니라 자기동일성에 기반한 일종의 판타지로 보았다는 의심이 가능해지는 것이다. 이런 가정이 맞다면 작가는 당대에 각광받은 대로 기층민의 현실에 몸으로 얽혔던 것이 아니라 그것을 판타지의 대상으로 전유한 것이다.

이상 보았듯 조선작 소설의 남성은 여성을 폭력적인 전유의 대상으로 삼는 동시에 여성의 타자성을 공포스러워 하고, 실상 여성 앞에서 왜소함을 뼈저리게 느끼며 의기소침해진다. 여성은 학대와 비하의 대상, 성욕의 대상, 판타지를 실어 나르는 대상임과 동시에 공포스러운 존재인 것이다. 이런 이율배반이 조선작 소설에 나타난 여성 표상의 본질인 바, 「外野에서」(『外野에서』)의 다음 장면은 이런 사정을 비유적으로 잘 보여준다.

상사는 벌떡 일어나서 육군 팬티를 까내렸다. 국부 근처에서 아랫배까지 마치 찜질용 고무주머니같이 생긴 붉은 고무자루가 허리를 돌아간 끈에 의하여 밀착되어 있었다. 의아한 시선으로 나는 상사의 그 이해되지 않는 국부 근처를 올려다 보았다.

『파편이 치골(恥骨) 위쪽을 때렸는데, 그치들은 여기까지 잘라낸 거야.

수술이 잘못되어 상처에 구더기까지 생겼었다구. 이 고무자루는 오줌을 받아내는 거지. 오줌이 저절로 흘러나와 여기 고이지.』

상사는 다시 팬티는 올렸다. 그리고 다시 이불 속으로 기어들며 중얼거렸다.

『계집 따위는 대줘도 소용없어.』(30)

소설 전반에서 상사는 앞의 「영자의 全盛時代」의 "나" 그리고 「불나방 이야기」의 "나"와 철규처럼 야비할 정도로 성욕을 과시하면서, 여성을 성적 대상으로 전유하고 폭력적으로 점령하고자 기도했다. 그러나 실상 상사의 성기는 존재하지도 않는다. 상사는 성적 불능인 것이다. 그는 자신의 무력함과 왜소함을 은닉한 채 여성에 대한 권력 우위를 허장성세로 전시했다고 할 수 있다. 여성의 폭력적 대상화 이면에는 여성에 대한 공포가 놓여 있었던 것이다. 이는 여성에 대한 남성의 무력감과 공포, 그리고 비하와 폭력이 동궤에 놓인 자질임을, 심지어 인과관계를 형성할 수 있음을 보여준다. 즉 남성이 여성의 대상화에 몰두하는 이유 중 하나는 실제로는 여성을 두려워하기 때문인 것이다.

조선작의 여성 표상은 1970년대라는 맥락에서도 각별한 의미를 가진다. 앞서 본 여성에게서 치유와 모성을 구하는 판타지나 돈을 밝히는 여성에 대한 공포의 배경에는 자본주의적 근대화로 요약되는 1970년대 현실이 존재한다. 남성은 근대화의 압박 혹은 소외감에 지친 나머지 여성에게서 치유와 모성을 구했으며, 자본주의적 근대화의 대열에서의 이탈에 대한 공포는 곧 돈 밝히는 여성에 대한 공포로 이어졌다. 뿐만 아니라 여성 표상의 이중성 역시 1970년대 현실과 연동된다. 주지하는 바 1970년대 정부는 다분히 의도적으로 성매매 제도를 활성화시켰다. 반면에 1970년대 한국 사회에서 표면적으로는 오늘날보다 보수적인 성의식이 만연했다. 표면적인 정숙함과 이면적인 풍요로운 일탈의 자유 사이에서 성윤리는 이중화될 수밖에 없었고, 이는 여성 표상의 이중화로 귀결된 것으로 보인다. 이는 조선작 소설이 대중의 열광을 얻게 된 요인을 해명해 주기도 한다. 이중화된 성윤리의 간극에서 1970년대 청년들은 분열을 느꼈고, 그랬기에 조선작 소설에 공명할 수 있었다고 보인다.

전술했듯 실재로서의 타자는 괴물 같은 존재이다. 타자의 타자성은 현현되는 순간 혼란과 무질서와 불안과 공포를 초래한다. 따라서 주체가 안전하려면 타자의 타자성은 영원히 매장된 채 튀어나오지 않아야 한다. 이것이 주체의 염원이다. 조선작 소설에서 반복되는 모티프인 '아버지'는 타자의 타자성에 대한 주체의 무의식적 염원을 드러내는 일종의 알레고리로서 흥미롭다. 「試寫會」(『영자의 全盛時代』)에서 아버지는 미쳐버려서 "나"의 생명을 위협한다. 아버지가 "도살할 소를 몇 마리 구해 놓고 칼날을 세운 백정처럼 한 밤중에 몰래 우리들이 자고 있는 방으로 잠입할는지도" 몰라서 "나는 가중된 불안으로 떨며 하루 하루를 사형을 기다리는 수인(囚人)과 같이 뒤숭숭하게 보"(301)낸다. "나"는 아버지가 세상 밖으로 나올까봐 불안과 공포에 떤다. 사람들은 미친 아버지를 목욕탕에 가두는데, 그럼에도 아버지가 탈출할까봐 두려워서 "나"는 손수 "헛간에서 널빤지를 꺼내다가, 목욕탕의 문짝 위에 다시 X표로 대고 못질을 했다."(272) 미쳐버린 아버지는 "형무소가 아니면 목욕탕 속에라도 갇혀 있어야만"(339) 한다. 미쳐버린 아버지를 타자의 타자성에 대한 알레고리로 볼 수 있다. 미친 아버지가 세상으로 나올 때 아들이 위태로워지듯이, 타자의 타자성이 엄습할 때 주체는 혼돈에 빠진다. 미친 아버지의 출현을 아들이 불안해하듯이 주체는 타자의 타자성을 공포스러워 한다. 아들이 아버지가 영원히 갇혀 있길 바라듯이 주체는 타자의 타자성이 매장된 채로 있기를 소망한다. 타자는 영원히 제 고유한 존재를 주장하지 않고 주체의 시선과 욕망에 대상화된 채로 웅크려 있어야만 하는 것이다.

그런데 미친 아버지 못지않게 아버지의 시체 유기 모티프도 조선작 소설에 자주 등장한다. 「城壁」에서 아버지의 시체는 제대로 된 무덤을 얻지 못하고 공사판의 일부로 은닉된다. 「아버지 찾기」에서 가족들은 아버지의 시체 찾기를 포기한다. 인물들은 어떤 식으로든 아버지의 시체를 유기한 것이다. 아버지의 시체는 죽여 버린 타자성을 비유적으로 의미하는 바, 여기에서 필연적으로 파생되는 것은 죄의식이다. 따라서 아버지의 시체는 죄의식을 환기하는 두려운 실재인 것이다. 시체의 유기는 말살해 버린 타자성에서 유발된 죄의식의 은닉을 의미한다. 주체는 타자의 타자성을 말살할 뿐만 아니라 그 말살에 대한 죄의식도 철저히 유기하고 싶다. 이는 타자의 타자성 앞에서 혹은 타자성 말소에 따르는 죄의식 앞에서 전율하는 남성 작가의 마지막 판타지라고도 할 수 있다. 그러나 판타지는 영원히 지속될 수 없다. 조선작은 그에 따르는 죄의식으로 미망에 빠지는 바, 이에 대한 논의는 차후를 기약한다.

4. 맺음말

조선작 소설의 남성은 빈번하게 여성을 구타하는 바, 구타당하는 여성 표상은 구타를 통해 권력 우위를 확인함으로써 자존감을 회복하려는 남성의 소망을 담지한다. 알려진 바와 달리 조선작의 소설은 창녀를 비루한 존재로 표상하며, 이는 여성을 비하하는 태도와 연관되는데, 남성 인물은 종종 여성과의 관계 맺는 방식에서 폭력적인 구도를 상상한다. 이때 여성은 오로지 성적 대상으로 전유된다. 조선작 소설의 여성 표상은 빈번하게 모성 판타지를 내포하는데, 이때 여성은 남성의 판타지를 각인한 몸으로 대상화된다. 비하되는 여성이나 성적으로 사물화된 여성이나 모성 판타지를 실어 나르는 여성이나 모두 자신의 고유한 존재를 주장하지 못하고 남성 작가의 욕망과 필요에 의해 대상화된 점에서는 동일한 입장이다. 조선작에게 가장 이상적인 여성 표상은 남성의 대상화에 거역하지 않는 여성이다.

그러나 대상화에 거부하는 타자의 타자성이 현현하는 순간도 존재한다. 이때 여성은 두려운 존재로 표상된다. 여성은 때로 남성의 자기동일성의 구도를 이탈하여 두렵고 낯선 존재로 변모한다. 여성은 남성의 기대를 배반하고 남성을 비웃으며 위축시킨다. 주로 창녀가 아닌 일상의 여성들이 이 부류에 속하거니와, 특히 돈을 밝히는 여자들은 남성에게 특별한 공포를 준다. 공포스러운 여성 표상에는 자본주의에 대한 남성의 불안감 또한 투사된 것이다. 조선작이 창녀들을 주로 자기동일적 판타지의 대상으로 전유하고, 일상적·현실적 여성들을 두려운 존재로 표상한 사실은 그의 창녀 소설이 판타지의 산물이라는 유추를 가능하게 한다. 여성을 자기동일성의 구도 안에서 대상화하려는 끈질긴 시도의 이면에는 여성에 대한 두려움이 존재한다고 보인다. 그러나 타자의 타자성을 영원히 은닉하고 싶은 강렬한 소망 역시 두드러지는 바, 반복되는 모티프인 아버지의 시체는 이를 비유적으로 드러낸다.

1970년대 한국 소설에 나타난 흑인 표상 연구*

1. 머리말

타자를 마주하는 타당한 방식에 대한 고민은 이 시절의 간단치 않은 화두이다. 타자에 대한 윤리를 고민할 때에는 우선 타자에게 우리도 모르게 저질렀던 폭력에 대한 반성이 선행해야 한다. 윤리는 반성에서 비롯된다. 당연하게 여겼던 의식이 실은 당연하지 않은 폭력이었음을 인지하는 것이 반성의 의의이다. 과거에 아무런 죄책감 없이 무엇에 대해 가졌던 의식에 죄책감을 느끼는 것이 진정한 윤리의 출발점이다. 여성, 이주 노동자, 민중에 대한 집단 무의식의 폭력성에 대한 반성이 활발하거나 미약하게 제출되었지만, 반성의 대상은 그뿐만이 아니다. 반성은 늘 갱신되어야 한다. 이 논문은 그간 반성의 대상으로서 조명되지 못했던 타자, '흑인'에게 주목하고자 한다.

인정하기 곤혹스럽지만, 그간 우리 소설사에서 흑인은 각종 폭력의 주체로 부정적으로 형상화되었다.[1] 그 형상은 정형화되어 각종 텍스트에 반복적으로 등장한다. 드물지 않게 긍정적으로 표상된 여성과 민중과 달리 흑인은 거의 예외 없이 부정적으로 표상되었다. 흑인 표상에는 우리가 과거에 타자에 대해 인지하지 못한 채 저질렀던 폭력이 각인되었다고 할 수 있다. 그렇다면 그 전개 양상과 연원은 무엇인가. 이 질문에 대한 답을 찾는 데 일조하려는 것이 이 논문의 목적이다.

이 논문은 산업화 시기 흑인에 대한 집단 무의식이 어떻게 폭력으로 전화하는지 고찰하고, 그 연원을 구조적으로 파헤치고자 한다. 구체적으로 1970년대 소설에 나타난 흑인 표상을 통해 흑인에 대한 의식/무의식의 전개 양상을 밝히고 그러한 의식/무의식이 형성된 연원을 고찰하고자 한다. 특히 1970년대에 특유한 사회적 상황이 흑인에 대한 집단 무의식의 형성에 어떠한 영향을 미쳤는지 그 연결 고리를 해명하려고 한다. 이를 위해서 황석영, 전상국, 조해일, 조선작, 송영의 소설을 연구대상으로 삼고자 한다.

지금까지 1970년대 소설의 흑인 표상에 주목한 연구는 제출되지 않았으나, 현대소설 전반에 걸쳐서 흑인상을 고찰한 연구가 한 편 있다.[2] 한명환의 연구는 해방 직후부터 2000년대까지 한국 소설에 나타난 흑인상을 개괄적으로 살폈는데, 흑인이 부정적인 형상으로 나타남을 보여준다. 이 연구는 부정적인 흑인상의 연원을 '백인과의 제휴'와 배타적인 가족주의로 보고 있는데 이는 더 심도 깊은 고찰의 여지를 남긴

*   이 논문 또는 저서는 2016년 대한민국 교육부와 한국연구재단의 지원을 받아 수행된 연구임(NRF-2016S1A5A8019669).
1   한명환에 따르면, "지금까지의 한국소설에서 흑인이 긍정적으로 바라보여지거나 수용된 적은 거의 없다."(한명환, 「한국소설의 흑인상을 통해 본 한국 가족의 탈경계적 전망」, 『탈경계 인문학』 4-3, 이화여대 이화인문과학원, 2011, 195면.)
2   위의 글.

다. 또한 이 연구는 1970년대 소설의 흑인상에 관해서는 짧은 지면을 할애하며, 더욱이 예의 부정적인 흑인상의 발생과 창작 당시의 사회문화적 맥락과의 연관을 고려하지 아니한다. 즉 이 연구의 방점은 흑인들이 부정적으로 형상화된다는 사실에 찍힌 셈인데, 흑인 표상에 관한 선도적인 연구로서 충분한 의의를 지니지만, 후학에게 보다 더 나아갈 여지를 제공하는 것도 사실이다.

본 논문은 선행연구와 다음과 같은 점에서 차별될 것이다. 첫째, 본 논문은 부정적인 흑인상의 연원을 다각적이고 심도 깊게 고찰하려고 한다. 이를 위해 산업화 시기 한국에 고유했던 사회문화적 맥락을 심층적으로 고려하여 그 연원을 파헤치려고 한다. 둘째, 본 논문은 선행연구와 달리 1970년대 소설에만 주목하려고 한다. 흑인에 대한 집단 무의식의 형성에 사회문화적 요인이 끼친 영향을 보다 정치하게 탐색하기 위해서는 개괄적 연구로는 무리가 있고, 역사적으로 고유한 특색을 보인 시기별로 특유한 사회문화적 요인을 고려한 차별화된 연구가 필요하기 때문이다. 셋째, 본 논문은 흑인이 부정적으로 표상되는 다양한 사례를 수집하려고 한다. 단지 흑인이 부정적으로 표상되었다는 언급 이상의 논의를 펼치기 위해서 보다 다양한 텍스트를 통해서 흑인 표상을 포괄적으로 추출하여 그것을 유형화하고자 한다. 넷째, 본 논문은 논의의 틀로 삼을 이론적 토대를 선행연구과 다르게 설정하고자 한다. 선행연구는 백인과의 제휴와 배타적 가족주의의 틀 안에서 흑인상을 논했으나, 본 논문은 이보다 더 다양한 이론적 시각을 도입하여 다채로운 틀 안에서 흑인 표상의 연원을 분석하고자 한다.[3]

---

3 한편 흑인상을 부분적으로 다룬 연구로 변화영의 것이 있다.(변화영, 「한국전쟁의 문신,

흑인에 대한 당대인의 인식을 논할 때 이 논문이 주목하는 사안은 다소 무의식적인 것으로서, 표면적인 언술 이면에 미미하게 은닉된 것이다. 이를 간취하기 위해 이 연구는 우선 인물의 표상 방식을 섬세하게 고찰하는 연구방법을 취하고자 한다. 주체는 "본래 이해할 수 없을 정도로 산만한 어떤 거대한 실체를 표상함으로써 이 실체를 인간이 파악할 수 있는 가시적인 것으로 만"[4]들고자 하는 본래적 습성을 지닌다. 여기에는 거머쥘 수 없는 거대한 실체에 대한 두려움과 그것을 주체의 인식 범주 안에 포획 가능한 대상으로 만듦으로써 두려움을 극복하고자 하는 소망이 동시에 내재되어 있다. 표상 과정에는 표상하는 주체의 무의식적 욕망과 심적 태도가 필연적으로 틈입하게 마련이다. 특히 심적 태도는 표상 대상에 대한 무의식적 감정, 인식의 방식, 가치 판단의 방식을 포괄하며[5], 이는 명시적인 지적 작용 이전에 자동적이고 즉각적으로 작동하기 쉽다. 이 기제 이면에는 표상 대상에 대한, 선험적으로 정립된 관념이 존재한다. 이에 소설에 드러난 무엇의 표상은 그것을 표상한 작가의 무의식적 정경을 비추는 반사경이 된다. 표상은 표상 대상에 대한 작가의 무의식적 감정, 욕망, 인식과 판단의 방식 등

흑인혼혈인과 양공주」, 『현대소설연구』 57, 한국현대소설학회, 2014.) 이 연구는 1980년대에 발표된 문순태의 소설 『문신의 땅』 한 편을 대상으로 흑인 혼혈인과 양공주의 문제를 논하는 가운데 흑인에 대한 한국인의 의식을 부분적으로 언급하는데, 예의 한국인의 의식은 흑인이 성적으로 힘이 세다는 인식에 한정되어 있다. 본 논문은 흑인이 부정적으로 표상되는 보다 다양한 경로를 고찰하고, 그 표상이 형성된 사회적 연원을 해명하며, 1970년대의 다양한 텍스트를 다룬 점에서 변화영의 연구와 차별된다.

4 에드워드 사이드, 박홍규 역, 『오리엔탈리즘』, 교보문고, 1999, 118면.

5 미셸 푸코, 장은수 역, 「계몽이란 무엇인가」, 김성기 편, 『모더니티란 무엇인가』, 민음사, 1999, 350면 참조.

을 일러주며, 그것을 유발한 것 즉 표상 대상에 관해 선험적으로 결정되어 유포된 관념까지 보여준다. 즉 표상이 이야기하는 것은 표상 대상의 투명한 본질이라기보다 표상 주체의 무의식적 지형도인 셈이다.

흥미로운 것은 표상에 내재된 무의식적 욕망과 심적 태도에서 사회적 차원을 고려하지 않을 수 없다는 점이다. 표상 대상에 대한 무의식적 욕망과 심적 태도는 어느 정도 집단성을 이룬다. 가령 이 연구의 주제인 흑인 표상은 1970년대 소설에서 정형성을 보여준다. 유사한 흑인 표상이 정형화된 채로 반복적으로 나타난다는 뜻이다. 정형화와 반복은 타자를 대상화하는 효과적인 전략이거니와, 거머쥘 수 없는 광대무변한 타자를 협소한 정형에 가두고 반복으로써 그 정형을 고착화한다는 점에서 그 자체로 폭력적이다.[6] 특히 반복은 그 표상의 집단성을 보여주는데, 이것이 표상과 그에 내재된 무의식의 사회적 차원에 대한 고려에 정당성을 부여한다. 흑인에 관한 유사한 표상이 집단적으로 출몰한다면, 그에 내재한 흑인에 대한 무의식 역시 집단적인 것으로 볼 수 있다. 그리고 이것의 형성에 작용한 요인 역시 사회적 차원의 것이라 할 수 있다.[7] 이 논문은 흑인 표상을 통해 당대인의 집단적 무의식의 지형도를 그리고, 그 집단 무의식을 형성한 집단적인 요인까지 가

---

6 정형화와 반복이 누군가에 대한 대상화의 기제가 된다는 사실에 대한 상술은 호미 바바, 나병철 역, 『문화의 위치』, 소명출판, 2012, 145-166면 참조.

7 필자는 선행연구에서 '표상', '태도', '정형화', '반복' 등 주요 용어에 관한 개념을 정리한 바 있다.(박수현, 『망탈리테의 구속 혹은 1970년대 문학의 모태』, 소명출판, 2014, 31면과 157-162면 참조.) 이 자리에서 지면의 소모를 무릅쓰고 주요 개념을 다시 정리하는 이유는 무엇보다 이번 논문에서 선행연구에서 정리한 개념의 기본 틀을 이어받되 상당히 확장된 시각을 보탰기 때문이고, 이 논문 내적으로 독립적이고 자족적인 완결성을 구축하기 위해서이며, 선행연구의 참조 없이 이 논문을 이해하도록 독자의 편의를 도모하기 위해서이다.

늑해 보려고 한다.[8]

2. 자학의 매개 혹은 태생적 비천함

많은 1970년대 소설에서 흑인은 자학의 매개로 표상되며, 흑인과의 연관은 인물의 자학의 근거로 작동한다. 일례로 조선작의 소설 「말 (馬)」의 화자 흑인 혼혈아는 서두에서 이렇게 진술한다. "나는 한 한국 인 창부와 흑인병 사이의 혼혈아로 태어났다. 글쎄, 이런 자포적인 속 단이 실수일는지는 알 수 없다."(201) "나"는 아버지가 흑인일 것이라 고 짐작하고 그것을 사실인 양 언급하는데, 뒤이어 그것을 "자포적인 속단"이라고 단언한다. 아버지가 흑인이라는 상상은 수치를 넘어서 거의 자포자기로 취급된다. 아버지가 흑인이라고 상상한다는 사실만 으로도 "나"는 자기를 포기한 인간, 자기 존엄성을 상실한 인간이 되 는 것이다. 흑인 아버지가 인간의 품위를 훼손하고 격하하는 결정적인 근거로 기능하는 셈이다.

　이 소설에서 특징적인 것은 "나"의 자기 비하와 자학이 끊임없이 연 속되는데 그것이 모두 아버지가 흑인이라는 사실과 밀접히 연관된다

8　이 논문의 대상 텍스트는 다음과 같다. 송영, 『浮浪日記』, 열화당, 1977; 전상국, 「惡童時節」, 『바람난 마을』, 창작문화사, 1977; 전상국, 「하늘 아래 그 자리」, 『하늘 아래 그 자리』, 문학과지성사, 1979; 전상국, 「아베의 家族」, 『아베의 家族』, 은애, 1980; 조선작, 「말(馬)」, 『外野에서』, 예문관, 1976; 조해일, 「대낮」, 『아메리카』, 민음사, 1974; 조해일, 「아메리카」, 위의 책; 황석영, 「낙타 누깔」, 『客地』, 창작과비평사, 1974. 앞으로 상기 텍스트에서 인용 시 인용문 말미에 면수만을 표기하기로 한다.

는 사실이다. "나"는 "결국 한 마리의 검둥이 트기 새끼에 지나지 않았다"(202-203)고 직설적으로 흑인의 자식임을 이유로 자기 비하적인 발언을 하는가 하면, "검둥이 병사와 한국의 질이 나쁜 창부가 저지른 흘레에서 쓰레기처럼 세상에 쏟아져 나왔을 뿐인 생명에 의미란 군더더기에 불과할 뿐이다. 의미를 구한다는 행위가 오히려 죄악일 뿐이다"(212-213)라면서 아버지가 흑인이기 때문에 삶의 의미를 찾는 일조차 과분하다고 여기며 자학을 당연한 것으로 생각한다. "나"의 자학은 급기야 스스로를 "바윗돌에 눌려 있는 한 마리의 생쥐에 불과"(213)하다고 정의하면서 극단적인 경지로 치닫는다. 여기에서 자학의 근거로 제시되는 것은 오로지 흑인의 핏줄이라는 사실뿐이다. 흑인의 피를 이어받았으니 멸시받아 마땅하다는 사유구조에 잠복한 무의식은 의심할 나위 없이 흑인에 대한 폄하이다. 흑인은 미천한 존재라는 굳건한 믿음이 없고서야 이런 논리구조가 가능하지 않다.

조해일의 소설 「대낮」에서도 〈흑인=자학의 근거〉라는 무의식적 공식은 다시 발견된다. 종수는 처음에 백인 미군들의 거리 남보산리에 가게를 열었고, 번화한 그곳에서 장사도 잘 되었다. 그런데 왠지 그곳을 거북하게 느끼고는 흑인 미군들의 거리 북보산리로 가게를 옮긴다. 이유는 이렇게 설명된다. "그런 곳보다 더 잘 자신의 신분에 어울릴 만한 곳이 있으리라 여겨졌다. 이를테면 배반자가 있어야 할곳은 뭍보다는 섬이어야 할것이라는 생각 같은 것이었다. 그리고 섬같은 곳으로라도 숨어버리는 듯한 기분으로 옮겨앉은 곳이 이곳 검둥이들의 거리다. 이곳에서 종수는 조금도 거북하지 않은 자신을 느낀다."(260) 배반자인 자신의 처지, 멸시당하고 비난받아야 할 자신의 처지에 어울리는 곳이 흑인들의 거리라는 뜻이다. 여기에서 다시 한 번 흑인은 자학의 아이콘으로 동원된다. 스스로를 모멸하는 사람은 백인의 거리보다는 흑인의 거리에서 편안하다는 논리 이면에는 흑인과 백인 간의 공고한 위계구도가 존재한다. 두말할 나위 없이 흑인은 열등한 자리에 위치해 있다.

위의 두 소설에서 자학하는 인물의 심경을 효과적으로 묘사하기 위해서 흑인과의 유사적 연관을 도입하는 창작기법이 반복적으로 사용된다. 흑인은 인물의 자학을 강화하는 매개로 차출되는 것이다. 자학의 아이콘으로서의 흑인 표상은 어느 정도 정형화되고 있다고 보인다. 머리말에서 논했듯 정형화와 반복은 타자를 대상화하는 대표적인 방법이기에 그 자체만으로도 문제적이지만, 특히 이 자학의 매개로 정형화된 표상에 잠복한 무의식은 흑인에 대한 뿌리 깊은 멸시와 폄하이다. 흑인은 태생적으로 비천한 존재라는 무의식적 믿음은 미리 결정되어 진실인 양 유포된 관념으로서, 자학의 매개로서의 흑인 표상에 잠복해 있다. 그런데 무의식을 굳이 따지지 않더라도 흑인 비하 의식은 종종 명시적으로 표출된다.

조해일의 소설 「아메리카」에서 한 흑인이 기지촌 여성에게 폭력을 행사하자, 다른 여성은 이렇게 비아냥거린다. "깜둥이 새끼가 어디서 돈 몇불에 서방행세야?"(297) 여기에서 작가는 흑인이 한국인에게 남편 노릇할 자격도 없다고 인식되며 천대받는 현실을 직접적으로 그려낸다. 「대낮」의 종수는 기지촌 여성에게, "금화는 남보산리같은 데루 가두 인기가 있을텐데 왜 이리 왔어?"(265)라고 말하는데 이 말은 백인들의 거리 남보산리에서 보다 경쟁력 있는 여성들이 활동한다는 현실을 보여주면서, 흑인들의 열등한 처지가 사회적으로 공인된 사실이라는 점을 시사한다. 황석영의 「낙타 누깔」에서 한국 군인들이 고국의 항구 도시에서 외국인 클럽에 입장하려고 하니까 기도는 한국인 출입 금지라면서 저지한다. 한국 군인들이 저항하니 기도는 흑인 클럽에서는 한국인을 받을지도 모른다고 말한다. 이는 한국의 유흥가에서도 흑인 클럽이 보다 열등하고 천대받는 곳으로 당연하게 통용되는 현실을 보여준다. 흑인 클럽에 가 보라는 기도의 말에 한국 군인은 이렇게 분개한다. "뭐야 우리가 깜둥이 취급도 못 받는단 말야?"(194) 흑인보다도 못하게 취급받았다는 사실이 한국인에게 분노의 정당한 이유로 작동하는데, 이 의식구조에 잠복한 것은 흑인에 대한 멸시이며, 한국인은 적어도 흑인보다 우월하다는 믿음이다.[9]

이상에서 보듯 비천하고 열등한 존재로서의 흑인 표상은 1970년대 한국 소설에 반복적으로 등장한다. 비천하고 열등한 흑인 표상을 주조한 작가의 내면에 잠복한 것은 흑인에 대한 뿌리 깊은 비하 의식이다. 이는 한국인에게 의식적으로나 무의식적으로나 널리 퍼져 있었다고 보인다. 한국인의 심성구조에 흑인은 태생적으로 비천한 존재로 각인되어 있었고, 흑인은 열등하다는 믿음은 의심을 허하지 않게 굳건했다. 흑인의 비천함과 열등함은 미리 결정되고 확정된 관념으로서 진실인 양 유통되었다. '한국인〉흑인'으로 위계화된 상상구도는 퍽이나 공고했다. 그렇다면 이제 흑인에 대한 뿌리 깊은 멸시 또는 폄하가 무엇

---

9   이외에도 「말(馬)」에서 백인인 매컬러즈 부인은 흑인 혼혈아인 "나"를 지극히 혐오하는데 그 이유는 "어엿한 백인이 겨우 검둥이의 하녀라는 열등감"(211) 때문이다. 매컬러즈 부인의 분노 혹은 열등감은 흑인에 대한 비하를 당연하게 여기는 의식에서 비롯된 것이다. 매컬러즈 부인은 애니에게 "깜둥이 트기 새끼랑 붙어먹을 화냥년"(231)이라고 여러 번 욕설을 퍼부었는데, 이러한 욕설은 당대 한국의 현실에서 유추된 장면일 수 있다. 당대 한국에서 예의 욕설이 상식적으로 통용되고 있었기에, 작가가 이런 장면을 손쉽게 구상할 수 있었던 것이다.

에서 연원하는지 따져 보아야 한다. 상기 비천하게 표상된 흑인이 모두 미군임에 주목한다면 하나의 실마리를 얻을 수 있다. 미국에 대한 한국인의 심적 태도가 흑인 표상에 모종의 영향을 미쳤을 것으로 보인다.

우선 쉽게 생각할 수 있는 것으로 전통적으로 공고했던 미국에 대한 선망과 열등감에 주목할 수 있다. 개화기 이래 오랫동안 미국은 동경과 선망의 대상인 동시에 질시와 외포의 대상이었다.[10] 타자에 대한 비교 우위를 확인함으로써 열등감을 보상받고 자아를 회복·강화하려는 시도는 식민자뿐만 아니라 피식민자들의 에토스이기도 하다.[11] 피식민자 혹은 열등감을 느끼는 사람은 자기보다 더 열등한 존재를 발견하거나 발명하면서 자존감을 회복하려고 한다. 억압받는 자는 억압할 타자를 만들어낸다는 것이 문화의 비극이다. 피식민자는 내부의 식민지를 건설함으로써 식민자에 대한 열등감을 보상받고자 한다. 억압의 대상이 다시 억압의 주체가 되는 뫼비우스의 띠의 존재는 엄연하다. 산업화가 급속하게 이루어지면서 작가들은 미국의 부유함과 선진성을 더욱 강하게 의식했고, 그로 인한 동경과 열등감에 대한 보상 심리로 흑인을 식민지화했다고 생각할 수 있다. 흑인을 비천한 대상으로 식민지

10 식민지 시절 미국은 구원과 시혜의 이미지를 유포했고, 구한말 수교 이래 미국은 유럽의 열강과 달리 선교사, 학교, 병원, 보육원, 교회를 통해 긍정적이고 종합적인 근대성을 보여주면서 거의 모든 분야를 통틀어서 이상적 모델이자 선망의 대상이었다.(김덕호, 「한국에서의 일상생활과 소비의 미국화 문제」, 김덕호·원용진 편, 『아메리카나이제이션』, 푸른역사, 2008, 122-123면 참조.)

11 잘 알려진 사이드의 논리에 따르면 유럽 문화는 일종의 대리물 또는 은폐된 자기 자신이라 할 수 있는 동양을 소외시킴으로써 힘과 정체성을 획득했다.(사이드, 앞의 책, 17면 참조.)

화함으로써 미국에 대한 열패감을 상쇄하려고 했을 수 있다.

다른 한편 1970년대에 특유한 사회적 정황도 비천한 흑인 표상과 연관된다. 주지하다시피 1970년대는 급속한 산업화와 유신정권으로 표지화된다. 산업화의 배후에는 미국이 존재한다. 미국은 1970년대에 한국과 정치적·경제적으로 직접적인 연관을 맺었을 뿐만 아니라, 심정적으로도 간접적인 영향력을 행사했는데, 가령 정권이 주창했던 산업화의 심정적인 모델은 미국이었다. 국민은 전 사회에 미만한 '잘 살아 보세'라는 구호 앞에서 미국에 대해 특별한 이미지를 가질 수밖에 없었다.[12] 그런데 한국인들의 대미의식은 전후(戰後)의 막연한 동경과 피해의식에서 벗어나서 1970년대에 보다 성숙했다고 알려져 있다.[13] 이 시기에 한국인은 미국에 대해 지적으로 성찰하고 비판할 능력을 갖추었다고 논의된다.[14] 요컨대 미국을 롤모델로 삼는 (무)의식과 미국에

---

12 미국 공보원의 조사에 따르면 서울 일원 거주자들 중 68퍼센트가 전 세계 국가 중 '미국을 제일 좋아한다'고 답했으며 오직 1퍼센트만이 미국을 싫어한다고 했다. 미국에 대한 우호적 성향은 미국 문명을 추구할 모델로 보는 의식에서 비롯되었다. 이 조사에서 미국을 좋아하는 이유로 60퍼센트가 '한국의 목표와 열망이 미국의 그것들과 합치되어 있다는 느낌'을 들었다. 미국은 좋은 나라라는 이미지가 한국인들의 의식을 지배했기 때문에 미국에 대한 호의가 형성된 것이다.(김연진, 「'친미'와 '반미' 사이에서-한국 언론을 통해 본 미국의 이미지와 미국화 담론」, 김덕호·원용진 편, 앞의 책, 258-260면 참조.)

13 고인환·오태호, 「조해일의 「아메리카」에 나타난 '미국' 표상 연구-신식민주의적 아메리카니즘의 이면(裏面)을 중심으로」, 『우리문학연구』 46, 우리문학회, 2015; 김미영, 「한국(근)현대소설에 나타난 미국 이미지에 대한 개괄적 연구」, 『미국학논집』 37-3, 한국아메리카학회, 2005; 김만수, 「한국소설에 나타난 미국의 이미지」, 『한국현대문학연구』 25, 한국현대문학회, 2008 참조.

14 1970년대 중반 이래 미국에 대한 이미지는 인종 차별과 성도덕, 지나친 개인주의와 물질주의로 인해 부정적으로 자리 잡기 시작했다. 미국에 대한 한국인의 호감도는 줄어들었고 1980년대 이후 한국인은 더 이상 미국을 '가장 좋아하는 나라'로 꼽지 않게 되었다. 1970년대에 일어난 미국에 대한 의식 변화는 정치적 한미관계에서 비롯된 면도 있다. 미국의

대한 비판 담론이 경합했던 것이다. 이때 지식인들은 미국에 대한 내적 분열과 만만치 않은 피로를 느꼈을 수 있다.

산업화가 초래한 특이한 심적 태도는 각별한 주목을 요한다. 산업화는 부(富)에 대한 다중 분열된 심태를 파생했다. 사람들은 급속한 산업화의 대열에서 누락될지도 모른다는 불안감과 동시에 부유함에 대한 원초적인 선망을 느꼈다.[15] 이때 지식인들은 표면적으로 부에 대한 욕망을 경계해야 한다고 주창했지만, 내심 그에 대한 선망을 아예 숨기기는 어려웠다. 작가들은 물질지상주의에 편입되어서는 안 된다는 당위와 편입될 수밖에 없으리라는 비판, 보다 정직하게 산업화의 대열에

무상 원조가 1972년 중단되자 혈맹이자 우방으로서의 미국의 이미지는 심히 훼손되었다. 이어 유신헌법 시행, 카터 정부와의 인권 논쟁, 미군 일부 철수 등 일련의 사건으로 한미 간 불편한 관계가 강화되었다. 이 과정에서 언론은 미국에 대한 배신감을 연달아 표출했고, 미국에 대한 재인식과 한국의 자주를 요청했으며, 미국에 대한 비판도 서슴지 않았다. 이러한 미국에 대한 비판 담론에는 박정희 정권의 부분적 반미 성향과 미국 유학에서 돌아온 지식인들의 비판적 시선의 영향력이 존재한다. 미국을 체험했던 지식인들은 미국에 대한 무차별적 동경과 과도한 문화적 의존을 비판하면서 한국인의 주체성 상실을 우려했다. 산업화 시기 언론은 이상화된 미국의 이미지로부터 탈피하여 미국을 타자로 발견하고 자아를 성찰하기 시작했다.(김연진, 앞의 글, 260–279면 참조.) 유신체제 하 박정희는 '한국적 민주주의'를 강조하면서 정신적으로 서구화를 배격하겠다는 태도를 보였다. 이런 맥락에서 청바지, 맥주, 통기타로 상징되는 청년 문화에 대한 반감과 대마초 파동, 미제 상품에 대한 단속 등이 가능했다.(김덕호, 앞의 글, 141–142면 참조.)

15 박정희 시대 산업화는 경제적인 것을 특권화하는 과정이었다. 경제가 가장 중요한 차원으로 상승했고, '경제적 욕망의 정치'가 작동하기 시작했다. 전근대 사회가 신분제적 격벽과 토지긴박을 통해 안정을 추구했기에 안분지족과 금욕을 강요했다면, 근대 사회는 만인 평등의 상태를 가정하고 능력별 위계 서열화를 내세웠기 때문에 욕망 경쟁을 통한 사회적 유동성을 강조했다. 이에 수직적 승강 운동이 새로운 원리로 등장했다.(권보드래 외, 『1970 박정희 모더니즘』, 천년의상상, 2015, 91면 참조.) 특히 1970년대 주간지는 돈과 부자라는 주제에 집중하면서 돈에 대한 열망을 여과 없이 드러내었다. 이를 통해 '부'가 시대의 미덕이 되고 부에 대한 열망이 정당한 것으로 인정받았으며, 무슨 수를 쓰더라도 돈만 모으면 된다는 의식이 널리 퍼졌음을 알 수 있다.(위의 책, 254–256면 참조.)

서 누락될지도 모른다는 불안감 이외에도 다단한 심경을 느꼈을 수 있다. 이러한 복잡다단한 심경, 즉 부(富)에 대한 다중 내적 분열은 제물을 필요로 하거니와 그때 흑인이 발견되었을 수 있다. 산업화에 따른 다중 내적 분열로 작가들은 피로했고, 이러한 피로감을 흑인을 열등하고 비천한 존재로 대상화함으로써 해소하려고 했을 것이다.

미국은 부유함과 선진성의 아이콘으로서[16], 미국에 대한 의식/무의식은 일정 부분 산업화에 대한 의식/무의식과 동궤에서 운행했다. 산업화에 대한 작가들의 내적 분열은 고스란히 미국에 대한 분열적 의식과 연동되었다. 부(富) 혹은 미국에 대한 분열의 핵은 부에 대한 욕망인데, 미국은 산업화에 대한 작가들의 자랑스럽지 않고 인정하기 싫은 적나라한 내면을 들추는 불편한 존재, 부에 대한 욕망을 환기하면서 일종의 죄책감을 유발하는 존재였다. 요컨대 미국은 부에 대한 다중 내적 분열 그리고 수치심과 죄책감의 원천이었던 것이다. 죄책감을 느끼는 이는 죄책감의 원천을 처벌하려고 하는 심리적 경향을 지니거니와[17], 작가들은 다중 내적 분열, 수치심과 죄책감의 원천인 미국을 처벌하고 싶었지만, 그것은 난망한 일이었으므로, 미국인이되 보다 만만한 흑인을 제물로 삼고 그에 대한 우월함을 확인함으로써 왜소해진 자아를 복원하고 싶었던 것이다.

---

16 많은 사람들에게 미국화는 중앙난방, 냉장고, 선풍기, 안락의자 등 사치스러운 소비 제품으로 실현될 수 있는, 소비에서의 미국화였다.(김덕호, 앞의 글, 124면 참조.)

17 프로이트에 따르면, 이드의 부추김과 양심의 가책 사이에서 갈등하던 자아가 할 수 있는 선택은 두 가지이다. 하나는 연속적인 자기 학대이고 다른 하나는 대상에 대한 조직적인 박해이다.(지그문트 프로이트, 「자아와 이드」, 윤희기 · 박찬부 역, 『정신분석학의 근본 개념』, 열린책들, 2005, 399-400면 참조.)

또한 유신정권은 전 사회의 병영화를 초래했다.[18] 군사적 위계질서가 상식화된 사회에서는 수평적 자유주의보다 수직적 권위주의가 위력을 발휘한다. 1970년대 소설에서 유난히 빈번하고 가혹했던 여성의 대상화는 예의 수직적 권위주의와 무관하지 않다.[19] 타자에 대한 무의식적 폭력과 수직적 권위주의는 모종의 공모관계에 놓인다. 수직적 권위주의와 동궤에서 운행하는 '모든 것을 위계화하는 의식'이 '백인 미국인〉한국인〉흑인'으로 위계화된 상상 구도를 형성하는 데 일조했다고 보인다.

그런데 흑인에 대한 폄하가 이렇듯 단선적으로 드러나는 사례 이외에도 우회적으로 표출되는 경우가 있는데, 이것이 더욱 문제적이다. 흑인 비하가 우회적으로 표출되는 경로는 곧 비천한 흑인 표상의 구체적 세목들이기도 하다. 성적/폭력적으로 특화된 흑인과 불길함/공포의 유발자로서의 흑인이 비천한 흑인 표상의 하위 갈래인데, 이에 잠복한 작가의 무의식은 기본적으로 이 장에서 논한 열등감·내적 분열·수치심·죄책감과 연관되지만, 이밖에도 산업화 시기에 특유한 심적 태도와도 공모한다. 다음에서 비천한 흑인 표상의 세목들을 구체적으로 살펴보면서 이것과 산업화 시기 특유의 집단 무의식의 연관을 고

---

18 박정희 시대에 병역은 개인의 신체를 강제로 징발하여 무임금 노동을 부과하는 '역(役)'으로서의 의미와 동시에 군사적으로 규율화된 순종적 신체를 생산해내는 메커니즘으로서의 의미를 동시에 가졌다. 사람들은 군대에서 군대식 노동 규율을 익혀야 했고, 사회에서는 군대식의 무조건 복종 생활을 체화해야 했다. 이 시기 한국의 군인과 노동자는 야누스처럼 하나의 신체였다. 조국 군대화를 경유한 조국 근대화는 병영과 일상의 가장 중요한 특징이었다.(신병식, 「징병제의 강화와 '조국 군대화(軍隊化)'」, 공제욱 편, 『국가와 일상』, 한울, 2008, 77-78면 참조.)

19 이에 관한 논의의 일례로 박수현, 「1970년대 소설과 강간당하는 여성」(『Comparative Korean Studies』 22-2, 국제비교한국학회, 2014)이 있다.

찰하고자 한다.

3. 성/폭력의 과잉과 야만

열등하고 비천한 흑인 표상은 우선 성적/폭력적인 이미지와 자주 연관되는데, 이는 종종 과잉으로 치닫는다. 이렇게 과잉된 성적/폭력적인 표지를 흑인에게 부착하는 창작법은 거의 관습화되었고, 정형화와 반복의 틀에 갇혔다고 할 수 있다. 성적/폭력적으로 정형화/반복된 흑인 표상은 그 자체로 흑인에 대한 대상화의 결과이고 흑인에 대한 비하 의식을 내포하거니와, 각각의 표상에 내재된 작가의 무의식도 문제적인 지점을 내장한다. 다음에서 성적/폭력적으로 특화된 흑인 표상의 구체적 사례를 살펴보고, 그에 잠복한 작가의 무의식을 산업화 시기 특유의 심적 태도와 관련해서 고찰하려고 한다.

　1970년대 작가들은 빈번하게 흑인을 성적 존재로 표상한다. 흑인은 외모에서부터 성적인 자질을 발산한다. 송영의 『浮浪日記』에서 "체격이 건장하게 보이는 흑인 병정"(29)은 "유별하게 기름지고 야만스러운"(27) 목소리로 형상화된다. 건장한 체격, 유별나게 기름지고 야만스러운 목소리는 다분히 성적 뉘앙스를 풍기며, 흑인에 대한 묘사는 다분히 성적인 맥락에서 수행된다. 흑인의 외모에 대해 성적 특성화가 수행된다고 보이는데, 성적 특성화는 종종 '무절제'라는 의미소와 결탁한다. 조선작의 소설 「말(馬)」에서 흑인은 "껌이나 질겅질겅 씹으며 녹색 유니포옴 바지 위로 솟구쳐 천막을 이룬 물건을 슬슬 어루만지며 세워둔 GMC에 기대 서서 지나가는 처녀에게, 헬로우 시비시비 오케이…… 어쩌구 동물적인 추파나 던지곤 하는, 그런 무식쟁이"(201)로 형상화된다. 흑인은 무식하고 야만적인 모습으로 표상되는데, 특히 이른바 무식과 야만은 성욕을 감추지 못하고 만천하에 드러내는 "동물적인 추파"와 밀접히 연관된다.[20] 성욕에 대한 무절제가 흑인의 성적 이미지를 구체화하는 한 요인인 것이다.

성적으로 특성화된 흑인 표상은 한국 작가의 것만이 아니었다. 파농에 따르면, "흑인과 관련된 모든 것은 생식기의 층위에서 발생"하며, 백인들은 흑인이 엄청난 성적 능력을 가진 존재라는 환상을 지니고 있다. 이 생각은 단적으로 다음과 같이 표현된다. "정글 속에서 자유나 만끽하고 있을 그들에게 그 외의 무엇을 기대하겠는가?"[21] 이러한 흑인에 대한 백인의 표상 방식과 한국 작가의 표상 방식은 유사점을 지니며, 그 안에 내재된 무의식도 동궤에 놓인다고 보인다. 즉 성적 능력 이외에 흑인에게는 어떠한 능력도 가치도 없다는 비하, 흑인은 동물적 존재와 다름없다는 비하가 예의 표상에 내재된 무의식이다. 이처럼 성적 특성화는 흑인에 대한 비하가 수행되는 한 경로이다.

흑인의 성적 특성화는 종종 극단적으로 혐오스러운 지경으로까지 치닫는다. 전상국 소설은 흑인을 윤간의 주체로서 반복적으로 그린다는 점에서 문제적이다. 「惡童時節」에서 최구장네 며느리는 "깜둥이 여럿에게 끌려가 욕을 보고서"(129) 목매달아 죽었다. 「하늘 아래 그 자

---

20 한명환에 따르면, "흑인남자의 동물적이고 비천한 이미지는 사실 여부를 떠나서 하나의 믿음으로 강화되어갔다."(한명환, 앞의 글, 203면.) 본 논문은 흑인이 동물적이고 비천한 이미지로 형상화된다는 한명환의 논의에 동의하지만, 예의 이미지가 형성된 연원을 다각도로 분석한 점에서 그것과 차별된다.

21 프란츠 파농, 이석호 역, 『검은 피부, 하얀 가면』, 인간사랑, 1998, 194-195면 참조.

리」에서 육손이 처 역시 흑인들에게 윤간당했다. 「아베의 家族」에서 "미개하고 천할 만큼 겁이 많고 비열"한 "깜둥이들은 정희를 윤간하고"(9), 정희의 어머니 역시 "노린내" 나는 "시커먼 짐승 셋"(49)에게 윤간당한다. 특히 「아베의 家族」에서 윤간은 여러 번 등장하는 화소인데 이때마다 윤간자가 모조리 흑인으로 설정된 사실은 주목을 요한다. 작가의 무의식에는 〈윤간자=흑인〉이라는 공식이 뿌리 깊게 내재했던 것으로 보인다. 윤간은 성적 폭력의 극단에 존재한다. 앞서 조선작의 소설에서처럼 전상국 소설의 흑인은 성적 무절제를 구현하는 가운데, 그 폭력성을 더욱 두드러지게 표출하고 있다.

이쯤 되면 흑인에게 부착된 성적 표지는 혐오스러운 지경을 넘어서 끔찍한 범죄의 뉘앙스까지 풍긴다. 이는 앞장에서 논했듯 흑인에 대한 비하를 내장한 비천한 흑인 표상의 한 사례이기도 하지만, 성적으로 혐오스러운 흑인 표상에 특유한 무의식을 조명할 수 있다. 이를 논하기 전에 성적으로 특화된 또 다른 흑인 표상을 경유하려고 한다. 송영의 『浮浪日記』에서 흑인이 한국인 여인과 나누는 정사는 유난히 쾌락적으로 묘사된다. "사나이의 웃음 소리에 잇달아서 미례 엄마의 가냘프고 건조한 그러나 간지러움을 가득 실은 웃음 소리도 들렸다. 그제서야 나는 제 정신으로 퍼뜩 돌아왔고 내쪽에서 지금 숨소리도 결코 크게 내서는 안 될 때라는 사실을 알았다."(27) 이 진술의 이면에는 한국 여인에게 보기 드문 쾌락을 선사하는 흑인에 대한 동경심이 없지 않다. "체격이 건장"(29)함, "유별하게 기름지고 야만스러운"(27) 목소리 등 외양 묘사에서도 역시 흑인에 대한 동경과 질시가 감지된다. 즉 작가는 흑인이 신체적으로 우월하고 여성에게 보다 강렬한 쾌락을 제공할 수 있다는 가능성을 의식하고 있다.

특기할 점은 이러한 성적으로 우월한 흑인 표상이 앞서 줄곧 논한 흑인 비하와 연동된다는 사실이다. 성적으로 우월한 흑인 표상은 한국 작가의 열등감과 간과할 수 없는 관련을 맺는다. 흑인의 성적 능력이 월등하다는 속설 내지는 미신이 만연했다는 사실[22]이 일러주듯, 육체적으로 건장해 보이는 흑인의 외모는 은밀하게 한국인들의 동경과 질시를 유발했다. 뿐만 아니라 흑인은 주로 미국 병사였다. 작가들은 경제적·문화적으로 풍요로운 미국에 대한 동경과 질시를 느낄 수밖에 없었고, 이는 흑인에 대해서도 마찬가지였으나, 흑인에게까지 동경과 질시를 느끼는 자신에 대한 불만과 자괴감을 피할 수 없었을 터이므로, 이를 상쇄하고자 흑인을 비천하고 혐오스러운 존재로 표상함으로써 자기 비하로부터 벗어나고 자존감을 회복하려고 했다고 할 수 있다. 성에 대한 지나친 무절제와 윤간 등으로 구체화된 성적으로 혐오스러운 흑인 표상에 내재된 작가의식은 우선적으로 흑인에 대한 멸시와 폄하인데, 결과적으로 이는 "일종의 성적 복수심의 발동"[23]인 셈이다.

앞서 전상국 소설에서 흑인에게 부착된 성적 표지는 폭력의 극단과 밀접히 연관된다. 성적 이미지가 예사롭지 않은 폭력적 이미지와 결탁하는 현장이다. 그런데 성적 폭력이 아니더라도 흑인은 매우 자주 물리적 폭력의 주체로 형상화된다. 가령 황석영의 「낙타 누깔」에서 여자

---

22 한명환에 따르면 "전시에 누군가가 '흑인은 성적으로 쎄다'라고 말했고 그에 대한 믿음이 '흑인은 성적으로 쎄다'라는 사실을 일반화시키게 된 것이다."(한명환, 앞의 글, 206면.) 변화영도 흑인이 '무식하고 비이성적이지만 성적으로 힘이 세다'는 개념이 한국 사회에 유포되었음을 지적한다.(변화영, 앞의 글, 303-304면 참조.)
23 파농, 앞의 책, 196면.

아이들이 흑인 병사의 옆에 놓인 만화책을 집어가서 들쳐보자, "병사가 고개를 들더니, 그들에게서 만화를 빼앗아 닥치는 대로 아이들의 머리를 둘둘 만 책으로 후려갈기며 욕지거리를 했다."(186) 여자 아이들이 도망가자 "병사는 가장 지독하게 놀려대던 아이 하나만을 노리고 맹렬히 쫓아갔다. 그가 얼마 못가서 계집애의 목덜미를 잡아 따귀를 철썩철썩 쳤다. 그 애가 내동댕이친 장사목판에서 물건들이 쏟아져 행길 위에 너저분하게 깔렸다."(187) 이처럼 흑인은 닥치는 대로 아이들의 머리를 때리면서 욕을 퍼붓거나 여자아이의 따귀를 치는 등 범상치 않은 폭력을 수행하는 주체로 표상된다. 조해일의 「아메리카」에서도 흑인은 여성을 무자비하게 끌고 나가서 결국 그녀를 살해하고 마는 폭력의 수행자로 표상된다.

이상에서 보듯 1970년대 소설에서 흑인은 성적으로 무절제하고 성적 폭력을 포함하여 각종 폭력을 저지르는 존재로 표상된다. 이러한 흑인 표상은 2장에서 논한 비천하고 열등한 흑인 표상의 한 하위 갈래로서, 흑인에 대한 비하로부터 산출되었다. 이에 은닉된 무의식은 일차적으로 2장에서 논했듯 미국에 대한 열등감, 산업화에 따른 다중 내적 분열, 죄책감 등이다. 그런데 성적/폭력적 흑인 표상을 산출한 동력은 이외에도 더 거론할 수 있는데, 다음에서 이를 산업화 시기 특유의 심태와의 연관 아래 고찰하고자 한다.

구체적인 논의에 앞서 우선 흑인이 폭력의 수행자로 형상화된 사례를 볼 터인데, 이는 명시적으로 드러난 흑인 표상 방식 이외에도 그것에 내재된 작가의 무의식에 대한 단서를 제공하기에 주목을 요한다. 다음은 조해일의 소설 「아메리카」의 부분들이다.

(가) 아까의 그 검둥이가 흰 이를 사려물고 벌거벗은 한 여자의 머리채를 나꿔켠채 한 손으로는 기다란 면도칼을 내저어 우리를 위협하며 마악 골목을 나서고 있었다. 여자의 온몸은 공포의 표정을 역력히 드러낸 채 잔뜩 활처럼 뒤로 휘어져 있었고 두 손은 제 머리채를 틀어쥔 검둥이의 손을 필사적으로 할켜대고 있었으나 머리채가 당겨지는 아픔과 아무리 할켜대도 조금도 늦춰주지 않고 잡아채는 검둥이의 광포한 힘에 무력하게 질질 끌려 나오고 있었다. 장씨와 나는 거의 동시에 화다닥, 녀석이 내두르는 칼날을 피해 양쪽으로 갈라서서 길을 티어 주었다. 검둥이는 다시 한번 우리를 향해 흰 이를 사려물고 광포하게 칼날을 휘둘러 허공을 두어번 베어 보이고 나서 내쳐 여자를 잡아 채었다. 우리가 잠시 어찌할 바를 모르는 사이, 여자는 이제 몸만 잔뜩 뒤로 휜채 거의 종종걸음을 치다시피 어둠 속으로 끌려가고 있었다.(294-295)

(나) 죽여서 벗겼는지 벗겨 놓구 죽였는진 모르지만 여자앨 홀딱 벗긴채 침대 위에 반듯이 뉘어 놓고는 저두 홀랑 벗은 채 그 앞에 꿇어 앉아서는 멍하니 죽은앨 들여다보구 있더라는 거예요. (중략) 깜둥이의 옆에는 이발소에서 쓰는 면도칼이 하나 놓여 있었는데 그건 사용하지 않았는지 여자애의 몸엔 상처 하나 없더라는군요.(307)

(가)는 흑인이 기지촌 여성을 광포하게 끌고 나오는 장면을, (나)는 기지촌 여성을 살해한 흑인이 사람들에게 발각되었을 당시 장면을 묘사한다. 이들은 우선 흑인이 무자비한 폭력의 주체로 표상된 사례를 보여준다. 그런데 상기 인용문은 폭력적인 흑인 표상 이상으로 흥미로

운 정보를 제공해 준다. 그것은 첫째, 장면 묘사가 지나치게 상세하다는 점이고 둘째, 폭력적인 흑인을 볼만한 구경거리로 만들려는 의도가 강하게 내비친다는 점이다.

(가)에서 보듯, 작가는 흑인이 한국 여성에게 폭력을 휘두르는 장면을 지나치게 상세하게 묘사한다. 무엇에 대한 상세한 묘사는 그것에 대한 글쓴이의 욕망을 대리 충족하는 방식 중 하나이다. 종종 길고 세세한 묘사가 누설하는 것은 묘사된 내용 그 자체라기보다 묘사한 사람의 무의식적 욕망인 것이다. 흑인의 폭력 수행 장면을 지나치게 상세하게 묘사한 작가의 내면에 모종의 욕망이 존재하리라는 의심이 가능하다.

(나)에서 흑인은 자신이 살해한 여성을 "홀딱 벗긴채" 침대 위에 뉘여 놓고 저도 그 앞에 "홀랑 벗은 채" 앉아 있었다고 한다. 흑인의 폭력적 이미지가 에로티시즘과 연합하는 장면이다. 에로티시즘은 폭력과 더불어 인간의 대표적인 본능적 욕망이며, 스펙터클로서 더할 나위 없이 효율적인 기능을 수행한다. 굳이 에로티시즘을 흑인의 폭력에 악세서리처럼 덧붙인 작법의 이면에는 폭력적인 흑인을 그럴싸한 구경거리로 자리매김하려는 의도가 놓여 있다. 그럴싸한 구경거리를 설정하고 배치하는 의도는 그것을 관람하는 의도와 매한가지로 구경거리를 통해 욕망을 대리 충족하려는 무의식을 함유한다.

이상의 고찰로 인해 폭력적인 흑인 표상은 무언가에 대한 욕망을 대리 충족하는 형식이라는 혐의가 발생한다. 폭력적인 흑인뿐만 아니라 성적인 흑인 표상도 모종의 욕망에 대한 대리 충족 경로라는 가설 역시 가능한데, 다음 『浮浪日記』의 한 부분에서 그 단서를 보려고 한다.

그녀가 미닫이 저쪽에서 하염없이 아양을 떨고 깔깔댈 때에는 나는 그녀의 나이를 생각하며 마치 도깨비에게 홀린 것처럼 당혹감을 느꼈다. (중략) 나는 그들의 사랑의 유희를 매우 기묘한 감정으로 경청하였다. 나는 자신이 숨어 있는 놈이고 거기에 남의 은밀한 정사까지 엿듣는다는 이중의 가책 때문에 더욱 가슴이 두근거렸다.(25)

화자는 안방 다락방에 숨어 있고 안방에서는 한국 여성과 흑인이 정사를 나누고 있다. 여성은 토요일 오후마다 안방에서 정사를 치르며 상대는 자주 바뀐다. 그때마다 화자는 다락방에서 여성과 흑인이 내는 소리를 줄곧, 처음부터 끝까지 엿듣는다. 여기에서 화자인 한국 남성은 흑인과 한국 여성의 정사를 '관음(觀淫)'하는 위치에 놓여 있다. 관음은 아주 잘 알려진 욕망의 대리 충족 방식이다. 위의 인용문에서 화자는 흑인과 한국 여성의 정사를 관음하면서 자신의 욕망을 상상적으로 충족하지만, 이것은 산업화 시기 한국 남성 작가 일반의 무의식적 지형을 보여주는 상징적인 장면이다. 관음은 성적/폭력적 흑인 표상을 주조한 한국 남성 작가의 일반적인 위치 혹은 심적 태도를 암시한다. 관음하는 한국 남성 표상은 성적/폭력적 충동을 과도하게 분출하는 흑인 표상이 한국 남성 작가의 모종의 무의식적 욕망을 대리 충족하는 경로였다는 추론에 유의미한 근거를 제공한다.

그렇다면 성적/폭력적 흑인 표상을 통해 작가가 충족하려고 하는 무의식적 욕망은 무엇인가? 성욕이나 폭력욕은 동궤에 놓인 본능적 욕망이다. 성욕과 폭력욕은 쉽게 연동되며 앞의 윤간의 사례에서 보듯 양자는 종종 치환 가능하다. 성욕/폭력욕을 무절제하게 표출하는 흑인 표상에는 본능적 욕망의 자유로운 분출에 대한 작가들의 은밀하고

도 무의식적인 동경이 투사되었다고 할 수 있다. 문명화된 백인이 "의
례적이지 않은 성적 관용의 시대"를 그리워하면서 성적 판타지를 흑
인에게 투사했듯이[24], 한국 작가 역시 욕망의 무제한적 분출에 대한 판
타지를 흑인에게 투사했다고 볼 수 있다. 이러한 일반적인 추론도 흥
미롭지만, 1970년대 한국의 상황과 중첩해서 고찰할 때 더욱 특수한
광경을 목도할 수 있다.

　산업화 시기 박정희는 경제 발전을 추진하기 위해서 근면, 성실, 자
조, 협동, 건전, 명랑 등 도덕적 가치를 특화했다. 산업화를 위한 국민
의 동원과 개조라는 목적을 은닉한 창백한 도덕이 더할 나위 없이 숭
고한 것으로 유통되었으며[25] 근면·성실이라는 슬로건 아래 모든 사람
들은 욕망을 절제하고 규율을 숭상할 것을 장려받았다. 모범생이 되어
야 한다는 강박 아래 놓인 사람들은 은밀하게 일탈을 꿈꾸었고, 그것
을 성적/폭력적 자유를 구가하는 흑인 표상에 투사하여 간접적인 만
족을 추구했을 수 있다. 근면·성실 등 당대 산업 역군으로서의 덕목
이외에도 군대식 규율은 전 사회적으로 폭넓고도 과도하게 요청되었
다. 잘 알려졌다시피 당시 한국은 군국주의적 훈육국가의 면모를 띠었
다.[26] 이에 대한 피로와 이탈 욕망을 느낀 당대인들은 욕망의 무절제한

24　파농에 따르면, 백인들은 "한바탕의 질탕한 행위장면과 처벌되지 않는 강간, 그리고 억
압되지 않은 근친상간을 자연스레 분출해낼 수 있는 시대에 대한 향수"를 가지고 있으며,
이 환상을 흑인에게 투사하여 흑인이 마치 실제로 그러한 자질을 가지고 있는 양 취급한
다.(위의 책, 200면 참조.)

25　이에 관한 상세한 예증과 분석은 박수현, 「1970년대 문학과 사회의 도덕주의─『창작과비
평』·『문학과지성』·박정희 대통령의 담론을 중심으로」, 『우리어문연구』 55, 우리어문학
회, 2016, 185-196면 참조.

26　그 한 사례로 박근혜가 주도했던 새마음운동은 경제적 동원을 넘어 개인의 정신적 통합을
지향하는 것도 모자라 '마음'까지 통제하려고 했다.(조희연, 『박정희와 개발독재시대』, 역

표출을 동경하면서 일탈적 성적/폭력적 판타지를 꿈꾸었을 수 있고, 흑인 표상은 이를 상상적으로 충족하는 방식이었을 수 있다.

특히 성적/폭력적인 흑인의 행태가 줄곧 과잉으로 치닫고 있다는 점에 유의해야 한다. 절도와 절제는 근대인의 덕목이었고, 유신 치하 한국 사회에서도 장려되었던 규율이었다. 산업화 초기 아무런 대규모 자본이나 자원을 갖지 못한 상황에서 박정희에게 유일한 자산은 양질의 노동력과 절약·저축을 통한 자본 축적밖에 없었다. 특히 산업화에 필요한 자본 공급을 위해 국내에서 할 수 있는 일은 국민에게 절약과 저축을 강권하는 방법밖에 없었다. 수출 주도형 경제 전략 하에서 국내 소비는 억제될 수밖에 없었고 소비는 곧 악덕이었다. 사치와 낭비에 대한 두려움은 산업화 시기 중요한 심태였다.[27] 이에 피로를 느낀 한국 작가들은 절제되지 않은 과도한 무엇이나 흥청망청한 어떤 행위를 꿈꾸었고, 사치와 낭비를 동경했을 수 있다. 단적으로 그들은 '과잉에의 욕망'을 흑인 표상에 투사했던 것이다.

성적/폭력적으로 특화된 흑인 자체가 야만성을 구현하거니와, 흑인은 종종 '야만성'의 자질을 두드러지게 노골적으로 표출한다. 『浮浪日記』의 작가는 이렇게 쓴다. "한편으로 밀림의 야수처럼 사납기도 하였고 한편으로는 도시 뒷골목의 부랑배들처럼 간특하고 잔인하게도 보이는 그 이방인의 표정은 지금껏 내가 본 일이 없을 정도로 그렇게 흉악한 것이었다."(30) 흑인은 이처럼 "밀림의 야수", "도시 뒷골목의 부

사비평사, 2008, 218-220면 참조.)

27 이런 사고방식은 1980년대에 들어서야 전환을 맞게 되었다.(김덕호, 앞의 글, 136-146면 참조.)

랑배"처럼 직설적이고 노골적인 야만의 표지로 특성화된다. 흑인의
야만성은 성적/폭력적 본능과 동궤에 놓이면서 반(反)문명뿐만 아니라
반(反)합리성을 내포한다. 여기에서 근대적 합리성에 대한 반발도 야
만적인 흑인 표상의 연원으로 고려할 수 있다. 박정희 정권은 근대화
를 효과적으로 수행하기 위한 정신적 토대 중 하나로 근대적 합리성을
도입하였다. 즉 서양의 과학 정신과 합리주의를 근대화의 동력으로 전
유했던 것이다.[28] 근대적 합리성 또는 동일성을 강박적으로 요청하던
시대[29]에 이에 대한 저항으로 전근대적인 것, 비합리적인 것 혹은 야만
에 대한 동경심이 형성되었고, 작가들은 흑인을 야만의 극단으로 표상
함으로써 야만에 대한 선망을 대리 충족했을 수 있다.

그러나 작가들은 이러한 욕망의 대리 만족에서 멈출 수는 없었다.
그러기에는 수치심과 죄책감, 즉 초자아의 간섭을 피할 수 없었으므로
작가들은 각종 본능적 욕망을 구현하는 흑인을 부정적으로 또는 혐오
스럽게 주조하고, 그들에게 독자의 비난과 분노가 쏠리게 유도하면서

---

28 예컨대 박정희는 그의 저서에서 동양의 숙명론, 신비주의, 운명론적 사고방식, 소극적 태
도를 비판한 이후 다음과 같이 서양의 합리주의를 찬양한다. "이에 비해 西洋에서는 自
然에 대한 黙從을 거부하고, 自然과 社會에 內在하는 經驗法則을 발견하여 이를 통해 自
然과 環境을 지배할 수 있다는 믿음과 자세를 견지해 왔다. 이러한 科學精神과 開拓精神
은 실로 오늘의 유럽과 美國을 건설하는 데 결정적인 역할을 했다."(박정희, 『民族 中興의
길』, 광명출판사, 1978, 30면.)

29 특히 '근대적 동일성'은 1970년대의 심성과 의식을 지배했던 거대한 심층구조로 볼 수 있
다.(박수현, 『망탈리테의 구속 혹은 1970년대 문학의 모태』, 325-428면 참조.) 한편 1970
년대에 근면·성실·노력·인내 등 개인 윤리와 규율뿐만 아니라 과학·효율성·합리성 등
근대적 지식 체계의 효과가 제시되었다. 이는 사회적 유동성의 결과를 개인의 선천적 재
능이 아닌 후천적 요소로 설명하려는 일종의 전략이었다. 기회의 평등에도 불구하고 발생
되는 결과의 불평등을 개체의 선천적 재능으로 환원하는 것은 위험했기 때문이었다.(권보
드래 외, 앞의 책, 212면 참조.)

흑인을 처벌한다. 스스로의 은밀한 욕망을 흑인을 통해서 대신 충족한 이후, 그 흑인을 처벌함으로써 자신을 죄의식과 자기 비하로부터 구원하는 동시에 근대적 훈육 기획에 동참한 것이다. 이때 흑인은 작가의 욕망 충족을 위해서 한 번, 그럼에도 불구하고 확보해야 할 자존감 구축을 위해서 두 번 소모된다.[30]

한편 성적/폭력적인 흑인 표상은 예외 없이 독자의 혐오와 비난을 유발하는데, 예의 '혐오스럽고 비난받아 마땅한 흑인' 표상은 일종의 희생양[31]이었을 수 있다. 주지하다시피 산업화 시기 정치 · 경제 · 사회는 각종 모순을 떠안고 있었고, 분쟁의 씨앗도 도처에 상존했으며, 실제로 각종 분쟁으로 사회는 몸살을 앓았다. 범상치 않은 공격성이 범사회적으로 미만했는데, 이것은 종종 혐오스러운 흑인 표상 혹은 혐오스럽게 상상된 흑인에게 집중되었고, 그러면서 한국인들은 흑인을 희생양 삼아 상존하는 공격성의 약화를 체험했을 수 있다. 상상된 흑인은 한국 사회에 만연한 공격성을 수렴하여 떠안고 대신 처벌받는 존재였다. 한국 작가는 흑인을 "집단적 카타르시스"를 위해 대상화했다.[32]

---

30 유사한 맥락에서 수행된 파농의 연구에 따르면, 백인들은 가장 비도덕적인 충동과 가장 부끄러운 욕망 즉 야만적 자아를 문명화와 더불어 청산하면서, 그것을 흑인에게 투사했다. 모든 악의 원천으로 흑인을 지목하고 곧이어 그것을 제거했다.(파농, 앞의 책, 224-226면 참조.) 본 논문은 흑인 표상에 내재된 시대적 맥락을 중층적이고 복합적으로 읽으려고 한 점, 흑인 제거의 기제를 보다 면밀하고 상세히 구조적으로 고찰한 점에서 파농의 논의와 차별된다.

31 지라르에 따르면 사회는 자신에게 위협적인 폭력의 방향을 돌려서 모종의 희생물에게 집중시킴으로써 자신을 보호하려고 한다.(르네 지라르, 김진식 · 박무호 역, 『폭력과 성스러움』, 민음사, 2000, 14-19면 참조.)

32 유사한 맥락에서 파농의 통찰에 따르면, 모든 사회에는 공격적 힘을 해소해내는 통로가 구비되어 있다. 흑인에게 독자의 공격적 힘을 집중케 하여 경제 · 사회구조에 대한 공격성을 따돌리는 것은 백인들의 전통적인 전략이었다. 이를 "집단적 카타르시스"라고 할 수 있

4. 불길한 전조 또는 근거 없는 공포

흥미롭게도 흑인은 구체적인 성/폭력의 수행자가 아니더라도, 이유 없는 공포를 유발하는 매개로 표상되기도 한다. 흑인은 아무런 폭력을 자행하지 않은 경우, 심지어 어떤 행동도 하지 않는 경우에도 존재 자체로 불길한 전조로 기능한다. 작가들은 섬뜩하고 수상한 분위기를 조성하기 위해서 흑인을 소도구 혹은 배경으로 동원한다. 다음은 조해일의 소설 「대낮」의 한 부분이다.

무심코 진열 창 밖으로 눈길이 갔을때 거기 어두운 샛골목 어귀에 비스듬히 기대선 그 보라색 아래위의 낯선 검둥이에 눈이 미쳤고 자세 하나 바꾸지 않고 가만히 서 있는 그 모습에서 종수는 이상하게도 눈을 뗄수가 없는 터이다. 아무리 보아도 이 거리에서는 처음보는 검둥이다. 빡빡 밀어깍은 머리에 모자도 쓰고 있지 않다. 검둥이들이 좋아하는 색안경도 끼고 있지 않다. 피부빛은 파랗게 보일 정도로 검다.(257)

위에서 흑인은 존재 자체만으로도 불길한 전조로 기능한다. 작가는 모호하고 막연한 불길함이라는 정조를 조성하기 위해 흑인을 소도구로 동원한다. 불길한 징조를 구현하기 위한 여러 가지 방법 중 유독 흑인을 차용한 작가의 선택은 〈흑인=불길함〉이라는 공식이 당대인의 뇌리에 깊이 각인되었다는 사실을 보여준다. 또한 불길함이 유포되고 전달되는 경로는 "자세 하나 바꾸지 않고 가만히 서 있는 그 모습", "빡

다.(파농, 앞의 책, 183-185면 참조.)

빡 밀어깍은 머리에 모자도 쓰고 있지 않"은 모습, "파랗게 보일 정도로 검"은 피부빛 등 오로지 외양일 뿐인데, 이는 예의 불길함의 근거가 희박할 것이라는 점을 암시한다.

불길함은 막연한 공포와 연관된다. 상기 소설에서도 종수는 예의 흑인으로 인해 골목이 모종의 소요에 휩싸일 것이라고 추측하고, 그가 "무슨 일을 저지르려는 놈임에 틀림없다"(259)고 단정한다. 이러한 불안과 두려움의 근거는 오로지 흑인의 "빡빡깍은 머리"(259)뿐이다. 이는 종수의 유별난 공포에 충분한 근거를 제공하지 못한다. 즉 종수는 별다른 이유 없이 흑인에게 막연하고도 비이성적인 공포를 느끼는 것이다. 흑인에게 부착된 '공포'라는 표지는 이 소설에서 반복적으로 등장한다. 다음은 소설 「대낮」의 서두이다.

전쟁이 흐지부지되고나자 얼마 뒤부터 북보산리(北保山里) 일대는 인근 마을 사람들로부터 야차(野次)의 거리라고 불리워졌다. 아이들은 그곳을 〈두억시니 동네〉라고도, 〈도깨비 말(마을)〉이라고도 부르며 무서움의 대상으로 삼았다. 그곳은 한낮에도 늘 캄캄하다고 말하기를 사람들은 좋아했다. (중략) 그러나 아이들은 늘 두려움이 담긴 눈으로 멀리 그곳이 있는 쪽을 바라보곤 했다. 어른들은 (중략) 여러 가지 두려움의 말뚝을 침으로써 아이들의 모험심을 가두었던 것이다. 그곳엔 온몸이 숯덩이처럼 검은 〈두억시니〉들이 떼를 지어 다닌다는 등 그들은 알아들을 수 없는 목소리로 새처럼 말한다는등 본래는 너희들처럼 하얗던 계집아이들이 그곳에 잘못 갔다가 그만 새카만 〈암두억시니〉가 되어 거리를 헤맨다는등, 그래서 그곳엔 해도 뜨지 않는다는등, 너희들도 잘못 발을 들여 놓았다간 일시에 새카만 〈애두억시니〉가 되어 해를 볼 수 없게 되리라는

둥……둥둥.(253)

위에서 흑인은 "야차", "두억시니", "도깨비" 등으로 지칭되는데, 이들은 모두 "무서움"이라는 감정을 동반한다. 뿐만 아니라 "두려움"이라는 단어는 직설적으로 여러 번 반복적으로 등장한다. 이처럼 위의 인용문은 당대 사회에 만연했던 흑인에 대한 공포를 보여주는데, 여기에 더해 흑인에 대한 공포가 당연한 상식으로 정립되는 과정까지 시사한다. 흑인에 대한 두려움의 근거는 다음과 같이 길게 서술된다. 흑인이 새처럼 말한다거나, 계집아이들이 흑인 동네에 갔다가 새카만 암두억시니가 된다거나, 그 동네에는 해가 뜨지 않는다는 이야기가 바로 그것이다. 하지만 이들은 누가 보아도 사실성을 지니지 않은 꾸며낸 이야기이며, 흑인에 대한 두려움에 정당한 논리를 제공하지 못한다. 여기에서 확인되듯이 흑인에 대한 두려움은 자명한 것으로 사회에 만연했으나 그 두려움은 합당한 근거를 결여했다. 흑인에 대한 공포가 상식화되는 과정은 다분히 상상적인 경로를 밟았다.

이상에서 보듯 흑인은 불길한 전조 혹은 막연한 공포의 매개로 표상된다. 이는 2장에서 논한 바 비천하고 열등한 흑인 표상의 한 하위 갈래로 볼 수 있고, 예의 표상을 산출한 동력은 일차적으로 흑인에 대한 비하이며, 예의 흑인 표상 아래 잠복한 무의식은 미국에 대한 열등감과 산업화에 대한 다중 내적 분열, 수치감, 죄책감 등이 우선적으로 해당된다. 그런데 이밖에도 불길한 전조 혹은 막연한 공포 유발자로서의 흑인 표상이 형성된 연원을 산업화 시기 특유의 심태와의 연관 아래 고찰할 수 있다.

불길한 전조로서의 흑인 표상은 산업화에 수반되는 불길함과 연동된다. 산업화에 대한 핑크빛 전망이 도처에 만연했지만 작가들은 무의식적으로 그것을 불길하게 여겼을 수 있다. 흑인이 낯선 것과 마찬가지로 산업화 역시 생경하고 낯설고 석연치 않은 것이었다. 당대의 산업화의 속도가 급격했다는 점에 유의해야 한다. 속도의 급격함은 아찔함과 불안을 유발했고, 이는 이유 없는 불길함으로 발전했다. 작가는 이러한 불안과 불길함을 흑인에게 투사했을 수 있다. 흑인이 햇볕에 면도날을 갈 때 "그들의 눈빛은 대개 망나니의 그것처럼 빛난다"(257) 고 「대낮」의 조해일은 썼거니와, 칼을 가는 흑인의 망나니 같은 눈빛은 날카롭고 예리한 불길함을 표상한다. '망나니의 눈빛'으로 대변되는 불길함은 산업화를 마주한 작가들의 무의식을 보여준다.

한편 막연한 공포를 유발하는 흑인 표상에는 미래 혹은 미지(未知)에 대한 공포가 작동했을 수 있다. 주지하다시피 산업화 시기 발전과 진보는 지상명령이었다.[33] 당대에 만연했던 산업화 구호는 매혹적이었지만 이면적으로 당대인에게 생경한 것이었고 끝없는 미래만을 기약하는 것이었다. 근대화라는 말 자체가 전근대적인 것을 근대적인 것으로 교체한다는 취지를 지니면서, 미래에 지고의 가치를 설정한다. 미래는 근본적으로 낯선 것, 잘 모르는 것이라서 미지에의 두려움을 수반할 수밖에 없다. 박정희 정권에게 사랑받았던 미래주의는 대다수 사람들에게 신기하지만 두려운 것일 수 있었다. '앞으로 도래할 잘 모르는 것'은 만만치 않은 공포를 동반한다. 다른 한편 급격한 변화의 도중에 있는 사회에서는 미래가 오늘과 같을 것이라는 안정감보다는 앞날이 어

---

33 1970년대 박정희의 담론에 드러나는 진보적 시간관과 미래주의에 관해서는 박수현, 『망탈리테의 구속 혹은 1970년대 문학의 모태』, 399~414면 참조.

떻게 될지 모르겠다는 불안이 팽배하기 마련이다. 미래의 계측 가능성보다는 모호한 불투명성이 강화되는 사회에서 사람들은 그 어느 때보다 미래에 공포를 느끼기 쉽다. 작가들은 이러한 공포를 흑인에게 투사했을 수 있다.

앞서 흑인에게 수반되는 불길함과 공포는 대부분 합리적인 근거를 결여했다고 논했거니와, 이 역시 산업화 시기 특유의 심태와 공모관계를 맺는다. 산업화와 진보를 옹호하는 논리는 모두 치밀하고 완벽해 보이는 근거로 무장하고 있었다. 작가들은 이에 논리적으로는 반박할 수 없었지만 심정적으로는 불길함과 두려움을 느꼈을 수 있다. 이러한 심리적 기제의 비논리성을 알면서도, 그들의 '석연치 않은 느낌'을 철회하고 싶지 않았기에, 반합리적인 불길함과 공포의 존재 가능성 혹은 타당성을 옹호하고 싶었을 수 있다. 즉 그 근거가 명석하게 해명되지 않더라도 '그냥 느껴지는' 모종의 불길함과 두려움은 엄연히 존재한다는 사실을 무의식적으로 강변하고 싶었을 것이다. 이는 이성적으로는 반박할 수 없는 산업화와 진보주의의 정당성에 의문을 제기하는 한 방식이었다.

5. 맺음말

지금까지 이 논문은 1970년대 한국 소설에 나타난 흑인 표상을 통해 그에 내재된 당대인의 의식/무의식을 고찰하고 그 발생 연원을 산업화 시기 특유한 심태와 연관하여 탐구하였다. 흑인은 우선 자학의 매개 또는 태생적으로 비천한 존재로 표상된다. 흑인과 한국인 사이에는 뚜렷한 위계가 존재하며 흑인의 열등한 지위는 공고하였고 흑인에 대한 비하 의식은 미리 결정되어 유포된 관념으로서 확고부동했다. 작가들은 흑인을 열등한 존재로 표상함으로써 미국에 대한 열등감을 상쇄하고 자아를 회복하려고 했다. 1970년대에 미국에 대한 유서 깊은 선망과 비판적 담론이 경합했고, 산업화는 부(富)에 대한 다중 내적 분열을 초래했다. 일례로 작가들은 의식적으로는 미국·산업화·부를 경계하자고 주창했지만 무의식적으로 부에 대한 욕망을 감출 수 없었고, 이러한 내적 분열과 죄책감을 유발한 미국을 처벌하고 싶었지만, 그것이 어려웠기에 미국 대신 흑인을 처벌했다.

비천한 흑인 표상의 한 갈래로 성적/폭력적으로 특화된 흑인 표상이 있다. 당대 산업화의 효율적인 수행을 위해서 도덕적 가치가 유난히 숭상되었고, 군대식 규율이 전 사회에 만연했는데, 이에 대한 피로감으로 작가들은 일탈적 성적/폭력적 판타지를 흑인에게 투사했다. 또한 작가들은 흑인에게, 절제와 절약을 지나치게 강조하는 사회에서 발아된 과잉에의 욕망과 근대적 합리성에 대한 반발로 형성된 야만에의 동경을 투사했다. 이렇게 흑인을 통해 욕망을 대리 충족한 이후 작가들은 흑인을 혐오스럽게 표상함으로써 그를 처벌하고, 이로써 자기비하와 죄책감에서 벗어나려고 했다. 혐오스럽게 상상된 흑인은 한국 사회에 만연했던 공격성을 떠안아 대신 처벌받음으로써 사회의 공격성을 완화시키는 희생양이기도 했다.

비천한 흑인 표상의 또 다른 하위 갈래인 불길한 전조로서의 흑인 표상에는 산업화 앞에서 작가들이 느꼈던 불길함이 투영되어 있다. 진보와 미래주의가 지상명령이었던 사회에서 미래는 낯설고 두려운 것이었고, 급격했던 산업화의 속도는 아찔함과 불안을 유발했다. 이러한 정황에서 파생된 공포를, 작가들은 막연한 공포의 매개로서의 흑인 표상에 투사했다. 작가들은 흑인에게 느끼는 불길함과 공포가 합리적 근거를 결여한 사실을 굳이 감추려고 하지 않았는데, 이를 통해 논리적으로 공박할 수 없는 산업화와 진보의 정당성에 우회적으로 이의를 제기했다.

참고문헌

1. 기본 자료

김주영 외, 『정통한국문학대계』 43, 어문각, 1989.

김주영, 『여름사냥』, 영풍문화사, 1976.

_____, 『女子를 찾습니다』, 한진출판사, 1975.

_____, 『즐거운 우리집』, 수상사 출판부, 1978.

_____, 『칼과 뿌리』, 열화당, 1977.

방영웅, 『살아가는 이야기』, 창작과비평사, 1974.

송 영, 『浮浪日記』, 열화당, 1977.

전상국, 『바람난 마을』, 창작문화사, 1977.

_____, 『아베의 家族』, 은애, 1980.

_____, 『外燈』, 고려원, 1980.

_____, 『하늘 아래 그 자리』, 문학과지성사, 1979.

조선작, 『영자의 全盛時代』, 민음사, 1974.

_____, 『外野에서』, 예문관, 1976.

조해일, 『아메리카』, 민음사, 1974.

_____, 『往十里』, 삼중당, 1975.

_____, 『雨曜日』, 지식산업사, 1977.

황석영, 『客地』, 창작과비평사, 1974.

2. 논문

강이수, 「가사 서비스 노동의 변화의 맥락과 실태」, 『사회와역사』 82, 한국사회
　　　사학회, 2009.

고인환 · 오태호, 「조해일의 「아메리카」에 나타난 '미국' 표상 연구-신식민주의
　　　적 아메리카니즘의 이면(裏面)을 중심으로」, 『우리문학연구』 46, 우리

문학회, 2015.

곽승숙, 「1970년대 신문연재소설의 여성 인물과 '연애' 양상 연구-『별들의 고향』, 『겨울여자』를 중심으로」, 『여성학논집』 23-2, 이화여대 한국여성연구원, 2006.

권경미, 「하층계급 인물의 생성과 사회적 구조망-조선작의 『영자의 전성시대』를 중심으로」, 『현대소설연구』 49, 한국현대소설학회, 2012.

김경연, 「주변부 여성 서사에 관한 고찰-이해조의 『강명화전』과 조선작의 『영자의 전성시대』를 중심으로」, 『문창어문논집』 42, 문창어문학회, 2005.

김만수, 「한국소설에 나타난 미국의 이미지」, 『한국현대문학연구』 25, 한국현대문학회, 2008.

김미영, 「한국(근)현대소설에 나타난 미국 이미지에 대한 개괄적 연구」, 『미국학논집』 37-3, 한국아메리카학회, 2005.

김영옥, 「70년대 근대화의 전개와 여성의 몸」, 『여성학논집』 18, 이화여대 한국여성연구원, 2001.

김옥란, 「1970년대 희곡과 여성 재현의 새로운 방식」, 『민족문학사연구』 26, 민족문학사학회, 2004.

김옥선, 「김주영 소설의 문학적 실천 변모 양상 연구」, 경성대 석사논문, 2004.

김 원, 「근대화 시기 주변부 여성노동에 대한 담론-'식모(食母)'를 중심으로」, 『아시아여성연구』 43, 숙명여대 아시아여성연구소, 2004.

_____, 「여공의 정체성과 욕망-1970년대 '여공 담론'의 비판적 연구」, 『사회과학연구』 12, 서강대 사회과학연구소, 2004.

김원규, 「1970년대 소설의 하층 여성 재현 정치학」, 연세대 박사논문, 2009.

김은실, 「민족 담론과 여성-문화, 권력, 주체에 관한 비판적 읽기를 위하여」, 『한국여성학』 10, 한국여성학회, 1994.

김은하, 「소설에 재현된 여성의 몸 담론 연구-1970년대를 중심으로」, 중앙대 박사논문, 2003.

김정화, 「1960년대 여성노동-식모와 버스안내양을 중심으로」, 『역사연구』 11, 역사학연구소, 2002.

김지혜, 「1970년대 대중소설의 죄의식 연구-최인호, 조해일, 조선작 작품을 중심으로」, 『현대소설연구』 52, 한국현대소설학회, 2013.

박상수, 「전상국 초기 소설에 나타난 위선과 죄책감 연구」, 명지대 문예창작학과 석사논문, 2002.

박성원, 「반(反)성장소설 연구-김주영과 최인호 소설을 중심으로」, 동국대 석사논문, 1999.

박수현, 「1970년대 계간지 『文學과 知性』 연구-비평의식의 심층구조를 중심으로」, 『우리어문연구』 33, 우리어문학회, 2009.

_____, 「1970년대 문학과 사회의 도덕주의-『창작과비평』·『문학과지성』·박정희 대통령의 담론을 중심으로」, 『우리어문연구』 55, 우리어문학회, 2016.

_____, 「1970년대 소설과 강간당하는 여성」, 『Comparative Korean Studies』 22-2, 국제비교한국학회, 2014.

_____, 「1970년대 소설의 여대생 표상-황석영·조해일·김주영의 소설을 중심으로」, 『어문론집』 58, 중앙어문학회, 2014.

_____, 「1970년대 전상국 소설에 나타난 집단주의」, 『국제어문』 61, 국제어문학회, 2014.

_____, 「1970년대 한국 소설과 망탈리테」, 고려대 박사논문, 2011.

_____, 「김주영 단편소설의 반(反)근대성 연구」, 『한국문학논총』 66, 한국문학회, 2014.

_____, 「연애관의 탈낭만화-1970년대~2000년대 연애소설에 나타난 연애관의 비교 연구」, 『현대문학이론연구』 55, 현대문학이론학회, 2013.

_____, 「이태준의 민중 형상화 방식과 자아상-해방 전 단편소설과 『사상의 월야』를 중심으로」, 『한국민족문화』 53, 부산대 한국민족문화연구소, 2014.

_____, 「자학과 죄책감-조선작의 소설 연구」, 『한국민족문화』 49, 부산대 한국민족문화연구소, 2013.

_____, 「전상국 소설에서 죄책감의 발현 양상」, 『현대문학이론연구』 57, 현대

문학이론학회, 2014.

_____, 「조선작 소설의 여성 표상 연구」, 『우리문학연구』 40, 우리문학회, 2013.

변화영, 「한국전쟁의 문신, 흑인혼혈인과 양공주」, 『현대소설연구』 57, 한국현대소설학회, 2014.

서연주, 「여성 소외 계층에 대한 담론 형성 양상 연구-『여원』에 나타난 사회현실 인식을 중심으로」, 『여성문학연구』 18, 한국여성문학학회, 2007.

서지영, 「식민지 도시 공간과 친밀성의 상품화」, 『페미니즘 연구』 11-1, 한국여성연구소, 2011.

선주원, 「타자적 존재로서의 아버지 인식과 소설교육」, 『독서연구』 11, 한국독서학회, 2004.

소영현, 「1920~1930년대 '하녀'의 '노동'과 '감정'-감정의 위계와 여성 하위주체의 감정규율」, 『민족문학사연구』 50, 민족문학사학회, 2012.

손윤권, 「70년대 소설에 나타난 식모의 양상」, 『강원인문논총』 17, 강원대 인문과학연구소, 2007.

신경아, 「산업화 이후 일-가족 문제의 담론적 지형과 변화」, 『한국여성학』 23-2, 한국여성학회, 2007.

양선미, 「전상국 소설 연구」, 고려대 박사논문, 2012.

_____, 「전상국 소설 창작방법 연구」, 『한국문예창작』 24, 한국문예창작학회, 2012.

_____, 「전상국 소설에 나타난 '통혼'과 '귀향'의 의미」, 『인문과학연구』 15, 대구가톨릭대 인문과학연구소, 2011.

_____, 「전상국 소설에서의 '산'의 의미」, 『인문과학연구』 17, 대구가톨릭대 인문과학연구소, 2012.

오창은, 「도시의 불안과 여성하위주체-1970년대 '식모' 형상화 소설을 중심으로」, 『현대소설연구』 52, 한국현대소설학회, 2013.

오태호, 「전상국의 「동행」에 나타난 알레고리적 상상력 연구」, 『국제어문』 52, 국제어문학회, 2011.

_____, 「황석영 소설에 나타난 '성욕 주체'의 양상 연구」, 『국제어문』 36, 국제
　　　어문학회, 2006.

유석천, 「김주영 단편소설의 인물 연구」, 중앙대 석사논문, 2009.

이정옥, 「산업화의 명암과 성적 욕망의 서사-1970년대 '창녀문학'에 나타난 여
　　　성 섹슈얼리티의 두 가지 양상」, 『한국문학논총』 29, 한국문학회, 2001.

이정은, 「근대도시의 소외된 사람들-소수자와 인권의 사회사」, 『도시연구』 10,
　　　도시사학회, 2013.

이혜정, 「1970년대 고등교육을 받은 여성의 '공부' 경험과 가부장적 젠더규범」,
　　　『교육사회학연구』 22-4, 한국교육사회학회, 2012.

임종수·박세현, 「『선데이서울』에 나타난 여성, 섹슈얼리티 그리고 1970년대」,
　　　『한국문학연구』 44, 동국대 한국문학연구소, 2013.

정재림, 「전상국 소설에 나타난 추방자 형상 연구-「아베의 가족」, 「지빠귀 둥지
　　　속의 뻐꾸기」를 중심으로」, 『한국문학이론과 비평』 55, 한국문학이론
　　　과 비평학회, 2012.

정혜경, 「한국 현대소설에 나타난 여성 정체성의 변모과정 연구」, 부산대 박사
　　　논문, 2007.

조동숙, 「구원으로서의 귀향과 父權 회복의 의미-全商國의 作品論」, 『한국문학
　　　논총』 21, 한국문학회, 1997.

조명기, 「「영자의 전성시대」 연구」, 『국어국문학』 35, 부산대 국어국문학과,
　　　1998.

최현주, 「김주영 성장소설의 함의와 해석」, 『한국언어문학』 47, 한국언어문학회,
　　　2001.

한명환, 「한국소설의 흑인상을 통해 본 한국 가족의 탈경계적 전망」, 『탈경계
　　　인문학』 4-3, 이화여대 이화인문과학원, 2011.

한영주, 「김주영 성장소설 연구-부권 부재 상황을 중심으로」, 중앙대 석사논문,
　　　2009.

홍성식, 「조선작의 초기 단편소설의 현실성과 다양성」, 『한국문예비평연구』 20,
　　　한국현대문예비평학회, 2006.

3. 평론 및 기타

구중서, 「淪落 素材와 戰爭의 證言」, 조선작, 『지사총』 해설, 범우사, 1977.

권명아, 「수난사 이야기로 다시 만들어진 민족 이야기」, 김철·신형기 편, 『문학 속의 파시즘』, 삼인, 2001.

_____, 「여성 수난사 이야기와 파시즘의 젠더 정치학」, 김철·신형기 편, 『문학 속의 파시즘』, 삼인, 2001.

권수현, 「남성의 섹슈얼리티와 성폭력」, 한국성폭력상담소 편, 『섹슈얼리티 강의』, 동녘, 1999.

김경수, 「김주영 소설을 보는 시각」, 『작가세계』 11, 1991. 겨울.

김경연, 「70년대를 응시하는 불경한 텍스트를 재독하다-조선작 소설 다시 읽기」, 『오늘의 문예비평』 67, 2007. 겨울.

김덕호, 「한국에서의 일상생활과 소비의 미국화 문제」, 김덕호·원용진 편, 『아메리카나이제이션』, 푸른역사, 2008.

김만수, 「〈집〉과 〈여행〉의 단편미학」, 『작가세계』 11, 1991. 겨울.

김병걸, 「김정한문학과 리얼리즘」, 『창작과비평』 23, 1972. 봄.

김병익, 「否定的世界觀과 文學的 造形-그 熾烈性과 完璧性」, 조선작, 『영자의 全盛時代』 해설, 민음사, 1974.

_____, 「삶의 熾烈性과 언어의 完璧性」, 『문학과지성』 16, 1974. 여름.

_____, 「現實과 시니시즘」, 『창작과비평』 42, 1976. 겨울.

_____, 「混亂과 虛僞-狂氣의 한 樣相, 全商國의 소설들」, 『문학과지성』 32, 1978. 여름.

김사인, 「金周榮의 풍자적 단편들」, 『제3세대 한국문학』 18 해설, 삼성출판사, 1983.

_____, 「풍자와 그 극복-金周榮의 초기 단편」, 김주영 외, 『한국문학전집』 36 해설, 삼성출판사, 1993.

김연진, 「'친미'와 '반미' 사이에서-한국 언론을 통해 본 미국의 이미지와 미국화 담론」, 김덕호·원용진 편, 『아메리카나이제이션』, 푸른역사, 2008.

김용복, 「개발독재는 불가피한 필요악이었나」, 한국정치연구회 편, 『박정희를
　　　넘어서』, 푸른숲, 1998.

김인환, 「通念的인 品位와 本來的인 心情」, 『문학과지성』 18, 1974. 겨울.

김주연, 「農村과 都市 사이에서」, 김주영, 『여름사냥』 해설, 영풍문화사, 1976.

_____, 「社會變動과 諷刺」, 『문학과지성』 17, 1974. 가을.

_____, 「어릿광대의 사랑과 슬픔」, 김주영, 『김주영 중단편전집 1: 도둑견습』
　　　해설, 문이당, 2001.

_____, 「諷刺的 暗示의 小說手法」, 김주영, 『도둑견습』 해설, 범우사, 1979.

김주영·황종연, 「원초적 유목민의 발견」, 황종연 편, 『김주영 깊이 읽기』, 문학
　　　과지성사, 1999.

김　현, 「증오와 폭력-만인 대 일인의 싸움에 대하여」, 『분석과 해석』, 문학과
　　　지성사, 1991.

김화영, 「겨울하늘을 나는 새의 문학」, 김주영, 『새를 찾아서』 해설, 나남출판,
　　　1991.

류준필, 「어둠 속에 담긴 진실」, 조선작·문순태, 『한국소설문학대계』 66 해설,
　　　동아출판사, 1995.

백낙청, 「문학적인 것과 인간적인 것」, 『창작과비평』 28, 1973. 여름.

신경림, 「김광섭론」, 『창작과비평』 37, 1975. 가을.

_____, 「문학과 민중」, 『창작과비평』 27, 1973. 봄.

신동욱, 「强力한 透視鏡」, 조선작, 『신한국문제작가선집』 7 해설, 어문각, 1980.

_____, 「삶의 투시(透視)로서의 이야기 문학」, 조선작, 『영자의 전성시대』 해
　　　설, 일선출판사, 1987.

신병식, 「징병제의 강화와 '조국 군대화(軍隊化)'」, 공제욱 편, 『국가와 일상』,
　　　한울, 2008.

양진오, 「국외인의 현실주의」, 김주영, 『한국소설문학대계 70: 김주영』 해설, 동
　　　아출판사, 1995.

오생근, 「趙善作 작품 세계의 明暗」, 조선작, 『내걸린 얼굴 外』 해설, 삼중당,
　　　1979.

윤병로, 「金周榮의 작품세계-자기존재 확인 통한 휴머니즘」, 김주영, 『여름사
　　냥』 해설, 일신서적출판사, 1994.

이경호, 「내성(耐性)과 부정(否定)의 생명력」, 김주영, 『김주영 중단편전집 3:
　　외촌장 기행』 해설, 문이당, 2001.

이보영, 「삶의 虛僞性과 그 克服」, 『창작과비평』 56, 1980. 여름.

_____, 「失鄕文學의 樣相」, 『문학과지성』 23, 1976. 봄.

이상옥, 「타락한 시대의 피카로들」, 『세계의문학』, 1980. 겨울.

이선영, 「底邊層 生活의 眞實」, 『창작과비평』 34, 1974. 겨울.

이태동, 「人間 實驗室의 小說空間」, 조선작, 『시사회』 해설, 고려원, 1980.

장경렬, 「반(反)성장소설로서의 성장소설」, 『작가세계』 11, 1991. 겨울.

장문평, 「悲劇的 認識의 對照的 反映」, 『창작과비평』 40, 1976. 여름.

정규웅, 「뿌리 뽑힌 삶을 위한 치열한 문학 정신」, 조선작 · 최인호, 『삼성판한국
　　현대문학전집』 55 해설, 삼성출판사, 1981.

_____, 「疎外된 삶에의 愛情-金周榮의 作品世界」, 김주영, 『신한국문제작가선
　　집 9: 김주영 선집』 해설, 어문각, 1978.

_____, 「소외된 삶에의 人間愛」, 김주영, 『바보 研究』 해설, 삼중당, 1979.

_____, 「體驗과 想像力을 織造하는 스토리텔러」, 조선작, 『현대의 한국문학』 8
　　해설, 범한출판사, 1984.

_____, 「體驗과 想像力의 폭과 깊이」, 조선작, 『오늘의 韓國文學 33人選』 13 해
　　설, 양우당, 1989.

정승화, 「흑기사는 없다」, 노혜경 외, 『페니스 파시즘』, 개마고원, 2001.

정주아, 「도시 속 악동의 불순한 생명력」, 김주영, 『여자를 찾습니다』 해설, 책
　　세상, 2007.

정현기, 「자아붙들기와 자아떠나기의 세월」, 『작가세계』 11, 1991. 겨울.

조동민, 「삶의 極限과 本能의 絶叫」, 조선작 외, 『현대한국단편문학』 53 해설,
　　금성출판사, 1984.

조선작, 「작가연보」, 『시사회』, 고려원, 1980.

진중권, 「"어제의 용사들이 다시 뭉쳤다"」, 노혜경 외, 『페니스 파시즘』, 개마고

원, 2001.

천이두, 「斜視와 正視」, 『문학과지성』 30, 1977. 겨울.

최정무, 「한국의 민족주의와 성(차)별 구조」, 일레인 김·최정무 편, 박은미 역, 『위험한 여성-젠더와 한국의 민족주의』, 삼인, 2001.

하응백, 「의리(義理)의 소설, 소설의 의리」, 김주영, 『김주영 중단편전집 2: 여자를 찾습니다』 해설, 문이당, 2001.

미셸 푸코, 장은수 역, 「계몽이란 무엇인가」, 김성기 편, 『모더니티란 무엇인가』, 민음사, 1999.

캐서린 맥키넌, 엄용희 역, 「강간-강요와 동의에 대하여」, 케티 콘보이 외 편, 조애리 외 역, 『여성의 몸, 어떻게 읽을 것인가?』, 한울, 2001.

4. 단행본

강준만, 『한국 현대사 산책 1970년대 편 3권: 평화시장에서 궁정동까지』, 인물과사상사, 2002.

권보드래 외, 『1970 박정희 모더니즘』, 천년의상상, 2015.

김양선, 『근대문학의 탈식민성과 젠더정치학』, 역락, 2009.

박수현, 『망탈리테의 구속 혹은 1970년대 문학의 모태』, 소명출판, 2014.

박완서, 『도시의 흉년』 상, 세계사, 2008.

박정희, 『民族 中興의 길』, 광명출판사, 1978.

서동욱, 『차이와 타자』, 문학과지성사, 2008.

여성한국사회연구소 편, 『새로 쓰는 여성과 한국사회』, 사회문화연구소 출판부, 1999.

조희연, 『박정희와 개발독재시대』, 역사비평사, 2008.

황종연 편, 『김주영 깊이 읽기』, 문학과지성사, 1999.

H. 마르쿠제, 김인환 역, 『에로스와 문명』, 나남출판, 2004.

로지 브라이도티, 박미선 역, 『유목적 주체』, 여이연, 2004.

르네 지라르, 김진식·박무호 역, 『폭력과 성스러움』, 민음사, 2000.

리타 펠스키, 김영찬·심진경 역, 『근대성의 젠더』, 자음과모음, 2010.

슬라보예 지젝 외, 김영찬 외 편역, 『성관계는 없다』, 도서출판 b, 2005.

시몬 드 보부아르, 조홍식 역, 『제2의 性』 상, 을유문화사, 1999.

에드워드 사이드, 박홍규 역, 『오리엔탈리즘』, 교보문고, 1999.

자크 라캉, 권택영 편, 민승기 외 역, 『욕망 이론』, 문예출판사, 1998.

조르주 바타이유, 최윤정 역, 『문학과 악』, 민음사, 1995.

조르쥬 비가렐로, 이상해 역, 『강간의 역사』, 당대, 2002.

지그문트 프로이트, 김석희 역, 『문명 속의 불만』, 열린책들, 2005.

지그문트 프로이트, 윤희기·박찬부 역, 『정신분석학의 근본 개념』, 열린책들, 2005.

지그문트 프로이트, 이윤기 역, 『종교의 기원』, 열린책들, 1997.

지그문트 프로이트, 임홍빈·홍혜경 역, 『정신분석 강의』 상, 열린책들, 1998.

_____, 『정신분석 강의』 하, 열린책들, 1998.

케이트 밀레트, 정의숙·조정호 역, 『性의 政治學』 上, 현대사상사, 2002.

_____, 『性의 政治學』 下, 현대사상사, 2001.

프란츠 파농, 이석호 역, 『검은 피부, 하얀 가면』, 인간사랑, 1998.

호미 바바, 나병철 역, 『문화의 위치』, 소명출판, 2012.

출처

이 책에 수록된 논문들의 출처를 다음과 같이 밝힌다.

「전상국 소설에서 죄책감의 발현 양상」, 『현대문학이론연구』 57, 현대문학이론
　　학회, 2014.

「거부와 공포-김주영의 단편소설 연구」, 『인문과학연구』 40, 강원대 인문과학
　　연구소, 2014.

「자학과 죄책감-조선작의 소설 연구」, 『한국민족문화』 49, 부산대 한국민족문
　　화연구소, 2013.

「1970년대 소설과 강간당하는 여성」, 『Comparative Korean Studies』 22-2, 국
　　제비교한국학회, 2014.

「1970년대 식모와 남성 작가의 소설」, 『한국언어문학』 91, 한국언어문학회,
　　2014.

「1970년대 소설의 여대생 표상-황석영·조해일·김주영의 소설을 중심으로」,
　　『어문론집』 58, 중앙어문학회, 2014.

「조선작 소설의 여성 표상 연구」, 『우리문학연구』 40, 우리문학회, 2013.

「1970년대 한국 소설에 나타난 흑인 표상 연구」, 『국제어문』 76, 국제어문학회,
　　2018.